NEWS

好新闻的气质

朱建华◎著

中国新闻奖融合作品赏析

人民日报出版社
北 京

图书在版编目（CIP）数据

好新闻的气质：中国新闻奖融合作品赏析 / 朱建华
著 . — 北京：人民日报出版社，2023.7
ISBN 978-7-5115-7808-2

Ⅰ . ①好… Ⅱ . ①朱… Ⅲ . ①新闻－作品集－中国－
当代 Ⅳ . ① I253

中国国家版本馆 CIP 数据核字（2023）第 082385 号

书　　名：好新闻的气质：中国新闻奖融合作品赏析
　　　　　HAOXINWEN DE QIZHI：ZHONGGUO XINWENJIANG
　　　　　RONGHE ZUOPIN SHANGXI
著　　者：朱建华

出 版 人：刘华新
责任编辑：梁雪云
版式设计：九章文化

出版发行：人民日报出版社
社　　址：北京金台西路2号
邮政编码：100733
发行热线：（010）65369509　65369527　65369846　65369512
邮购热线：（010）65369530　65363527
编辑热线：（010）65369526
网　　址：www.peopledailypress.com
经　　销：新华书店
印　　刷：河北大厂回族自治县彩虹印刷有限公司
法律顾问：北京科宇律师事务所　010-83622312

开　　本：710mm×1000mm　1/16
字　　数：358千字
印　　张：24.25
版次印次：2023年7月第1版　　2023年7月第1次印刷

书　　号：ISBN 978-7-5115-7808-2
定　　价：60.00元

序

胡正荣

　　中国新闻奖是经中央批准常设的全国优秀新闻作品最高奖，由中华全国新闻工作者协会（简称"中国记协"）主办，每年评选一次。曾任中国记协主席的田聪明说，中国新闻奖的获奖作品从新闻的角度讲应该是精品，从写作的角度讲应该是范文。朱建华编撰的《好新闻的气质》一书，以近年获中国新闻奖融合类作品为例，为全媒体时代如何做好内容生产与传播提供了方法论。

　　我国是少有的把媒体融合提升到国家战略高度并通过五年规划加以系统深入推进的国家，这彰显了媒体融合的中国特色与中国方案。2014 年 8 月 18 日，中央全面深化改革领导小组①第四次会议审议通过了《关于推动传统媒体和新兴媒体融合发展的指导意见》，发出了媒体融合发展的进军令。2020 年 9 月，中共中央办公厅、国务院办公厅印发了《关于加快推进媒体深度融合发展的意见》，"加快"是时间上、速度上的要求，"深度"是空间上、程度上的要求，这表明我国的媒体融合已经进入了新的阶段，需要升级、强化、完善，从局部转型走向系统重建。2022 年 10 月，党的二十大召开，"加强全媒体传播体系建设，塑造主流舆论新格局"写进了党的二十大报告。

　　媒体融合并不只是一个单纯的媒体业务问题。媒体，尤其是主流媒体，其之于社会就如神经系统之于生命体，在社会平稳、流畅运转过程中扮演着

---

　　① 党的十九届三中全会后，中央全面深化改革领导小组改为中央全面深化改革委员会，并在 2018 年 3 月 28 日召开了第一次会议。

重要角色。媒体深度融合走向系统化重建，它跨越了媒介之间的界限，也跨越了媒介与社会其他领域的界限。更重要的是，媒体体制机制改革是国家治理能力建设的组成部分。在传统媒体时代，从业者的能力往往与其从事的媒体类型密切相关，全媒体打破了介质之间的界限，要求从业者的能力从思维到实践进行全面转型。构建全媒体传播体系是一场不容回避的自我革命，具有紧迫性。媒体融合不等于全媒体。媒体融合是发展过程，是手段；全媒体是发展结果，是目的。主力军挺进主战场，移动端是主渠道，这已成为具有定论性的表述。媒体在坚守内容为王的同时，更需要完善的是内容与用户的匹配。

好新闻是有气质的。全媒体时代，传统的新闻作品变成了传播产品。从新闻作品到传播产品，背后是时代之变、融合之变。一个好的传播产品，首先得互动，其次得服务，最后还要有一个很好的体验。无论是新闻作品还是传播产品，主题永远是灵魂，体现精髓与意义，起主导性作用。主题高度决定内容深度。评判一件传播产品是否优秀，新闻性与专业性是一个重要指标。好的主题需要好的手段方法来实现，更要靠新闻从业人员的专业精神来实现，这同样有赖于脚力、眼力、脑力、笔力。

从第二十八届中国新闻奖首次设立融合类奖项，到第三十二届中国新闻奖对奖项进行改革，可以说融合已经贯穿到中国新闻奖的每一个奖项之中。《好新闻的气质》一书所选的获奖作品，既有中央媒体的作品，也有地方媒体的作品，案例丰富多彩，从中既可以看到不同媒体是如何加快深度融合发展、建设全媒体传播体系的，也可以看到媒体人是如何创新传播手段方法的，其中既有刷屏的现象级传播产品"军装照""央广主播的朋友圈"等，也有最新一届的中国新闻奖获奖作品。

一个有趣的现象是，《好新闻的气质》一书所选的获奖案例，短视频作品占有较大比重。作为一种移动互联时代的全新文化形态与常态表达方式，短视频的兴起引发了用户思维方式、日常生活习惯等方面的颠覆性变革。在公众注意力已经转移到移动短视频的今天，拥抱短视频不仅是主流媒体应对去中心化、碎片化传播环境的必然选择，更是其实现传播形式创新、重回话语高地的有效途径。5G 时代，主流媒体的短视频布局可以围绕内容、平台和生态三个关键点展开，以便更好地重塑影响力。

《好新闻的气质》不同于一般的学术著作，也不是简单的作品汇编。作者以媒体人的视角对中国新闻奖融合作品进行了深度解析，这更像是一本个人的学习笔记。对于每一个案例，作者不仅介绍了作品刊发单位的媒体融合探索情况，同时也引入多位学界专家和业内人士的分析点评，另外还有主创人员的经验分享等，这远比参评中国新闻奖时填报的材料要丰富得多。

诚如作者所言，这本书虽是对中国新闻奖融合作品的赏析，但也可以说是一本中国媒体深度融合发展的读本。难能可贵的是，作者还从赏析的角度对获奖作品的不足之处进行了探讨。这种探讨虽是一家之言，但有利于全面地、辩证地认识一件获奖作品。相信这本书的出版，无论对新闻从业者还是学界人士，都是有益的。

是为序。

（胡正荣系中国社会科学院新闻与传播研究所所长、中国社会科学院大学新闻传播学院院长，兼任中国新闻文化促进会副会长、中国电视艺术家协会副主席、中华全国新闻工作者协会常务理事）

目　录
CONTENTS

第六辑　主宣比拼创意

第七辑　创新永无止境

第八辑　强化产品思维

第一辑

守望公平正义

舆论监督和正面宣传是统一的。新闻媒体要直面工作中存在的问题，直面社会丑恶现象，激浊扬清、针砭时弊。传播党的政策主张、记录时代风云、推动社会进步、守望公平正义，离不开有力量的新闻。近年来，中国新闻奖评选重大变化之一是在专门类奖项中设立了舆论监督报道奖。

蹲守三天三夜取证

在第三十届中国新闻奖评选中，山东广播电视台闪电新闻客户端作品《病死猪田间乱丢知道吗……〈问政山东〉现场局长被 8 连问后语无伦次》获短视频现场新闻一等奖，记者为了拍摄到关键证据蹲守了三天三夜。

（一）

2019 年 3 月 3 日，作为山东首档省级融媒体问政直播节目，《问政山东》在山东广播电视台播出。从第二期开始，录播变直播，不带剧本，没有彩排，每期有两名副省级以上领导现场监督坐镇。同时，省里要求被问政的厅局相关负责同志和十六市相关部门一把手全部到场，在节目中根据情况穿插对他们的直接发问，让市级干部也动起来。再到后来，节目中直播连线县级领导，真正算是调动了省市县三级部门的积极性。①

《问政山东》栏目最突出的特点就是始终聚焦省委省政府中心工作落实情况。2019 年，围绕"工作落实年"主题，聚焦"八大发展战略"；2020 年，围绕"重点工作攻坚年"主题，聚焦"九大改革攻坚行动"；2021 年，围绕"乘势而上求突破"主题，聚焦"九个强省突破"；2022 年，围绕"走在前，开新局"总要求，聚焦"十大创新""十强产业""十大扩需求行动"。这些内容都和山东省委省政府正在推进的中心工作同频共振、同向发力。从 2019 年 3 月到 2022 年 8 月，《问政山东》累计播出 134 期节目，推动解决了 1920 个改革

① 范佳、张泰来：《揭秘问政山东背后：开播很"仓促" 录播变直播》，《齐鲁晚报》2019 年 6 月 19 日。

发展中的难点、痛点问题和群众急难愁盼的现实问题，网络问政解决了群众反映的具体问题近7.4万件，成为山东省委省政府推动工作落实的有力抓手。①

（二）

电视问政不是什么新鲜事。电视问政起源于20世纪90年代美国的公共新闻运动。国内的电视问政起步于2002年，郑州电视台开播了一档叫作《周末面对面》的节目，把政府官员和市民共同邀请到演播厅，就当下重大公共事务进行讨论和交流，但节目影响力不够，没有引起广泛反响。自2005年起，兰州电视台《一把手上电视》开创了电视媒体政务类监督栏目的先河，随后南京、武汉、杭州、广州、太原、南宁等全国30余家地方电视台相继开播类似节目。武汉电视台直接以《电视问政》给栏目命名，在全国范围内引起了较大关注，节目形式被当作全国电视台电视问政类节目的样板。②

电视问政节目近年来在新闻奖评选中频频获奖。如武汉广播电视台的《兑现承诺　优化环境2012"十个突出问题"整改电视问政——让交通更顺畅》在第二十三届中国新闻奖评选中获电视访谈二等奖，武汉广播电视台的《电视问政·问作风》在第二十五届中国新闻奖评选中获电视访谈二等奖，武汉广播电视台的《电视问政：构建城市公共治理平台》在第二十七届中国新闻奖评选中获新闻论文三等奖，湖北广播电视台的《问政现场：书记递上小纸条》在第二十九届中国新闻奖评选中获电视消息一等奖。

火爆一时的电视问政后来变得有些疲软。在电视问政中被"问倒"的越来越少了，干部们回答问题的"技巧"越来越高了，但如果都在用"标准答案"对付问政，新的形式主义就可能出现。让电视问政真正问得好、问得久，关键还在于完善制度，把"评价话筒"真正交给群众。③全媒体时代，该如何进行电视问政？山东广播电视台的《问政山东》又有什么特点？

中央广播电视总台创新发展研究中心创意研发部召集人、高级编辑吴克

---

① 吕芃：《围绕中心服务大局，忠实履行媒体职责使命》，《新闻战线》2022年第21期。
② 谢诚：《电视问政对政府政务公开的影响和引导路径》，《传媒观察》2016年第6期。
③ 陈月飞、刘庆传：《电视问政，如何问得好问得久》，《新华日报》2013年11月18日。

宇评价《问政山东》时说：在互联网时代、在自媒体时代，舆论监督节目该怎么做？以《问政山东》为代表的问政类节目提供了样本——全媒体舆论监督的平台。有互动、有问政，还有监督，最后还有执行，一竿子插到底。这是舆论监督节目的一个革新。从主流媒体的角度来看，主流媒体在互联网时代，大家感觉失去了什么，都找不到自己的位置，但是恰恰这个节目找到了自己的强大的公信力、权威力和影响力，这是新时代的一个非常好的探索和实践。①

北京大学电视研究中心主任俞虹教授评价说：《问政山东》实际上是电视问政的升级版，是舆论监督的开拓版，是节目创新的引领版。② 如何理解《问政山东》的创新之处？值得一提的是，《问政山东》充分利用多元传播渠道，扩大节目的参与度与影响力。节目除在山东卫视、山东公共频道直播外，每期节目还在齐鲁网、闪电新闻等近 20 家新媒体平台同步直播，观众可以通过闪电新闻客户端、新浪微博、热线电话等多种方式提供问题线索、参与留言互动、提出意见与建议，融媒体传播进一步增强了问政实效和节目影响力。③

中国记协书记处书记张百新总结《问政山东》深受各级党委政府和广大观众的一致好评、受到业界和学界的普遍关注的原因有四点：一是始终坚持正确政治方向和舆论导向是栏目成功的根本所在；二是始终坚持以人民为中心的工作理念是栏目成功的关键所在；三是始终坚持开展建设性舆论监督是栏目成功的重点所在；四是始终坚持创新、采用融合传播方式是栏目成功的途径所在。④ 其实通过《病死猪田间乱丢知道吗……〈问政山东〉现场局长被 8 连问后语无伦次》也能感受到上述特点。《问政山东》栏目主持人李莎在谈及获奖作品时说，正是找准了栏目价值和大众需求的共通点，通过"辣味十足"、直击痛点的提问，实现了为民发声，也因此受民众关注和喜爱。⑤

① 吴克宇：《〈问政山东〉是全媒体的舆论监督的平台样本》，闪电新闻客户端 2020 年 12 月 21 日。

② 《2020 中国视频节目年度"掌声·嘘声"发布》，闪电新闻客户端 2020 年 12 月 21 日。

③ 赵贤：《山东台〈问政山东〉搭建媒体问政平台，履行舆论监督职责》，《广电时评》2019 年第 16 期。

④ 李方栋：《〈问政山东〉栏目研讨会在京召开》，《中国广播电视学刊》2021 年第 1 期。

⑤ 李雪昆、付莎莎：《"中国新闻奖气质"长啥样？》，《中国新闻出版广电报》2020 年 7 月 15 日。

（三）

无视频不传播，这已经成了一些媒体进行内容生产的硬性要求。5G 时代，短视频成为媒体融合发展的布局关键。处于融合转型中的报纸、广播、电视、县级融媒体等，面临着一个全新命题：如何利用短视频，打造有传播力、引导力、影响力、公信力的新型主流媒体。短视频作为一种新闻报道新形态的出现与发展，是主流媒体在新媒体语境下的有益探索。短视频新闻报道中体现出来的"智能技术＋创新理念"多重融合模式，也是主流媒体今后应该继续探索和挖掘的正确方向。[①]作为中国新闻奖短视频现场新闻一等奖作品，《病死猪田间乱丢知道吗……〈问政山东〉现场局长被 8 连问后语无伦次》有一些优点值得学习。

——选准传播点、抓住关切点。短视频现场新闻顾名思义有四重意思：一是时间要短，时间太长用户不一定有兴趣看完；二是形式是视频，不能是其他的传播形式；三是要有现场；四是要有新闻。短视频现场新闻，要取得好的传播，必须选准传播点、抓住社会关切点。

2019 年 4 月，山东广播电视台《问政山东》节目问政山东省农业农村厅主要负责人。面对病死猪乱丢弃的问题，主持人李莎用 8 次连环提问，层层递进追问当地负责人。获奖作品时长只有 2 分 16 秒，编辑精选直播问政中的经典镜头，当晚"李莎八问"的短视频推出，在网上引起强烈反响，迅速成为互联网上的热点话题，24 小时全网阅读量超 3000 万次。

病死的猪田间乱丢，官员现场被 8 连问后语无伦次，这样的短视频既选准了传播点，也抓住了社会关切点，能引起强烈社会反响也在情理之中。中国记协评奖办在评价《病死猪田间乱丢知道吗……〈问政山东〉现场局长被 8 连问后语无伦次》等作品时分析，选题典型、敢于碰硬，坚守人民立场，维护人民利益，为人民发声，富有建设性，充分发挥激浊扬清、推动实际工

---

① 王玮：《短视频新闻报道的突破与创新——第 30 届中国新闻奖短视频类获奖作品评析》，《新媒体研究》2021 年第 8 期。

作的作用。①

　　——采用适合方式传播。媒体融合从某种程度上说，就是要在报纸、广播、电视、网站的基础之上，采用适合互联网的方式进行传播。把电视节目中最具传播点和关注度的内容剪辑制作成短视频在互联网平台上进行二次传播是常见的方式之一，山东广播电视台对《问政山东》内容的传播即是如此。

　　如何把有意义的内容变得有意思，是制作好的融媒产品需要着重考虑的。作为山东广播电视台舆论监督部《问政山东》责编的林绍荣认为：现在有很多短视频惯用播音腔、联播体，缺乏个性和创新，而媒体融合并不是把做电视的思路用来做短视频，而是要拼创意。②这件获奖作品的剪辑制作比较到位。具体而言，以真实调查素材为背景，以主持人犀利的问政为主体，配以花式字幕，呈现问政现场真实、紧张、尴尬的氛围，尴尬中反映出形式主义、官僚主义问题突出。有人评价，该获奖作品并非早期的电视新闻的简单拆条，而是打通资源、跨媒介整合，从而获得集约效应的操作。③

　　早些年，读者、观众会以写信、打电话等方式与媒体进行互动，相比之下，现在的互动则要便捷得多，借助网络通过手机就可实现。这件获奖作品在网上传播以后引发网民的深度讨论，临沂市沂水县立即召开会议，派出两个工作组赶赴现场调查，山东省畜牧局到现场督导整改，对病死畜禽的堆放掩埋点进行了巡查和集中无害化清理。这次报道通过"电视节目＋短视频"双向传播，充分衔接"线上＋线下"舆论监督力量，既反映了民生问题，也对政府治理进行舆论监督，产生了积极的社会影响和监督效果。④这也是融合传播效果的体现。

---

　　① 梁益畅、吕星：《进一步强化新闻评奖的导向引领作用——中国记协评奖办就中国新闻奖、长江韬奋奖评选答〈中国记者〉问》，《中国记者》2020 年第 12 期。

　　② 董雨姝：《"未来传媒人"第八讲 | 践行"四力"让作品更有担当》，山东大学新闻传播学院网站 2020 年 12 月 25 日。

　　③ 曾祥敏、杨丽萍：《媒体融合作品创优路径探析——第三十届中国新闻奖媒体融合奖评析》，《新闻与写作》2020 年第 12 期。

　　④ 韩隽、巨高飞、董志博：《地方主流媒体精品创优的内容特色与创新个性——基于三届中国新闻奖地方获奖作品的定量分析》，《新闻知识》2021 年第 7 期。

——**深入调查是基础**。电视问政节目的共同特征之一是记者前期进行调查暗访，再在电视问政现场播放调查暗访到的问题，主持人面对曝光的问题直接追问现场的领导干部，《问政山东》亦是如此。这件获奖作品的内容实际上可分为两个部分，一部分是记者暗访到的病死猪乱丢弃现象，另一部分是主持人与局长之间的对话。主持人对局长的连续追问建立在现场曝光的问题基础上，而曝光的问题来源于记者前期扎实的深入调查。

记者调查暗访到病死猪田间乱丢并不是一件容易的事。做理性、客观、有建设性的舆论监督报道，比做其他报道难度更大、要求更高、把关更严。为了拍到真实现场，记者采取了蹲守的形式。经过三天三夜的蹲守，终于在有车出来、大门打开的时候，拍摄到了处理厂里面的场景，也就是这段画面，成了整个调查的关键证据，也成了视频中的核心现场之一。①

有人评价，面对纷繁复杂的信息，公信力成为更加稀缺宝贵的资源。媒体能否担任好"瞭望者"的角色，是能否提升公信力的关键。在这件获奖作品的短视频中，面对病死猪乱丢弃的问题，主持人用 8 次连环提问，层层递进追问政府部门负责人，可谓舆论监督报道的典范。要加强舆论监督与引导，打造全效媒体，应助推媒体在短视频领域持续发力。②

还有人评价，党中央确定 2019 年为"基层减负年"，坚决向形式主义顽瘴痼疾开刀，为决胜全面建成小康社会提供坚强的作风保证。这件获奖作品可谓恰逢其时。人们从中看到山东在整治官场作风，解决民生堵点、痛点、难点上动真碰硬的决心和力度。这个短视频选题典型、敢于碰硬，充分发挥了激浊扬清、推动实际工作的作用。③

中国新闻奖获奖作品往往具有很强的导向性。以内容建设为根本，评奖引领从多个维度着手，实现多出融媒精品、锻造全媒人才、促进媒体深融的

---

① 林绍荣、刘桂秋、董光强：《深度融合打造问政品牌　助力推进社会治理现代化》，《新闻战线》2020 年第 24 期。

② 何加晋：《短视频新闻的发展困境与突围路径》，《新闻论坛》2021 年第 3 期。

③ 戴天林：《以匠心创作融媒精品——第三十届中国新闻奖获奖融媒体作品剖析》，《青年记者》2021 年第 8 期。

目标。时任中国记协书记处书记冯海青在评价这件获奖作品时说：聚焦形式主义、官僚主义突出问题，连接新闻现场与问政现场，彰显了主流媒体以人民为中心的社会责任，展示了媒体监督参与社会治理的力量。舆论监督精品力作大力提升了主流媒体的权威性和公信力，进一步强化了主流新媒体平台与人民群众的连接性。[1] 以内容建设为根本，扎实的采访是基础，这直接体现媒体人的作风。

——积极践行"四力"。党的二十大报告指出，加强全媒体传播体系建设，塑造主流舆论新格局。这也要求新闻工作者更应当在融合思维的统摄下锤炼脚力、眼力、脑力、笔力，克服本领恐慌，熟练运用新理念、新技术、新手段，加快转型成为全媒体时代的全能记者。《病死猪田间乱丢知道吗……〈问政山东〉现场局长被8连问后语无伦次》这条短视频，是山东广播电视台媒体融合的一个案例。作品实现了大屏内容向小屏的传播转移，反过来短视频在小屏端的火爆也进一步提升了大屏端电视节目的影响力，实现了传播效益最大化和大小屏的良性互动，背后也是新闻工作者"四力"的生动体现。

从脚力上看，三天三夜蹲守让报道接地气。腿上有泥土，心中有真情。为了拍摄到无害化处理厂内部的不规范操作，记者蹲守了三天三夜，终于在有车外出、大门打开的极短时间内拍摄到了处理厂里违规操作的现场。

从眼力上看，抓到"问得准，答得偏"这一细节，让报道有视野。当问政现场出现"问得准，答得偏"这一戏剧化场面时，编辑迅速捕捉到了这个细节，希望通过对这部分内容的碎片化创作，放大问政的效果。

从脑力上看，承载脑力思考，让报道有网感、有内涵。"问得准，答得偏"这一现场，表面上是环保问题，深层次是作风问题。用花字和背景音乐增加作品的网感，对关键信息"次数"的提炼增加了受众的期待感。

从笔力上看，追求全面而不片面，让报道传得开。碎片化不代表片面化，

---

① 冯海青：《保持内容定力　锻造全媒人才——媒体融合视野下的第三十届中国新闻奖、第十六届长江韬奋奖评选》，《新闻战线》2020 年第 21 期。

在短视频最后增加了当地认真整改的内容。这样既通过"辣味现场"，清"政风"；又要通过"立说立改"，鼓励"敢担当"。①

（四）

不可否认，这件获奖作品有很多值得学习的优点，但从赏析的角度而言，还有一些可以改进的地方。

一是问政时间具体是哪天？问政对象又是谁？根据中国记协网站上公布的《病死猪田间乱丢知道吗……〈问政山东〉现场局长被 8 连问后语无伦次》参评材料介绍："2019 年 4 月 6 日，山东广播电视台《问政山东》节目问政山东省农业农村厅主要负责人。面对病死猪乱丢弃的问题，主持人李莎用 8 次连环提问，层层递进追问当地负责人。当晚短视频'李莎八问'推出，在网上引起强烈反响。"

扫描参评作品二维码链接，山东广播电视台旗下的闪电新闻客户端上对应的文字为："在 4 月 4 日晚播出的《问政山东》节目中，督办员李莎就病死猪田间乱丢的问题，8 次追问相关负责人。临沂市农业农村局负责人表示'应该了解''应该知道''立即整改'……最终语无伦次。"

这期问政节目是 4 月 4 日，还是 4 月 6 日？问政对象到底是山东省农业农村厅主要负责人，还是临沂市农业农村局负责人？视频中显示的被问政的对象是临沂市农业农村局负责人，非山东省农业农村厅主要负责人。视频中字幕显示"5 号当天山东省畜牧局也到达现场督导整改"。作为中国新闻奖获奖作品，不能让人看了产生疑惑。

二是视频作品新闻元素不完整。短视频现场新闻作为中国新闻奖中的一个类别，意味着参评短视频现场新闻的作品应该也是信息相对完整的新闻作品，这是基本要求。换句话说，短视频现场新闻应该是独立的作品，应该有完整的新闻元素，即便不借助网页上的文字等信息，也应该能知道什么时候

---

① 《山东广播电视台〈病死猪田间乱丢知道吗……《问政山东》现场局长被 8 连问后语无伦次〉》，中国记协网 2021 年 5 月 20 日。

在什么地方发生了事情，必要时还要介绍事情的起因、经过和结果。

严格地说，《病死猪田间乱丢知道吗……〈问政山东〉现场局长被 8 连问后语无伦次》的短视频不仅时间元素缺乏，内容在逻辑上也不够连贯。视频从春节前夕临沂市沂水县村民在田间发现病死猪切入，然后是当地无害化工厂露天空地上摆放着大量病死猪，接着是主持人开始问临沂市农业农村局负责人，最后是调查整改，整个视频中唯一的具体时间就是"5 号当天"。

至于记者什么时候采访的出镜反映问题的村民不知道，又是什么时候拍摄到了无害化工厂露天空地上摆放着大量病死猪也不知道，主持人与临沂市农业农村局负责人之间的对话又发生在什么时候也不知道。如果不是主持人的话筒上有个"问政山东"的标识，甚至不知道这是什么场景下的对话。另外，村民在田间发现来历不明的病死猪与当地无害化工厂之间有什么关联，视频中也没有解释，看得让人有点疑惑。

三是作品标题有值得改进的地方。有人评价第三十届中国新闻奖媒体融合奖作品的标题表述更加新媒体化、网感化，熟练使用情感词语和符号，增进与用户的交流和共情；用更加清新活泼、接地气的话语方式，拉近了与用户的距离。就获奖作品《病死猪田间乱丢知道吗……〈问政山东〉现场局长被 8 连问后语无伦次》的标题而言，不仅偏长也不简洁，也没有语言文字的美感，有可以改进之处。

同样是电视问政题材，湖北广播电视台获第二十九届中国新闻奖电视消息一等奖的作品《问政现场：书记递上小纸条》，标题简洁直观得多。新闻标题是新闻作品的眼睛。湖北广播电视台获奖作品的原标题为《仙桃全媒体电视问政：一张小纸条折射深化作风建设》，经反复琢磨，以动感、鲜活、简练为追求，最后改为《问政现场：书记递上小纸条》。这个改动其实是有讲究的。"书记递上小纸条"，言虽简含义却深：书记纸条不同于其他人的纸条，纸条主人公有显著性，书记递纸条本身有新闻性，也反映了事务的复杂性和严重性；"现场""递上"有画面感，添加动词赋予标题动感；省去"仙桃全媒体电视"避免了命名上的疏忽。全媒体是包括电视的，"全媒体电视"存在明显的语言逻辑差误。[1]一对比,《病死猪田间乱丢知道吗……〈问政山东〉现场局长被 8 连问后语无伦次》的标题显得就不太讲究了。

⟮阅⟯⟮读⟯⟮+⟯

(《病死猪田间乱丢知道吗……〈问政山东〉现场局长被 8 连问后语无伦次》主创:林绍荣、刘桂秋、李莎、杨帅、宋小龙;编辑:刘桂秋、柳宇;山东广播电视台闪电新闻客户端 2019 年 4 月 6 日;获第三十届中国新闻奖短视频现场新闻一等奖)

---

[1]《第二十九届中国新闻奖获奖作品融媒展示——湖北广电〈问政现场:书记递上小纸条〉》,中国记协网 2020 年 5 月 28 日。

融合让新闻更生动

在第二十九届中国新闻奖评选中，成都传媒集团每日经济新闻客户端作品《ofo迷途》获融合创新一等奖。这届中国新闻奖共评出融合创新一等奖两件，另一件为上海报业集团澎湃新闻客户端作品《海拔四千米之上》。

（一）

自中国新闻奖增设媒体融合类奖项以来，融合创新一直是媒体融合类的奖项之一。如何认识和理解中国新闻奖中的融合创新奖？与学界给出的概念相比，中国记协从评奖的角度对融合创新的界定并不复杂，甚至更为直观。

第二十八届和第二十九届中国新闻奖对融合创新的表述没有变化，均为"在媒体融合报道方面有重大创新的新闻作品。"第三十届中国新闻奖对融合创新的要求进一步具体，"在媒体融合报道方面具有示范性，产生强烈社会反响的重大创新新闻作品。"第三十一届中国新闻奖对融合创新的要求更为细致和具体："移动端首发结合运用多媒体技术生产的新闻作品。要求在内容表达、报道形式、技术应用、传播渠道等方面有重大创新，传播效果好，社会反响强烈，对推动媒体融合发展具有积极引领和示范效应。"第三十二届中国新闻奖评选有了较大改革，奖项设置上分为基础类和专门类两大类，传统的消息、通讯、评论等都属于基础类，专门类除融合报道外，还包括重大主题报道、国际传播、典型报道、舆论监督报道、应用创新。评选办法明确何为融合报道："充分应用信息网络技术，综合运用多媒体手段报道的新闻作品。应主题鲜明、内涵丰富、形式新颖，传播效果较好。"

综观中国新闻奖评选办法中对融合报道的界定，可以看到近年来融合报道评选的一些特点：一是强调重大性和作品的新闻性，毕竟中国新闻奖是全国年度优秀新闻作品最高奖，要发挥示范引领作用；二是重视传播形式创新和传播效果，技术应用为创新传播形式提供了更多可能，但最终还是要看传播效果，没有传播效果的创新，很难说是具有示范性的创新。

（二）

第二十九届中国新闻奖评选结果揭晓当天，每日经济新闻客户端刊发了一篇1100多字的报道，针对此次获奖作品进行了介绍：《ofo迷途》能获得中国新闻奖一等奖，原因之一得益于创新化融媒体报道，这是推动"中央厨房"流程再造、打造全新采编生产系统的结果。

根据报道：每日经济新闻已实现新闻生产从采集、分配、撰稿到审核的全程在线、整体前移，大幅提升了工作效率，降低了沟通成本。新的采编系统，让原本部门制的内容生产体系得到重构，各个专业环节同频共振，形成合力。《ofo迷途》报道超越了部门框架，采用项目制原则，由一位前端新闻指挥者统筹，既让前端记者与后端专业人员紧密合作，又让后端不同部门之间通力协作。前后端任何同事只要谁在某个环节、某个领域最专业、最有经验，谁就对某个环节和领域有更大的发言权。所有人参与这个选题最核心的宗旨和目标是让新闻更生动、更贴近受众、更有深度。①

每日经济新闻公司频道副主编岳琦是一名90后，也是这件获奖作品的主导策划者。"你打算做多少年媒体？"多年前朋友这样问岳琦。他的回答很洒脱，"先做10年再说"。他想，把一个热爱的事情坚持做10年总是值得的。2020年记者节，是岳琦职业生涯的第8个记者节，他说：我们依然是新闻专业价值的守护者、公共利益的客观捍卫者。当朋友们再次问起："你还要干多久？"他想说："我至少要试试，媒体还能做成个什么样。"在他看来，人工智能、大数据、数字化、互联网思维、数据思维、产品思维，这些闪耀在科技行业的概念，远

① 宋思艰：《每日经济新闻〈ofo迷途〉融合创新报道获第二十九届中国新闻奖一等奖》，每经网2019年11月1日。

不只它们字面上看着那么简单,媒体转型的深水区和硬骨头来了。[①]

(三)

进入 21 世纪,随着共享经济的快速发展,共享单车的出现显得尤为自然。它的出现丰富了人们的出行方式。作为一个全新的共享经济行业,加上政府大力提倡绿色低碳出行,该行业吸引了大量的人力和物力投入。2014 年,北大毕业生戴威、薛鼎、张巳丁、于信 4 名合伙人共同创立 ofo,致力于解决大学校园的出行问题。[②]后来 ofo 共享单车走出校园并走向全国甚至走向海外,共享单车也被誉为中国的"新四大发明"[③]之一。

资本进入之后,共享单车迅速发展,几年时间出现了摩拜、ofo、优拜等多个共享单车品牌,其中 ofo 共享单车因为车身颜色是黄色也被称为"小黄车"。共享单车的出现,方便了人们低碳出行,但随着共享单车的飞速发展,带来的问题也不容忽视。媒体围绕共享单车带来的问题,从不同角度多次做过报道。每日经济新闻的这一报道是众多报道中的一件,但比较有代表性。

2018 年以来,共享单车行业进入深度调整期,领军企业 ofo 屡传资金链断裂。登录 ofo 官方网站,上面关于《发展历程》的记录始于 2014 年 3 月 26 日 ofo 正式成立,2018 年 3 月 13 日 E2-1 轮融资 8.66 亿美元之后再无更新。在 ofo 问题频发的敏感节点,作为一家专业财经媒体,每日经济新闻这组报道抓住公众关切和行业热点,系统性调查剖析 ofo 当时市场地位的下滑以及各省份运营的状态。

从采访上看,每日经济新闻调动了 11 个城市的记者,深度关注 ofo 在北京、上海、广州、深圳、重庆、杭州、成都、武汉、南京、西安、济南等城市的情况,包括实地走访高峰时期主要商圈或地铁站周边,了解共享单车使用情况,探

---

① 岳琦:《致我们的记者节丨创新驱动:从新闻到产品的意识革新》,每经网 2020 年 11 月 7 日。
② 陆燕芳、欧秀英:《共享单车发展的环境分析——以 ofo 共享单车为例》,《中国市场》2018 年第 22 期。
③ 在一项由"一带一路"沿线 20 国青年参与的评选中,高铁、支付宝、共享单车和网购被称作中国"新四大发明"。出自《特稿:"新四大发明"塑造中国创新形象》,新华社 2017 年 7 月 23 日。

访当地监管机构及 ofo 办公地点；从呈现上看，通过视频、图片的方式，多样化呈现内容，并结合图表，全面呈现 ofo 市场占有率、消费者投诉处理等。

整组报道的亮点在于大范围实地走访、创新融媒体报道和多渠道传播。最终参评中国新闻奖的《ofo 迷途》在内容丰富性和互动体验上远远超过单纯的图文稿件。[①] 仅就走访调查全国 11 个主要城市而言，这种采访是一般的地方媒体做不到的，能做这样全国性的采访而不局限于一城，本身与每日经济新闻的定位和布局有直接关系。总的来说，这件获奖作品确实有独到的地方。

——**主题集中**。共享单车带来的问题是多方面的，每日经济新闻此次的报道聚焦的是市场占有率较高的 ofo，而不是同时关注几家，这就让报道更聚焦，聚焦之后就显得更有力度。

——**标题简洁**。标题简洁让主题更加突出。标题上"迷途"这个词的提炼很有特色，也很有意味。

——**设计醒目**。点开 H5 页面，在几辆倒地看似被丢弃到垃圾场的共享单车上，"ofo 迷途"和黄色车身十分刺目，不停飘落的像冰雹一样的白色颗粒，与页面最上方"每经记者 11 城直击小黄车寒冬"相呼应，让报道的指向性更加明显。

——**层次清晰**。新闻报道讲究逻辑，H5 的设计同样应该讲究逻辑。《ofo 迷途》H5 的产品在设计上层次比较清晰。首屏具有冲击力；点击"开启"之后进入第二屏，用户可以快速看到记者在北京等多个城市拍摄到的小黄车的现场视频；第三屏用象征城市道路的弯折曲线把 11 城连接在一起，用户可以自己选择了解不同城市记者探访到的小黄车情况，每个城市的报道均由视频＋照片＋文字组成，文字采用类似于微信聊天对话体的方式呈现，简洁又清晰，方便阅读；第四屏主要是可视化数据，包括 ofo 各地运营数据、ofo 与供应商的纠纷和涉及 ofo 押金的投诉等；最后一屏以滚屏的方式呈现网友的观点和声音。纸媒单纯的文字报道恐怕很难达到这样的呈现效果。

[①]《〈ofo 迷途〉中国新闻奖媒体融合奖项参评作品推荐表》，中国记协网 2019 年 5 月 24 日。

（四）

四川省记协在推荐该作品参加中国新闻奖时给出的理由是：报道整体上采用制作互联网产品的思路，以受众喜闻乐见的方式包装报道内容，利用互联网传播的特点，综合多渠道的推广资源，在报道的操作、制作和推广过程中，体现出了高度的创新精神。这组报道调动前后方十余人的力量，技术、视频、视觉等多工种专业人员与 11 个城市的记者通力合作，新闻内核够硬，后续的传播手段则够软，将报道推向了更大的传播范围。

中国记协新媒体专业委员会作为中国新闻奖媒体融合类作品报送单位，是这样评价该作品的：抓住公众关切和行业热点，进行大范围系统调查采访，运用新的传播工具和手段，创新融媒体报道，是一次监督类创新报道的有益尝试。参评中国新闻奖时，这件作品列出的主创人员有 16 人之多，另外还有编辑 2 人。这也是现在很多媒体融合作品的共同特点，即集体作战，这与传统的新闻采写是不太一样的。根据媒体报道和主创的分享讲述，也可以看到这件作品背后更多的故事。

对于《ofo 迷途》"这样一个略显稚嫩的融媒体作品"能斩获中国新闻奖融合创新一等奖，主导策划者岳琦坦承在欣喜的同时也感到疑惑。"媒体融合奖参评作品在新闻性、现场性方面还不尽如人意。""真正具有新闻性、及时性、现场感的作品占的比例不大。""报送者对媒体融合奖评选标准和要求的（认识）误区，这需要我们积极利用获奖作品去引导。"岳琦坦言，从第二十八届中国新闻奖评委的分析中不难发现，《ofo 迷途》这件作品正是无意中切中了评选导向：媒体融合类报道的内核更多应该是新闻，能获奖"是对融合创新报道回归新闻内核的鼓励"。他总结道，融合创新作品在选题立意上要从新闻出发，编辑制作上要为新闻而融。期待新闻生产被赋能，是这件获奖作品带来的创作体会。①

---

① 岳琦：《融合创新报道的内核是新闻——〈ofo 迷途〉创作体会》，出自《中国新闻奖评选报告（第二十九届）》，新华出版社 2020 年版。

（五）

未来已来，新的标准和赛道已经建立。中国新闻奖设立媒体融合奖项之后，在学界和业界也引起了广泛关注。每届中国新闻奖评选结果揭晓之后，获奖作品都是学界研究和业界学习的对象。

这件作品算不算舆论监督报道？第二十九届中国新闻奖评委、中国传媒大学教授曾祥敏表示：这届中国新闻奖媒体融合奖积极鼓励舆论监督报道，倡导监督报道利用新媒体手段抓"实"真问题，做"实"证据链，弃恶扬善，推动社会良性发展，《ofo 迷途》就是这方面的代表作。

在曾祥敏眼里，《ofo 迷途》也体现了内容为本。"融到深处，回归内容"，内容是根本，媒体融合是一个过程，而最终的目的是让优质内容面向移动端，面向不断分化的用户，从而产生更大影响力。《ofo 迷途》在扎实的实地采访和数据收集的基础上，制作成多媒体产品，"新闻内核够硬，传播手段够软"，不仅深入揭示共享单车企业的运营状况，也向投资机构和供应链企业提示了风险，为共享经济行业和创业公司的发展提供镜鉴。[1]

也有人从其他角度对这件获奖作品给予了肯定。第二十九届中国新闻奖评委、天津津云新媒体集团总编辑齐怀文认为，《ofo 迷途》是集动画、视频、可视化数据图以及文字深度报道于一体，动画、视频及交互设计提高了作品内容的丰富性和互动性。[2]

不同于一般的文字报道，《ofo 迷途》在报道设计和呈现上有一些可借鉴之处。如《ofo 迷途》的报道是按照 ofo 业务的分布城市设置路径入口，用户选择某一路径，即选择该城市中的 ofo 报道内容，而多次选择后整个立体化的报道得以平面展开，帮助形成以用户为中心的叙事逻辑。[3]《ofo 迷途》设计上

---

[1] 曾祥敏：《稳中求变　深度探索——第 29 届中国新闻奖媒体融合奖评析兼论内容融合创新》，《新闻与写作》2019 年第 1 期。

[2] 齐怀文：《未来媒体的核心竞争力是什么？——由中国新闻奖媒体融合奖获奖作品谈起》，《海河传媒》2020 年第 2 期。

[3] 孙鹿童：《生产逻辑转变下的用户互动——以中国新闻奖互动式融合新闻为例》，《中国编辑》2020 年第 9 期。

用一条曲折的马路标识着 11 个城市的名字，用户可以自己选择点击感兴趣的城市，跳转到集动画、视频、可视化数据图以及文字深度报道于一体的页面中进行阅读。这种分类的方式既以目录式的形式有效地整理了多样、丰富的信息，同时赋予了用户较大的自主选择权，让他们可以根据个人的喜好选择子类别进行阅读。① 《ofo 迷途》是运用互联网产品的制作思路来包装报道内容的代表作。交互设计使该作品在内容丰富性和互动体验上均超过单纯的图文稿件，在制作和推广过程中综合多渠道的优质资源，体现了创新精神。② 还有人认为，《ofo 迷途》等作品采取的 H5 形式，"颠覆了传统的新闻宣传模式"。③

此外，《ofo 迷途》具有全景化报道的特点。美国传播学者帕夫利克曾在其著作《新闻业与媒介》中提出过"全景化报道"的概念。全景化报道注重运用先进的数字化技术进行媒介内容呈现，往往在一篇深度报道中综合运用图文、视频、超链接等方式从多个角度展现事件全景，并借此进行深度的内容解读和走向预测。④

获奖标题之短也值得学习。曾有第三方数据监测新媒体标题，2015 年 "10 万 +" 的标题字数长度平均为 18.02 个字，2016 年为 19.29 个字。在快节奏的新媒体传播语境下，当用户对冗长的标题产生厌烦时，短标题开始受到关注。《ofo 迷途》的标题体现了短标题言简意赅的特点。⑤

"在媒体融合的大势下，迫使我们不得不审视传统新闻表达方式的创新，迫使我们不得不重视和研究媒体融合类稿件，迫使我们不得不创新思维、增强内功、提升本领，去创作形式新颖、制作精良的融媒体产品。贫困地区媒体单位，由于技术人才奇缺，可能制作不出'高能'的融媒体产品，但理念、

① 李娅：《视觉语法视角下互动新闻的再现意义分析——以中国新闻奖媒体融合奖获奖作品为例》，《今传媒》2021 年第 8 期。

② 祁可可：《技术视野下融媒新闻的创新实践——以第二十九届中国新闻奖媒体融合作品为例》，《新闻世界》2020 年第 2 期。

③ 陆高峰：《发挥好中国新闻奖的示范引导作用》，《青年记者》2019 年第 33 期。

④ 吴诗晨：《智媒时代深度报道的问题与出路》，《新闻前哨》2020 年第 12 期。

⑤ 尹琨：《新媒体标题制作如何出新——以中国新闻奖媒体融合奖项获奖作品标题为例》，《中国新闻出版广电报》2021 年 5 月 26 日。

思维还是得紧跟时代潮流，努力追赶，不要落得太远。"① 这或许代表了一部分媒体人的心声。

从赏析的角度而言，作为中国新闻奖一等奖作品，这件获奖作品也有可探讨之处。比如时间元素，导语中用的是"近日"："ofo 到底发生了什么？各地运营状况如何？消费者如何看待小黄车？近日，每日经济新闻记者分赴北京、上海、广州、深圳、重庆、杭州、成都、武汉、南京、西安、济南共计11座城市，力求呈现小黄车当前运营状况，直击 ofo 的收缩与困顿。""近日"是哪天？如果时间元素能具体，可能会更好。

此外，对11座城市的 ofo 现状的追访，也没有标明时间，有些遗憾。再如，11座城市之间的排序，也让人疑惑。到底是按城市地位排序的，还是别的什么规则？可视化数据部分，有的注明了来源于艾媒北极星、21CN 聚投诉，有的则没有。没有注明的是不是都是每日经济新闻记者自采获得的？虽然获奖作品有可探讨之处，但作为一等奖作品，确实有很多值得学习之处。

阅 读 +

（《ofo 迷途》主创：岳琦、李少婷、彭斐、刘晨光、靳水平、黄鑫磊、王帆、查道坤、叶晓丹、陈晴、王琳、帅灵茜、李佳穗、孙久朋、朱星运、韩阳；编辑：卢祥勇、余进；成都传媒集团每日经济新闻客户端 2018 年 12 月 6 日；获第二十九届中国新闻奖融合创新一等奖）

① 杨晓军：《好新闻是如何产生的？——对第 29 届中国新闻奖获奖作品的学习与思考》，《定西日报》2019 年 12 月 19 日。

敢于追问灾情原因

在第二十九届中国新闻奖评选中，农民日报微信公众号作品《寿光大水三问》系列报道获评中国新闻奖融合创新三等奖。灾情具有不确定性，在媒体对灾情的众多报道中，这是比较特别的一篇。

（一）

农民日报近年在中国新闻奖评选中表现亮眼。在第三十二届中国新闻奖评选中，农民日报有 7 件作品获奖，具体为报告文学《特困片区脱贫记》获系列报道二等奖，消息《江苏睢宁有个"速来办"，用过都说好！》获三等奖，评论《复兴之路中国粮》获三等奖，通讯《稻水矛盾，破解何方？》获三等奖，重大主题报道《中国共产党与中国农民》获三等奖，典型报道《吉林，兴于粮！岂止于粮！》获三等奖，融合报道《那些值得铭记的"第一"》获三等奖。在这年的评选中，农民日报社党委书记、社长、总编辑何兰生获第十七届长江韬奋奖。

媒体融合发展已经是大势所趋，传统媒体如果不转型，将面临边缘化的命运。[1] 农民日报立足"专业党媒"定位，以"差异思维""工具思维""合作思维"，再造编辑记者认识，提升传播力、引导力、影响力、公信力。[2] 值得一提的是，农业农村部[3] 对农民日报融合发展还是挺支持的，如 2017 年 9

---

[1]《农民日报社总编辑胡乐鸣——媒体融合发展人才是关键》，央视网 2017 年 9 月 24 日。
[2]《社长总编谈媒体融合 | 农民日报社："思维再造"重构专业党媒影响力》，中国记协网 2020 年 4 月 28 日。
[3] 当时为农业部。2018 年 3 月，根据第十三届全国人民代表大会第一次会议批准的国务院机构改革方案，将农业部的职责整合，组建中华人民共和国农业农村部。

月批复同意的农民日报社全媒体融合基础支撑平台（中央厨房）建设项目，总投资 2270 万元，全部为中央预算内投资。①

（二）

作为中国蔬菜之乡，寿光是全国最大的蔬菜生产基地和集散中心。全国十大市场之一的寿光蔬菜批发市场，日均上市蔬菜 300 万公斤，高峰期达 450 万公斤。②北京蔬菜市场有近两成的蔬菜来源于寿光及周边地区。③这是此次寿光灾情比较受关注的直接原因之一。

农民日报《寿光大水三问》的报道刊发于 2018 年 8 月 27 日，当时抗洪抢险仍在继续。回顾农民日报对寿光灾情的报道，在组织和策划上有鲜明的媒体融合特点。第一阶段，社交媒体及时发布，保证突发事件报道"快"与"准"。第二阶段，多种方式呈现，丰富突发事件报道的新闻容量。第三阶段，报纸推出整版深度报道，融媒体扩散传播，让突发事件报道更有价值。《寿光大水三问》一稿深度解读水灾原因、影响、经验教训等，在突发事件的海量报道中做出了主流媒体的理性思考。④

（三）

面对寿光灾情，如何报道对记者和媒体都是考验。有学者评价《寿光大水三问》时说："体现了新时代新闻舆论监督的新理念、新方法、新作为，具有重要的创新意义，有利于新媒介背景下舆论监督进一步发挥监督效力和影响力。"⑤这个评价相当于把《寿光大水三问》一稿归入了舆论监督报道的范畴。也有人认为，《寿光大水三问》通过社交媒体与传统报纸媒体之间的互动，

---

① 《农业部关于农民日报社全媒体融合基础支撑平台建设项目可行性研究报告的批复》，农业农村部网站 2017 年 9 月 27 日。

② 出自寿光市政府网站。

③ 毛晓雅：《寿光受灾，对北京蔬菜市场影响如何》，《农民日报》2018 年 8 月 27 日。

④ 《〈寿光大水三问〉系列报道〉中国新闻奖媒体融合奖项参评作品推荐表》，中国记协网 2019 年 5 月 24 日。

⑤ 《第二十九届中国新闻奖解析媒体融合圆桌研讨》，《中国记者》2019 年第 12 期。

"发挥了重要的舆论监督作用"。①

学界关于舆论监督有诸多研究。据迄今为止掌握的史料，1909 年 12 月 8 日大公报社论《现政府与责任内阁》最早使用"舆论监督"新名词表达出"运用舆论监督政府机关"的观念。新中国成立后，特别是改革开放以来，随着我国现代化民主政治建设，"舆论监督"一词逐渐超过"报纸批评"呈上升趋势，并于 1987 年出现在党的全国代表大会报告中，成为当代中国最重要的政治和学术关键词之一。② 进入 21 世纪后，我国的舆论监督进入传统媒体与新媒体形成监督合力的阶段。新媒体成为舆论监督最为活跃的实施主体。对于公共事件，往往是新媒体首先介入，传统媒体随后跟进，新媒体与传统媒体形成舆论监督合力。③

《寿光大水三问》一稿由三个问题组成：一是水灾为何如此严重？二是大棚积水为何排不出去？三是垮塌的大棚有农业保险吗？这三个问题都很直接、很尖锐，也是公众所关心的。在当时"社会上、网络上对于当地政府采取的救援措施，产生了许多质疑的声音"之际，央视财经几乎与农民日报在同一时间推出了类似的报道。央视财经的四问具体为：第一问，泄洪是否通知不及时、不到位？第二问，泄洪河道被违章建筑蚕食导致行洪受阻？第三问，是否需要三座水库同时泄洪？第四问，救灾是否迟缓，百姓得不到救助？④

农民日报的三问，在篇幅上并没有刻意去平均着力。其中，第一问水灾为何如此严重用的笔墨最多，1500 多字占了整篇稿件将近一半的篇幅。直面问题、提出问题并回答问题，是记者新闻业务能力最直接的体现。记者李竟涵不仅出得了镜，而且还写得了稿，2021 年《什么样的乡村才叫"新乡村"》

① 陈金丽：《媒体融合类报道如何守正创新——基于第 29 届中国新闻奖媒体融合部分作品的分析》，《传媒》2019 年第 20 期。

② 邓绍根：《从新名词到关键词：近代以来中国"舆论监督"观念的历史演变》，《新闻大学》2019 年第 11 期。

③ 邓绍根：《新中国 70 年"舆论监督"的观念发展及其理论研究——以〈人民日报〉为分析样本》，《青年记者》2019 年第 22 期。

④《央视四问寿光洪灾记者直奔灾区只求一个真相》，川观新闻 2018 年 8 月 28 日。

《从三个 70% 中，看出职业教育大有可为》《五年再读"三个坚定不移"》等多篇评论发表在《农民日报》头版。这是新时代记者素质与能力的体现。

当时，李竞涵是前一天晚上 11 时许接到任务，第二天中午就从北京赶到寿光洪水现场，同时新媒体团队在后方随时待命。她涉水进入灾区后，在一天半时间内发回了多组图片、视频，新媒体团队编发成 7 条微博，既展示了实际灾情和救灾进展，又展现了各方驰援和奋战在一线的基层干部，客观及时地回应了各地网友对寿光水灾的热切关注。在用全媒体手段动态报道的同时，还能推出《寿光大水三问》这样的深度报道、硬核新闻，努力回应社会关切，值得赞扬。

（四）

中国政法大学光明新闻传播学院教授王佳航点评此稿时说：这是一次突发事件报道媒体融合创新的成功实践。硬核新闻展示了媒体在移动新媒体时代的实力。突发事件仍然是用户最关心、最想看，但是采访最辛苦的报道。突发事件能快速、完整、深度地融合呈现是媒体融合的最重要战果之一。[①]也有人评价农民日报对寿光灾情的报道，"通过多元混合的传播方式，充分整合社交媒体及时性和主流媒体权威性的平台优势，实现平台资源互补"[②]。

为何农民日报会推出《寿光大水三问》的报道？记者李竞涵事后分享时介绍：除了补齐速度"短板"，寿光水灾报道中，一是舆论场呼唤主流权威的深度报道，二是前后方采编团队经过判断，认为一篇有深度的舆论监督报道能够为今后类似事件提供借鉴。为此，通过水灾现场所见所闻、有针对性采访相关水利和农业专家、查阅政策法规、公开发表文献和电子地图，记者采写了《寿光大水三问》的深度报道。这篇报道从问题入手，剖析水灾的原因和经验教训等，力求推动问题整改，推动产业更好发展。[③]

①《〈寿光大水三问〉【专家点评】》，《中国记者》2019 年第 12 期。

② 郝周成：《新媒体语境下"融合报道"的叙事学分析——以第二十九届中国新闻奖媒体融合奖项获奖作品为例》，《出版广角》2020 年第 14 期。

③《〈寿光大水三问〉【作者体会】》，《中国记者》2019 年第 12 期。

《寿光大水三问》在农民日报刊发时是版面的主打稿，另外还有两篇配稿，一篇是李竟涵采写的《寿光受灾乡镇干部：和大水抢时间五天只睡十小时》，一篇是另一名记者采写的《寿光受灾，对北京蔬菜市场影响如何》。三篇稿件指向和侧重点各不同，把三篇稿件组合起来在一个版面上刊发，让整个报道更全面也更丰富，编辑意图十分明显。从采写上而言，《寿光大水三问》有值得学习之处。

——**采访深入**。深度稿件，记者采访是否深入，出现的受访对象可以作为评价指标之一。《寿光大水三问》稿件中出现的有名有姓的人物有 10 人，按先后顺序依次为：62 岁的西道口村农民苏新珍，营里镇党委副书记陈建君，营里镇东北河村农民王希江，寿光市农业局高级农艺师王成增，纪台镇孟家村党支部书记孟令军，中国工程院院士、沈阳农业大学副校长李天来，寿光市农业局副局长马千玉，65 岁的孟家村农民张爱香，寿光市农业局生产科科长张林林，山东省农业厅财务处副处长刘迎增。这么多不同领域不同身份的实名人物，增强了报道的真实性。

——**细节生动**。细节生动，一方面源于多处使用了直接引语，另一方面因为有场景有细节。比如稿件引语部分，由 62 岁的西道口村农民苏新珍切入主题时，有细节化的场景刻画——"我这辈子从没见过这么大的水"。8 月 25 日，记者在寿光市营里镇安置点见到 62 岁的西道口村农民苏新珍时，"她的情绪已经基本平稳了，只是在说到被水淹了的房子时还会偶尔抹一下眼睛"。"抹"这个字用得很生动。

——**文风平实**。对灾情报道，直面问题、提出问题并回答问题，要求写作时既要审慎，亦要文风平实。水灾为何如此严重？背后具体又涉及四个问题：泄洪是否太晚？水库蓄水量是否合理？三座水库同时泄洪是否符合防洪调度规范？水位猛涨是否完全因为泄洪？回答这些问题并不是容易的事。

虽然提出的问题尖锐，但记者根据寿光市水利局官网信息、新闻发布会内容、《中华人民共和国防洪法》《水库调度规程编制导则（SL706-2015）》，并对比最新版高德地图、查阅中国知网弥河相关文献和数据结算等，分析问题并回答问题，让报道有理有据。整篇报道表述也比较平实，如引语部分"而对于这场大水来说，还有很多亟待回答的问题"。文章结尾又写道："张爱香的问题，至今还没人给她一个答案。"一前一后，前后呼应，进一步强化了主题。

——**体现建设性**。好的报道，不仅要能提出问题，还要能为解决问题给出对策建议。例如，大棚积水为何排不出去？直接原因是冬暖式土墙大棚，没有水渠。受访的中国工程院院士、沈阳农业大学副校长李天来在剖析原因的同时也给出了建议：砖墙大棚更符合农业现代化的发展趋势。"报道发出后，寿光当地大棚保险、田间灌排设施等问题陆续得到解决。"[1] 这间接体现此报道不仅问题抓得准且发挥了积极作用。中国记协新媒体专业委员会评价这件作品"基于媒体的监督功能，从突发事件的海量报道中做出了主流媒体的理性思考"[2]，这是有道理的。

（五）

从赏析的角度而言，与一些中央媒体动辄数亿点击量的传播效果相比，这件获奖作品网络传播效果显得有点逊色。农民日报在参评中国新闻奖时报送的数据为：《寿光大水三问》等纸媒报道受到山东省主要领导关注，被网易、腾讯、新浪、凤凰网等多家网站转载。"山东寿光洪水"系列微博点击量25万余次，获得大量网友点赞，提升了农民日报融媒体渠道的影响力。查询农民日报参评作品的微信公众号推文和微博视频数据，推文点击量4200多次，视频跟评条数10多条。这说明中国新闻奖看重传播效果，但又不完全唯流量。

参评中国新闻奖时，农民日报报送的作品标题为"《寿光大水三问》系列报道"，具体类型是融合创新。当年中国新闻奖评选办法中对系列报道和融合创新的界定分别为："系列报道是指围绕某一主题或已经发生的新闻事件等所做的多角度、多侧面报道。作品整体性强，单件作品之间关联性强。""在媒体融合报道方面有重大创新的新闻作品。"实际情况是参评作品为3000多字

---

[1]《崇农求真"有我在"——农报记者一线风采》，《农民日报》2020年4月18日。
[2]《〈寿光大水三问系列报道〉中国新闻奖媒体融合奖项参评作品推荐表》，中国记协网2019年5月24日。

的《寿光大水三问》和一个短视频，而且文章和视频还是分开的，中间隔了两天，视频在前，文字在后，分别发在农民日报微博和微信公众号上。

一般而言，报纸的文字系列报道，肯定不能只有一篇稿件和一个视频。另外，参评稿件发在农民日报微信公众号上，几千字的稿件只有一张配图。配图还没有图说，文字稿件没有图说的配图至少是不规范的。查看报纸稿件，照片是有文字说明的。一个仅有一幅配图的通讯稿，很难说是融合创新。

中国新闻奖当年评选办法对融合创新的要求是要有"重大创新"，虽然不能否认农民日报对寿光灾情报道有很多融合探索，就参评作品而言，恐怕与重大创新还有距离。实际上，《寿光大水三问》一稿是当天《农民日报》的见报稿，参评作品只能算是把见报稿放到微信公众号上进行了推送，从标题到正文一字不差。这不能算真正意义上的融合创新。根据中国新闻奖评选办法，这件作品当年去参评通讯与深度报道类奖项可能更为合适。

阅 读 ＋

（《寿光大水三问》系列报道主创：李竟涵；编辑：江娜、雍敏、高雅；农民日报微信公众号 2018 年 8 月 27 日；获第二十九届中国新闻奖融合创新三等奖；注：所附二维码为农民日报公众号推文）

掌握过硬证据链条

在第二十九届中国新闻奖评选中，江苏广播电视总台城市频道《零距离》栏目作品《重磅！北京同仁堂蜂蜜：过期品送入原料库还涉嫌更改生产日期》获短视频新闻二等奖。这是一件典型的舆论监督报道，刊发之后取得了较为理想的社会效果。

（一）

《零距离》初创时名叫《南京零距离》。2004 年 7 月，《南京零距离》平均收视率为 8.3%，最高点收视率达到惊人的 17.7%，该栏目曾经创造了不可思议的收视率和年广告收入 1.008 亿元的神话，成为全国身价最高的地方新闻栏目。[①]2009 年 5 月起，《南京零距离》升级为《零距离》。升级后的《零距离》强调"五个一"：一个焦点、一个人物、一组评论、一个调查和一个故事。[②] 针对《南京零距离》的火爆，《南方周末》刊发过一篇颇有意味的报道：《〈南京零距离〉收视率惊人，现在报纸抄我们》。

当前，人类信息传播跨过了马克·波斯特所说的第一媒介时代和第二媒介时代，已经进入第三媒介时代。第一媒介时代是"以信息制作者极少而信息消费者众多的单向性播放型模式占主导的时代"，第二媒介时代是"以媒介制作者、销售者和消费者为一体的双向型、去中心化的交流模式为主导的时代"，第三媒介时代是"以泛在（即'无所不在'）网络为物理基础的、以沉

---

① 《地面频道十年兴衰简史》，界面新闻 2016 年 10 月 10 日。
② 《江苏城市频道〈南京零距离〉升级为〈零距离〉》，搜狐网 2009 年 4 月 23 日。

浸传播为特征的泛众传播时代"。①

面对以互联网为代表的新媒体崛起和迅猛发展，媒体唯有创新，才能迎接挑战，才能继续担当领跑者的角色。2019 年，《零距离》栏目再次重装出击，政策解读、现场报道、深度调查、新闻短评四箭齐发，专题策划、特别企划精品不断，融媒互动、突发报道彰显责任。② 舆论监督是《零距离》栏目的特色之一。了解了这些，对出自江苏城市频道《零距离》栏目的作品获中国新闻奖也就不意外了。

（二）

舆论监督既是媒体履行"澄清谬误、明辨是非"职责与使命的体现，也是媒体"推动社会进步、守望公平正义"定位和功能的体现。舆论监督报道一般涉及面广，社会影响大，媒体操作舆论监督报道时一般都会持比较审慎的态度。对舆论监督报道，媒体从选题到采制、播发，都会有一套严格的操作流程。移动互联网时代，舆论监督报道社会影响更大，媒体操作舆论监督报道时也应以更加审慎的态度来面对，尤其是涉及食品类的舆论监督报道。

获奖视频在操作上比较扎实。视频时长 1 分 37 秒，从内容上看，按时间顺序，大致可以分为以下八个方面：一是盐城金峰食品科技有限公司内，瓶装的同仁堂蜂蜜被撕掉标签倒到大桶内；二是知情人报料这些蜂蜜其实是过期或临近过期的；三是追问工厂工人为何将蜂蜜从瓶中倒出来；四是有工人称，倒出来的这些蜂蜜是要退给蜂农喂蜜蜂用的；五是报料人反映，退回来的过期、即将过期的蜂蜜有好几万瓶；六是指明这些贴着"倒蜜"字样的过期蜂蜜去向，实际上被装入大桶后送入工厂原料库；七是市场监督管理部门表态，企业如此处置不规范，此前已发现企业类似操作，还篡改过同仁堂蜂蜜产品生产日期，如 2018 年 3 月被更换成了 2018 年 6 月；八是指明这些蜂

---

① 韩姝：《融合新闻的形态及发展趋势——基于中国新闻奖媒体融合奖获奖作品的分析》，《传媒》2020 年第 1 期。

② 《江苏城市频道〈零距离〉简介》，荔枝网 2019 年 8 月 26 日。

蜜产品系北京同仁堂蜂业有限公司委托盐城企业生产。

任何舆论监督报道，操作起来都不容易，过去不容易，现在亦不容易。从作品主创之一范瑞后来的分享中可知，这个调查其实很不容易，虽然有举报人报料，但要突破可谓费尽周折。

当时，记者根据举报，到涉事企业去调查，通过暗访拍摄到了厂区内一个非常隐蔽的车间里涉嫌回收过期蜂蜜的行为，但这并不能证实回收蜂蜜的流向。在陷入僵局的情况下，记者再次联系举报人得知，曾向县市场监管局举报过该企业回收过期蜂蜜的事。当执法人员赶到并对现场控制后，企业方面提供了同仁堂方面关于过期蜂蜜的处理办法，但企业处理过期蜂蜜的方式严重偏离了同仁堂方面的"办法"。这虽然进一步证实了该企业涉嫌延长蜂蜜保质期，但还不能定性其存在延长蜂蜜保质期的行为。这家企业是当地一家较大型的招商引资企业，最后经过记者充分沟通，监管部门才将之前查处的情况"曝光"——该企业之前就因回收过期蜂蜜并更改产品的生产日期，以延长保质期被查处过。有了这样的结果，对记者来说就是撕开了一个"口子"，根本不用再去定性这一次的回收行为。[①] 视频中，来源不同的声音、字幕一起成为揭示盐城金蜂食品科技有限公司涉嫌违规处理蜂蜜的重要证据。[②] 报料人以背景的方式出镜，但播出时声音经过了特殊处理。

江苏省记协在推荐这件作品参评中国新闻奖时评价：涉事企业为百年老字号，对这样的企业进行曝光，需要非常过硬的证据链条。从获得线索到深入调查，《零距离》栏目在采制过程中每一步都严格以事实为依据，力求客观准确。在播发前，更是对稿件和素材几经讨论，谨慎求证。[③] 这一评价在节目和记者的分享中均可以感受到。做舆论监督报道，扎实的调查是基础，这也是这件获奖报道值得学习的地方。

融媒体时代，技术在变，新闻报道的形式在变，但新闻传播的根本价值

[①] 范瑞：《真相，愈调查愈清晰》，中国江苏网 2019 年 12 月 24 日。

[②] 刘涛、朱思敏：《融合新闻的声音"景观"及其叙事语言》，《新闻与写作》2020 年第 12 期。

[③]《《重磅！北京同仁堂蜂蜜：过期品送入原料库还涉嫌更改生产日期》中国新闻奖媒体融合奖项参评作品推荐表》，中国记协网 2019 年 5 月 23 日。

追求不变。坚持以人民为中心是新闻媒体始终不变的追求，维护人民利益、反映人民需求、回应人民呼声自然也应是融媒体新闻产品的核心价值所在。有人评价这件获奖作品是以百姓视角，反映社会问题，体现人民情怀的优秀作品。[①] 有人表示，这一作品能获中国新闻奖二等奖"在预料之中"。

"实际上这个节目并不是我最满意的"，对作品能获奖，范瑞认为，既有偶然也有必然，一方面与同仁堂这个"自带流量"品牌是分不开的，有偶然性；另一方面作为《零距离》栏目长期奔跑在一线的调查记者，能够获得中国新闻奖，也具有一定的必然性。换句话说，获奖又何尝不是对一个记者职业精神、专业精神的肯定和回报呢？这样的作品获中国新闻奖，本身也是传递和释放新闻业务的价值导向。

（三）

2018 年 12 月 15 日晚，独家调查《同仁堂蜂蜜改"年龄" 谁玷污了三百年老品牌？》在江苏城市新闻频道《零距离》栏目播出，将代工企业更改日期并被执法部门认定的违法行为公之于众。在电视节目播出的同时，相关短视频作品《重磅！北京同仁堂蜂蜜：过期品送入原料库还涉嫌更改生产日期》在互联网平台上推出。

除作品本身扎实外，多平台传播实现效果最大化，是这件获奖作品的特色之一，这也是值得学习之处。比如，节目在电视平台播出的同时，同步在移动端进行传播。再如，根据不同平台的特点，对内容进行剪辑再传播，而不是一条内容供各个平台同时使用。

电视栏目播出的视频时长 5 分 40 秒，标题为《同仁堂蜂蜜改"年龄" 谁玷污了三百年老品牌？》，而视频号和微博上发布的视频时长只有 1 分 37 秒，缩短了 4 分多钟。除了时长，标题也改成了《重磅！北京同仁堂蜂蜜：过期品送入原料库还涉嫌更改生产日期》。作品在网站上发布时，除文字外还

① 雷跃捷、白欣蔓：《回归"内容为王"——第二十九届中国新闻奖融媒体作品评析》，人民网 2019 年 11 月 18 日。

配发了大量照片。

值得重视的是，当前，不少传统媒体客户端留不住用户，受众主要集中在社交网络平台上。因此，受众在哪里，传播触角就要伸到哪里。①自主平台重要，但也要善于积极利用微博、微信等第三方平台。江苏省记协评价这件作品："由于提前确定了多平台传播策略，栏目将电视新闻与基于新闻素材加工制成的短视频在电视端和网络端同步推出，因此获得了巨大的传播流量，这既是利用新手段新平台强化调查类报道的有益探索，也是新闻融合传播的典型案例。"

有人评价，短视频新闻《重磅！北京同仁堂蜂蜜：过期品送入原料库还涉嫌更改生产日期》是舆论监督类报道。新媒体语境下利用短视频进行舆论监督有其优势，短视频在网络端推出后容易积聚流量，使问题得到快速解决。这篇报道便是短视频创作的典型案例。②

该作品参评中国新闻奖时，填报的社会效果为：当天 19：00，短视频在腾讯企鹅号上推出，播放量近 640 万次，2.5 万人参与评论；当天 21：00，短视频在微博上推出，仅十多分钟，就被人民日报微博抓取转载，环球时报、北京日报、新京报等媒体官微迅速跟进。5 天时间，这条短视频微博播放量达 2200 多万次，累计播放量超过 2700 多万次。

媒体深度融合发展，内容建设是根本，新闻硬核是最好的"特效"。《重磅！北京同仁堂蜂蜜：过期品送入原料库还涉嫌更改生产日期》从标题就能看出新闻事件的主要内容。作品风格简洁直观，没有过多的效果修饰，但却给人留下深刻印象。整件作品的最终呈现没有加一句解说词，全部采用同期声和字幕，直观记录新闻事件本身。画面注重细节呈现，力求真实可信。整件作品镜头拍摄几乎没有加入任何拍摄技巧，"白描式"呈现反而带给人强烈的真实感。后期剪辑也较为简单，用字幕串联起镜头，一步一步呈现事件

---

① 《33 秒抖音视频作品，凭什么拟获中国新闻奖？》，老总签发单微信公众号 2019 年 9 月 22 日。
② 董晓玲：《尽显融合优势——第 29 届中国新闻奖短视频获奖作品分析》，《新闻世界》2020 年第5 期。

进程。①

多家媒体的转载、评论，让此事成为热门话题。《科技日报》刊文表示：被誉为传统企业科技创新典范的同仁堂为什么会对一家代工厂完全"失控"？要知道虽说是代工厂，但生产的产品却是实打实地贴上了同仁堂的标签，进到了千家万户。所以代工不是挡箭牌，"监管不力"也很难成为借口。②《中国改革报》发文表示：同仁堂不仅是中国百年老店的一个历史文化符号，更是百年老店中的一个市场诚信符号。在互联网快速发展的今天，这些"老字号"如何更好地坚守诚信，擦亮"金字招牌"，成为企业共同的命题。③

在做大做强主流舆论，弘扬主旋律外，短视频新闻也应注重从民生热点话题中做文章，引导热点舆论。有人评价，《重磅！北京同仁堂蜂蜜：过期品送入原料库还涉嫌更改生产日期》堪称短视频调查类报道的典范。④ 主创之一范瑞事后总结，制作短视频并通过网络平台进行传播，使信息得以更快、更广地推广，从而在最短的时间内取得了最强的效果，这不仅倒逼涉事企业高度重视，同时也引起职能部门的高度重视，使问题迅速得以解决，及时化解了可能存在的食品安全隐患。这说明，短视频在这一报道中发挥了重要作用。要实现传播效果最大化，无论是广播、电视还是报纸、网站，其实都应该重视短视频在互联网平台尤其是社交平台上的传播。

（四）

以流量为代表的传播效果，只是新闻作品社会效果的一个方面。新闻作品的社会效果，除了看流量更要看是否推动问题解决。与一些获奖作品的社会效果仅仅体现在点击量上不同，这件作品社会效果显著，并推动了问题解决。

一方面，涉事企业第一时间发表声明进行了回应。具体而言：节目播出

① 从有志、蒋斯亮：《融合作品的"笔力"优化路径——2018年度江苏媒体融合一等奖作品探析》，《城市党报研究》2019年第8期。
② 李艳：《为代工厂背锅？企业用高科技不该是噱头》，《科技日报》2018年12月21日。
③ 何玲：《背离古训 同仁堂遭遇"诚信危机"》，《中国改革报》2019年2月18日。
④ 杨珊珊：《新媒体环境下如何做好短视频新闻——浅析第二十八届、二十九届中国新闻奖媒体融合奖短视频新闻作品》，《记者观察》2020年第17期。

次日，北京同仁堂蜂业有限公司发布《致歉声明》，承认"存在对清理出的蜂蜜未明确标识的问题"，同时也承认"在委托生产过程中，我公司存在监管不力和严重失察的责任"。①

另一方面，监管部门迅速进行了调查。2019 年 2 月 11 日，江苏省盐城市滨海县市场监督管理局和北京市大兴区食品药品监督管理局经过全面调查核实取证，公布了行政处罚结果。滨海县市场监督管理局经调查认定，同仁堂蜂业部分经营管理人员在盐城金蜂进行生产时，存在用回收蜂蜜作为原料生产蜂蜜、标注虚假生产日期的行为，违反了《中华人民共和国食品安全法》有关规定，对此处以罚款 1408.82661 万元。大兴区食品药品监督管理局经调查认定，同仁堂蜂业 2018 年 10 月起生产的涉事蜂蜜中，有 2284 瓶流入市场，按照《中华人民共和国食品安全法》有关规定，没收违法所得 11.174088 万元，没收蜂蜜 3300 瓶。同时吊销北京同仁堂蜂业有限公司经营许可证，自处罚决定作出之日起 5 年内不得申请食品生产经营许可，有关涉事人员自处罚决定作出之日起 5 年内不得申请食品生产经营许可，或者从事食品生产经营管理工作、担任食品生产经营企业食品安全管理人员。②

此外，北京市纪委监委及时启动问责调查。北京同仁堂蜂蜜问题，触及了食品安全这根红线，损害了人民群众生命财产安全和国有资产权益。北京市纪委监委针对媒体曝光的北京同仁堂蜂蜜问题启动问责调查。调查发现，北京同仁堂集团党委没有充分发挥在国有企业的政治核心和领导核心作用，内部管理混乱，对下属企业监督管控不力，对控股企业存在的生产经营和质量管理问题失察失责，相关企业质量管控制度虚化不落实造成国有资产严重损失，对"同仁堂"品牌形象产生恶劣影响。经北京市纪委常委会研究，并报请北京市委常委会研究批准，对北京同仁堂集团原党委书记、董事长梅群等 3 名企业领导干部给予党纪政务处分，要求北京同仁堂集团纪委对北京同仁堂集团公司、北京同仁堂股份公司、北京同仁堂蜂蜜公司的 11 名企业干部

① 《北京同仁堂蜂业就媒体曝违规生产蜂蜜发〈致歉声明〉》，人民网 2018 年 12 月 16 日。
② 徐宏文：《同仁堂"蜂蜜门"：子公司被罚 1408 万元》，《中国中医药报》2019 年 2 月 13 日。

给予相应党纪政务处分，按照企业管理制度进行职务调整、解除合同及经济处罚。①

没隔几天，国家市场监管总局办公厅发出通报，撤销中国北京同仁堂（集团）有限责任公司中国质量奖称号。根据《中国质量奖管理办法》（原质检总局令第 167 号）第三十二条："获奖组织和个人两年内发生重大质量和安全事故，发生违法、违规、违纪行为，撤销奖励并公开通报。"通报称：中国北京同仁堂（集团）有限责任公司下属的北京同仁堂蜂业有限公司因更换标签虚假标注生产日期和使用回收蜂蜜作为原料生产蜂蜜受到行政处罚，经市场监管总局研究决定，撤销中国北京同仁堂（集团）有限责任公司中国质量奖称号，收回证书和奖杯。②

从媒体报道到北京市纪委监委公布问责处理结果，再到撤销中国北京同仁堂（集团）有限责任公司中国质量奖称号，收回证书和奖杯，前后仅仅相隔两个月。这既反映了官方部门坚决维护食品安全的态度和决心，同时也说明媒体的这次报道是一次卓有成效的舆论监督。

（五）

中国新闻奖评委、中国传媒大学教授曾祥敏评价《重磅！北京同仁堂蜂蜜：过期品送入原料库还涉嫌更改生产日期》调查扎实，以充分证据揭露了某些企业蒙混过关及知名企业的管理漏洞，为知名品牌的健康发展敲响警钟，并建设性地推动问题得到解决。③从赏析的角度而言，这件作品还有改进空间。

发布在网络平台的短视频与电视节目播出的短视频相比，短了 4 分多钟，短了之后有些内容就被删掉了，连贯性就不太自然，个别地方不太好理解。

---

① 《问责处理同仁堂蜂蜜问题 14 名相关责任人》，中央纪委国家监委网站 2019 年 2 月 12 日。
② 《市场监管总局办公厅关于撤销中国北京同仁堂（集团）有限责任公司中国质量奖称号的通报》，国家市场监督管理总局网站 2019 年 2 月 19 日。
③ 曾祥敏：《稳中求变　深度探索——第 29 届中国新闻奖媒体融合奖评析兼论内容融合创新》，《新闻与写作》2019 年第 11 期。

比如，滨海县市场监管局食品科科长李清华说"他们处置这些不合格品确实是不规范的"，就有点突兀和令人费解。其实，在电视节目中，李清华出镜前是有一段介绍和铺垫的：贴有"倒蜜"字样的大桶，被送到了厂家的原料库，原料库是存储生产蜂蜜原料的，回收的过期蜂蜜为何会被放入原料库中呢？这才自然地引入了赶到现场检查的执法人员，过程切换就比较自然。

这些年中国新闻奖媒体融合奖的评选原则其实是有细微变化的。比如，第二十八届中国新闻奖首次设置媒体融合奖时，明确参评作品为"经国家正式批准的报社（报业集团）、通讯社、广播电台、电视台和新闻网站，原创并在其移动端首发"，次年的要求变成了"原创并在其移动端发布"，对比可以发现，"首发"变成了"发布"。

扫描二维码链接微博，可以发现获奖作品显示为"已编辑"，这意味着该作品发布后进行了重新编辑。不知道这个"已编辑"该怎么解释？从参评角度而言又是否规范？至于"已编辑"的作品是否能参评中国新闻奖，没有查询到中国记协以及中国新闻奖评委对这方面的公开解释。

获奖作品作为舆论监督，既是对盐城企业的监督，同时也是对同仁堂的监督。但整个报道，没有看到对同仁堂方面的采访，显得有些遗憾，这也是值得注意的。腾讯曾起诉贵州老干妈并要求法院冻结后者千万资产，老干妈之后发表声明称，收到上述文书后，公司给予高度重视并立即开展调查。贵阳警方之后发布通报：犯罪嫌疑人曹某（男，36岁）、刘某利（女，40岁）、郑某君（女，37岁）伪造老干妈公司印章，冒充该公司市场经营部经理，与腾讯公司签订合作协议。[①]这起"乌龙"事件对媒体做好新闻舆论工作是有警示意义的。

对于舆论监督报道，如果媒体因为自己采访不到位，一旦出现反转势必会损害媒体的公信力和影响力。结合腾讯与老干妈之间的这起"乌龙"，记者即便在调查采访中看到了双方签订的合同，恐怕也要再求证一下真实性。虽然获奖报道没有出现反转，合同也确实是真的，但从调查报道采访的严谨性

①《腾讯起诉老干妈欠钱真相：3人伪造老干妈公章》，千龙网2020年7月1日。

而言，还是应该进一步求证核实，确保万无一失。也许，记者对合同真实性也进行了求证，只是没有在节目中呈现。

阅 读 +

　　（《重磅！北京同仁堂蜂蜜：过期品送入原料库还涉嫌更改生产日期》主创：范瑞、汪正卫、向燚；编辑：宗久悦、李俊杰；江苏省广播电视总台城市频道新闻零距离栏目官方微博 2018 年 12 月 15 日；获第二十九届中国新闻奖短视频新闻二等奖）

花费三个月搞调查

在第二十八届中国新闻奖评选中，上海广播电视台作品《网红店假排队调查》获短视频新闻二等奖。今天，无论是广播电视还是报纸，基于移动端传播的视频已成为常态报道方式，但这件获奖作品是历届中国新闻奖中为数不多的短视频舆论监督报道。

（一）

参评中国新闻奖时，这件作品标注的发布平台为看看新闻网及手机客户端。看看新闻网的主管单位为上海广播电视台。打开看看新闻网，首先映入眼帘的介绍是："看看新闻，在上海，看世界。看看新闻网是国内专业的视频新闻网站，网站整合了 SMG 强大的视频新闻资源，提供最新最热的视频新闻在线播放，24 小时视频直播，海量视频新闻搜索及视频新闻上传通道。"

看看新闻网上《关于我们》中介绍：看看新闻 Knews 由东方卫视新闻团队和上海电视台新闻团队联合出品，看看新闻客户端是上海广播电视台官方新闻客户端。上海广播电视台融媒体中心，由原东方卫视新闻团队、上海电视台新闻团队、外语中心团队和看看新闻网团队联合组建，力争打造互联网世界中独树一帜的原创视频新闻品牌。其原创新闻内容在东方卫视、百视通互联网电视（OTT）、IPTV 和看看新闻客户端等渠道，以及海内外多个社交网络平台上广泛呈现。

从这些介绍中，可以看出上海广播电视台比较早地就开始战略性布局短视频平台并进军短视频传播领域。如果是报纸类媒体做《网红店假排队调查》的短视频报道，多少还有点令人意外，但广电媒体操作这样的视频报道，并获中国新闻奖似乎也在情理之中。期待早日看到报纸类媒体操作出视频版的舆论监督报道。

（二）

《网红店假排队调查》作品主创之一的上海广播电视台记者朱厚真后来直言："对于黄牛假排队、商家雇人炒作的介绍，我们可能并不是独家，很多文字报道都曾经揭露过这一行的潜规则。但是真正实际亲眼见到、亲身经历的消费者并不多。"[①]这件作品参评中国新闻奖时填写的数百字的材料，并不足以全面反映背后的采编经过。结合朱厚真在2018年中国新媒体大会上的分享讲述，这件获奖作品有几点值得思考和学习。

——**善于从生活中发现选题**。生活亦新闻，新闻亦生活。汪曾祺曾说："四方食事，不过一碗人间烟火。"作为新闻工作者的记者，不是不食人间烟火的神仙，要推出有思想、有温度、有品质的作品，离不开俯下身、沉下心去观察生活。

2017年初，朱厚真第一次购买喜茶，当时排队要在漫漫的冬夜里排4个小时。实在忍受不了，她就花80块钱一杯的高价，从黄牛手上把原价大概19块钱一杯的水果茶买了下来。喝的同时，朱厚真惊叹这利润真可观，并对这个黄牛群体感到非常好奇，"所以我们团队也想好好地去把握住这个选题"。[②]这应该是触动朱厚真去操作《网红店假排队调查》选题直接的动因之一。

很多类似的新闻，多少人看到了，但无动于衷，不了了之。这背后可能有其他因素，但作为记者，有没有想到要去操作成新闻呢？解放思想得首先有思想。当天天为线索和选题焦虑的时候，选题和线索不就在身边吗？不就在生活中吗？宝鸡日报在第二十四届中国新闻奖评选中的获奖作品《跑三条街买不到一个顶针》，又何尝不是源于生活呢。长江日报高级记者田巧萍

---

① 朱厚真：《〈网红店假排队调查〉：用新媒体澄清谬误明辨是非》，出自《中国新媒体年鉴2018》，时代文艺出版社2019年版。

②《分享实录 上海广播电视台朱厚真》，出自《2018中国新媒体大会》，学习出版社2019年版。

2022 年有两篇报道同样令人印象深刻，《今夏鸣蝉特别多，到底这是为什么？虫虫专家让你知了知了》《5 个青椒 1 斤重，武汉生鲜店都在卖》看似平常，但都是来自生活的选题。好记者要有能发现线索和选题的能力。放眼生活，都是新闻，"四力"中，脚力和笔力之间，需要眼力和脑力两个关键环节。

——选题操作要舍得下功夫。 近些年来的一个感受是，记者越来越像网友、网友越来越像记者。为什么这样说？因为有些新闻报道浅尝辄止，流于表面，有的媒体已经不像个媒体了。这是值得警惕的。全媒体时代，人人都有麦克风，人人都是传播者，但主流媒体记者的基本功不能荒废。

获奖作品《网红店假排队调查》实际上是个系列，由三篇短视频报道组成，每篇报道的视频长五六分钟。其中，第一篇报道直指黄牛假排队；第二篇报道用暗访拍摄手法，把商家炒作全盘讲清楚，把假排队整个流程放到了阳光下；第三篇报道展现了黄牛群体的现实利益与生存压力。这三篇报道单就广度和深度而言，走在了其他媒体同主题报道前面，而且是用视频方式呈现的。报道同时揭露，雇用黄牛炒作已涉及房地产、服装、餐饮等多个行业。这一扎实的暗访调查报道成了刺破谜团的利刃，是新闻舆论工作澄清谬误、明辨是非职责与使命的鲜明体现。

参评中国新闻奖的实际上是第二篇报道，网上的标题为《前门买后门还，记者实拍"网红店"假排队》，网上发布时除视频外还配发了 2500 多字的文字。这也说明，参评中国新闻奖的作品可以是系列中的单篇，不一定就是第一篇。《前门买后门还，记者实拍"网红店"假排队》实际上披露了三种类型的假排队。视频中还穿插披露了收费不菲的自媒体大号的商业推文，"凭借劲爆的标题，诱人的图片，吸引人们前往购买"。对这种不良现象，有业内人士直言："有钱的靠排队越来越有钱，穷的则越来越穷。"报道同时还让上海知名评论员、媒体人胡展奋出镜对假排队现象发声："商业环境的改造，当大家一代一代努力，目前就开始呼吁制止假排队，不让它全面开花的话，它会改观的。因为向往美好生活方式是每个人的要求。"

获奖作品采访能做到如此深入，背后与记者的投入是分不开的。根据朱厚真的分享讲述可知，背后的操作大致可分为四个步骤：一是作为一个普通消费者来观察这个行当；二是将自己扮演成"想要做网红的奶茶店老板"联系黄牛，以一个"小白"的身份请求黄牛说出行业的秘诀；三是加入"黄牛"的队伍，到粽子店、鞋店、房产公司以亲身经历的形式进行暗访；四是操作时灵活地把暗访和公开采访相结合，比如，对粽子店的报道，一路记者作为潜伏的黄牛在队伍里偷拍真实情况，一路记者冒充美食栏目的记者公开采访粽子店老板娘和食客。

这组报道记者前后花费了近三个月。坦率地说，《网红店假排队调查》的内容和选题谈不上多么重大，如此花费近三个月时间不仅周期长投入也大，不知道有多少媒体能支持记者去做这样的选题？上海广播电视台能让记者这样去做，是非常可贵的。拍摄这则调查之时，正值上海广播电视台融媒体改革，朱厚真从原来的工作岗位来到了深度报道组。这个岗位对记者没有明确、强行的工作条数要求，对于值得报道的选题，融媒体中心给予了记者足够的时间和团队上的支持，让记者能够深入各类人群，看到各种现象，从更广的角度和更多的维度去解构一个有价值的选题。朱厚真直言："一个选题从策划到结束，到底要花费多久，可能最初很难说得清楚，能不能耐心地等待下去，考验着记者的毅力，也考验着媒体的实力。"[①]

出作品，需要给记者时间和空间，这又何尝不是值得学习之处呢！很多时候，一些媒体恨不得当天布置选题当天就出稿，最后也只能流于平庸。对于有价值的选题还是要舍得投入，除了记者舍得投入外，媒体本身也要在考评政策等方面予以保障，鼓励记者去投入。

——**用新媒体方式呈现传播**。上海广播电视台融媒体中心深度报道组的记者、编导几乎都是90后，其一个值得学习的做法是所有的选题和报道处理方式首先考虑的是新媒体传播，包括什么样的开头、是否使用解说、结构编排和长度等，都坚持新媒体优先。

以《网红店假排队调查》这组报道为例，首发在看看新闻网和微博平台

[①] 朱厚真：《〈网红店假排队调查〉：用新媒体澄清谬误明辨是非》，出自《中国新媒体年鉴 2018》，时代文艺出版社 2019 年版。

发布，第一篇报道发出当天就冲上了微博热搜榜第五名。网络发布的时候，作为内容生产者与网络编辑一起商议标题，其目的就是"争取迎合网络观众的口味，吸引点击和转载"。网上发布时，视频＋长文＋视频截图＋动图的方式，很有新媒体风格。网络分发之后，视频内容又在电视上进行传播，网络首发内容与电视播发内容并不一致，而是重新制作成了不同长度、不同语态的内容。一些媒体把同一内容在不同平台分发时，完全不考虑平台的传播特性，这是不可取的。

这组报道的成功，除"记者以顾客、黄牛、网红店主等身份进行实地暗访，探究问题的本质"①外，传播效果无疑也是重要因素，"作品一经推出便被央视、新华社等各大媒介转载，形成了现象级传播，引发了社会热议"②。作品参评中国新闻奖时填报的传播效果为"仅看看新闻官方微博点击量就高达1500万，全网可查点击量超过1亿"③。此外，报道通过调查揭露了网红店排长龙现象背后的黄牛炒作运作方式，进而督促商家与监管部门进行整顿。④

（三）

从赏析角度而言，这件获奖作品也有可探讨之处。

一是发布时间。获奖作品的发布时间网上显示为"2017-06-06 00：32：30"，内容非重大突发事件，选择深夜来发布，令人费解，仅仅为了突出24小时不间断更新？

二是获奖作品作为将近6分钟的视频，正文始终没有出现记者，让人略有遗憾。是不是考虑到作为舆论监督报道，保护记者的需要？

三是怎么评价报道实际所起到的作用。"报道在给公众还原了真相的同时，也协助了市场清查。涉及商家及有关部门在报道发出后展开整顿。"但时

① 曾祥敏：《导向正确　融合创新　专业引领　规则探索——第二十八届中国新闻奖媒体融合奖评析》，《新闻战线》2018年第21期。

② 高红波、赵鑫明：《掌上中国：第二十八届中国新闻奖融媒短视频作品评析》，《视听》2019年第2期。

③《〈网红店假排队调查〉中国新闻奖媒体融合奖项参评作品推荐表》，中国记协网2018年7月19日。

④ 洪长晖、张佳佳：《两届中国新闻奖媒体融合奖项作品分析》，《媒体融合新观察》2021年第2期。

至今日，类似的假排队现象在全国范围内并未禁绝，作为主创之一的朱厚真在作品获奖之后也坦言：从舆论关注到推动改变，并没有那么简单；甜头肉眼可见，惩罚难以取证、无从落实，上贼船的人，竟越来越多。这也是让人感到遗憾的地方。

四是作品署名不怎么规范。参评作品页面上显示的记者名字如"厂日子"，并非记者实名。2011 年，新闻出版总署印发的《关于严防虚假新闻报道的若干规定》中明确："新闻机构要建立健全新闻作品的署名规则。刊播新闻报道必须署采访记者和责任编辑的真实姓名；不是亲自采编的稿件不得署名；刊播经核实的社会自由来稿应署作者的真实姓名。"

阅读+

(《网红店假排队调查》主创：厂日子〔朱厚真〕、方也〔施聪〕、王爱〔赖瑗〕、聂焱〔耿博阳〕、吕白水〔吕心泉〕、文见水〔刘宽漾〕、余人玮〔徐玮〕、尧木〔朱晓荣〕、朱世一；上海广播电视台看看新闻网 2017 年 6 月 6 日；获第二十八届中国新闻奖短视频新闻二等奖)

第二辑

采访深入一线

行千山万水，走千村万寨，入千家万户，吃千辛万苦，只有在路上，心里才有时代；在基层，心里才有群众；在现场，心里才有感动。没有最好的现场，只有最真实的现场。一位连续三年获中国新闻奖一等奖的记者直言："作品不会说谎，它会把你的一点一滴都如实地反映在大众面前。"媒体融合类的优秀作品，背后同样可以看到新闻工作者的脚力。

最快速度到达现场

在第三十一届中国新闻奖评选中，四川日报报业集团川观新闻客户端作品《独家航拍！直击水龙与火龙艰苦拉锯》获短视频现场新闻一等奖。突发事件报道竞争比拼的是速度，这件获奖作品的背后是山火发生后记者以最快速度赶赴现场。

（一）

近年来，无论是四川日报还是四川日报报业集团的媒体融合发展实践在省级党报和省级党报集团中都颇受关注。川报集团从顶层设计入手，将制度安排、资源配置与技术发展紧密耦合，构建创新体系为技术赋能，推动技术从修补发展短板的"工具"升级为驱动融合创新的"引擎"。

2020年9月18日，四川日报全媒体正式改版迭代：以四川日报为引领，以川观新闻（由川报观察客户端全新升级而来）为驱动，以四川在线为协同，以打造智能＋智慧＋智库的智媒体为抓手，以建立全媒体传播体系为重点，推进川报、川观、在线"一支队伍、一个平台、三大终端、全媒一体"深度融合。

改版迭代后的川报全媒体有一系列操作刷屏媒体圈。三星堆新一轮考古发掘"再醒惊天下"，继古蜀文明"神曲"《我怎么这么好看》MV持续刷屏后，四川日报又用16个整版深度解读三星堆和古蜀文明，再一次刷屏媒体圈。在第三十二届中国新闻奖评选中，有4件作品都与"三星堆"有关，分别是：川观新闻客户端《三星堆国宝大型蹦迪现场！ 3000年电音乐队太上头！》获融合报道二等奖，川观新闻客户端《再醒惊天下——聚焦三星堆新一轮考古发掘成果》获新闻专题三等奖，中国外文局《璀璨三星堆》获系列报道三等奖，新华社英文客户端《三星堆遗址新发现揭示中华文明多元一体》获国际传播三等奖。

近年每逢记者节，四川日报微信公众号的推文都让人惊艳，《祝我们一不放假、二不补休、三不发钱的记者节快乐鸭！》《吐血巨制！记者专用表情包来了！！》《千万别看记者的手机，太可怕了！》《媒体人的世界有多卷？》《一旦你和媒体人谈恋爱，那完了》等推文在调侃吐槽中也让人看到了四川日报在努力放下身段拥抱新媒体。

四川日报报业集团总编辑李鹏在谈及"媒体内容新定义"时曾说：90 后、Z 世代① 快速成长，他们言谈举止独特、生活方式另类，二次元表达和沟通成为他们的标签。党报的内容创新也要年轻态，借鉴年轻人的话语表达方式，运用网络传播要素，使用"网言网语"来进行主旋律报道，以"非主流"的表达传播主流信息，才能对网民进行更有效的舆论引导，对年轻人进行主流价值传输。②

2023 年 3 月 29 日，川观新闻"C 视频"账号矩阵暨共创计划正式启动。李鹏在题为《传播主流新闻视频化》的演讲中表示：短视频发展势不可当，在推进媒体深度融合发展的进程中，主流媒体必须加快视频化转型，否则又要再一次被沦为"传统媒体"了。③

（二）

2020 年 4 月 1 日 19 时许，四川凉山州西昌泸山突发山火。与其他山火不同的是，这场大火直逼人口 76 万的凉山州州府，附近还有加油站、液化气储配站、学校等场所，灾情危急，各界十分关注。

---

① Z 世代是一个网络流行语，也指新时代人群。新的"Z 世代"是指 1995—2009 年间出生的一代人，他们一出生就与网络信息时代无缝对接，受数字信息技术、即时通信设备、智能手机产品等影响比较大。

② 李鹏：《以智媒体为抓手 构建全媒体传播体系——四川日报报业集团探索媒体深度融合的创新实践》，《新闻与写作》2020 年第 12 期。

③《四川日报社总编辑李鹏：以视频化转型建强全媒体传播体系》，传媒微信公众号 2023 年 3 月 30 日。

突发事件报道最考验媒体的业务能力，一方面，要及时准确报道现场情况；另一方面，还要做好舆论引导，回应关切。通过这件获奖作品，可以看到四川日报在突发事件报道上已经形成了良好的运行机制：山火发生后，四川日报旋即派出记者以最快速度直抵火灾现场，成为当天唯一进入火灾救援一线的新闻媒体。

记者克服现场秩序混乱、浓烟滚滚等重重困难，跟随救援队伍转战火场，运用无人机航拍、手持相机等方式，在全国媒体中首发独家视频新闻。记者通过整体与局部并重、远景与近景结合、火情与救援同步的方式，翔实记录了一线"火龙"与"水龙"艰苦拉锯的现场。前方记者突破重重障碍获取一手信息和相关素材，后方编辑环节沉着给出建议和指令，前后方通力协作、实时沟通。前方现场采集的视频素材经过简要编辑后分批快速传回后端，后方团队再经过细致的编审、包装，及时推出短视频报道，并分发四川日报全媒体平台各端口，全网媒体纷纷转载。①

《独家航拍！直击水龙与火龙艰苦拉锯》的短视频现场新闻时长 1 分 20 秒，发布在川观新闻客户端上的时间为"2020-04-02 00：07"。这个独家航拍的视频，现场感、震撼力极强，非常直观地反映了当时现场的情况，在川观新闻客户端上发布时还配发了 6 段话、200 多字的文字和 11 张照片，效果不言而喻。6 段话、200 多字的文字，简洁又克制，新闻元素齐全。

南京传媒学院教授姜圣瑜认为：在移动互联时代，越来越多的受众依赖短视频获取新闻信息。"快"是新闻价值的一个重要内容，短视频的产品形态决定了其信息传播速度快，由于短小，生产相对便捷，为短视频的快速传播提供了可能。获奖作品《独家航拍！直击水龙与火龙艰苦拉锯》通过小切口大叙事，将宏大叙事微缩于鲜活的细节之中——通过消防队等"水龙"与山火"火龙"抢时间争速度赛跑，反映了消防、公安、民兵等多路力量奋战火线的英勇顽强，最大限度、最快速度回应了社会关切。②

---

① 《〈独家航拍！直击水龙与火龙艰苦拉锯〉中国新闻奖媒体融合奖项参评作品推荐表》，中国记协网 2021 年 10 月 25 日。

② 姜圣瑜：《短视频新闻叙事逻辑探究》，《传媒》2021 年第 23 期。

（三）

作为四川日报凉山记者站站长，王云此次获得中国新闻奖似乎并不是偶然。[①]他自 2005 年被派驻凉山工作以来，倾心竭力、身先士卒，战斗在抗击自然灾害工作的第一线，多年不间断坚守在大凉山这个自然灾害频发的地区，只要有自然灾害险情发生，每次都是第一时间赶到现场。2019 年的木里"3·30"森林火灾扑救，31 名逆火英雄付出了生命。在这之前的 2 月 13 日，西昌市黄水乡突发森林大火，王云得到消息第一时间驱车赶往现场，跟随扑火队员一起进入火场，经受热浪滚滚的炙烤，和扑火队员一起经历风向突变的危机，还遇到了西昌森林消防相熟的战士，而这一群战士，在一个多月后的木里"3·30"森林火灾中牺牲了。当天王云拍摄的扑救西昌黄水森林火灾的图片，记录下了部分木里"3·30"森林火灾扑救勇士牺牲前的最后一次战斗画面。[②]王云能获得 2019 年度四川省抗击重大自然灾害先进个人荣誉称号，是对他的一种肯定和褒奖。

获得中国新闻奖后，王云接受采访时分享了这件作品的采编经过。"凉山由于气候和海拔等原因要素，山火很常见。"在当地常驻十余年的王云，每年都是森林火灾和救援工作的"见证者"和"记录者"。"见多不怪"的时候，更彰显记者的敏锐。"当时那么紧急和危险的情况下，怕不怕？"记者问。"危险肯定害怕！但记录是我的工作！"王云这样回答。[③]王云的分享也带给了媒体人诸多思考和启示。

——**关键时刻顶得上**。作为驻站记者，王云在这方面有深厚积累，不仅判断准，同时亦行动快，成为当天唯一进入火灾救援一线的新闻媒体人，职业精神十分可嘉。

——**现场突破能力**。此类山火现场不确定的因素很多，有时候到了现场也未必能进得了现场，这就需要记者有一定的突破能力才行。当时，王云虽

---

① 这件获奖作品的另一作者为袁敏。
② 黄大海：《扎根凉山 15 年，他总是奋斗在抗击自然灾害的第一线》，潇湘晨报网 2021 年 1 月 7 日。
③ 赵荣昌：《中国新闻奖背后的故事｜中国新闻奖一等奖获得者王云：危险肯定害怕，但记录是我的工作》，川观新闻 2021 年 11 月 8 日。

然持有指挥部发放的通行证，因为火情严峻，已经烧到了公路边，为了避免出现人员伤亡，现场封闭，不让救援队伍之外的人员进入。他和凉山州公安有关负责人沟通了半个多小时后，终于获准进入。在突发事件的采访中，记者的突破能力十分重要。

——**全媒体传播能力**。这是时代对记者提出的要求。进入山火现场后，王云迅速运用无人机航拍、手持相机等随身器材，通过整体与局部并重、远景与近景结合的方式完成了拍摄。文字记者是不是都具备这样的能力，在突发事件现场是不是都能进行这样的拍摄？可以说，具有过硬的全媒体传播能力已经成为从业的要求。

——**前后方配合能力**。突发事件注重时效，这既有赖于前方记者的努力，也离不开后方编辑、制作、发布环节的同步参与。从视频凌晨发布的这个时间看，前后方确实都在努力抢时效。

（四）

《独家航拍！直击水龙与火龙艰苦拉锯》从赏析的角度看，有一些值得探讨之处。

一是标题给人的感觉不够明确。"独家"实际上是媒体的一种自我彰显，把"独家"专门写进标题似乎并不必要。"航拍"实际上是一种拍摄方式，对用户而言，这算不算有效信息？"直击水龙与火龙艰苦拉锯"实际上是对山火现场救援情况的一种描述，但这一艰苦拉锯发生在哪里并不明确。川观新闻客户端毕竟面向的是四川全省，缺乏地点的突发事件类标题显得比较笼统。其实，视频字幕上的标题实际上是比较具体的："航拍直击｜：西昌泸山山火向下蔓延逼近公路消防集结扑救"。不过，这个标题中的"｜"与"："连用似乎没有必要。

二是有现场但现场采访不足。整个视频以航拍为主，也有部分系非航拍的镜头，如把照片植入了视频等。整个视频100多字的字幕以及视频200多字的配文，总体上都属于记者目击式的陈述，有现场但现场采访不足。"消防等各类救援力量密集集结""消防等各类救援力量"等表述比较笼统，如能有现场救援负责人出镜介绍情况或记者现场出镜播报，新闻性会更强，报道也会更全面，也更有利于回应社会关切。

三是背景音乐的使用值得商榷。背景音乐是短视频渲染气氛的重要手段，能够烘托氛围、增强受众感官体验，将人带入视频描绘的意境之中。作为突发事件类型的短视频现场新闻，这件作品全程使用了背景音乐，但背景音乐的使用在一定程度上削弱了新闻的现场感。背景音乐对提升短视频的传播效果十分重要，但也要考虑背景音乐与视频内容本身的适配度。

视频字幕以及配发的文字称"现场不时有阵阵爆燃声传出""多套远程大流量供水系统开足马力"，如果能在视频中呈现出这些声音，有利于增强视频的现场感和新闻性。

阅 读 +

（《独家航拍！直击水龙与火龙艰苦拉锯》主创：王云、袁敏；编辑：李蕾、孙琪；四川日报报业集团川观新闻客户端 2020 年 4 月 2 日；获第三十一届中国新闻奖短视频现场新闻一等奖）

从偶然中抓出新闻

在第三十届中国新闻奖评选中，华西都市报封面新闻客户端作品《全乡村民化身"爬山侠"守护雪山！村民跋涉 5000 米高山捡垃圾》获短视频现场新闻二等奖。从现场新闻的角度来看，记者跟随村民上雪山进行实地采访，是这件作品的独特之处。

（一）

说起封面新闻还要从《华西都市报》说起。《华西都市报》创刊于 1995 年 1 月 1 日，是全国第一张都市报，开启了中国的"都市报时代"。四川日报社创办《华西都市报》直接动因之一是广告收入不抵同城的《成都晚报》，当时的广告收入比《成都晚报》少了一半。[①] 创刊之后的《华西都市报》，荟萃了机关报、晚报、专业报、行业报及畅销期刊的多种优势，很快就成为一张畅销报。[②]

《华西都市报》一度是中国报业的"神话"——创刊后从第 10 个月起开始盈利，之后年利润以 1000 万元的速度增长，9 年以后每年有 1 亿多元利润。2019 年，《华西都市报》创刊 25 周年之际，资深媒体人、新闻名篇《东方风来满眼春》作者陈锡添评价说：《华西都市报》的创刊，在中国报业开拓了一个新的局面，令人耳目一新，在此之后，各地的都市类报纸也跟随《华西都市报》纷纷面世。对于华西都市报的成功，陈锡添认为："因为它接地气，关

[①]《成都晚报》创刊于 1956 年 5 月 1 日，1995 年之前系成都市委机关报，2001 年 7 月 1 日《成都日报》作为市委机关报后，《成都晚报》定位为一张全新的都市类报纸，后于 2019 年 3 月 30 日起休刊。

[②]《〈华西都市报〉创立的过程》，搜狐网 2013 年 6 月 4 日。

注民生，很好地反映了老百姓的生活，所以很受欢迎。"①

2013 年，华西都市报当年的广告额虽然达到 10 亿元，站到了"10 亿元俱乐部"的行列，但是这一年的华西都市报利润继续下降，降幅在 20% 以上。到了 2014 年依然是以 20% 的降幅下滑，大家都意识到了危机已经来临。"等死，也是死。找死，也许死得明白些。"这是华西都市报的人当时面临移动互联网冲击时的心态。②

如何转型是全国媒体面临的共性问题。作为全国第一张都市报，华西都市报走出了自己的探索之路。2015 年 10 月 28 日，四川日报报业集团打造、华西都市报融合转型的新型主流媒体——封面传媒正式成立，开启了互联网＋媒体的新征程。封面传媒的核心产品是封面新闻客户端，以技术＋内容双轮驱动，打造智能＋智慧＋智库的"智媒体"。封面传媒还涵盖封面直播、封面视频、封面数据、封面云商、封面号、封面舆情、封面智库、封巢智媒体、封面微博微信矩阵等 10 种业态的产品。封面新闻作为华西都市报深度融合转型和打造新型主流媒体的载体，呈现出以四川为主阵地的全国分布态势。其用户年龄构成以 20—35 岁为主，"亿万年轻人的生活方式"的定位初步得到体现。③

从华西都市报蝶变而来的封面新闻有很多创新之举。封面新闻客户端被称为"中国第一智媒体"，是国内报业集团中技术创新能力最强的新媒体之一，推荐算法、机器写作、机器生成语音、人脸识别、图像识别、智能营销等人工智能技术得到广泛运用。封面新闻近年来也成为学界、业界和相关部门关注、学习和研究的对象。重庆大学新闻学院院长董天策等认为，封面新闻的成功，在很大程度上归功于其坚持的技术理念，坚持用技术重构媒体，以人工智能技术为抓手，充分激活专业机构与社会化媒体的生产力，开辟了

① 王国平：《〈东方风来满眼春〉作者陈锡添：华西都市报开拓报业新局面》，封面新闻 2019 年 12 月 9 日。

② 杜一娜：《中国第一张都市报〈华西都市报〉纸端到智端破茧重生》，《中国新闻出版广电报》2018 年 12 月 7 日。

③ 出自封面网站《关于我们》。

一条以技术为引领的媒体融合路径。[①]

(二)

与其他一些获奖的短视频作品非单独的短视频作品不同（如插在微信公众号推文中，类似于文字稿件的配件），《全乡村民化身"爬山侠"守护雪山！村民跋涉 5000 米高山捡垃圾》发布于封面新闻客户端，没有配文，是一件单独的短视频作品。

近年，封面新闻多件作品获中国新闻奖。在第三十二届中国新闻奖评选中，封面新闻《我们住在"熊猫村"》系列报道获国际传播三等奖，《雪山下有个"熊猫村"》获融合报道三等奖。之前，封面新闻的作品《超燃！俯瞰超级工程"川藏第一桥"159 米隧道锚世界第一》在第二十八届中国新闻奖评选中，获媒体融合奖项移动直播三等奖，此次封面新闻作品又获评中国新闻奖短视频现场新闻二等奖，这背后与从华西都市报到封面新闻转型过程中对视频的重视有直接关系。

早年，封面传媒和华西都市报之间是"一支队伍、两个平台、一体运营"，后来是"一支队伍、一个平台、一体运营、一体考核"。具体而言：2019 年，华西都市报 200 多名员工整体迁移至封面传媒，实现了封面新闻和华西都市报彻底融为一体、合二为一，实现了队伍之转、传播之转、考核之转和分工之转，实现了主力军整编进入主阵地，在平台建设、内容生产、技术研发、经营管理、队伍建设、体制机制创新等方面走在了国内前列。[②]

在全场景可视化新闻的理念支撑下，封面新闻在转型中做了三件事：一是全员视频化转型，构建全媒体记者队伍；二是建立以内容科技为核心的智媒演播室支撑体系；三是在全新的分工下，确立智媒编辑部采编流程。封面传媒开发的"封巢"移动采编系统，为全场景可视化新闻提供了移动采编、

[①] 董天策、朱思凝、余琪：《技术变革引领媒体深度融合——封面新闻的创新实践路径》，《新闻战线》2021 年第 22 期。

[②] 方垫、唐金龙：《构建"科技＋传媒＋文化"生态体，赋能媒体深度融合》，《新闻战线》2021 年第 11 期。

云端剪辑的先进工具，并为拍客提供了稿费结算和快速上传素材的智能媒资库功能，为内容科技的应用提供了有力支撑。①

视频成为全媒体时代传播的风口，封面新闻很敏锐地抓住了风口。2019年5月，封面新闻客户端升级到 5.0 版，开启了全面实现视频化之路，"无视频，不传播"成为封面新闻客户端的定位与特色。此外，封面新闻客户端上的每一条新闻均以视频加新闻标题的形式呈现，并以双瀑布流的展现形式为用户提供信息。②

面对视频的传播风口，传统纸媒并没有太多的优势可言，甚至可以说相对于广电媒体，传统纸媒面临的短板是专业视频人才不足，甚至完全没有储备。封面新闻的探索具有积极意义。

经过多轮实践，封面新闻将传统报人的转型目标定位于编导型人才。这样的定位，主要基于扬长避短的考虑。传统报人的深度文稿写作能力、采访突破能力，并不亚于广电媒体的记者，甚至在文字的敏锐度上更有优势，但视频拍摄剪辑能力是弱项。而全新招聘的视频人才，以年轻人居多，他们的新闻采访能力和基于新闻逻辑的编导能力偏弱。报纸转型人才和视频新聘人才正好实现优缺点互补。

初期，封面新闻从报纸转型过来的记者，更多负责对视频逻辑进行把控，主要学习镜头语言应用，但不强求达到电视级的拍摄水平。新聘记者则通过实践不断加强新闻采写能力。经过两三年的磨合，前者能成为一个优秀的视频编导，就达到了转型目的。封面新闻相关负责人在谈及获中国新闻奖的作品《全乡村民化身"爬山侠"守护雪山！村民跋涉 5000 米高山捡垃圾》时介绍，这个作品就是由转型记者负责编导＋新聘记者负责拍摄制作，这样"1+1"的组合，让作品既具备新闻报道的深度，又具备精品视频的专业度。③

封面新闻在内容供给上十分注重版权经营，同全国 2000 多家机构媒体都

---

① 崔燃：《从全场景可视化新闻到数字文化产业》，《传媒》2021 年第 24 期。
② 杜一娜：《封面新闻客户端 5.0 版发布》，《中国新闻出版广电报》2019 年 5 月 6 日。
③ 崔燃：《未来我们需要什么样的视频人才——封面新闻的实践与思考》，《中国报业》2021 年第 5 期。

建立了版权合作伙伴关系。同时，封面新闻还和各大互联网公司建立了紧密的内容合作关系。获奖作品《全乡村民化身"爬山侠"守护雪山！村民跋涉5000米高山捡垃圾》系《锐视频》栏目下的作品，这个视频栏目系封面新闻与新浪新闻的定制产品。这也是这个作品会在开头同时打出"新浪新闻"和"封面新闻"Logo的原因。[①]

（三）

与中国新闻奖设立30多年以来评出的数千件的获奖作品相比，媒体融合奖的总数还不多，近年每届中国新闻奖揭晓后，媒体融合奖的获奖作品都成为学界和业界研究和学习的对象，获二等奖的《全乡村民化身"爬山侠"守护雪山！村民跋涉5000米高山捡垃圾》亦不例外。

——**小切口立意大主题**。短视频新闻由于其时长篇幅较短，所容纳的信息量相对于其他体裁信息量较少，因此，常以具体的切口、独特的视角进行切入，来映射宏大的时代发展背景与主题。获奖作品《全乡村民化身"爬山侠"守护雪山！村民跋涉5000米高山捡垃圾》通过聚焦贡嘎雪山上自发捡拾垃圾、保护雪山的村民们的故事，唤起了社会对于高原生态环境保护的关注，同时也通过"小人物"的实际行动阐明了"绿水青山就是金山银山"的理念。[②]

——**用创意串起故事**。短视频作品《全乡村民化身"爬山侠"守护雪山！村民跋涉5000米高山捡垃圾》记录了四川省甘孜藏族自治州康定市贡嘎山乡村民自发捡拾垃圾、保护雪山的过程。这个作品获奖带来的启示之一，是采编媒体融合产品时要挖掘故事的主题和细节，从小细节入手进行跟拍制作，其间可以进行创新，拿出金点子、小创意，将这些创意融入故事的细节中，

① 周琪、张菲菲：《全域化拓展头部影响力，在地化深耕长尾支撑力》，《青年记者》2021年第2期。

② 王玮：《短视频新闻报道的突破与创新——第30届中国新闻奖短视频类获奖作品评析》，《新媒体研究》2021年第8期。

用创意把故事串起来。①

——**说理也要有可看性**。获奖作品《全乡村民化身"爬山侠"守护雪山！村民跋涉 5000 米高山捡垃圾》通过贡嘎山乡村民保护雪山的故事突出讲述了"绿水青山就是金山银山"的环境保护主题。这是一件说理的短视频作品，但具有可看性。新闻短视频不同于传统电视新闻，也不受其套路的约束，在媒体转型过程中可以自由创新，更容易实现"弯道超车"。新闻短视频的主题不外乎事件、人物、道理和自然。用户在碎片化的时间里能直接获取到的往往是鲜活的人、生动的自然和能产生情感共鸣的事。说理的短视频也往往需要人、事和自然作为依托才能更有可看性。②

——**内容要有感染力**。感染力是对短视频时长的客观要求。事实证明，单纯将纸媒的观点以说教形式转化为单一场景的视频，不仅内容枯燥，而且违背视频化表达的内在逻辑。因此，大量优质的短视频作品更偏向于单刀直入、直击现场，将事件的矛盾核心或精彩之处在作品的开头就展现给受众。《全乡村民化身"爬山侠"守护雪山！村民跋涉 5000 米高山捡垃圾》在 2 分 25 秒的报道中，视频的开头以大量篇幅呈现全乡村民在"蜀山之王"贡嘎雪山上捡垃圾的镜头，拍下的村民扶老携幼，从石头缝里捡起氧气瓶、烟蒂、矿泉水瓶、带着油渍的塑料方便饭盒，装满编织袋，清理运走的过程，虽然很少人能亲自前往海拔五六千米的贡嘎雪山，但这样的镜头却足以让人身临其境，去感受纯洁的雪山和淳朴的村民。③

（四）

在第三十届中国新闻奖评选中，在封面新闻《全乡村民化身"爬山侠"守护雪山！村民跋涉 5000 米高山捡垃圾》④获评短视频现场新闻二等奖的同

---

① 张新华：《融媒体新闻产品如何实现创新和创优》，《西部广播电视》2021 年第 17 期。

② 杨晓丽：《新闻短视频的深度融合路径探究——基于第三十届中国新闻奖获奖作品的分析》，《青年记者》2021 年第 14 期。

③ 阳翔：《浅谈传统纸媒新闻短视频的几个特点》，《新闻潮》2021 年第 8 期。

④ 作者为杜江茜、吴枫。

时，华西都市报的通讯《1个人和27个人生死对话》^①也获评三等奖。特别值得一提的是这两件作品的主创都有杜江茜。获奖之后，她以四川日报报业集团封面新闻首席记者的身份撰文分享了这两件作品的采编经过。一年两件作品获中国新闻奖，而一件是代表潮流和方向的媒体融合类作品，一件是体现媒体人功底的通讯作品，这是很少见的。

村民雪山捡垃圾的线索来源其实比较偶然。根据杜江茜的分享得知：2019年春天，偶然看到一段视频，讲述一位77岁的藏族老人定期上山清理游客垃圾，每次他需要步行10多公里，靠着一根绳索穿梭于悬崖峭壁之间，垂直落差达到1000米。巍峨雪山、跋涉的垂暮老人、拾捡起那些零碎垃圾时的执着坚定，记者被震撼了。

具有很强新闻敏感性的杜江茜，马上联系视频的拍摄者，得到的反馈是这只是采风时随手拍下的，并没有留下联系方式。几经辗转，杜江茜后来联系上了与老人相邻的乡——四川康定市贡嘎山乡副乡长，了解到了相关情况。杜江茜后来从成都花费一天时间赶过去，采访拍摄时已经是5月的事了。

采访拍摄过程也不是特别顺利，村民们的讲述是碎片化的。面对镜头，他们紧张局促，而真正的采访是从采访本合上的那一刻开始的。操作时，先后设想过采用视频直播、图文直播、专题讲述等形式，后来还是决定采用以短视频为主，并舍弃了动画、手绘、3D呈现等手段，让画面更具冲击力。后期剪辑制作时，最初的视频时长超过10分钟，经过数十次讨论，最后决定剪掉所有拖沓情节和与主题关系不大的细节，用简单直接的叙事逻辑，讲述一个本身足够丰盈的故事，让每一个镜头都有含义、每一个人物都有特色。^②

参评中国新闻奖时，填报的《全乡村民化身"爬山侠"守护雪山！村民跋涉5000米高山捡垃圾》材料显示，作品全网传播数据为532万次。社会效果并不局限于传播数据，也包括带来的社会影响——不仅唤起了公众对雪山

---

① 作者为集体，主创人员具体为杜江茜、谢凯、李媛莉、李强、徐湘东、肖洋、刁明康。
② 杜江茜：《融媒时代，用最恰切的形式讲故事》，《新闻战线》2020年第24期。

高原生态环境的关注，也引起四川省生态环境厅和甘孜藏族自治州人民政府的高度重视，立即采取行动，进一步强化了包括贡嘎雪山在内的区域环境保护治理，一些环境保护组织也发起以"保护贡嘎雪山生态环境"为主题的倡议和行动。[1]

刊登在《华西都市报》头版的通讯，《1个人和27个人生死对话》，背景是"四川木里3·30森林火灾"。记者从纷繁芜杂的信息中找到关键人物——凉山州森林消防支队西昌大队刚退役的刘荣基。从山东到西昌，记者全程记录了他"送别"战友的艰难路程。这个过程中，没有过多打扰，而是以观察为主，挖掘细节，三言两语勾勒出一个场景，最终数个场景叠加为全景，用洗练的语言，层次分明地讲述了他们之间"生死对话"的故事。[2]

杜江茜在总结分享这两篇获奖作品时写道：两篇报道，虽然呈现方式不同，但在媒体深度融合中，对内容核心地位的坚守毫不动摇。我们坚持做到每一个新闻作品，素材和成品比为100∶1。我们也一直坚信，在每一个百万级的点击量后，都是那些被故事中所携带的人性和时代气息所击中的共鸣、思考和铭记。

（五）

《全乡村民化身"爬山侠"守护雪山！村民跋涉5000米高山捡垃圾》这件作品获奖，对媒体人而言有几点启示。

——新闻敏感性有赖于长期积累。2021年6月5日，"六五环境日"国家主场活动在青海省西宁市举办。活动现场揭晓了全国百名最美生态环保志愿者，来自封面新闻的杜江茜名列其中。杜江茜是一名环保记者，从业以来，她深度关注生态环境领域，每年90%的时间都在新闻一线，寻找和记录绿水青山下的高质量发展，跋涉的脚步从四川全省所有地市州延展至全国的各个

---

[1]《〈全乡村民化身"爬山侠"守护雪山！村民跋涉5000米高山捡垃圾〉中国新闻奖推荐表》，中国记协网2020年10月21日。

[2]《〈1个人和27个人生死对话〉中国新闻奖推荐表》，中国记协网2020年10月23日。

省份。① 记者能从偶然看到的老人捡垃圾的视频中判断出新闻,并操作成新闻最后还获奖,背后得益于杜江茜在这个领域长期的职业积累。记者增强新闻敏感性,需要不断提高政治判断力、政治领悟力、政治执行力,而这同样离不开积累。

——**要有求真务实的职业精神。**把网上的线索转化为报道,需要记者发扬求真务实的职业精神,到一线到现场进行深入采访。《全乡村民化身"爬山侠"守护雪山!村民跋涉 5000 米高山捡垃圾》能获奖,除主题鲜明外,与内容本身打动人亦有直接关系,背后是记者"四力"的生动体现。

——**要敢于不断否定和突破自己。**虽然新闻每天都是新的,但记者是一个容易让人懈怠的职业,很容易陷入重复,重复以往的经验,重复以往的报道手段和方法。杜江茜等在采访村民时,根据现场情况及时调整了工作方法,后期剪辑制作视频时又尝试做减法,这都是对自己的不断否定和突破。新闻工作要创新,很多时候都是对自己的不断否定和突破。

(六)

从赏析的角度而言,这件获奖作品也不是没有缺点。

一是新闻时间元素缺失。获奖视频中没有注明采访拍摄的时间,也没有相应的文字介绍,对于独立存在的短视频现场新闻而言,这是一个硬伤。根据《华西都市报》2019 年 6 月 4 日 2 版的整版报道可知,四川省甘孜州康定市贡嘎山乡的村民青梅带着三个小孙女爬上海拔 4500 米的子梅垭口捡垃圾的时间为 5 月 31 日。

二是新闻时效性不强。按照中国记协公布的第三十届中国新闻奖评选办法,短视频现场新闻要求时效性强,现场感强,信息量大,传播效果好。获奖视频在封面新闻客户端上发布的时间为 6 月 5 日将近中午时分,在全媒体时代,从采访拍摄到发出中间相隔约一周,这肯定算不上时效性强。每年的

---

① 代睿:《"全国百名最美生态环保志愿者"揭晓封面新闻记者杜江茜入选》,封面新闻,2021 年 6 月 5 日。

6月5日是世界环境日，选择这样一个时间节点发布，用意很明显，但操作上留下了遗憾的地方。

三是出镜人物介绍不全。视频中出镜的人物仅标注了两个人的身份，一个是上山捡垃圾的13岁的四郎拥忠，另一个是介绍情况的贡嘎山乡副乡长仁青多吉。如果不是查阅《华西都市报》刊发的通讯，甚至弄不清视频中出现的几个捡垃圾的人都是谁，这几个人之间又是什么关系。在视频2分钟时出现的驾车男子又是谁，同样没有标注身份，让人很迷惑，而与这位驾车男子一同出现的同期声又是谁，不得而知。

四是一些用词和表述存疑。如标题上的"爬山侠"，这给人的感觉是强行贴了一个标签。还有"村民跋涉5000米高山捡垃圾"，视频中只是介绍："距离贡嘎山主峰5公里，子梅垭口，海拔4500米游客所到之处，散落烟头塑料袋等垃圾。"单就视频呈现的内容而言，不能直接得出"村民跋涉5000米高山捡垃圾"的结论。查阅《华西都市报》文字报道，里面的介绍是"最高爬到海拔5000米以上"。同样，根据副乡长的介绍，视频呈现的内容也不能完全得出这是"全乡村民"的举动。

视频结尾打出的"你惊鸿一览的美景，是他守护的家园；你随手丢下的垃圾，他正用生命捡回"，且不说过于刻意，用词本身也值得推敲。"惊鸿一瞥"是个成语，这里搞出了一个"惊鸿一览"合适吗？到海拔几千米高的雪山捡垃圾肯定很不容易，但对于居住在这里的村民而言，是否已经到了"正用生命捡回"的地步？新闻还是要客观、平实。

五是内容显得单薄。现场感强是这件获奖作品的优点，但就视频而言，如果不是参评中国新闻奖时推荐表中"记者跟随村民们一起翻山越岭，用跟踪式采访拍摄"，几乎看不出记者在场的痕迹。记者试图通过一个短视频讲述一个一家三代守护雪山的故事，但遗憾的是视频并没有完全讲好这个故事，文字报道则相对完整。这个视频总体上给人的感觉是内容有点单薄，与中国新闻奖评选短视频现场新闻要求的"信息量大"还有一定差距。

阅读+

（《全乡村民化身"爬山侠"守护雪山！村民跋涉 5000 米高山捡垃圾》主创：杜江茜、吴枫；编辑：李鹏、方垫、杨东、崔燃、李东阳、胡瑶、张琴〔张礼琴〕；华西都市报封面新闻客户端 2019 年 6 月 5 日；获第三十届中国新闻奖短视频现场新闻二等奖）

关键时刻冲得上去

在第二十八届中国新闻奖评选中，广西日报微信公众号作品《柳州融水突围记 | 广西日报记者"失联"数十小时，在穿越 40 处塌方后发回灾区最新画面！》（简称《柳州融水突围记》）获短视频新闻一等奖。

时隔数年，再看这件获奖作品，中国新闻奖评委希望通过这件作品传递的信号和导向十分明显。此作品主创之一为有"泥腿记者"之称的谌贻照，他一年有一半时间都在山里进行采访，他也是第十七届长江韬奋奖获得者（长江系列）。

在第三十届中国新闻奖评选中，广西日报作品《直播 | 百色大暴雨引发山洪，公路塌方车辆被冲走！通讯员黄文秀发回现场视频后却不幸遇难……》获移动直播一等奖。广西日报三年两次获得中国新闻奖媒体融合类一等奖，本身也值得关注。

（一）

《广西日报》于 1949 年 12 月 3 日创刊。2009 年 12 月经自治区党委、政府批准，广西日报传媒集团和广西日报传媒集团有限公司正式成立，同时保留广西日报社。①

2013 年，广西日报传媒集团成立新媒体部，致力于发展新媒体领域的"新党报"。2014 年 12 月，在广西日报传媒集团成立 5 周年之际，广西日报客户端以及广西日报传媒集团新媒体矩阵、政务新媒体上线。2018 年 4 月，作为

---

① 《广西日报社（广西日报传媒集团）概况》，出自广西新闻网。

广西日报客户端升级版的广西云客户端上线。广西云客户端的发展方向是覆盖广西全区各县市区，形成用户量级巨大的客户端。①2023 年 3 月 19 日，广西云数字集团揭牌，广西云客户端 5.0 与广西新闻网新版首页同步上线。

广西云融媒体生态系统是一个将广西传统媒体和新兴媒体深度融合的新型媒体生态系统。数据显示，广西云已成为广西最大的"全媒体航母"，每年原创新闻作品 80 多万篇（条），全网 60% 以上的广西原创资讯出自广西云。②

对于三年内两获中国新闻奖媒体融合类一等奖，广西日报社负责人总结说："这个成绩是建立在我们多年来狠抓策划、狠抓质量、狠抓精品的基础之上，因此可以说，我们获得这样的成绩是有其内在联系的。"具体而言：一是树立时代思维，描绘时代精神图谱；二是树立主线思维，深耕重大主题报道；三是树立落地思维，展现鲜活生动实践。"四个赋能"是广西日报传媒集团融合探索经验的具体写照：一是策划赋能，强化新闻创意表达；二是技术赋能，创新新闻叙事模式；三是融合赋能，提升新闻内容生产力；四是资源赋能，拓宽新闻传播渠道。③

（二）

回到获第二十八届中国新闻奖一等奖作品《柳州融水突围记》本身，大致情况是：2017 年 8 月，广西北部迎局地强降雨过程，柳州市融水县杆洞乡突发两次山洪，全乡群众被困，成为通信、水、电中断的"孤岛"。

时任广西日报社柳州记者站站长谌贻照，第一时间赶赴灾区一线，因灾情恶化一度"失联"数十小时，他在风雨中用手机记录下了当地乡镇干部组织营救、自救的珍贵视频画面，并不惜冒生命危险穿越 40 处塌方，经历两次

① 伍迁：《广西云客户端正式上线运行》，人民网 2018 年 4 月 27 日。
② 罗侠、罗琼：《广西云融媒体平台 v2.0 通过专家评审组验收｜广西在全国率先打造省级媒体融合"一张网"》，广西云客户端 2021 年 1 月 6 日。
③《广西日报社社长、总编辑崔佐钧：创新多元赋能　强化精品战略》，广西云客户端 2020 年 11 月 13 日。

突围送出用生命拍摄的新闻视频，第一时间让外界知晓灾区情况。

灾情发生后，广西日报紧急成立融媒体专项报道组，通过综合相关事件背景信息，融合图文音视等素材，运用网络语言将短视频精心编排成为一篇记者冒险突围险境的新闻故事。获奖的短视频生动呈现了基层党员干部在灾情面前把人民群众生命放在第一位，勇于跑在灾情第一线，有组织、有纪律、有担当、有作为的优良品质。作品一经发布便引发强烈反响，及时搭建起灾区与外界沟通的桥梁，提升救援士气，成为新华网等央媒及柳州日报等地方媒体对暴雨灾情的权威来源，获大量转载。

广西记协推荐该作品参评中国新闻奖时给出的理由是：该报道获广西壮族自治区领导肯定及社会一致好评。对于突发性灾难报道，广西日报不但反应迅速、及时介入，还形成高效运作的融媒体报道机制，联动报网微端全方位追踪灾区雨情灾情，是移动新媒体时代较好兼顾时效和内容策划的经典新闻案例；该组短视频新闻全面迅速准确地采集与传播新闻现场的关键信息，回应社会关注，新闻价值巨大；呈现形式融合图文、视频、直播等多媒体报道形式，现场感强，引发读者强烈共鸣。①

《柳州融水突围记》获评中国新闻奖一等奖后，学界和业界多位人士撰文从不同角度进行了众多分析，对于全面认识这件获奖作品有积极意义。

——**突发事件新闻性强**。媒体融合奖是经党中央批准、为第二十八届中国新闻奖新增设的奖项，既是对过去一年传统主流媒体探索创新成果的一次检验，又是为今后进一步推动媒体融合发展树起标杆，受到业内广泛关注。这届中国新闻奖参加媒体融合奖初评的作品有 300 件，经过严格筛选，100 件作品进入定评。对照中国记协给融合佳作定义的标准——重量级、现象级、代表性，地方媒体与央媒在同一个平台上竞争，直接拼大题材大主题、拼大投入大制作、拼点击量评论数，显然不具备优势，只有找准切入口、落脚点，将主题的重要性与题材的多样性有机结合起来，在策划、创意、创新上动脑

---

① 《〈柳州融水突围记｜广西日报记者"失联"数十小时，在穿越 40 处塌方后发回灾区最新画面！〉中国新闻奖参评作品推荐表》，中国记协网 2018 年 7 月 19 日。

筋下功夫，才能发挥自己的优势，形成鲜明的特色。《柳州融水突围记》为突发事件，不可多得。①

作为第二十八届中国新闻奖评委，中国传媒大学教授曾祥敏在谈及这届媒体融合奖评选时直言："总体而言，此次媒体融合奖类参选作品在新闻性、现场性方面还有提升空间。在融媒短视频和融媒直播类中，主题性、成就性、仪式性的展示居多，真正具有新闻性、及时性、现场感的作品所占比例并不大。尤其是突发新闻、现场新闻等新闻主力军未成为参选作品的主要构成，最后的获奖作品也反映出这一问题。"②与静态的策划相比，突发事件更加考验媒体的融合实战水平。中国人民大学教授宋建武等认为，《柳州融水突围记》这件获奖作品的特点之一是"记录突发事件现场"。③2018年底，一次会议上有关部门负责人专门用十余分钟剖析媒体融合奖获奖作品新闻性弱的问题。"柳州融水突围记"能成为中国新闻奖短视频新闻一等奖项目仅有的两个获得者之一，正是因为其新闻性强。④

——**融媒体报道的突围与创新**。《柳州融水突围记》通过融合多方媒体资源，创新融媒体报道方式，提升了作品的传播力；运用清新自然的网络语言，增强了作品的亲和力；采用简练的行文风格，提升了作品对受众的悦读力；运用故事化表达方式，提升了作品的感染力；通过前瞻性思维创新，增强了受众对事态发展的判断力。这些创新给新媒体工作者提供了良好的示范，值得同行借鉴和学习。⑤也有人评价，这件获奖作品有三大特点：一是对于突发性灾难报道，反应迅速、及时介入，形成高效运作的融媒体报道机制；二是全面迅速准确地采集与传播新闻现场的关键信息，回应社会关注，

① 周跃敏：《如何彰显提升地方媒体的竞争力——第28届中国新闻奖评选印象》，《传媒观察》2018年第11期。

② 曾祥敏：《导向正确 融合创新 专业引领 规则探索——第二十八届中国新闻奖媒体融合奖评析》，《新闻战线》2018年第21期。

③ 宋建武、李蕾、王佳航：《媒体深度融合背景下专业内容生产的创新趋向——基于2018—2021年中国新闻奖媒体融合类获奖作品的分析》，《新闻与写作》2021年第12期。

④ 过千山：《地方媒体申报中国新闻奖五大注意事项》，《新闻潮》2019年第2期。

⑤ 杨美元：《浅谈融媒体报道的突围与创新——以中国新闻奖作品〈柳州融水突围记〉为例》，《新闻潮》2020年第10期。

新闻价值巨大；三是呈现形式融合了图文、视频、直播等，现场感强，引发读者强烈共鸣。①

——**具有典型的媒体融合特点**。第二十八届中国新闻奖评委、原吉林人民广播电台副台长黄云鹤认为：这组短视频新闻呈现形式融合图文、视频、直播等多媒体报道形式，反映了传统媒体和新兴媒体融合发展的新步伐，具有较强的感染力和影响力。② 分析其采编发布过程可发现，媒体融合不仅仅要发挥新传播手段的丰富、快捷特点，还应充分发挥老记者在传统媒体培养的职业素养和深厚积淀，给新媒体提供有力支撑。年轻记者仅仅把新技术手段玩得溜还不够，还需要在工作中积累新闻专业知识，真正"玩转"新媒体；老记者不必妄自菲薄，要相信新闻基本规律仍在，相信长期积累的作用。有传统媒体历练的底子，与时俱进学习新技能，老记者一样能够适应新时代，迎来事业的第二春。③

——**前后方紧密协作打胜仗**。《柳州融水突围记》在创作过程中"两条主线"并行：一线记者深入灾区，采写最新、最真实的新闻；后方融媒体搭桥，报网微端联动，第一时间用全媒体形式送出一线消息，回应社会关注。《柳州融水突围记》获赞无数，正是一线记者和后方融媒体团队紧密协作，在把握报道方向下对新闻"快、准、稳"的厚积薄发，在关键时刻打胜仗。④

也有人认为，这件获奖作品背后"极大地展现了新闻工作者们艰苦奋斗、不折不挠的工作精神，也体现了新闻记者们强烈的社会责任感"⑤。还有人认为，《柳州融水突围记》的成功，除了记者出色的职业素养外，其背后所倚靠

① 赵随意：《把握发展趋势　顺应时代潮流——优秀融合作品必须把握的基本方向》，《新闻战线》2019 年第 16 期。

② 黄云鹤：《用高品质新闻讲好新时代故事——中国新闻奖评奖归来后的思考》，《北方传媒研究》2019 年第 1 期。

③ 何继权：《横向融合是肉，纵向融合是骨——中国新闻奖一等奖作品"柳州融水突围记"分析》，《青年记者》2019 年第 3 期。

④ 宋春风、黄俪：《融媒时代地方纸媒的"突围"——中国新闻奖一等奖作品"柳州融水突围记"创作分析》，《新闻与写作》2019 年第 2 期。

⑤ 高红波、赵鑫明：《掌上中国：第二十八届中国新闻奖融媒短视频作品评析》，《视听》2019 年第 2 期。

的"中央厨房"起到了关键作用，其专业、高效的运转为"全时"打下了基础。① 亦有观点认为，"由于报道及时，真实、现场感强，有效制止了流言及谣言的传播，起到了正确引导舆论的作用，提高了传播的影响力"②。

（三）

《柳州融水突围记》参评中国新闻奖时，作品署名为集体③，列出的主创人员一共有 13 人，但不得不提的一个人是谌贻照——时任广西日报社柳州记者站站长。获得中国新闻奖一等奖后，谌贻照多次在不同场合分享了这件作品的采编经过。

在第十六届中国新闻奖评选中，谌贻照与人合写的文字消息《融安乡镇干部角色转变受欢迎》获二等奖，这是广西日报"首次获得一个二等奖"。④为了写好这篇报道，他先后多次深入融安县 5 个乡镇近 10 个村屯，在田间地头采访了近 20 名乡镇干部和农户，掌握了乡镇干部服务"三农"的大量事例和第一手数据。⑤作为一名 1966 年出生的资深媒体人，谌贻照时隔十余年能再次斩获中国新闻奖，而且是媒体融合类奖项一等奖，敬佩之余，也带给了媒体人诸多思考和启示。

——扎根基层练就过硬脚力。在同事眼中，哪里有新闻，哪里就有谌贻照的身影。多年的记者生涯，谌贻照一直脚沾泥土、衣带露水，在基层不断增强自己的脚力、眼力、脑力、笔力。作为记者，谌贻照已经不再年轻，而年过半百的他，如今依然奔波在采访一线，绝大多数同行，在他这个年纪，要么转行，要么转岗。可谌贻照不但照跑，还跑得很欢，很多年轻人都追不上他。"泥腿记者"是同事和群众对谌贻照的最高赞誉。多年来，他的足迹踏

---

① 曾真、熊唯：《5G 时代广电媒体转型发展的尝试与策略探析》，《中国广播电视学刊》2020 年第 6 期。

② 田晓凤、张伟、雷跃捷：《中国新闻奖首设的"媒体融合奖项"获奖作品评析》，《中国记者》2018 年第 11 期。

③ 主创人员具体为：甘毅、尹如琴、宋春风、黄俪、谌贻照、郑柳芩、梁雨芃、车伟强、周映、王春楠、耿文华、谭子熠、徐镕冰。

④ 刘飞锋：《莫为"头条"伤了"时效"》，《新闻三昧》2006 年第 10 期。

⑤《谌贻照同志事迹材料》，中国记协网 2022 年 11 月 1 日。

遍广西柳州北部三县的苗乡侗寨，一年 365 天他一半时间都在山里采访。①

谌贻照自己也坦言："我常年在大苗山里采访，熟知山里的地理环境和风土人情。我能说侗语，能听懂当地的苗语。"② 在新闻一线奔走几十年，谌贻照绝大部分春节都是在基层过的。春节的基层采访，为他蓄积了大量新闻素材，一到报社推出涉及基层民生的重大策划报道时，很多素材、线索甚至人脉，他都可以"信手拈来"。③

——**掌握全媒体传播技能**。自称"始终有本领恐慌"的谌贻照，可谓新时代全能型的记者代表。他说：新媒体时代已经不可逆转地到来，作为党报记者，必须在基层一线的采访中自觉历练新媒体表达的基本功。他根据自己在一线报道的需要，创建了个人公众号，自学了短视频的拍摄和现场制作，养成了制作 H5 时的个性表达。他的新媒体报道推送，都是手机现场制作，从来不做新媒体报道的"隔夜饭"。④ 他的个人公众号"山水柳州"因唯美的图文推送、轻松活泼的个性表达和正能量特点，拥有总量可观的粉丝，曾获得柳州市宣传部的表彰和奖励。

谌贻照最初在柳州电台做记者，练就了流利口播的能力。这次拍摄杆洞水灾时，他现场解说，一气呵成，可以说靠的就是早年练就的功夫。1996 年，柳州市遭遇百年不遇的水灾，谌贻照是电台的主力报道记者，积累了相关知识，这次前往山区进行同题报道能做到心中有数，沉着应对。⑤

——**关键时刻要能冲得上去**。2017 年 8 月 12 日清晨，柳州市融水苗族自治县杆洞乡突发特大洪水。谌贻照得到信息后从柳州驱车 8 个多小时，翻山越岭赶到灾区现场。当晚 7 时 30 分，他向报社发回当地干部群众抢险自救的图文后，乡里电力和通信中断，与外界失去联系。8 月 13 日凌晨 4 时开始，

① 覃伟立：《谌贻照：睡过门板的记者》，《中国新闻出版广电报》2019 年 8 月 7 日。

② 谌贻照：《淬炼走好基层的"四力"》，《新闻潮》2019 年第 9 期。

③ 谌贻照：《舍弃炕头温热　关注百姓冷暖——我那些不在家过的春节》，《中国记者》2021 年第 2 期。

④ 谌贻照：《满怀深情讲述春天的故事——连续九年坚持"新春走基层"的收获》，《中国记者》2020 年第 2 期。

⑤ 何继权：《横向融合是肉，纵向融合是骨——中国新闻奖一等奖作品"柳州融水突围记"分析》，《青年记者》2019 年第 3 期。

杆洞乡再次暴发山洪。这次山洪更凶猛，杆洞变成了孤岛。

大雨滂沱中，专业摄影器材无法使用，谌贻照只能用一部防水手机在抢险一线进行采访。暴雨和山洪袭击了杆洞街，乡党委和政府组织群众紧急撤离、救援被困在河边旅社里 15 名游客等场景，被他一一记录下来。上午 11 时，他和县乡干部开始往外突围以求发回稿件、传递灾情信息，但一行人往外挺进 9 个小时才走了 6 公里，突围失败。8 月 14 日清晨 7 时 30 分，谌贻照在 3 名当地干部的陪同下再次突围。冒险越过 40 处塌方，艰难跋涉两个多小时后成功走出杆洞，并第一时间将所有采访的视频、图片和文字发回广西日报新媒体部。① 这次出击突发事件采访，只是谌贻照工作的一个真实写照。作品获奖，又何尝不是对他的职业精神的一种肯定和褒奖呢！

《柳州融水突围记》获评中国新闻奖后，谌贻照总结了三点心得：一是新闻类短视频应具备的"新、短、快、实、美"五大特征，这在获奖作品中得到了充分的体现；二是获奖视频仅其一个人、一台手机拍摄和现场制作，这用实战证明了融媒体报道的低成本、小制作同样可以实现好效果；三是接到突发新闻的线索，前方记者必须争分夺秒赶赴新闻现场，运用全媒体手段，进行图文和视频采访，及时启动前方记者与后方新媒体团队的联动应急采编机制，抢占融媒体的新闻制高点和首发先机。这三点，在情况突变的突发现场，可以归结为一点：轻装上阵现场制作乃融媒体决胜之道。② 与很多媒体融合作品系大策划、大制作相比，这件获奖作品实际上回归了新闻的本质，回归了传播的本质，可以说这也是媒体融合深度发展以内容建设为根本应该坚持的方向。

（四）

获奖作品实际上是由 3 条总时长超过 9 分钟的短视频组成的，这些短视

---

① 覃伟立：《脚下沾泥土　心中有阳光——记广西日报柳州记者站站长谌贻照》，广西新闻网 2019 年 8 月 2 日。
② 谌贻照：《一台手机的突围——中国新闻奖一等奖作品"柳州融水突围记"实战心得》，《中国记者》2018 年第 12 期。

频并非单独发布，而是植入在了广西日报微信公众号的推文中。这篇推文有点"大杂烩"，集合了文字、照片、视频、朋友圈截图、表情包等多种素材，而文字表述方面存在诸多不规范之处。如"全乡通讯中断""当地通讯中断"，实际上应该用"通信"；再如"今日上午10时""今天16时""下午17时"，在时间表述上把12小时制和24小时制混用。另外值得探讨的是，"日报哥"与"照哥"这样的表述，是亲切接地气还是显得俗气？

具体到获奖的短视频也不是没有瑕疵。第二条短视频字幕"截止到14日下午16时"12小时制和24小时制混用，应该是"下午4时"或"16时"。另外，第二条短视频和第三条短视频在内容上有重复。就获奖作品而言，记者的职业精神确实值得敬佩，但作品存在的瑕疵也不能忽视。

阅 读 +

（《柳州融水突围记 | 广西日报记者"失联"数十小时，在穿越40处塌方后发回灾区最新画面！》主创：甘毅、尹如琴、宋春风、黄俪、谌贻照、郑柳芬、梁雨芃、车伟强、周映、王春楠、耿文华、谭子熠、徐镕冰；广西日报微信公众号2017年8月14日；获第二十八届中国新闻奖短视频新闻一等奖）

高原之上吸氧拍摄

在第二十八届中国新闻奖评选中，中国邮政报微信公众号作品《28 年的相守，终于迎来了这一天》获短视频新闻三等奖。行业报斩获中国新闻奖本身有一定难度，此次获奖是《中国邮政报》创刊之后首次斩获中国新闻奖。参评材料中给出的推荐理由之一是主创团队在高海拔地区边吸氧边拍摄，体现了记者的敬业精神。

（一）

《中国邮政报》是在我国邮政管理体制改革下诞生的一份行业报。行业报是指由社会行业组织主办的以报道本行业内部政治和业务活动信息为主要内容的定期出版物。据统计，目前全国有 2000 多种报纸，其中，50% 以上为行业报。在我国，行业报是一个很特殊的媒体。[①]

中国行业报协会成立于 1986 年，于 2016 年由中国产业报协会更名而来，现有会员单位 119 家，这些会员单位多为全国性行业报。[②] 每年中国新闻奖评选，中国行业报协会都可以推荐一定数量的作品参评。多年来，中国行业报协会会长都是中国新闻奖固定评委之一。

全国邮政系统目前有两份行业报，一份是中国邮政集团有限公司主管主办的《中国邮政报》，另一份是国家邮政局主管的《中国邮政快递报》。《中国邮政报》创刊于 2000 年 1 月 1 日，现在每周二到周五出刊。《中国邮政快递报》

---

① 张勤立：《行业报要积极拥抱新时代实现转型发展》，《传媒论坛》2020 年第 24 期。
②《中国行业报协会概况》，出自中国行业新闻网。

于 2013 年 1 月 10 日正式创刊，是邮政快递业唯一的行业报，是邮政快递领域交流、沟通、展示形象的重要载体。①

在各类新媒体的冲击和影响之下，传统行业报的新闻和出版模式面临着很大的冲击和挑战。如何走好融合发展之路，是多数行业报面临的难题。②中国邮政报近年进行了积极探索，如坚持优化资源，探索视频新闻化，充分利用 6 万块邮政系统在各级企业办公楼、基层营业网点设立的电视屏幕资源，组建了"袖珍电视台"。③

（二）

在历届中国新闻奖获奖作品中，不乏邮政方面的题材获奖。在第三届中国新闻奖评选中，贵州邮电报作品《贵州告别最后一条马班邮路》获评文字消息二等奖。这条消息的原稿只写了晴隆县开办汽车邮路这一事实，编发时，从贵州全省的角度，进一步调查核实，了解到这是全省最后一条由马班运邮改为汽车运邮的邮路，决定突出"告别最后一条马班邮路"，使本来在一个局部不很起眼的事实，折射出改革开放之光，这就使这一事实有了典型意义。④

邮政方面的题材获中国新闻奖，影响最大的当数在第十六届中国新闻奖评选中获通讯一等奖的《索玛花儿为什么这样红——记优秀共产党员、木里县马班邮路乡邮员王顺友》⑤。新华社记者张严平得知这篇稿件获奖后说："感恩那每一颗相通的心灵。特别感恩那位在大山里一个人一匹马一条路走了 20 年、现在依然在邮路上继续走着的四川木里县马班邮路乡邮员王顺友。"她写道："在跟随这位乡邮员历经了白天、黑夜、寒冷、酷暑、高山反应、极度疲劳以及种种惊恐和危险之后，我被自己从未体验过的另一种人生深深地震撼。

---

① 《邮政快递人必看，行业发展秘密全在这里！》，《中国邮政快递报社》2021 年 10 月 20 日。

② 王江江：《深耕垂直领域 服务行业发展》，《新闻战线》2020 年第 11 期。

③ 李书杰：《优化资源寻差异 融合传播求实效——中国邮政报社新形势下的新闻报道探索》，《新闻战线》2020 年第 9 期。

④ 杨煜光、蔡绍绪：《选好角度 力求简短——采编〈贵州告别最后一条马班邮路〉的体会》，《写作》1994 年第 2 期。

⑤ 作者分别为新华社记者张严平和新华社四川分社记者田刚。

分手那天，站在漫山遍野盛开的索玛花儿丛中，我想说什么，一时竟无语。那一刻，心里知道，再也不会忘记。"①2021年5月30日，王顺友病逝，享年56岁，他生前先后获全国五一劳动奖章、全国劳动模范、全国优秀共产党员、全国敬业奉献模范、感动中国2005年度人物等荣誉。得知王顺友病逝的消息，张严平在她很少更新的微信朋友圈里写下了这段文字："16年前，四川凉山索玛花儿盛开的季节，我第一次见到了这位大山里的乡邮员，16年后，又是索玛花儿盛开的季节，他走了。他是我记者生涯中最难忘的记忆。他给他的大山，给中国的邮路，给千万人的心中留下了永远盛开的索玛花儿，他给我留下了永远的追寻——索玛花儿为什么这样红……"②

第二十八届中国新闻奖首设媒体融合奖项，短视频新闻是其中之一，评选办法明确："在移动端发布的短视频类新闻作品（含纪录片）。参评作品按'主创人员'申报，包括策划、采写、编辑、设计、技术等，超过6人按'集体'申报。"到了第三十届评选时，短视频新闻具体分为短视频现场新闻和短视频专题报道两大类。

参评中国新闻奖时，中国行业报协会对《28年的相守，终于迎来了这一天》给出的推荐理由是："该作品内容真实，情感丰富，选题以小见大，以其美多吉和他的同事在雀儿山隧道开通前一天最后一次驾驶邮车翻越雀儿山的生动影像记录，展现了邮政人忠实履行普遍服务职责的坚守与奉献，同时也从侧面反映出雀儿山隧道开通的重大意义和十八大以来我国交通建设的成果。主创团队在高海拔地区边吸氧边拍摄，体现了记者的敬业精神。作品将新闻事件以纪实风格呈现，现场感强，画面既大气震撼，又不失细节上的雕琢与刻画，节奏张弛有序，同时，同期声与背景音乐完美结合，也渲染了高原邮路的壮美之感。"③

① 张严平：《真实的才是具有震撼力的——〈索玛花儿为什么这样红〉采访体会》，《新闻战线》2006年第10期。

② 吴光于：《新华社高级记者张严平：王顺友是我记者生涯中最难忘的记忆》，新华网2021年5月31日。

③《〈28年的相守，终于迎来了这一天〉中国新闻奖媒体融合奖项参评作品推荐表》，中国记协网2018年7月19日。

（三）

在第二十八届中国新闻奖评选中，全国行业媒体共有 13 件作品获奖，获奖数量超过了前三届之和，"偶然得之来源于长期积累"。这些获奖作品之所以打动评委有三点：一是原创性强，作品普遍带有泥土芳香；二是文字功底深厚，基本功扎实；三是把好报送第一关，宁缺毋滥。《28 年的相守，终于迎来了这一天》等获奖作品之所以过关斩将终于折桂，原因在于最鲜明地体现了以上三个特点。[①] 学界和业界对这件获奖作品也有一些评析，具体可归纳为四个方面。

——**善于抓有价值的选题**。选题是新闻采访的重要环节，选题的质量与内容决定着新闻采访的效果，并最终决定新闻作品的价值，拥有好的选题是新闻媒体赢得读者的秘诀之一。《28 年的相守，终于迎来了这一天》记录了其美多吉和他的同事在川西高原甘孜州雀儿山隧道开通前一天，最后一次驾驶邮车翻越雀儿山的情形。而在这之前，其美多吉们已经在这条被称为"鬼门关"的邮路上坚守了 28 年，作品展现了普通岗位工作者的奉献精神并引发了社会各界对雪线邮路的极大关注。获奖作品并未仅仅局限于单一手段，而是具有兼顾选题、时效、创意、技术等多种因素。[②]

——**采访要深入基层一线**。"现在是观点太多，但是真相已经不够用了"，这是脚力不足的形象描述。对新闻从业者来说，体现新闻工作者以人民为中心的工作导向，就是要站在百姓和社会发展的新闻主战场上去思考问题，去进行报道，要到一线去选择出发点和目的地。如果没有编辑和策划团队在海拔 5000 多米，一边是石块遍布的陡坡、一边是悬崖的邮政亲身体验，就很难诞生纪录片《28 年的相守，终于迎来了这一天》。行千山万水，走千村万寨，入千家万户，吃千辛万苦，只有在路上，心里才有时代；在基层，心里才有群众；在现场，心里才有感动。增强脚力，就是要把实践和基层当作最好的

---

① 姚军：《脚踏祖国山川大地　写出最新最美文字——从行业媒体获奖作品说开去》，《中国记者》2018 年第 12 期。

② 冯梁：《短视频新闻发展路径简析——以第二十八届中国新闻奖媒体融合奖短视频新闻为例》，《新闻传播》2019 年第 9 期。

课堂，把人民群众当作最好的老师。①

　　——让"暖新闻"情暖人间。新闻传播学上没有"暖新闻"这个名目，但近年新闻实践中该词已经成为约定俗成的概念，主要指一些报道暖心故事、引导向上向善、传播社会正能量的新闻形态。"暖新闻"契合社会主义核心价值观的传播语境，是社会主义核心价值观的直观生动体现。作为一种社会功能的"暖新闻"，通过善行善举、凡人大爱，发挥了对抗信仰危机、价值失范的作用，对冲了网络暴力、负面新闻的舆论场，满足了人民群众的情感诉求，引导了社会正能量。《28 年的相守，终于迎来了这一天》等获奖作品不仅扩展了新闻表现的空间，也适应了分众化差异化的传播趋势，让"暖新闻"情暖人间。②

　　——树立榜样的力量。新闻媒体应及时报道为社会发展和进步做出极大贡献的广大群众，让他们乐观的心态、对工作认真负责的态度激励、鼓舞更多的人，树立榜样的力量，使社会正能量发光发亮，为社会的进步不断注入新鲜的血液。获奖作品《28 年的相守，终于迎来了这一天》一经发出，多家媒体转载，众人转发、留言，引起社会各界对"雪线邮路"的极大关注，其美多吉和他的同事们也成为全社会学习的榜样，并且成为中宣部重点宣传的对象。③

（四）

　　行业类报纸主要报道本行业新闻，受众对象固定，发行范围比较集中，对重大主题进行报道，行业类报纸习惯从本行业视角观察思考行业内各种新动态。④探究《28 年的相守，终于迎来了这一天》的获奖之路，其实最值得学习的地方还在于选题的操作思路——面对一个众所周知的公共信息，如何用独特的角度、独特的方式做出独特的报道？

　　"爬上雀儿山，鞭子打着天；翻越雀儿山，犹过鬼门关。"雀儿山位于川

---

① 孟晶：《提升"四力" 讲好新时代故事》，《声屏世界》2019 年第 11 期。
② 宋世明：《暖心事从来是主流——从融媒体时代新闻实践看"暖新闻"报道新变》，《城市党报研究》2020 年第 3 期。
③ 高红波、赵鑫明：《掌上中国：第二十八届中国新闻奖融媒短视频作品评析》，《视听》2019 年第 2 期。
④ 张晓红、周文韬：《行业报重大主题报道的创新实践——中国邮政报"魅力邮路长江行"系列报道评析》，《中国报业》2019 年第 21 期。

藏公路北线 317 国道、甘孜德格境内，藏语称作"绒表俄扎"，意为"山鹰飞不过的山峰"。雀儿山主峰海拔 6168 米，每年有长达 8 个月的时间被积雪覆盖，山高路险、高寒缺氧，被称作"川藏第一险"。"风吹石头跑，四季不长草，一步三喘气，夏天穿棉袄"，是雀儿山气候的生动写照。

雀儿山隧道开通当然是一件大事，可以报道的角度很多，可以选择的人物也很多。中国邮政报却独辟蹊径选择了中国邮政集团四川省甘孜县分公司长途邮车驾驶员、驾押组组长其美多吉作为报道对象，以其美多吉和他的同事在雀儿山隧道开通前一天最后一次驾驶邮车翻越雀儿山为切入点，展现了邮政人忠实履行职责的坚守与奉献，也从侧面反映出雀儿山隧道开通的重大意义和党的十八大以来我国交通建设的成果。

人的故事是具体的故事，也是生动的故事，新闻报道讲好人的故事，有利于增强新闻宣传的传播力和感染力。这件获奖作品完全跳出了一般工程建设竣工常规的宣传报道套路，换了一个角度讲述了雀儿山隧道开通的意义。这是这件获奖作品留给人印象最为深刻的地方，也是最值得媒体人学习的地方。

在"好记者讲好故事"演讲中，陈颢月再一次分享了采访拍摄其美多吉和雀儿山告别的故事："当时代楷模其美多吉驾着邮车第一个驶出隧道的时候，我感到由衷的自豪，在海拔 5050 米的雀儿山垭口，多吉大哥和他的兄弟们欢呼、祈祷，因为这里曾留下雪线邮路人的青春、热血甚至是生命。为了拍出最佳的效果，我不停地登高俯低，高原反应也比想象来得更加猛烈，但那一刻，我顾不上缺氧带来的痛苦，拼尽全力记录下一幕幕珍贵的瞬间。"陈颢月后来感慨："从 38 道弯到老虎嘴再到陡石门，多吉大哥一一向我数着危险之处。每一次换挡、每一回转向，都是步步惊心。但就是这样一条云中天路，多吉大哥 28 年来却走得如此沉稳坚定。那一刻我就在想，如果换作是我，我能坚持多久？"[1]这应该是他内心最真实的感受，如果没有深入现场的采访，恐怕不会有这样的感受。

巧合的是，陈颢月此次"好记者讲好故事"演讲的点评人不是别人，正

---

[1] 陈颢月：《脚下的路　心中的情》，《新闻战线》2021 年第 22 期。

是采写"马班邮路信使"王顺友、《索玛花儿为什么这样红》作者之一的新华社高级记者张严平。张严平1982年毕业于山东大学中文系，荣获过中国新闻工作者最高奖长江韬奋奖。

作为这件获奖作品的主创之一，张巨睿在谈及媒体融合时说："媒体融合的浪潮中，我们谁都不是看客。推动媒体融合，就是历史赋予我们这代人的责任。列夫·托尔斯泰曾说过，一个人若失去热情，终将一事无成，而热情的基点，正是责任。作为集团的新媒体运营团队，我们有责任引领创新。推动媒体融合发展，还是那句话：惟改革者进，惟创新者强，惟改革创新者胜。"① 这种态度和认识是媒体做好融合应有的姿态。

（五）

从评选的角度而言，短视频新闻作品不仅要具有新闻性，而且要有时效性，传播效果还要好。对于获奖作品《28年的相守，终于迎来了这一天》，老总签发单微信公众号曾从优点、缺点两个方面进行了评价——优点：纪录片风格明显，通过富有地域特色的音乐、镜头画面，一下子把用户吸引进入视频里。视频里适当保留现场声、同期声，突出了纪实性，展现出高原邮路的壮美。但部分段落仍有编导痕迹，故事性稍逊于其他的作品。缺点：作品通过微信公众号首发，同期声字幕位置较低，不利于手机用户观看。这是以电脑端配字幕的观看效果为标准造成的。② 从赏析的角度而言，这件获奖作品有一些值得探讨之处。

一是时效性打了折扣。2017年9月26日11时，雀儿山隧道建成通车。《28年的相守，终于迎来了这一天》在中国邮政微信公众号上推送的时间为"2017-09-28 18：36"，时效性打了折扣，如果能在26日当天中午推送就更好了。当然，视频剪辑制作需要一定时间，当天发出有难度，但也要尽量求快。

---

① 《创新，拿来吧你！| 中国邮政新闻宣传先进集体先进个人经验谈》，邮政新闻宣传中心2021年8月18日。

② 《认识有误区，一批短视频作品错失中国新闻奖》，老总签发单微信公众号2019年8月15日。

二是时长略长，内容不够紧凑。《28 年的相守，终于迎来了这一天》题材是一个好题材，故事也是一个好故事，但 7 分钟的视频显得略长，内容也不够紧凑。如果能再短点，内容再紧凑一些，作品的新闻性也许会更强。

三是作品的厚重感显得不足。新闻性强、现场感强，是这件作品的显著特点，但作品的厚重感显得不足。作为一名驾驶邮车在雀儿山行驶了 28 年的驾驶员，突出了与雀儿山的告别，但 28 年背后的艰险与雀儿山隧道开通后带来的便利感觉呈现不足，让作品显得有点单薄。

四是个别表述让人有疑惑。"其美多吉驾驶邮车第一个通过隧道"，为什么他会是第一个驾车通过雀儿山隧道的人？视频中没有介绍，与视频一起发布的推文中也没有介绍，看了让人有点疑惑。这是刻意安排的第一个，还是其美多吉当天去得早排在了最前面？

阅 读 +

（《28 年的相守，终于迎来了这一天》主创：张巨睿、陈颢月、王勤东、毛志鹏、万多多；中国邮政报微信公众号 2017 年 9 月 28 日；获第二十八届中国新闻奖短视频新闻三等奖；注：中国邮政报微信公众号上此推文已查询不到，所附二维码为四川邮政公众号推文）

第三辑

抓住感人瞬间

移动互联网时代，传统的宏大叙事反而不如一个感人的瞬间更能打动人。视频必将继续成为新闻媒体的必争之地，究其原因，在于视频具有强大的传播力。作为视频的新闻，与以文字形式呈现的新闻有很大不同，文字以结构和逻辑取胜，而视频则以"现场"为王。

善于用好采访素材

在第三十届中国新闻奖评选中，贵州广播电视台动静客户端作品《地震瞬间，她们抱出 26 个新生儿：要把孩子的安全置于我们之上！》获短视频现场新闻二等奖。这件作品获奖，对媒体如何做好内容供给有启示意义。

（一）

2021 年 5 月，贵州广播电视台总编辑王先宁升任台长。王先宁早年长期在贵州省黔南州工作，新闻工作始于黔南州都匀市平浪区广播站，后来担任过黔南电视台台长。2011 年的一份介绍王先宁先进事迹材料中，描绘他"像这苗岭岩鹰一样，长期扎根于山区，为民族地区的广播电视事业作出了积极贡献"。他组织记者策划新闻稿件，连续 8 年每年的大年三十在中央电视台《新闻联播》中播出，这个纪录，在全国同级电视台是绝无仅有的。[①]

对于地方台如何提高在央视的发稿率，王先宁总结过两点：一是此消息（或事件）具有全国性；二是此消息（或事件）是被央视现阶段关注的重大题材。[②] 仔细品味，今天又何尝不是这样呢？王先宁一次在接受采访时举了一个例子：配合总台记者制作的《焦点访谈》报道《小康梦圆　菜篮子　米袋子　好日子》是通过深挖惠民生鲜超市到底何以"惠民"这一主题，牵出贵州推进供给侧结构性改革让城镇群众和农村群众"两头都幸福"的故事，报道好看、接地气又具有说服力，以"小切口、大背景"的巧劲儿实现了宣传

---

① 王先宁：《苗岭岩鹰——记贵州黔南电视台台长》，黔南热线 2011 年 12 月 23 日。
② 王先宁：《浅谈地方台在全国性重大题材报道中的角色定位》，《新闻窗》2003 年第 3 期。

目的。

在 2000 年度贵州广播电视新闻奖评选中，王先宁作为电视新闻的策划者和主持报道人之一的《四百年来未遇的暴雨突袭都匀》引起与会评委关注，最终获评一等奖。王先宁后来总结：敏感是抓新闻的首要前提，逼真是电视新闻的优势，勇敢是记者的基本素质，生命是新闻关注的基本点，快捷是新闻报道的生命力。[①] 在黔南电视台工作时，王先宁编辑的电视消息《水书：世界上仍然"存活"的象形文字》获第十四届中国新闻奖三等奖，对地市媒体而言这是非常不容易的。

在第三十二届中国新闻奖评选中，贵州广播电视台制作的四集新闻纪录片《千年梦想　决胜今朝》获三等奖。该纪录片把贵州省脱贫攻坚放在中国脱贫攻坚的宏大背景下展开，突出反映贵州脱贫攻坚的成功经验。拍摄之初，分 4 个拍摄组深入全省贫困程度最深、最边远的山区，生动呈现发生在基层一线的脱贫故事和生动实践，真实展示了贵州党群干部一心、攻坚克难的精神，也展现了贵州对脱贫攻坚工作的执着和贡献。[②]

2021 年是建党百年，贵州广播电视台推出了六集短视频《穿越百年遇见你》，通过选择全国观众认知度相对不高，但在建党百年中发挥关键、重要作用的历史事件发生地为拍摄地点，以容易为青少年受众群体接受的"穿越"方式为动力线，通过"情景剧"的方式生动演绎党史中的贵州故事。以小切口展现大主题，以小人物表现大背景，在时空穿越中把严肃的党史转化为生动的小故事，把受众带回到特定的历史时刻，以更具网感的表现手法，唤起受众特别是青少年群体对传承革命精神的认同感。[③]

数据显示，2021 年，贵州广播电视台实现了融媒体矩阵和平台建设"双过亿"（融媒体矩阵粉丝数超过 1 亿，自有客户端下载量超过 1 亿），视频传

---

① 王先宁：《有预见　有策划　有组织——电视新闻〈四百年来未遇的暴雨突袭都匀〉拍摄心得》，《新闻窗》2001 年第 2 期。

②《向新闻最高奖项攀登！贵州广播电视台再获中国新闻奖》，动静贵州 2022 年 11 月 10 日。

③ 王先宁：《奏响百年主题交响乐，力推融媒高质量发展——贵州广播电视台全媒体报道建党百年盛况》，《新闻战线》2021 年第 15 期。

播总量超 100 亿的好成绩。动静客户端下载量突破 7000 万；"百姓关注"打造现象级民生新闻类融媒体平台取得重要进展，客户端下载量突破 2500 万。这些年来，贵州广播电视台始终坚持策划先行、深挖故事、讲求角度，坚持"精品化"思路，做到报道有事实支撑、有精巧切口、有新颖手法，寓主题宣传于生动故事之中。在没有专业队伍、没有经费投入的情况下，贵州广播电视台靠主动作为和过硬的新闻报道，全年实现海外传播 107 条次。①

（二）

获奖作品《地震瞬间，她们抱出 26 个新生儿：要把孩子的安全置于我们之上！》的整个采写经过并不复杂，但体现出了很强的职业性与专业性。万物皆媒的年代，作为专业传播机构的媒体和专业的内容生产者，必须具备较强的职业能力和专业水平。

2020 年 7 月 2 日 11 时 11 分，贵州省毕节市赫章县发生 4.5 级地震。按照相关部门说法，"一般震级在 3 级以上，地震开始有感。因此，将大于等于 3 级，小于 4.5 级的称为有感地震。这种地震人们能够感觉到，但一般不会造成破坏"②。但发生在毕节市赫章县的这场并不大的地震还是产生了一定影响——在地震发生瞬间，赫章县人民医院新生儿科的医护人员迅速组织，怀抱婴儿跑出病房，把婴儿转移到了安全地带。当天下午，医院新生儿科的医护人员在地震发生瞬间转移新生儿的视频就在网上传播，并引发热议。这一视频具体是怎么流传到网上的不得而知，但在网上引发了受众的关注。

事件的经过是怎样的、当时的情况如何，网络化的碎片传播并没有完整还原。贵州广播电视台面对这一网传视频表现出了较强的职业性与专业性。7 月 3 日一早，贵州广播电视台记者迅速赶往赫章，一边赶路一边通过电话联系院方。抵达现场后，迅速展开工作，采访到了新闻事件最核心的几位当事人，包括医院新生儿科主任、护士长及新生儿的家长，并调取了事发全程

---

① 《贵州广播电视台台长王先宁：深化改革，全力以赴推进媒体深度融合发展》，贵州网络广播电视台 2022 年 2 月 10 日。

② 周依：《官方：4.5 级地震属有感地震但一般不会造成破坏》，新京报网站 2019 年 12 月 5 日。

的监控录像，收集到了多个渠道的现场图片。通过视频、图片及现场采访等完整地还原了事件的全过程。为了以最快速度把这篇完整反映事件全貌的消息在新媒体端播发出去，记者在医院就地完成了视频剪辑、文稿撰写及发布。这是第一篇完整反映该事件全过程的视频新闻报道。[①] 在整个采编过程中，贵州广播电视台有几点可圈可点。

——**及时关注热点**。做媒体，不关注网上热点不行，网络热点是用户关注点和兴趣点的直接反映。媒体不关注网络热点，就可能找不准用户的关注点。网络热点对媒体而言是最公平的信源，关键看能不能抓得住。

——**去现场核实采访**。不是简单搬用网上视频、把网上已有视频二次加工后再传播，而是去现场核实采访，推出了反映事件全过程的视频，表现出了较强的职业性与专业性。放眼国内，对网上热点搬运式传播的不在少数，贵州广播电视台能去现场深入采访显得弥足珍贵。

——**追求速度与时效**。7月2日发生的事情，次日去采访，在分秒必争的互联网时代，这显得已经有些滞后了。可能是记者也意识到了这一点，所以采访后立即在医院就地完成了视频剪辑、文稿撰写及发布，尽可能弥补了时效性的滞后。1分16秒的视频和1200多字的文字，7月3日19：37在贵州广播电视台官方新闻客户端上发布。

不可否认，地震瞬间医护人员抱出26个新生儿的视频出自医院监控，媒体再怎么还原现场其实也无法弥补错失第一现场的遗憾。互联网时代，传播无处不在，而媒体人又不可能事事、时时在场。

与众多媒体发布的直接搬运来自相关部门或单位监控视频相比，贵州广播电视台对这一视频的剪辑制作呈现有特色，也是亮点。一方面活用监控视频；另一方面把对现场采访视频与监控视频有机结合起来，在同一个画面中一起进行呈现，并配上受访者的原声，让整个内容更完整，也显示了媒体的作为。

[①]《〈地震瞬间，她们抱出26个新生儿：要把孩子的安全置于我们之上！〉中国新闻奖媒体融合奖项参评作品推荐表》，中国记协网2021年10月29日。

　　中国传媒大学教授曾祥敏在评析第三十一届中国新闻奖媒体融合类作品时，专门点评了《地震瞬间，她们抱出 26 个新生儿：要把孩子的安全置于我们之上！》这件获奖作品：要实现社会治理的社会化、法治化、智能化、专业化，离不开媒体的把关与引导。随着自媒体的不断发展，用户可以随时随地在社交账号上发布信息，一时之间真假难辨，网络环境日益混杂。身处"人人都有麦克风"的互联网时代，媒体最无可替代的功能就是把关与引导，发挥新闻专业素养和采编流程的严谨性，发布最准确、最全面、最权威的信息。在本届获奖作品中，现场新闻深入一线真实记录事件发展，如《地震瞬间，她们抱出 26 个新生儿：要把孩子的安全置于我们之上！》通过视频、图片及现场采访等多种要素组合，完整地还原了事件的全过程。①

　　（三）

　　第三十一届中国新闻奖评选结果揭晓后，《地震瞬间，她们抱出 26 个新生儿：要把孩子的安全置于我们之上！》作者之一的贵州广播电视台全媒体新闻中心记者曾明撰文分享了创作心得，具体有两点。

　　一是充分的前期联系和准备工作，对于全面搜集整理素材非常重要。一边赶路一边电话联系相关人员，第一时间联系了当地宣传部表明意图，并请宣传部的同志帮忙联系当时的医生、护士以及婴儿家长，确保整个事件涉及的核心人员都能在场，保证能够及时顺利采访到这些当事人。同时，在去往赫章的路上，不断在互联网上搜索现场视频和图片，尽可能多地获取素材资源。此外，还请医院收集到了多个渠道的现场图片，通过视频、图片及现场采访等多个方面，完整地还原了事件的全过程。这相当于采访准备。

　　二是跳出"联播"思维，用小屏思维指导内容生产，用好现场素材。曾明说，经过全媒体新闻中心这几年融合发展的不断推进，记者的思维方式也逐渐开始转变，主动开始运用小屏思维来指导内容生产。

---

　　① 曾祥敏、董华茜：《媒体深度融合的阶段性探索——第三十一届中国新闻奖媒体融合类作品评析》，《传媒》2022 年第 2 期。

当天完成文稿撰写和素材回传，大概是下午三四点。按理说工作已经结束，剩下的应该就是交给后方的编辑进行制作，等着《贵州新闻联播》顺利播出就行了。"手上这么好的素材、现场监控录像应该是有传播力的，也是大家关心关注的热点"，在直觉和敏感的促使下，又行动起来制作了新媒体的短视频。①

（四）

作为中国新闻奖媒体融合类短视频现场新闻二等奖作品，《地震瞬间，她们抱出 26 个新生儿：要把孩子的安全置于我们之上！》有很多优点，比如新闻性强，现场感强，弘扬了主旋律，传播了正能量，通过同期声采访、监控画面、现场照片等多种要素和场景的组合，把公共信息操作成了获奖报道，具有启示和借鉴意义。但从赏析的角度而言，也有一些值得探讨之处。

一是标题。这件获奖作品的标题《地震瞬间，她们抱出 26 个新生儿：要把孩子的安全置于我们之上！》虽然把事情讲透了，很直观，但显得略长。"要把孩子的安全置于我们之上！"属于观点，从简洁的角度而言，也可以不上标题。

二是视频。作为短视频现场新闻，1 分 16 秒的视频有三个问题。其一，字幕上的时间格式表述前后不一致，"上午 11 点 11 分"与"十一点"；其二，字幕个别用词不妥，如"新生儿科上演感人一幕"中的"上演"，按照《现代汉语词典》的解释，"上演"的意思是"（戏剧、舞蹈等）演出"，上演有表演的意味，这事不是人为有组织策划的表演，用"上演"不太合适；其三，视频字幕字体给人的感觉不是标准字体。

三是配文。视频发布时同时配发了 1000 多字的文字，配文不仅偏长，多个地方的表述存在不规范或不当。如标题是"26 个新生儿"，而正文"26 名新生儿""26 个孩子"，量词前后不统一；"新生儿科的孩子都有基础疾病"的

---

① 曾明：《[记者手记] 充分用好新闻现场素材，有时候比到达现场更重要》，立心传播微信公众号 2022 年 3 月 11 日。

表述容易引发误解。正文结尾"人性的光芒在最危急的时刻绽放，她们用行动诠释，什么是白衣天使，什么是平凡世界里的英雄！"这是议论评述，不是新闻事实。"地震瞬间"与"第一时间"中间到底间隔了多久，如能予以介绍，新闻也就会更加严谨。

四是效果。"该作品发布后，迅速获得了近 10 万次的阅读量，累计阅读量 30 万次。""在动静 APP 上总点击量超过 30 万次，形成了大小屏聚合持续传播。"根据参评中国新闻奖时填报的数据，就社会效果而言，这很难说是爆款。当然，评新闻奖，看重流量等社会效果，但也不完全拘泥于流量。

五是参评表。中国记协网上公布的这件作品的参评表中有这样一句话：以儿科主任一句"我们要把他们的安全置于我们的生命至上"的同期声作为结尾，点题升华、打动人心。这里应该是"生命至上"还是"生命之上"？获奖作品正文标题和配发的文字里面用的都是"生命之上"。

阅 读 +

（《地震瞬间，她们抱出 26 个新生儿：要把孩子的安全置于我们之上！》主创：李艺、曾明；编辑：苏姝、孔薇；贵州广播电视台动静客户端 2020 年 7 月 3 日；获第三十一届中国新闻奖短视频现场新闻二等奖）

手机也能拍出爆款

在第三十届中国新闻奖评选中，中央广播电视总台央视新闻客户端作品《【独家 V 观】习近平看望"快递小哥"》获短视频现场新闻一等奖。在总台众多获评中国新闻奖的作品中，这件获奖作品是比较独特的，是认识和理解新时代传播的一个代表性案例。

（一）

2018 年 4 月 19 日，中央广播电视总台（China Media Group，CMG）挂牌，在总台后来发布的年度社会责任报告中，称其是"世界上规模最大的综合性传媒集团之一"①。组建中央广播电视总台，充分体现了以习近平同志为核心的党中央对宣传思想文化工作的高度重视，体现了加强党对新闻舆论工作和重要舆论阵地集中统一领导的必然要求，体现了把握新闻舆论工作规律、引领社会思想意识的高度自觉，对于更好地坚持贯彻党性原则和党管媒体原则，牢牢掌握意识形态工作领导权，巩固壮大主流思想舆论具有十分重大的意义。②

总台成立之后，很多举措颇受业内关注。2020 年 8 月 17 日，中央广播电视总台融合发展中心正式成立。融合发展中心的成立，是总台落实中央媒体融合发展重大战略部署，落实中宣部各项要求，积极主动作为的有力举措，也是总台内设机构成立的收官之举。作为总台推动媒体融合发展的参谋部、

---

① 《中央广播电视总台社会责任报告（2020 年度）》，央视网 2021 年 6 月 18 日。
② 《黄坤明出席中央广播电视总台揭牌仪式：努力打造新型主流媒体》，新华社北京 2018 年 4 月 19 日。

总枢纽，融合发展中心肩负有重要职责，推动总台这艘传媒航母在新媒体大海中向深蓝挺进。①

2022年2月10日，中央广播电视总台召开2022年工作会议。中宣部副部长、中央广播电视总台党组书记、台长兼总编辑慎海雄在回顾2021年工作时说"我们抢首发、敢亮剑、争独家……"在谈到2022年工作时说"……狠抓重大新闻首发、独家报道"。②从"抢首发、争独家"到"狠抓重大新闻首发、独家报道"，说明总台在全媒体时代仍十分重视首发与独家报道，这也是提升主流媒体传播力、影响力的重要途径和方式。

（二）

在第三十届中国新闻奖评选中，中央广播电视总台共有23件作品获奖，其中特别奖2件，一等奖11件（含2个新闻名专栏），二等奖5件，三等奖5件。如果说23件的获奖数量还只是占这届中国新闻奖总数6.6%的话，那么11件一等奖则占到这届一等奖总数的16.2%，这是一个非常可观的数据。中央广播电视总台近年获中国新闻奖的作品有自己的特色，比如在第三十二届中国新闻奖评选中，《时政现场评｜跟随总书记的脚步　到塞罕坝看树看人看精神》获评论一等奖，《非凡的领航》获国际传播一等奖，《微视频｜为谁辛苦为谁忙》获融合报道一等奖等。

作为《【独家V观】习近平看望"快递小哥"》这件获奖作品6名主创之一和3名编辑之一的史伟，曾以"中央广播电视总台央视新闻中心时政部微视频工作室"的署名，撰文分享过央视时政新媒体融合报道的有关情况。根据史伟的分享，可以了解到央视时政新媒体报道的一些情况。

央视时政新媒体产品在央视新闻新媒体平台首发，具体以视频样态的《独家V观》和图文特稿形式的《时政新闻眼》为主。这些产品又分属不同类型，发稿时机也有统筹考虑，层层递进，有着明确的新闻传播功能定位。

---

① 《总台融合发展中心正式成立》，国际在线2020年8月20日。
② 《中央广播电视总台2022年工作会议召开》，央视网2022年2月11日。

具体而言:《微视频快讯》定位于重时效,迅速制造话题、引发全网关注;《独家V观》紧扣首长在重大时政活动核心现场的鲜活故事、生动细节、重磅言论等,精准传递活动深意,持续增加舆论热度;《时政新闻眼》从参与活动人员视角还原现场故事,在追求报道温度、鲜活度的同时,梳理活动主题,力求报道广度和深度;VR、H5作品采用新技术的媒体融合力作,打造沉浸式阅读体验,吸引广大年轻群体;V纪录片全景式报道,翔实记录活动现场细节和故事,在活动结束后重磅呈现。这些产品构成了央视时政新媒体报道集群,从诸如国内考察、国外出访等重大时政活动的开始后、活动中到活动结束,依次发稿、层层递进,从速度、深度到广度、鲜活度;从大众单向传播到人际互动传播,系统化、集群化、专业化报道特色显著。^①这种"统筹考虑,层层递进"的传播方式显得很有章法。

史伟的"中央广播电视总台央视新闻中心时政部微视频工作室"单位署名也挺有意思,这个23字的名称,涉及的层级有5个,具体为:总台、央视、新闻中心、时政部、微视频工作室。这为认识和了解总台融合背景下的机构设置与内容供给提供了一个切入点。

微视频是央视时政新媒体报道的一大特色。有观点认为,央视新闻时政微视频所展现的应用价值显著,符合时政报道在新时期的发展要求和创新目标。其他媒体要主动借鉴央视时政微视频的实践经验,学习微视频内容的构成与创新点;善用微视频传播方式,充分整合碎片化信息内容;在保持微视频内容的创新性、完整性、全面性的同时,强化与用户的有效互动,增强用户黏性,打破传统媒体的弊端,与新媒体走向融合,提高媒体时政报道的创新增长点。^②

(三)

短视频正不断改变着传统的新闻生产与传播方式,重塑媒体格局和舆论

---

① 史伟:《用守正创新争做新时代媒体融合的弄潮儿——央视时政新媒体融合报道特色探析》,《中国电视》2019年第9期。

② 侯月、周帅:《媒体时政报道的创新发展——以央视时政微视频的实践为例》,《出版广角》2019年第21期。

生态，被视为媒体融合发展的关键创新点和黄金赛道，"无视频，不传播"已成为业界所公认的法则。如何评价和看待中国新闻奖一等奖作品《【独家 V 观】习近平看望"快递小哥"》，学界和业界的观点不妨一看。

——只保留新闻的核心要素。在传统媒体时代，专题、长视频具有语言精美、结构严谨、情节连贯的叙事风格，呈现的是整体化思维模式。在信息爆炸、资讯多样化的年代，受众的信息获取进入了"速食时代"，更活泼的文字、图片、视频和个性化推荐受到欢迎。这类新闻舍弃掉了新闻的一般信息，只保留新闻的核心要素，具有简短有力、传播效率高的特点，《【独家 V 观】习近平看望"快递小哥"》真实反映了这一特性。[①] 这一特性其实在抖音类短视频上表现得更加明显。如何在极短的时间内传递最为感人的信息，是移动端短视频的共性特点。

——快短新实的特征鲜明。时任中国记协书记处书记、第三十届中国新闻奖评委冯海青认为，转作风、改文风，快、短、新、实成为融媒精品鲜明特征。获奖作品中，短视频现场新闻更多聚焦"硬核"新闻。《【独家 V 观】习近平看望"快递小哥"》等一批新闻性、时效性、现场感强的作品，体现了新媒体人踏实的采访作风，快、短、新、实的文风特征十分鲜明。[②] 有人认为，《【独家 V 观】习近平看望"快递小哥"》时效性强，富有生动的现场细节，展现了新闻工作者的专业素养，对时度效把握精准，也是全媒体时代对"四力"的恪守践行。[③]

——以独特视角进行切入。短视频新闻由于篇幅较短，所容纳的信息量相对较少，因此，常以具体的切口、独特的视角进行切入，来映射宏大的时代发展背景与主题。《【独家 V 观】习近平看望"快递小哥"》虽然呈现的仅是 1 分多钟的现场沟通交流，却充分体现了大国领袖的爱民亲民之情，展现

---

① 罗依坤：《"变与不变"：融媒体环境下的新闻哲学思考》，《当代电视》2021 年第 9 期。

② 冯海青：《保持内容定力　锻造全媒体人才——媒体融合视野下的第三十届中国新闻奖、第十六届长江韬奋奖评选》，《新闻战线》2020 年第 21 期。

③ 曾祥敏、杨丽萍：《媒体融合作品创优路径探析——第三十届中国新闻奖媒体融合奖评析》，《新闻与写作》2020 年第 12 期。

出总书记对劳动人民的关心与关怀。①

——回归短视频传播本质。我国主流媒体在短视频报道方面日益成熟，不再局限于主题报道和典型宣传，而是更多地回归短视频的传播本质，即短、轻、活。这也符合新闻价值在时新性、接近性、显著性、重要性和趣味性等方面的基本要求。《【独家 V 观】习近平看望"快递小哥"》的原生态记录，真实、质朴，视频一经推出，就获得众多网友的点赞与肯定。②

——用"硬核"唱响主旋律。主题是短视频作品的灵魂，有了灵魂才有高度与深度；思想是短视频的最高境界，短视频不仅要有思想的在场，还要能产生思想的回响。主题、思想、意义可称为短视频的三大"硬核"。成功的短视频都是靠这三大"硬核"唱响主旋律。《【独家 V 观】习近平看望"快递小哥"》就是具有这样"硬核"的产品。这条短视频以主题重大、特色鲜明、思想厚重、富于创新而赢得受众。③

——让新闻情境真实可触。通过手机临时拍摄等方法所获得的镜头，重点往往不在于画面的美感与质量，而是试图使受众在独特的视角中获得较强的现场感。《【独家 V 观】习近平看望"快递小哥"》是在总书记临时下车，摄像人员用手机记录下来的一段总书记和快递小哥交流的温情画面。作品抓取了现场的感人细节，保留了手机拍摄的原生态纪实风格，平易近人的视角和总书记亲切的话语都让这一幕变得更加真实，受众能够真切地感受到总书记对广大劳动者的尊重和牵挂。④

——小屏幕创造情感共振。快节奏的生活挤压了人们交际的空间，也使得人们对网络产生了更强的社交依恋。对于承担着社会责任的主流媒体来说，不仅要通过各种技术手段制作出精良的竖屏内容，更重要的是要在以秒为计量单位的内容生产中，在最短的时间内让观者产生情感共振，从而吸引其驻

① 王玮：《短视频新闻报道的突破与创新——第 30 届中国新闻奖短视频类获奖作品评析》，《新媒体研究》2021 年第 8 期。

② 何加晋：《短视频新闻的发展困境与突围路径》，《新闻论坛》2021 年第 3 期。

③ 姜圣瑜：《短视频新闻叙事逻辑探究》，《传媒》2021 年第 23 期。

④ 郭京：《技术驱动下融合报道创新升级的四个维度——兼评第 30 届中国新闻奖媒体融合类获奖作品》，《新闻世界》2021 年第 7 期。

足观看。《【独家 V 观】习近平看望"快递小哥"》这条 1 分 15 秒的视频一经推出，立刻成为网络"爆款"，就在于形成了情感共振。①

（四）

有评委介绍，这届中国新闻奖在奖项设置和评奖过程中都强调了对作品新闻性的要求，鼓励媒体融合报道突出时效性和现场感，传递有效信息。从赏析的角度看，《【独家 V 观】习近平看望"快递小哥"》能获奖优点很多，但也有一些值得探讨之处。

一是总台具有的独特优势。《【独家 V 观】习近平看望"快递小哥"》作品获奖背后，也体现了总台具有的独一无二的优势，类似的场景其他媒体无缘。在第三十一届中国新闻奖评选中，发布在央视新闻客户端、获评短视频现场新闻一等奖的作品《独家视频丨游客："彭麻麻呢？"》与《【独家 V 观】习近平看望"快递小哥"》，都属于时政短视频，操作手段也颇为相似。

二是发布时间晚于新华社。通过对比可以发现，新华社微博上发布的《习近平看望"快递小哥"》图文报道时间比央视客户端推出视频的时间要早 21 分钟。央视客户端视频配发的文字与新华社微博上发布的文字基本相同，区别在于没有提小吃店，让报道的主题更加集中。央视短视频最大的特点在于现场感强，与配文较为笼统的、概括性的介绍相比，视频则显得更为直观和生动，并且有鲜活的细节，如习近平总书记对"快递小哥"说："给你们拜年""这活忙吗""我就是来看看你们""你们就像勤劳的小蜜蜂一样跑来跑去""如果能安排回家，我很希望你们能回家与家人团圆一下"。

三是短视频没有配字幕。短视频要不要打字幕，没有明确规定。短视频没有字幕，就需要通过配文才能形成完整的新闻要素，否则短视频被单独传播，容易造成新闻要素缺失。当然，如果短视频上加字幕又同时配文的话，可能会造成信息的重复。

"融媒体作品包含文字、图片、音频和视频各类元素，合为一体后对各种

---

① 李冰、王如诗：《媒介融合背景下主流媒体的竖屏创作策略研究》，《中国电视》2021 年第 1 期。

媒介内容的基本要求依然严格按照传统媒介领域的标准。文字需字斟句酌，图像得清晰流畅，切不可认为融媒体作品对文字、图像的评价标准不及单独的文字类作品和广电类作品。评选过程中，发现不少作品经不起推敲……"第三十届中国新闻奖评委、四川大学新闻学院副教授张悦在评析这届获奖作品时的总结和提醒，值得媒体人关注。张悦总结的值得关注的问题集中在三点。一是低级错误。用词不准确、拼写错误、标点错误、句式杂糅、表意不清等问题在参评作品中并不鲜见。视频类作品出镜主播存在读音错误、音调错误等问题。二是疏忽大意。媒体在刊发报道前没有将融合报道中的各种媒介元素统合起来校阅，而是将文字、图片、音频、视频条块分割地审校，由此出现不应有的疏漏。例如，短视频的字幕中存在漏字、错字、别字，画面与字幕不匹配，有画面无字幕或有声音有字幕，但缺相应的画面等现象。三是没有把握好营造现场感和保证新闻真实性之间的尺度。在使用多媒体还原现场的过程中，有的视频被发现为事后摆拍；短视频出镜主播在后期配音时声音和口型对不上。这类问题关乎新闻真实性的底线，万不可大意。出现以上问题的尚且是各家媒体推荐参评中国新闻奖的优秀作品，可见在平时的新闻报道中这些问题可能普遍存在，若不引起重视，将有损主流媒体的品质和声誉。[1]

阅 读 ＋

（《【独家 V 观】习近平看望"快递小哥"》主创：申勇、李铮、章猛、史伟、马立飞、王晓东；编辑：史伟、马立飞、王晓东；中央广播电视总台央视新闻客户端 2019 年 2 月 1 日；获第三十届中国新闻奖短视频现场新闻一等奖）

---

① 张悦：《拓展叙事方式　提升新闻价值——第三十届中国新闻奖媒体融合奖项评析及思考》，《新闻战线》2020 年第 21 期。

从朋友圈发现线索

在第三十届中国新闻奖评选中，天山网客户端作品《漫长的 2 秒：伊宁男童从 5 楼坠落后》获评短视频现场新闻三等奖。这件作品获奖，有助于深化我们对短视频现场新闻的认识。

（一）

《新疆日报》创刊于 1949 年 12 月 6 日，是全国唯一用汉、维吾尔、哈萨克、蒙古四种文字出版的省级党报。毛泽东同志曾两次为《新疆日报》题写报头，一次是在 1949 年，另一次是在 1965 年。1949 年题写报头的背景是在中央办公厅和中央宣传部的统一安排下，每解放一个省份，毛泽东同志都要亲笔给回到人民手中的省报题写报头。1965 年题写报头的背景是新疆维吾尔自治区成立 10 年各方面工作取得了很大成就，希望毛主席再次题写报头给予鼓励。①

新疆的媒体融合实践有自身特色。2018 年 11 月，新疆维吾尔自治区党委作出"一报一台一刊一网（云）"工作部署，将新疆经济报社、今日新疆杂志社、天山网（新疆新媒体中心）并入新疆日报社，成立新疆日报社［新疆报业传媒（集团）有限公司］，由新疆日报社建设自治区级融媒体技术平台，为全区各级各类媒体推进深度融合发展统一提供技术支撑。

新疆日报社在融合实践中形成了"1+85+N"运作体系和"三化"一体赋能的目标。"1+85+N"运作体系中，"1"代表新疆日报社，"85"代表全区85 个县级融媒体中心，"N"代表其他入驻平台的媒体或政企单位宣传机构。

---

① 娄晶舜：《毛泽东题写报头书法鉴赏》，中央文献出版社 2012 年版。

"三化"一体赋能包括三个方面:一是流程一体化,二是生产智能化,三是数据资产化。数据资产化指的是:"石榴云"对采集、加工、存储、应用等各环节产生的内容大数据(内部原创数据、内部历史数据、全网新闻数据)、用户大数据、运营大数据进行全生命周期管理,将原有散乱的数据打上静态标签、动态标签、自动化标签,分门别类进行标记,便于检索和使用,实现跨领域、跨场景状态下数据价值的深度挖掘,为大数据时代的数据资产化和内容产业化提供全面支撑。[①]

各地客户端等新媒体平台取名都挺讲究,"石榴云"的名字也颇有特色。每年9月,是久负盛名的新疆石榴成熟的季节,漫步新疆各地的石榴种植园,红黄相间、艳如火球的石榴压弯了枝头,那些饱满得裂开了外皮的石榴则露出一颗颗珍珠玛瑙样的石榴籽,密密匝匝、紧紧实实地簇拥在一起。[②]2014年,习近平总书记在第二次中央新疆工作座谈会上指出,新疆的问题最长远的还是民族团结问题。民族团结是各族人民的生命线。各民族要相互了解、相互尊重、相互包容、相互欣赏、相互学习、相互帮助,像石榴籽那样紧紧抱在一起。[③]2022年3月5日,习近平总书记来到他所在的十三届全国人大五次会议内蒙古代表团,同人大代表们共商国是。热烈的交流、活跃的气氛、真挚的情谊,展现出"各民族在中华民族大家庭中像石榴籽一样紧紧抱在一起"的和睦景象。[④]各民族要像石榴籽那样紧紧抱在一起,已经成为时代强音。可以说,"石榴云"的名字既有地域特色、时代特色,也有很强的政治含义。

(二)

好新闻很多时候都是可遇而不可求的,但真要遇到时,是不是就一定能

① 成立新:《社长总编谈媒体融合 | 新疆日报社:"石榴云"赋能,突破融合壁垒》,中国记协网2020年8月12日。

② 毛咏:《像石榴籽那样紧紧抱在一起——新疆民族团结、维护稳定综述》,新华网2015年9月23日。

③《习近平在第二次中央新疆工作座谈会上强调 坚持依法治疆团结稳疆长期建疆 团结各族人民建设社会主义新疆》,《人民日报》2014年5月30日。

④ 新华社评论员:《铸牢各民族团结奋斗的思想基础》,《新华每日电讯》2022年3月6日。

抓得住并操作得好呢？这是获奖作品《漫长的2秒：伊宁男童从5楼坠落后》带来的思考。事情的前因后果并不复杂，但作为专业传播机构的媒体要按照新闻的形式操作得像个样子，需要具备职业能力和专业水平，而不是随便把监控视频一发了事。

——**操作迅速**。操作迅速有利于增强新闻的时效性。时效性是新闻传播的关键要素，尤其是对于那些突发事件来说。媒体团队需要在第一时间获得来自新闻现场的信息，并以最快的速度完成后续的新闻制作与播发环节，才能抢占先机。[①]

获知线索只是第一步。小区内有幼童坠楼被小伙徒手接住，两人事后都无大碍，事情本身很典型，事件的亲历者、知情者多会在朋友圈分享讲述这件事。记者从朋友圈获悉此事之后，能迅速进行核实采访，显示出很高的职业素养。新闻内容的生产涉及多个环节，对有价值的重要选题，不仅记者要快，其他各个环节也要快起来。这是对整个媒体内容生产能力的考验，也是对日常生产指挥调度水平的考验。记者认为重要、后方认为不重要，记者快了起来、其他各个环节快不起来，都很难实现传播效果的最大化。

具体看看天山网是怎么操作的——后期剪辑、编辑、审核、发布环节快剪、快审、快发，赶在当日上网高峰时段在天山网客户端、天山网微博等端口发布视频，有力抓住了报道时机。《漫长的2秒：伊宁男童从5楼坠落后》能被制作成客户端短视频、抖音视频等在全平台推送，迅速在网上形成热点[②]，可以说操作迅速是重要因素。这件作品参评中国新闻奖时，填报的发布平台是天山网新闻客户端，发布时间是"2019-5-24 21：30：00"。天山网微信公众号显示，《漫长的2秒：伊宁男童从5楼坠落后》的推送时间是"2019-05-25 17：35"。

——**采访扎实**。在自媒体风起云涌的当下，专业的新闻从业者应当坚持

---

① 张臻：《中国新闻奖融合创新获奖作品的特点及其启示》，《新闻文化建设》2021年第21期。

② 王树勤：《新疆日报社（新疆报业传媒集团）：从相"加"走向相"融"》，《视界观（下半月）》2019年第5期。

有所改变、有所坚守的原则，努力为用户提供更具价值的新闻产品。① 在有些情况下，由于现场素材的时长较短，涵盖的内容信息较少，不足以撑起主题立意，所以会在后期制作时加入与主题相关的历史素材，从而对已有的材料进行背景及内容方面的补充，起到充实新闻内容、丰富新闻内涵的作用，《漫长的 2 秒：伊宁男童从 5 楼坠落后》就是这方面的实例。②

获奖视频不长，只有 1 分 18 秒，除小区和医院的监控视频外，记者现场采访的内容占了大部分，出镜接受采访的有 28 岁小伙托尼可·吐尔干别克、伊犁哈萨克自治州友谊医院急诊医生祖农、伊犁哈萨克自治州友谊医院骨二科医生李文强、伊宁市开发区仁和花园小区内商户向树永等 4 人。

对于一个时长只有 1 分多钟的视频而言，这个信息量还是挺大的。出镜的 4 个人各有侧重：救人者托尼可·吐尔干别克主要是讲述经过；医生祖农主要是介绍幼童和救人小伙的情况；骨科医生李文强主要是介绍幼童坠楼的危险性和严重性，"非常危险，死亡率也是非常高的"；小区内商户向树永主要是点赞小伙救人的善举。

采访扎实、全面是这件获奖作品最大的亮点和特色。扎实采访的背后，也体现了媒体人的职业能力和专业水平。中国记协新媒体专业委员会推荐这件作品参评中国新闻奖定评时给出的理由是："作品在两秒现场监控画面基础上，补充采访了当事人、医生和小区居民。新闻要素齐全，镜头语言突出，制作节奏紧凑，全网传播广泛。小切口反映了民族融合大主题。"③

短视频新闻的单薄问题已经引起了一些媒体从业者的关注。由于时长限制，一元视角是短视频新闻中最常见的叙事视角，其缺点在于主观性强、框架不完整、说服力低。多元视角的引入有助于解决这些困难，但这对新闻制作者提出了更高的要求：必须建立在对新闻议题的深度、全面认识的基础上，才有可能在短时间内凝练出不同视角的核心价值。《漫长的 2 秒：伊宁男童从

---

① 马知远、刘海贵：《当代新闻工作者核心能力提升与坚守》，《新闻爱好者》2019 年第 12 期。
② 王玮：《短视频新闻报道的突破与创新——第 30 届中国新闻奖短视频类获奖作品评析》，《新媒体研究》2021 年第 8 期。
③《〈漫长的 2 秒：伊宁男童从 5 楼坠落后〉中国新闻奖推荐表》，中国记协网 2020 年 10 月 27 日。

5 楼坠落后》等获奖作品均是采用多元叙事手段，从多角度还原呈现事件，突出核心重点，深度剖析背后成因，通过多重叙事构建出一个完整的新闻现场。获奖短视频的这一发展动向，值得从业者关注与反思。①

（四）

从赏析的角度而言，在肯定《漫长的 2 秒：伊宁男童从 5 楼坠落后》优点的同时，这件获奖作品也有一些值得探讨的地方。

一是二维码问题。中国记协网上《漫长的 2 秒：伊宁男童从 5 楼坠落后》参评材料中所附的二维码已经打不开了，令人遗憾。不过，天山网微信公众号上还能查到这篇推文，但评奖时填报的发布平台是天山网客户端。

中国传媒大学教授詹新惠 2021 年公开撰文：因为教学的需要，在网上搜索中国新闻奖获奖融媒体作品。但是，打开各个作品网址或扫描二维码时，遇到的各种情况让人有了一丝遗憾和失望。有的作品二维码扫描无效，移动端无法看，但在 PC 端网页版还可以正常播放；有的作品 PC 端可以打开，但页面已经变形，部分内容丢失；有的精品栏目评完奖后再也没有更新，失去了精品栏目的价值和意义；新媒体创意互动奖项下的有些作品无法看到曾经的创意交互了；有的作品视频页面框还在，视频却无法播放；还有的 H5 作品，是用开源软件做的，开源软件出现了问题或需要付费导致作品页面无法访问浏览。在第三十届中国新闻奖融媒作品三等奖中，就有创意互动作品无法开启。② 这位教授提出的问题不知道是不是已经引起相关部门的关注了？

二是标题问题。对于这件获奖作品的标题，有人认为是巧用数字增加信息量提升关注度的实例——数字既可以增加标题的信息含量，有助于新闻事实的清楚交代，同时还能达到好读易记的效果。如果一个标题中多处使用数

---

① 魏鼎铭：《从中国新闻奖短视频获奖作品看新闻类短视频的叙事模式创新》，《新闻文化建设》2021 年第 16 期。

② 詹新惠：《中国新闻奖融媒体获奖作品怎么找不到了》，《青年记者》2021 年第 10 期。

字，可形成对比，更能引发受众关注与情感共鸣。①《漫长的2秒：伊宁男童从5楼坠落后》虽然有特点，但并不是那么直白，好标题要让人看了标题就能明白新闻的核心事实是什么。有比较才有区别。相比之下，其他媒体账号的标题则要直观得多。人民日报微博转载天山网这条视频时用的标题是《2岁男童从5楼坠落，小伙徒手接住被砸晕》，让新闻一目了然。羊城晚报微博转载时用的标题是《千钧一发！2岁男童从5楼坠落被小伙徒手接住》，"千钧一发"突出了事情的急迫性。北京时间旗下泛资讯短视频平台时间视频微博关注此事时，用的标题是《多亏有他！#小伙徒手接坠落男童被砸晕#经诊治两人均无大碍》，这个标题直接点明事情结果，其实这也是很多人关心的。

三是视频画面重复问题。这件获奖作品的内容采访扎实值得肯定，但1分18秒的视频在剪辑制作上存在不足，小伙徒手去接坠落男童被砸晕的监控视频反复出现。视频一开始出现小伙徒手接坠落男童被砸晕的监控视频后，接着就进行了一次"慢镜回放"，这是没有信息增量的重复。而后当面采访小伙托尼可·吐尔干别克讲述事发经过时，在25秒处又插入了这段监控视频，这是对开头的再一次重复。骨科医生李文强出镜接受采访时，又插入了这段监控视频。这相当于1分18秒的视频里面前后出现了4次相同的画面，显得过于密集。

四是作品署名问题。视频中的署名具体为"记者刘一鸣 视频记者孙芳婷 通讯员蔡犁晨 剪辑徐萍 监制郭倩"。中国记协最终公布的中国新闻奖获奖名单中，这件作品的主创有5人、编辑有3人。不同媒体的内容生产机制不同，署名规则也不同，有的人可能是做的幕后工作，有的人可能是整个链条中的一环。不过，当作品上的署名与评奖时的署名不一致时，总会让人疑惑。

五是视频配文问题。查询天山网微信公众号推文，视频《漫长的2秒：

---

① 尹琨：《新媒体标题制作如何出新——以中国新闻奖媒体融合奖项获奖作品标题为例》，《中国新闻出版广电报》2021年5月26日。

伊宁男童从 5 楼坠落后》发布时配发了不到 500 字的文字。配文还是很精练的，10 段话与视频结合在一起，相得益彰。视频中没有获救幼童家属的镜头，不知道是没有采访到，还是出于某种考虑没有呈现？这个信息点的缺失，通过文字进行了弥补——"我们家孩子 13 公斤重呢，托尼可救了孩子一命，我们会一辈子把他当亲人，也谢谢大家的关心，孩子一切都好。"被救孩子家属唐某说。配文也解释了"漫长的 2 秒"是怎么来的：14 米，2 秒。这漫长的 2 秒，以惊慌的喊叫开始，以激动的欢呼结尾。微信公众号推文配发了三张照片，不足的是第一张照片的图说后面没有标点，其他两张的图说都有句号。

阅读+

（《漫长的 2 秒：伊宁男童从 5 楼坠落后》主创：董长洪、刘一鸣、孙芳婷、蔡犁晨、郭倩；编辑：徐萍、池骋、贾娟红；新疆日报社天山网新闻客户端 2019 年 5 月 24 日；获第三十届中国新闻奖短视频现场新闻三等奖；注：所附二维码为天山网公众号推文）

意外发现感人镜头

在第二十九届中国新闻奖评选中，桂林日报社第一时间客户端作品《生死时速！患者心脏骤停，桂林女医生跟着病床边跑边做心肺复苏》获短视频新闻二等奖。获奖视频来源于医院监控，这件作品能获奖有一些值得思考的地方。

（一）

《桂林日报》是中共桂林市委机关报，创刊于 1951 年 5 月 1 日。上有省级媒体，下有县（区）融媒体中心，处于夹层中的地市党报融合发展该如何进行，是近年来学界和业界关注的重点之一。

获奖作品《生死时速！患者心脏骤停，桂林女医生跟着病床边跑边做心肺复苏》发布在桂林日报社第一时间客户端上。第一时间客户端于 2017 年 12 月 8 日上线，系桂林首个新闻手机客户端，口号是"看桂林新闻，一定要看'第一时间'"。[①] 不过，应用市场上已经搜索不到桂林日报社第一时间客户端了。

近年来，桂林日报社始终把抢占新闻第一落点作为占领舆论阵地的主战场，每当有重大政策出台、重大事件发生，记者总会在第一时间赶赴现场、第一时间成稿、第一时间送审、第一时间发布，为主导舆论走向赢得先机。[②]

---

① 李富宁：《桂林首个新闻手机客户端"第一时间"今日上线》，《桂林晚报》2017 年 12 月 8 日。
②《创新传播路径　引导主流舆论》，《桂林日报》2020 年 12 月 27 日。

机制改革成为桂林日报社媒体融合改革的第一步。桂林日报成立新媒体中心，负责媒体融合工作的统筹协调，并建立一套全媒体协调运作机制。新媒体中心犹如"中央厨房"，新媒体文字编辑、视频音频编辑等"厨师"全天待命，发挥桂林日报、桂林晚报两家传统媒体记者严谨专业、经验丰富、业务能力强的优势，由他们供稿，后经新媒体编辑二次加工，删减空话、套话，通过加入视频、音频、图片等，以新媒体用户喜闻乐见的形式进行"烹制"，成为一道道符合互联网受众口味的"新闻佳肴"。这样的机制进一步打破传统媒体与新媒体之间、其他采访部门与新媒体中心之间的壁垒，使传统媒体与新媒体进一步贯通。①

广西在第二十九届中国新闻奖评选中共有 7 件作品获奖，而桂林日报是广西唯一获奖的地市级媒体，"此次获奖，正是桂林日报社媒体融合发展的标志性成果"。②

（二）

视频必将继续成为新闻媒体的必争之地，究其原因，在于视频具有强大的传播力。美国社会学家、《做新闻》一书的作者盖伊·塔奇曼认为，"和文字报道不同，影像的记录能够让记者和摄像的报道意图最大化"。奥地利哲学家维特根斯坦指出，图像常常旨在显示人们如何切入某个特定的主题。它们（图像）使事情猝然变得清晰，或者以让人吃惊的方式打开了别人的思路。国际美学协会前任主席艾尔雅维茨也认为，艺术与文化上的图像转向论题已经成为当代全球化社会重要特征之一，作为视频的新闻与以文字形式呈现的新闻有很大不同，文字以结构和逻辑取胜，而视频则以"现场"为王。③《生死时速！患者心脏骤停，桂林女医生跟着病床边跑边做心肺复苏》获奖后，在

---

① 龙霖锋、刘倩：《奋力推进老区党报媒体融合新发展》，《新闻战线》2021 年第 14 期。

② 李富宁：《第二十九届中国新闻奖揭晓桂林日报社一个短视频获二等奖》，《桂林晚报》2019 年 11 月 5 日。

③ 宋云天、陈昌凤：《内容与技术互动中的视觉传播力——第二十九届中国新闻奖视频类获奖作品评析》，《新闻战线》2019 年第 21 期。

学界和业界引起了一些关注。

——**选题民生**。一个好的新闻作品，不仅要有深度，而且要有温度。一个合格的新闻工作者，不仅要仰望星空，关注国内外政治大事，还要脚踏实地，留心观察身边民生小事。从《生死时速！患者心脏骤停，桂林女医生跟着病床边跑边做心肺复苏》等中国新闻奖获奖作品可以看出，当代主流新闻的选题已颇为广泛。正是主流新闻选题的不断创新，才造就了新闻内容的丰富多彩，使新闻媒体赢得了更为广泛的受众。[1]

一个值得关注的现象是：在第二十九届中国新闻奖媒体融合奖获奖作品中，社会新闻占比明显高于第二十八届，其中不乏突发性的新闻事件，如《生死时速！患者心脏骤停，桂林女医生跟着病床边跑边做心肺复苏》等。随着融合新闻技术的普及和制作经验的积累，社会民生类新闻的融合新闻报道案例会越来越多。[2]

——**讲好故事**。讲好故事是看家本领。没有故事的新闻走不远，要使得报道产生持续的冲击力，必须善于讲好故事。故事思维注重巧妙设置切入点，设计悬念、矛盾冲突，突出情感性。《生死时速！患者心脏骤停，桂林女医生跟着病床边跑边做心肺复苏》的标题体现了新闻报道的时间感。网络媒体时代，对于新闻的时效要求更新、更快，要求新闻报道者在第一时间将报道发布出来。[3]

——**文字扎实**。受众如果仅看视频，虽然也能知道新闻要素，即谁（Who）、何时（When）、何地（Where）、何事（What）、为何（Why）、过程如何（How），但这些简单信息以字幕形式呈现，字数受限如同"电报体"，虽然简明扼要，但无法翔实细致，视频画面虽然具有直观形象、感染力强的优势，但却无法替代文字表达。获奖作品《生死时速！患者心脏骤停，桂林

---

[1] 刘昕怡：《浅析媒体融合背景下主流新闻的创新生产路径——以第二十九届中国新闻奖媒体融合类获奖作品为例》，《新闻研究导刊》2020 年第 4 期。

[2] 韩姝：《融合新闻的形态及发展趋势——基于中国新闻奖媒体融合奖获奖作品的分析》，《传媒》2020 年第 1 期。

[3] 卿志军：《融媒时代新闻报道的策划与创新——对近三届中国新闻奖媒体融合奖获奖作品分析》，《传媒》2020 年第 24 期。

女医生跟着病床边跑边做心肺复苏》视频下方的文字有460多字，细微之处彰显记者写作的扎实功底，虽然简短但不失严谨规范，且非常重视直接引语的使用。①

——**用好资源**。获奖作品《生死时速！患者心脏骤停，桂林女医生跟着病床边跑边做心肺复苏》的视频来源于医院方面的监控，属于公共信息。把公共信息操作成了获奖报道，这对认识新时代媒体内容供给有启示。对此，第二十九届中国新闻奖评委、天津津云新媒体集团总编辑齐怀文评价说：作为获奖作品中为数不多的现场新闻，医院的监控摄像头为记者提供的现场素材，成为这个短视频的核心要素。这也启示媒体要充分利用各职能部门及社会方方面面的数据、新闻资源，比如，遍布大街小巷分属各家的采集、传感设施，各种公开的民生数据，以及民生窗口的服务人员，甚至快递小哥、普通群众都能为新媒体提供新闻素材。在遵守宣传纪律和新闻规律的前提下，以弥补媒体采集力量不足、抵达现场不快、第一现场不可再现等短板。一家媒体的资源整合调动能力，将成为内容生产能力的重要组成部分，也顺应了互联网开放共享之意。②

（三）

《生死时速！患者心脏骤停，桂林女医生跟着病床边跑边做心肺复苏》的线索又是如何来的呢？中间又是如何进行采写制作的呢？这件作品获奖后，桂林日报多人撰文进行了分享，这有助于全面认识和了解获奖作品背后的整个过程。

根据桂林日报景碧锋2019年12月发表在《新闻潮》杂志上的《桂林日报社医疗新闻屡获大奖的启示》可知：医院方面发现了该条线索后，考虑到报纸要第二天才能出版发行，电视台制作也有一定的时间间隔，便迅速联系

---

① 陈刚：《融媒体时代"笔杆子"如何锦上添花——以第29届中国新闻奖桂林日报社客户端获奖》，《新闻潮》2019年第12期。

② 齐怀文：《未来媒体的核心竞争力是什么？——由中国新闻奖媒体融合奖获奖作品谈起》，《海河传媒》2020年第2期。

了桂林日报第一时间客户端的记者，在最短的时间里制作视频上传播放。

这件获奖作品的第一作者阳翔曾公开撰文谈了此作品的采编经过：记者在接到这个线索时，新闻第一现场已经没有了。但记者没有止步于通讯员的口述，而是主动向医院调取监控视频，从中意外发现了"医生边跑边做心肺复苏"这个感人镜头，并意识到这段视频本身就是一个非常具有感染力的新闻。最终，这段视频经过精心剪辑，配合记者采访核实到的内容，成功获得中国新闻奖。阳翔认为：在图文时代，纸媒记者在表现抽象概念、展开理性分析方面的优势无可比拟。但在短视频领域，更多的则是通过场景和情境的建构来实现共情，更需要细节和具象的内容。[1]

作为这件获奖作品主创之一的李富宁也公开分享了获奖心得：如同照片没有将文字报道替代一样，短视频也不会将文字报道彻底替代。短视频所替代的，仅仅是文字报道中那些场面和细节的描写，而文字所擅长的抽象和概括，依然是短视频难以达到的功能。媒体融合，不仅仅要发展新的传播手段，更要据此调整原有的、惯用的报道方式，终极目的就是要更高效、更真实地反映事件，为受众服务。[2]综合上面三人的分享，这件获奖作品对媒体人来说有几点值得思考。

——**如何获取独家资源**。媒体之间的新闻竞争，很大程度上就是新闻资源的竞争，新闻资源的竞争主要看谁能占有更多独家的信息资源。对地市媒体而言，存在报业与广电两大新闻单位，原来报业以文字和照片为主、广电以视频和声音为主，如今的全媒体时代，报业也在积极发展视频，文字和照片也成为广电内容传播的基本形式，很难说谁比谁更有优势。这一次，医院方面发现线索后，联系桂林日报第一时间客户端的记者制作并发布了视频。这是值得寻味的。

全媒体时代，记者与战线之间的关系其实是很微妙的。一方面很多单位本身具有内容生产能力，有自己的微博、微信等传播平台，信息发布不一定

① 阳翔：《浅谈传统纸媒新闻短视频的几个特点》，《新闻潮》2021 年第 8 期。
② 李富宁：《主流媒体应用短视频的局限性及应对机制》，《新闻潮》2021 年第 7 期。

非要借助媒体；另一方面战线是一视同仁地向所有媒体提供线索还是有选择性地提供，甚至只向其中一家媒体进行提供，这背后既取决于双方平时的关系如何，也取决于媒体自身的口碑和影响力。全媒体时代，记者不可能时时、事事都在场，是否能够获取独家资源，本身就是媒体传播力、引导力、影响力、公信力的体现。

——如何转化为新闻报道。占有了新闻资源未必就能有效地转化为新闻报道。就此事而言，医生跟着病床边跑边做心肺复苏，可以操作成一篇消息或通讯报道，也可以做成视频新闻，还可以操作成一个文字＋视频的全媒体报道。如果只是单纯的消息或通讯的纯文字报道，显然不够直观，难以直接再现当时现场争分夺秒救人的感人景象；如果只是单纯发布监控视频，新闻要素显得残缺，事情的来龙去脉就不完整。从桂林日报的操作看，选择视频＋文字相结合的全媒体传播方式，461字的文字与视频结合在一起，整个事情就一目了然了。

——如何彰显专业能力。媒体作为专业的传播机构，在人人都是传播者的年代，更需要彰显专业能力，只有这样才能证明自己的价值以及存在的必要性，才能更好地获得社会各界的支持。就视频本身而言，第一作者阳翔总结：获奖作品打破叙事逻辑，没有介绍被抢救患者的病症和送医情况，也没有对新闻主人公进行具体的刻画描写，而是将视频内容的核心放在"女医生跟着病床边跑边做心肺复苏"这个动作上。通过精心剪辑，将新闻事件中这个最惊心动魄的画面制作成短视频，再现了救援现场惊心动魄、争分夺秒的情形，直接、真实地将白衣天使救死扶伤的忘我精神展现在受众面前。视频剪辑时，也没有运用电视媒体常常使用的空镜头、转场镜头等技术手段，也没有转换景别，而仅仅是通过连续镜头的2倍速播放，更加突出"边跑边做心肺复苏"这个关键细节。视频发布时配发的461字的文字也比较精练。这些都彰显了媒体的专业能力。

（四）

作为第二十九届中国新闻奖评委，中国传媒大学教授曾祥敏在总结这届中国新闻奖媒体融合奖时，专门提到了短视频《生死时速！患者心脏骤停，桂林女医生跟着病床边跑边做心肺复苏》：虽体现了媒体生产和资源整合的开放趋势，但短视频本身只是停留在对现象的描述上，缺乏背景和意义的关联，其推文文字虽在视频基础上做了补充，但作为独立的短视频缺乏更深层的信息。

曾祥敏认为：媒体融合奖强调创新，创新未必完美，但好的创新应是追求完美的过程。创新与创优相辅相成，创新不仅仅是技术或形式上单一要素的突破，而应该是和内容结合的整体考量。创优也蕴含着创新的元素，是在创新基础上的综合提升，从这一点而言，许多参评作品还有很大提升空间。在作品制作中，很多作品只停留于挖掘技术和形式上的创新，作品缺乏叙事的完整度和深度，对作品内在价值尤其是新闻价值的挖掘乏善可陈。这些作品虽然适应于互联网情感化、情绪化、碎片化的传播效应，能够短时间内获得刷屏，但来得快去得也快，很难产生真正的意义和影响力。因此，在融合创新中，需要思考作品"现场与背景""有意思和有意义""现象与本质"的结合。①

新闻传播与内容生产有其自身的一些规律，中国新闻奖评选也有其自身的一些特点，作为地方媒体能获评中国新闻奖固然可喜，但正如评委曾祥敏所言，确实也需要直面问题、正视不足，只有这样才能更好地发展。从赏析的角度而言，获奖作品《生死时速！患者心脏骤停，桂林女医生跟着病床边跑边做心肺复苏》有几点值得探讨。

一是新闻时效性弱。医生跟着病床边跑边做心肺复苏一事，2018年1月19日发生在广西壮族自治区南溪山医院，桂林日报客户端推送的时间是2018年1月26日18时18分。就视频本身而言，从事发到视频发布中间相隔了一周时间，时效性就显得比较弱。与视频一起配发的文字虽然丰富了视频内容，但文字本身看不出最新的时间元素，最后一句"记者从院方了解到，目前何

---

① 曾祥敏：《稳中求变　深度探索——第29届中国新闻奖媒体融合奖评析兼论内容融合创新》，《新闻与写作》2019年第11期。

女士术后各项指标稳定，即将出院"，看不出是何时采访的。"即将出院"是何时也不清楚。如果视频选择在被救治的患者出院当天推出，至少可弥补时效不足的缺憾。但很多时候新闻等不得，现在这种操作，虽然获奖了，但让人感到不足。

二是内容比较单薄。医院有重症冠心病患者在前往手术室的途中心脏骤停，医生跟着病床一路小跑，一路为患者做心肺复苏，事情本身很温暖，充满正能量，发布之后也取得了积极的传播效果，视频播放量超 34 万次，央视、中新网等转载或跟进报道，人民日报官方微博将新闻主人公"边跑边抢救"的画面作为医务人员爱岗敬业、辛勤工作的瞬间照片进行推送。但整个事情本身的新闻性有限，把来源于医院方面的监控作为传播主体，新闻的厚度也不够。

三是表述存在不足。有观点认为，性别歧视可以说是表现最为突出的一种语言歧视现象。新闻报道中的性别歧视一般是指在不是必需的情况下，在能力、秉性及职业等多方面将女性和男性加以区分或强调。对于新闻从业者来说，应该正视语言性别歧视现象，在新闻报道过程中树立平等公正的思想观念，摆脱刻板印象带来的影响，无论是在议题选择上还是遣词造句上，都应考虑到不同群体的感受和利益。①

获奖作品《生死时速！患者心脏骤停，桂林女医生跟着病床边跑边做心肺复苏》的标题和正文，其实都没有必要刻意强调性别，标题上删掉医生前面的"女"也不影响报道主题。此外，整个视频画面中"第一时间"的 Logo 显得过于大和突出，与整体画面不协调，用户体验不佳。还有就是视频所配文字"面对采访，张红雨平淡地说"中的"平淡"一词不是特别合适。按照《现代汉语词典》"平淡"的意思是"（事物、文章等）平常；没有曲折"，结合文意，用"平静"是不是更合适？

---

① 范佳宁：《中文新闻报道中的语言性别歧视现象探讨》，《科技传播》2015 年第 8 期。

阅 读 ＋

（《生死时速！患者心脏骤停，桂林女医生跟着病床边跑边做心肺复苏》主创：阳翔、李富宁、罗宁飞；编辑：郑斌、阳翔、李富宁；桂林日报第一时间客户端2018年1月26日；获第二十九届中国新闻奖短视频新闻二等奖；注：所附二维码为桂林晚报公众号推文）

第四辑

讲好人物故事

感动是最好的影响力，心怀感动，便能够影响他人，拥有力量。讲好人物故事，既包括讲好个体的人物故事，也包括讲好群体的人物故事，既要讲好静态的人物故事，也要讲好突发情况下的人物故事。全媒体时代，人物故事类报道在近年的中国新闻奖融合类获奖作品中占有一定比例。

帮更多人延续生命

在第三十届中国新闻奖评选中，郑州报业集团冬呱视频作品《我捐了心肝肺肾眼角膜，他们帮我圆篮球梦》获短视频专题报道二等奖。纸媒短视频作品获评中国新闻奖，背后正是媒体融合的体现。

（一）

郑州报业集团是中共郑州市委直属事业单位。郑州报业集团旗下的《郑州日报》《郑州晚报》报头均为毛泽东主席题写。一家报业集团的两份报纸均为毛主席题写报头，放眼全国，这本身并不多见。

郑州报业集团旗下的正观新闻客户端自上线以来颇受业内关注。正观新闻客户端建设得到了澎湃新闻的大力支持。作为郑州市党政考察团上海招商行的重要成果之一，郑州报业集团旗下的正观与上海报业集团旗下的澎湃达成深度战略合作。澎湃顶层架构设计、内容生产、薪酬考核、技术支撑团队全面入驻正观，全方位共同打造在全国具有强大影响力和竞争力的新型主流媒体。[1]

"一个上线两年，居中、守正、观天下，用户超 1200 万，旗下各平台账号粉丝超 2600 万，热榜无数，势如破竹；两大以原创新闻为主的新闻媒体强强联手，将会对媒体融合向纵深发展起到什么样的推动作用？又将给中原人民生产生活带来何样的惊喜？"2022 年 6 月 18 日，随着郑州晚报教育、金融、通信、健康、房产、消费、汽车、科技八大频道正式入驻正观新闻客户端，

---

[1]《郑沪携手打造新型主流媒体！〈正观〉天下，一起〈澎湃〉！》，郑州晚报百家号 2020 年 8 月 27 日。

两者之间的深度融合开启新篇章。①

"十四五"期间，郑州报业集团继续突出抓好新闻宣传、媒体深融及产业发展三大板块，推进建设"一个平台、一个集群、一个体系、一个基地"的"四个一"深融项目，实现"新闻宣传的温度、优质产品的锐度、新媒体技术的强度、全媒体人才的精度、体制机制的活度、资本市场的深度"等"六个维度"的新突破，努力构建媒体融合及传媒事业发展的新格局。"四个一"深融项目具体为："一个平台"——打造区域性新媒体平台正观新闻；"一个集群"——优化媒体结构，打造新型媒体集群；"一个体系"——构建市县一体化传播体系，持续推进县级融媒体中心建设；"一个基地"——中部数字传媒基地。

（二）

《我捐了心肝肺肾眼角膜，他们帮我圆篮球梦》这件获奖作品讲述了一支特殊球队的故事：由 16 岁少年叶沙器官的 5 个受捐者组成的篮球队，为了帮叶沙圆梦，走进了 WCBA（中国女子篮球甲级联赛）全明星篮球赛场，姚明现场也向这支球队致敬。

球衣正面上，用白色线条勾勒出的不同器官图案，是他们移植器官的部位，5 个人的球衣分别是 20 号、1 号、7 号、4 号、27 号。当他们站成一排时，球衣上的数字正好定格在 2017 年 4 月 27 日。这支球队还有一件 16 号球衣，属于叶沙，代表 16 岁。

2017 年 4 月 27 日，叶沙因为突发脑溢血不幸离世，他的父母将他的心脏、肝脏、肺脏、左右肾脏、左右眼角膜分别捐给了 7 个人。5 个受捐者组成的篮球队，都是平凡的普通人，有上学的少年、有退休的警官、有外出务工者，除了肝脏受益人，其他人平时都不打篮球。

其实，历届中国新闻奖获奖作品中不乏关于器官捐献方面的报道。例如，长江日报报业集团记者金思柳获评第十五届中国新闻奖新闻摄影一等奖的《她走了，目光依然明亮》，用影像的方式报道了湖北省巴东县中医院护师王

---

① 《〈正观新闻〉+〈郑州晚报〉深度融合，八大频道全新上线！》，正观新闻 2022 年 6 月 17 日。

飞越捐赠自己的眼角膜让他人重见光明的感人故事；在第二十九届中国新闻奖评选中，安徽日报获评新闻摄影二等奖的《传递光明》，同样是关于捐献眼角膜的报道。

新闻常做常新，郑州报业集团的作品获奖再次说明了这一点。与此前器官捐献方面获奖报道不同，这一作品具有很强的融合特征。郑州报业集团除推出时长约 6 分钟的视频外，还刊发了文字深度报道，视频在前（发布于2019 年 2 月 21 日晚），文字深度报道在后（《郑州晚报》见报时间为 2019 年2 月 25 日），视频与文字相结合，实现了传播效果最大化。

文字深度报道《一个人的篮球队，一种关于生命的顶级浪漫》刊发在郑州晚报深度报道专栏《独家责任》版面上。《独家责任》始于 2004 年 9 月 1 日，最初的定位是"打造独家责任""用新闻纸建设郑州"，关注时政，聚焦民生，透析社会，追踪热点，用独家视角诠释新闻，关注视野为郑州的、河南的，突出河南地域特色，波及全国重、特大事件，肩负责任重担，力图发出独家、独到声音。[1] 一个深度报道专栏能坚持这么多年实属不易。

郑州晚报编委会认为，内容是传统媒体发展的基石，也是新媒体发展的基石。一篇篇深度报道，也证明了"内容为王"的影响力和价值所在，壮大了主流媒体的声音。一份能够深度阅读、引发深度思考的都市报，才能在浅阅读时代拥有自己的独特地位。在报纸由厚变薄、版面紧张的情况下，郑州晚报编委会明确要求，对深度报道给予重点支持，一般情况下，一篇 5000 字左右的深度报道，都会拿出一个通版的规模进行刊发。开创并坚持这个专栏，既体现了一代代郑州晚报人的职业追求、专业素质和社会责任，同时也培养了一支在业内有影响力的采编队伍。《独家责任》摆脱了媒体同质化，形成了独树一帜的特色和品牌。《独家责任》已被评为河南新闻名专栏；该专栏的稿件《河南大学生带着捡来的妹妹求学 12 年》荣获中国新闻奖二等奖，报道主角洪战辉入选当年感动中国人物。[2]

---

[1] 《郑州晚报〈独家责任〉介绍》，新浪网 2004 年 11 月 16 日。
[2] 李韬：《融媒体时代深度报道的探索与实践》，《中国新闻出版广电报》2020 年 12 月 31 日。

正观新闻特稿中心与郑州晚报的《独家责任》专栏已实现融合。正观新闻特稿中心承担着正观独家频道的日常运行，其品牌和人员源自郑州晚报的《独家责任》专栏。特稿中心员工以 90 后居多，大部分毕业于"双一流"大学。特稿中心异常重视传播力建设，突出"数字优先"，在内容生产上采用先短后长、先浅后深的报道策略，重视采写的稿件在正观新闻客户端及第三方平台的阅读量、评论量、点赞量等数据，并以此作为考核重要参考。每天、每周、每月都会对稿件数据进行分析、总结、反馈，以受众需求牵引供给，以供给创造需求，营造了"数据驱动型文化"。特稿中心对标全国一流新媒体，对标全国一流记者，强调新闻专业主义，生产了一批有分量的深度报道作品，日常特稿阅读量"100 万 +"已成常态。①

郑州报业集团获奖视频发布在其"冬呱视频"的微博账号上（现已更名为"正观冬呱视频"）。传统媒体人多年前都已意识到视频的传播风口已经来临，但真正抓住这一风口并进入视频创作领域尤其是精品视频创作领域的并不多。冬呱视频作为郑州报业集团旗下的视听品牌，创建于 2017 年 3 月。冬呱视频坚持温暖正能量和品质优先，以兴趣为出发点，把受众进行精细划分，追求年轻化、精品化、观点化，原创内容有自己独特的价值观。冬呱视频的内容分为多个系列，如透明时代、凡人时代、平凡一日、生活告白、挑战不可能、故乡的美好清单、故事贩卖机、豫见等。在政策上，郑州报业集团前期给了冬呱视频相应的体制和机制，从管理层持股到新媒体的工资结构，与报业集团现有体系分开，植入更多互联网基因，整个团队薪酬与互联网创业公司持平。②

正观新闻上线后，正观新闻视频中心对外品牌统一升级为"正观·冬呱视频"，下设冬呱视讯负责视频新闻生产，冬呱记录负责短纪录片生产，冬呱直播负责网络直播产品生产。正观新闻视频中心还有专注于纪录片创作的冬呱视频团队和主打视频直播的郑直播团队。整个视频中心人员近 50 人，日产各类新闻资讯近 50 条。正观视频对采编人员的要求是牢记三个字——"快、

---

① 张秋玲：《全媒体人才战略的初步探索与实践——以郑州报业集团"正观"客户端为例》，《中国报业》2021 年第 9 期。

② 《"冬呱视频"杀入短视频战场引关注》，《郑州晚报》2017 年 3 月 6 日。

准、狠",力求报道准确、专业,制定了生产新闻视频的采编流程:线索监控—
记者筛选判断—报题(形成讨论)—安排记者执行—记者进一步核实求证(采
访)—关键信息交叉求证、求证官方—形成文稿—文稿审核修改—后期编辑—
成片初审—成片终审—新媒体校对发布。正观视频要求记者在稿件整理的初
期就学会做减法,不要盲目追求大而全的东西,要学会删减无效信息,只保
留最简洁精练的内容,但前提是一定要确保受访者意思不会被歪曲。①

(三)

"新闻职业生涯中最让我难忘的和心灵震撼的,是这个 16 岁少年叶沙的
报道。"时任郑州报业集团党委书记、董事长、社长石大东是这件获奖作品的
主创之一,他也是第十六届长江韬奋奖获得者(韬奋系列)。

关于这件作品的采编经过,石大东在一篇自述中写道:"我在网上看到这
则公益消息,少年叶沙的重生震撼了我,我们立刻组成冬呱视频叶沙专题报
道团队,派出记者采访中国人体器官捐献管理中心,详细了解前后故事后,
决定跟拍全程,制作一部新闻专题纪录片。"他还透露:"在剪辑叶沙这个故
事时,决定去掉以往短视频创作中常用的技巧手法,选择用朴实的镜头语言
讲述,让故事的观感更接近现场。让器官捐献的基层工作人员讲述最初的困
难,抽丝剥茧,用直白展示真实。让人们在真实中获得心灵震撼,正是这种
创作理念让这个故事得以闪耀光芒。"②可以说,有温度、有深度、有情怀是
此次报道能够吸引用户并取得广泛传播的重要因素。③郑州报业集团参评中
国新闻奖时总结了这件作品的四个特点。

——**实施时间长**。2018 年 10 月,从网上看到为捐献器官的 16 岁少年叶
沙组建篮球队的消息后,立即组建全媒体团队,多次前往长沙与当事人沟通,

---

① 《"正观视频"新闻生产及运营:如何在成立 6 个月内斩获 5 亿播放量?》,正观新闻 2021 年 3
月 27 日。

② 石大东:《难忘 16 岁少年叶沙和"一个人的篮球队"》,《中国记者》2020 年第 12 期。

③ 石大东、孙娟:《发挥媒体优势　助推社会公共价值实现——短视频〈一个人的篮球队〉创作有
感》,《城市党报研究》2020 年第 11 期。

赶赴内蒙古记录 2019 年 1 月的 WCBA 全明星篮球赛。此外找到了 2017 年捐赠器官时的原始影像，努力让报道内容充实感人。

——**参与人员多**。除策划外，派出了记者、摄像、编辑、制作、技术等 6 人团队进行全媒体采编多渠道传播，完成了文字、图片、视频、音频不同形式的全方位多面报道。

——**掌握信息全**。对接了器官捐献负责人、受捐者、受捐者家属、篮球赛活动负责人、中国人体器官捐献管理中心负责人……虽然对接难度大，但深入采访后掌握了更全面的信息。

——**采访难度大**。5 名受捐者组成的篮球队，他们当时身体处于恢复期，采访分阶段进行。多次与受捐者联系，他们从不愿意敞开心扉到主动把故事讲给全国观众，实现了采访意图。

这件作品获奖有一些耐人寻味之处。比如，捐献器官的 16 岁少年叶沙以及 5 名受捐者组成的篮球队，其实和郑州都没有什么关系。根据报道可知，叶沙是湖南长沙人，5 位受捐者刘福、胡伟、颜晶、周斌[1]、黄山（报道时均为化名）也均非在郑州工作或生活。从某种程度上而言，这件获奖作品在内容选择上，已经突破了传统媒体的地域限制。

中宣部媒体融合专家组成员、中国人民大学教授宋建武认为：媒体融合是主流媒体的互联网化。[2]互联网化的特征之一就是打破地域限制。内容是否与本地直接相关，其实已经没那么重要了，关键是内容是否具有足够的关注度。作为一家传统媒体，郑州报业集团旗下的视频产品能斩获中国新闻奖，也为媒体融合提供了更多可能。尤其是第三十二届中国新闻奖评选改革之后，很多奖项在评奖时已经不再区分媒体属性，很多奖项让报纸、广播、电视、网络媒体以及新媒体等同台竞争，也是媒体融合走向深度的一种必然。

当年，长沙市广播电视台同题作品通过自荐方式参评了中国新闻奖，其广播专题作品《"一个人"的篮球队》时长有 8 分多钟，虽然进入了初评公示

---

[1] 2022 年 6 月 13 日，周斌不幸离世，他的家人按照他的遗愿，签署了《人体器官捐献亲属确认登记表》。根据他的遗愿，他的两枚眼角膜成功移植给两名眼疾患者，让他们重见光明。

[2] 宋建武：《媒体融合是主流媒体的互联网化》，舜网 2018 年 10 月 11 日。

名单，但最终未能获奖。与郑州报业集团作品对比，两者主题相同，但体裁不同，一个是短视频，一个是广播专题。另外，两者发布时间也不同，郑州报业集团视频发布时间比长沙台作品早了5天。重视时效性是新闻的一贯原则，尤其是同主题报道，哪家媒体发布在前，评奖时无疑会具有优势。

以生命延续生命，以生命温暖生命。郑州报业集团作品能获评中国新闻奖，除视频内容本身比较动人之外，传播效果无疑也是重要原因。具体而言：首发后在全国引起强烈反响，登上微博热搜，视频总播放量超3000万；中央主要媒体转载或跟进，央视英语国际频道联系冬呱视频采访视频背后的新闻和故事，用英文向全球报道这一感人事件；报道不仅让大家记住了叶沙篮球队，也让更多人知道器官捐献项目。

报道仅有流量还不足以获评中国新闻奖。中国新闻奖评选看重流量，但更看重流量背后的价值观以及所产生的社会效果。就这件获奖作品而言，呈现了人间大爱这一时代主题，释放了强大社会正能量，并有效推动了中国器官捐献事业上了一个新台阶——"叶沙的选择激发了国人捐献器官的意愿，传递着真情，将原来每月全国几千人的器官捐献志愿登记，报道三天内拉动到2万余人，帮助了更多人延续生命"[1]。

有观点认为，"一个人的篮球队"的成功得益于对网络平台的利用，也得益于传播内容形式的创新与传播节点的有效设置，为冷门话题创造出热点。[2]打造多媒体矩阵式有利于实现传播效果最大化。目前，比较典型的渠道融合即内容分发模式有三种：一是自主新闻类平台＋外部平台账号；二是媒体与外部平台合资成立新的平台；三是与外部平台展开短期合作，往往以专题报道的形式展开。其中，自有平台与外部平台的联动往往能实现最大限度的流量收获。这个过程中，媒体品牌意识尤为重要。自有平台往往流量上不及外部多平台的合力助推，若能实现导流当然是最好的结果，若不能就应该在媒体品牌辨识度上多下功夫。

---

[1]《〈我捐了心肝肺肾眼角膜，他们帮我圆篮球梦〉中国新闻奖媒体融合奖项参评作品推荐表》，中国记协网2020年6月28日。

[2] 陈丽娟、李黎：《网络环境下我国器官捐献的媒介动员新策略研究——以"叶沙一个人的篮球队"公益传播为例》，《新闻前哨》2020年第4期。

目前，新媒体运营默认"两微+抖音+B站"为主体渠道，其他平台为辅。[①]

(四)

一些获奖的人物故事类报道，多属于点对点、一对一的采访，难度相对较小，郑州报业集团的这件获奖作品采访对象多、点位多、时间跨度长，用视频表达比用文字表达也更费周折。从赏析的角度而言，在肯定其出彩之余的同时，亦有一些可探讨之处。

一是时效性。时效性模糊或者说时间要素缺失，是很多视频类作品、媒体融合类作品存在的共性问题，切不可轻视。中国新闻奖评选改革后，虽取消了短视频新闻专题报道奖项，但在基础类中设置了新闻专题奖项。对于新闻专题奖项，中国记协发布的评奖办法明确："深入报道新闻人物、事件的音视频和多媒体作品。应主题鲜明，选材典型，结构合理，报道生动，感染力强。"无论是短视频新闻专题报道还是新闻专题，新闻属性无疑是第一位的，都不能忽视时效性和时间要素问题。

获奖作品《我捐了心肝肺肾眼角膜，他们帮我圆篮球梦》时间要素模糊。视频一开始就从2019年WCBA全明星周末比赛现场切入，而后迅速切入到了2017年4月27日16岁少年叶沙离世的日子，而比赛发生在什么时候、什么地方，并未交代。直到3分56秒时，视频才通过字幕的方式打出了比赛的时间和地点——"2018.1.27——内蒙古体育馆"。这个时间"2018"是存疑的。前面视频画面中显示为"2019年WCBA全明星周末"，郑州报业集团在参评中国新闻奖时填报的材料中称"赶赴内蒙古记录2019年1月的WCBA全明星篮球赛"。相关报道显示这次比赛的时间为2019年1月27日，不知视频中的字幕为何写成了"2018"？

二是一致性。第一，标题的一致性问题。视频的标题为《一个人的篮球队》，微博上发布时的标题为《我捐了心肝肺肾眼角膜，他们帮我圆篮球梦》。一个作品两个标题，可能是为了传播的需要。这也是目前普遍存在的问题，

---

① 杨晓丽：《新闻短视频的深度融合路径探究——基于第三十届中国新闻奖获奖作品的分析》，《青年记者》2021年第14期。

视频作品的标题与在微博、微信、客户端等平台上发布时的标题不一致。第二，数字格式的一致性和规范性问题。如"七个人""5 人""五个"，同一作品前后数字表示格式不一致，有的地方用汉字，有的地方用阿拉伯数字，从规范的角度应该一致。视频字幕"17 年的大概是 8 月份"也不规范，"17 年"应该是"2017 年"。一位受访者把 16 岁的叶沙称为"小少年"，是否合适，也值得商榷。少年本身就是指人 10 岁到十五六岁的阶段,16 岁还算"小少年"吗？第三，人名的一致性问题。视频字幕中并未注明叶沙是化名，郑州晚报 2019 年 2 月 25 日刊发的《一个人的篮球队，一种关于生命的顶级浪漫》稿件中，文尾特别注明"应受访者要求，叶沙、刘福、周斌、胡伟、颜晶、黄山为化名"。

"一个人的球队"是作品传播非常重要的一个立意，这个创意是怎么来的呢？郑州报业集团的这件获奖作品拍摄制作都不错，但背后的创意其实更重要。根据报道，当地时间 2019 年 6 月 19 日，戛纳国际创意节迎来第三场颁奖典礼，由"我是创益人"公益广告大赛孵化,Loong 创意机构联合腾讯广告、腾讯公益慈善基金会、中国人体器官捐献管理中心共同打造的公益作品《一个人的球队》(*A Team of One*)，凭借对内容营销势能和线上线下传播组合的出色调动，成功擒获公关银狮一枚。[①]

阅 读 +

（《我捐了心肝肺肾眼角膜，他们帮我圆篮球梦》主创：石大东、孙娟、白阳、程红森；编辑：张新彬、李韬；郑州报业集团冬呱视频 2019 年 2 月 21 日；获第三十届中国新闻奖短视频专题报道二等奖）

[①]《捷报！"一个人的球队"擒得戛纳银狮》，中国日报网 2019 年 6 月 21 日。

生动展现匠心精神

在第三十届中国新闻奖评选中，安徽新媒体集团中安新闻客户端作品《大国工匠朱恒银：向地球深部进军》获融合创新二等奖。这是一件讲好人物故事的新媒体传播产品，有一定代表性。

（一）

这件获奖作品的刊播平台是安徽新媒体集团旗下的中安新闻客户端。近年来，各地在推动媒体深度融合发展过程中，组建了一批新媒体集团，安徽新媒体集团即为其中之一。

安徽新媒体集团是"全国首家省级网络媒体集团、省直主要新闻单位、省属重点文化企业"。① 安徽新媒体集团系安徽日报报业集团出资并主办的国有大型文化企业，整体划入中安在线的全部资产和业务。② 2014 年 7 月 1 日，安徽新媒体集团经安徽省委批准正式挂牌成立，集团隶属于安徽省委宣传部管辖，为正厅级国企建制。

组建安徽新媒体集团，是安徽加快推动传统媒体与新兴媒体融合发展，做大做强主流媒体的重要举措。安徽新媒体集团已形成了"三网（中安在线网站、安徽文明网、中安英文网）一报（安徽手机报）两微（安徽发布微博微信、安徽省政府发布微博微信）一端（中安新闻客户端）一频（中安视频）一台（学习强国安徽平台）"的宣传平台格局。其中，中安在线网站是安徽

---

① 出自安徽新媒体集团网站。
② 李跃波、宋艺：《安徽新媒体集团挂牌成立》，《新闻世界》2014 年第 7 期。

最大的网络对外宣传平台，是安徽最早经国务院新闻办公室批准的新闻网站，也是安徽三大主流舆论阵地之一（"一报一台一网"）。

工作室模式近年成为媒体推进融合的重要方式之一。安徽新媒体集团的工作室分为两大类：一类工作室服务集团新闻宣传，聚焦融媒体产品生产，如"宛新平""徽视频"等，注重表达方式、表现形式、传播方式创新，主要职责在于参与集团重大主题宣传报道，推出适应互联网传播的新媒体产品；另一类工作室以满足外部服务为主，如"徽喜鹊"工作室，系省内主要政务新媒体账号，为服务对象定制生产融媒体产品，如 H5、新闻海报、短视频、VR 等。[①]

评价工作室效果，既要看给予了什么政策和扶持，更要看取得了什么效果。安徽新媒体集团为激发融媒体工作室创新创造活力，2019 年出台《安徽新媒体融媒体工作室运行管理办法（试行）》，2021 年进一步明确 11 个工作室为重点扶持融媒体工作室，拿出真金白银奖励、鼓励青年人才，创新"讲故事"方式方法，取得积极成效。《大型手绘互动长卷 | 情·淮：淮河庄台 40 年简史》、《大国工匠朱恒银：向地球深部进军》、大型融媒专题《潮涌长三角　澎湃新时代》、大型可视化专题《小岗大道》等多件融媒体产品先后斩获中国新闻奖。[②]

（二）

讲好人物故事，人物有故事是前提。 获奖作品《大国工匠朱恒银：向地球深部进军》中的主角朱恒银，本身就是一个有故事的人。1955 年 11 月出生的朱恒银，是安徽省地质矿产勘查局 313 地质队教授级高级工程师，由普通钻探工人成长为钻探专家，攻克了定向钻探技术难关，为国家创造了上千亿元的经济价值，荣获国家科学技术进步奖、李四光地质科学奖、全国劳动模范、全国优秀科技工作者、大国工匠、中国好人、全国道德模范等奖励和

① 宋昌进：《主流媒体推进融媒体工作室发展策略探讨——以安徽新媒体集团的实践探索为例》，《声屏世界》2020 年第 9 期。

② 陈欣然、许梦宇：《投身新闻事业　谱写新时代青春之歌》，中安在线 2022 年 5 月 11 日。

荣誉，享受国务院政府特殊津贴。

一般而言，类似朱恒银这样的先进典型人物，媒体已进行过多次报道，如果仅是视为宣传任务再一次进行报道，而不进行传播方式创新，不仅难以出彩，获奖恐怕也很难。这件作品能获奖，是媒体在典型人物宣传上的一次创新，对做好媒体融合工作有值得学习之处。

——**采访扎实**。即便是融合创新，采访可以说仍然是第一位的，没有扎实的采访，也很难在融合上进行创新。

根据参评材料可知，安徽新媒体集团中安在线记者先后三次前往安徽省地矿局 313 地质队实地拍摄，深入采访朱恒银及其老师、学生、家人、同事和省地矿局、安徽工业经济职业技术学院等单位人员。在扎实采访的基础上，经过素材比较、选题策划、手绘制作、程序包装等环节，历时一个多月，重磅推出融合创新手绘 H5 作品，并迅速在全国推广传播。[①]

2019 年是新中国成立 70 周年，这年 9 月揭晓的第七届全国道德模范，朱恒银榜上有名。朱恒银身上的闪光点深深吸引了新媒体集团主创团队的注意。自 2019 年 8 月起，主创团队多次前往六安市[②]实地采访、拍摄、沟通，被朱恒银身上诸多不为人所知的故事和精神所感动。[③]这件获奖作品的发布时间为 2019 年 12 月 27 日，中间经历了几个月的时间，可以说，前面扎实的采访为后期制作提供了保障。

——**形式新颖**。以往"好内容"不愁"好传播"，现在不仅要故事讲得好，还要注重传播方式创新。[④]与此前诸多报道朱恒银的稿件相比，《大国工匠朱恒银：向地球深部进军》最大的特点是形式上有创新，这是一次先进典型人物的融合报道。

这件获奖作品主要讲了朱恒银的三个故事——临危受命　力挽狂澜；中

---

① 《〈大国工匠朱恒银：向地球深部进军〉中国新闻奖推荐表》，中国记协网 2020 年 10 月 21 日。

② 六（lù）安市位于安徽省西部，俗称"皖西"。

③ 顾继月、陈欣然：《安徽新媒体集团〈向地球深部进军〉获中国新闻奖融合创新二等奖》，中安在线 2020 年 11 月 2 日。

④ 章理中：《在创新中履行新媒体社会责任》，《新闻战线》2020 年第 24 期。

流砥柱　迎难而上；地质报国　一腔热血。对人物报道，讲故事并不新鲜，重要的是这件作品采用网络新闻连环画形式，结合快闪＋手绘长卷＋动画＋一镜到底等表达方式，嵌入文字、图片、音频、视频、动画等原创元素，利用口述、独白、科普等形式讲述朱恒银不同阶段的工作难点，侧面反映了我国地质工作不同阶段的发展成果。同时，利用短视频、动画特效及交互游戏等化繁为简，以钻孔深度为线索，通过故事，生动形象展现大国工匠朱恒银的匠心精神，致敬新中国成立 70 年来一代又一代科技工作者为国家经济建设和社会发展所作出的努力。

"媒介是人的延伸"，85% 的信息是由听觉器官获取的。《大国工匠朱恒银：向地球深部进军》中穿插了一处求救音频，求救的听觉元素与焦急神情的朱恒银插画形成了正确的对应关系，满足了用户的心理期待，把屏幕前的用户带回了那个情况危急的救援雨夜。这样的处理能够有效突出重点，为核心的场景服务。①

——互动性强。与传统的报道相比，融合作品的最大特点之一是互动性强。《大国工匠朱恒银：向地球深部进军》是一件 H5 作品，用户在阅读新媒体连环画的同时，还能通过"长按按钮"进行定向钻探互动，场景逼真，很好地满足了用户个性化体验。②

有观点认为，《大国工匠朱恒银：向地球深部进军》等越来越多的互动式新闻作品获奖，在一定程度上也反映出了业界对于这种新的新闻表现形态的认可。应该看到，对于目前的大多数媒体而言，生产这样的高互动性、形式新颖的内容作品需要大量的人力物力财力投入，而且生产周期较长、生产效率较低。互动性的提升也能使新闻作品的传播日益接近于人际沟通，进而取得良好的传播效果，因此不断提升互动性是未来新媒体新闻作品必然的发展方向。③

---

① 李润泽：《场景空间的三度划分：媒介融合背景下融合作品场景建构模式和策略研究——以第三十届中国新闻奖融合创新类获奖作品为例》，《新闻传播》2021 年第 11 期。
② 杨和宝：《浅谈融媒体产品内容和形式的创新》，《新闻世界》2021 年第 2 期。
③ 何佳仪：《新媒体时代下的新闻传播创新模式研究》，《采写编》2021 年第 9 期。

——产品有魂。这件传播产品在主题上找到了魂——"向地球深部进军"，这直接在标题上旗帜鲜明地进行了体现。**全媒体时代，没有魂的传播产品，很难说是好的传播产品。**

这件作品推出之后，先后被人民日报党媒平台、新华社、光明网、学习强国等转载，累计阅读量超过 657 万次，但其实更值得说的是这件作品在主题上找到了魂。"向地球深部进军"，这既与人物身份契合，也让作品有了鲜明的主题，这是新闻工作者"脑力"的鲜明体现，值得学习。

"向地球深部进军"，出自习近平总书记 2016 年在全国科技创新大会、两院院士大会、中国科协第九次全国代表大会上的讲话。从理论上讲，地球内部可利用的成矿空间分布在从地表到地下 1 万米，目前世界先进水平勘探开采深度已达 2500 米至 4000 米，而我国大多小于 500 米，向地球深部进军是我们必须解决的战略科技问题。

2019 年 3 月 1 日晚，十位 2018 年"大国工匠年度人物"登上央视舞台，朱恒银是其中之一，中安在线 3 月 4 日刊发了对话体报道《"大国工匠"朱恒银："向地球更深处进军"》。值得注意的是，获奖作品的标题其实与中安在线的标题相比少了两个双引号，标题上使用太多引号，就会显得不够简洁。

——内容通俗。地质勘探比较专业，专业的问题通俗化，就需要在讲好人物故事的同时做好科普。这件获奖作品被视为"科普领域和典型人物宣传的一次大众化、生动化的融合产品"。[1]

准确性与科学性是科普新闻的生命。这要求科普新闻工作者必须以一种严谨的工作态度，准确把握科学技术知识，并且真实、无误地向受众传达，确保科普新闻的准确性与科学性。《大国工匠朱恒银：向地球深部进军》在讲好人物故事的同时，也为普通大众揭秘了地质钻探行业，科普了地质钻探知识。[2]对记者采制的内容，要不要送受访专家或相关单位把关，不一而论。

---

[1] 张悦：《拓展叙事方式　提升新闻价值——第三十届中国新闻奖媒体融合奖项评析及思考》，《新闻战线》2020 年第 21 期。

[2] 冯胜军：《科普新闻的融媒体实践创新——以〈大国工匠朱恒银：向地球深部进军〉为例》，《传媒》2022 年第 14 期。

这件获奖作品，"每一个数据和信息都由安徽省地矿局把关，内容的精准性保证了行业新闻传播的顺畅，受到了地质行业内专家的一致好评"①。这可能也是做到内容准确又通俗的原因吧。

"新时代，制作优秀新媒体产品必须有心、用情、力研、精制。对人民满怀深情，记录每一处细节，用细节增强表现力，才能打动人心。"顾继月作为这件获奖作品的主创之一，在分享创作感悟时谈道：《大国工匠朱恒银：向地球深部进军》作品贯穿40年，有一些故事已经发生很久，无法找到影像资料。对一些无法还原的场景，采用手绘长卷直观呈现，加上与实景融合，配上音乐和录音，让画面更加入脑入心，富有灵气，为产品表现力增色不少。

采访朱恒银过程中，团队遇到过很大的阻力。地质新闻是冷门新闻，朱恒银很忙，大家听不懂钻机技术原理，很多次想过放弃，但都坚持了下来。坚持一下，再坚持一下，用心学习，互相交流，反复钻研，多方请教，只有这样才能挖掘出很多有温度的新闻。②

（三）

对中国新闻奖的获奖作品，都应该审慎地看、辩证地看，在看到优点和获奖必然性的同时，也能看到不足和需要改进的地方，对获奖作品《大国工匠朱恒银：向地球深部进军》亦是如此。从赏析的角度而言，这件获奖作品存在一些可供探讨之处。

一是显著性与新闻性。朱恒银的身份很显著，获得了多个国家级荣誉，媒体也多次进行报道，人物具有很强的显著性，但这不等于获奖作品新闻性就强。相比而言，获奖作品比较静态，没有显著的时间元素。曾连续多年担任过中国新闻奖评委的江苏省记协主席周跃敏谈道：媒体融合类作品主要存在新闻性、时效性较弱，画面质量存在缺陷，现场音响卡顿，疑似广告营销，

① 唐颖、许珍、黄妍：《新闻融合创新的实践与策略研究》，《传播与版权》2021年第4期。
② 顾继月：《整合融合 创意创新——以中国新闻奖获奖作品为例谈融媒作品创作生产》，安徽新媒体集团网站2020年12月22日。

网页内嵌视频显示下架等问题。① 这里的"新闻性、时效性较弱"值得重视。可以说，这个问题在获奖作品《大国工匠朱恒银：向地球深部进军》中同样存在。

二是引述内容准确性。打开《大国工匠朱恒银：向地球深部进军》作品，首先显示的是习近平总书记 2016 年在全国科技创新大会、两院院士大会、中国科协第九次全国代表大会上涉及"向地球深部进军"的讲话内容。对比可以发现，获奖作品的讲话与原文标点符号不一致。具体而言，原文是一句话，只有一个句号，而获奖作品变成了三句话，双引号内用了三个句号。严格来说，既然是引用必须做到规范，既然用了引号，引号内的内容，包括标点符号在内都不宜改动。从创作新闻精品的角度而言，重要引述内容必须做到准确无误。

三是单位名称规范性。从规范的角度而言，新闻作品中的单位名称等都应该使用全称。比如这件获奖作品中的"安徽省地矿局"全称是"安徽省地质矿产勘查局"，"上海市地质调查院"全称是"上海市地质调查研究院"。如果简称是准确的、唯一的，用简称也可以。单位名称全称太长时，也可考虑用简称。

四是数字表述格式一致性。同一作品涉及数字时的表述，到底是用汉字还是用阿拉伯数字，前后应该注意一致性。比如，这件获奖作品中的"四十四年山河间"与"我用了 44 年与地球打交道"，"3000 名职工"与"三千名工人"，"每向下延伸 100 米"与"每向下十米"等。

此外，获奖作品还有一些令人疑惑的地方。比如，在呈现朱恒银所获的多个重要荣誉时，为什么"大国工匠年度人物"前面要加上年份 2018 年，其他的全国道德模范、全国劳动模范、李四光地质科学奖、全国优秀科技工作者等均没有加年份？这些荣誉在顺序上有没有什么讲究？再如，"……进入 21 世纪，钻探已要求向人工智能化'自动化'方向发展"，不知道这句中的自动化为何要加个引号。

---

① 周跃敏：《如何彰显提升地方媒体的竞争力——第 28 届中国新闻奖评选印象》，《传媒观察》2018 年第 11 期。

阅读 +

（《大国工匠朱恒银：向地球深部进军》主创：章理中、顾继月、王子麟、郑强强；编辑：陈欣然、王浩；安徽新媒体集团中安新闻客户端 2019 年 12 月 27 日；获第三十届中国新闻奖融合创新二等奖）

一遍又一遍改脚本

在第二十九届中国新闻奖评选中，天津海河传媒中心津云新媒体集团津云客户端作品《臊子书记》获短视频新闻一等奖。这是一件比较特别的作品，这件获奖作品对新时代如何讲好人物故事有启示和借鉴意义。

（一）

有人总结，地方主流媒体在完成互联网传播平台建设的探索后，主要面临三个新的问题。一是如何变革思维方式，科学认识网络传播规律，提高用网治网水平，使互联网这个最大变量变成事业发展的最大增量；二是如何调整思路，打破地域时空限制，因地制宜谋突破，实现各种媒介资源、生产要素的有效整合；三是如何放大一体效能，实现信息内容、技术应用、平台终端、管理手段的共融互通。这是地方媒体深刻认识互联网传播规律、催化融合质变的三问，也是地方媒体转变思路，以互联网思维走出创新发展新路的机遇与挑战。[1] 不妨结合这三个问题来看天津的媒体融合实践。

天津的媒体融合经历了形式融合、平台融合、深度融合三个阶段。形式融合阶段即融合 1.0 阶段，标志性事件是北方网新媒体集团 2015 年 9 月挂牌"新三板"，实现了天津国有文化企业上市的突破，拉开了媒体融合的序幕。平台融合阶段即融合 2.0 阶段，标志性事件是津云中央厨房 2017 年 3 月的启动运行，这是天津媒体融合的关键一步。深度融合阶段即融合 3.0 阶段，标志性事件是 2018 年 11 月组建天津海河传媒中心，进行了集团融合、行业融合，

---

① 杜萌、齐怀文：《打造全方位传播矩阵　讲好地方发展故事》，《传媒》2020 年第 22 期。

这是天津媒体融合发展探索中的又一次突破。[①]

津云新媒体是天津海河传媒中心的重要组成部分。津云新媒体集团于 2018 年 4 月依托北方网新媒体集团，整合天津日报社、今晚报社等单位的新媒体资源组建而成，是天津市委宣传部为进一步推进传统媒体和新兴媒体融合发展，整合全市新媒体资源，推动报视播网一体化发展，着力打造的拥有强大实力和传播力公信力影响力的新型媒体集团。[②] 津云新媒体依托津云中央厨房，以津云客户端为天津市移动新媒体总平台，实现全市"一朵云"，形成了涵盖北方网、天津网、今晚网、天津网络广播电视台（IPTV）等的多元传播矩阵，致力于成为国内一流、在全国有影响力的新型主流媒体。[③]

海河传媒中心支持鼓励各部门在重大主题报道中做好特稿和深度报道，塑造更好的读者体验。在移动端，津云特稿发挥既有优势，继续在深度报道领域深耕，目前在天津和全国的影响力逐日增加；天津广播新媒体打造的《实录》《人物》系列报道，形成了不错的栏目品牌。深度报道的独特品质，允许其时效性相对弱化，基于这一点，天津日报、今晚报等报纸媒体的一些优质长篇报道，在纸媒见报后，同样可以在中心移动端矩阵进行再发布，优质内容借助移动端获得第二次生命。[④]

（二）

津云近年有多件作品获中国新闻奖。在第三十二届中国新闻奖评选中，津云《稻子熟了》获融合报道二等奖，《云小朵"碳"寻记|MR 访谈：天津碳排放权交易量全国名列前茅！咋做到的？》获新闻访谈三等奖。《稻子熟了》是一件以手绘长图为基础，融入交互功能并加载短视频的融合创新作品，全景展现了"共和国勋章"获得者、中国工程院院士袁隆平为杂交水稻事业

---

① 徐娜、夏丽萍：《天津媒体融合发展的探索实践、特征及建议》，《求知》2021 年第 2 期。
②《天津海河传媒中心社会责任报告》，北方网 2022 年 5 月 27 日。
③《津云新媒体集团》，出自天津津云新媒体集团股份有限公司网站介绍。
④ 陈庆璞：《媒体融合背景下如何做好重大主题报道》，《海河传媒》2021 年第 2 期。

奉献毕生精力的感人故事。①

获第二十九届中国新闻奖短视频新闻一等奖的《糁子书记》，主角是天津大学青年教师宋鹏。其实，在津云新媒体推出视频产品之前，《人民日报》在 2018 年 4 月以《一碗糁子面，致富一个村》为题报道过宋鹏，《天津日报》在 2018 年 5 月 10 日以《"糁子书记"的电商扶贫探索》为题也报道过宋鹏。与传统的文字报道相比，视频有其独特的魅力。《糁子书记》的视频约 7 分钟，获奖背后有很多值得说道的地方。

——选题重大性。新闻选题是大众媒体对报道内容的选择，新闻选题在一定程度上决定着新闻传播的成败，它既是媒体彰显自身传播力的重要手段，也是媒体提升其公信力、影响力的重要方式。2018 年是我国脱贫攻坚的关键时期，新闻媒体也通过各种传播手段对这一具有历史意义的事件进行了报道。②

《糁子书记》讲述的是宋鹏到甘肃省陇南市宕昌县沙湾镇大寨村创新扶贫的故事。宋鹏为了帮助大寨村早日脱贫，积极挖掘地方特色，以沙湾糁子为切口，利用"互联网＋扶贫"带领村民打造全链条式电商产业，因地制宜走出一条"带不走的幸福路"。2018 年 10 月，宋鹏被授予全国脱贫攻坚奖"创新奖"。有人认为，《糁子书记》通过"沙湾糁子"的小切口反映了精准扶贫的大主题，以宋鹏三年扶贫日志为主线，折射出"糁子书记"在全面打赢脱贫攻坚战道路上"豁出命也要挖断穷根"不懈奋斗的情怀。③

在中国新闻奖设立三十周年之际，中国记协评奖办负责人谈及《糁子书记》等获奖作品时说：聚焦脱贫攻坚重大主题，切口小巧，内容鲜活，以优质内容赢得各方好评。④有人评价，《糁子书记》小切口正能量大情怀，数以万计的网友纷纷点赞，故事主人公所追求的核心价值具有人类生存情境的普

①《喜讯！津云新媒体两作品获第三十二届中国新闻奖》，北方网 2022 年 11 月 8 日。

② 董晓玲：《尽显融合优势——第 29 届中国新闻奖短视频获奖作品分析》，《新闻世界》2020 年第 5 期。

③ 阴艳、韩月怡：《短视频新闻的特点、问题及提升策略》，《传媒》2022 年第 8 期。

④ 左志新：《中国新闻奖三十年的坚守与创新——专访中国记协评奖办公室负责人》，《传媒》2020 年第 24 期。

遍性，他乐观坚强，勤劳勇敢，面对人生挫折与困境表现出超人的韧劲和坚强毅力，由此产生了强大的感召力，具有很强的亲和性、聚合性、向心性。[①]

——**制作精致性**。不同于一般的随手拍，这件获奖作品制作上很精致，体现了媒体的专业能力和水平。为了丰富画面表现，津云新媒体全方位运用无人机、滑轨、运动摄影机等设备，采用纪录片的拍摄手法，真实记录，娓娓道来。后期包装方面，运用了 3D 效果、MG 动画等新颖的特技，全面展现"互联网＋扶贫"的成果。3D 效果的"扶贫日志"，MG 动画诠释"扶贫创意"，使微视频呈现出更多趣味性。而片尾运用 3D 技术制作的营盘山上不断生长的花椒树，用"隐喻"手法表现出大寨村美好的明天。这背后是大量人力、物力甚至资金的投入。

在这件作品中，狗的叫声、新闻主人公走访时与村民的对话以及调查的数据信息都以花式字幕呈现，满满的趣味化。充满个性的配乐和音效的使用，也获得了意想不到的传播效果。[②]据《臊子书记》主创人员介绍：为了让视频更感人，团队把拍摄脚本修改了一遍又一遍；为了让画面更立体，许多镜头摄制组拍了五六遍；为了让特效更饱满，制作组尝试了十余种办法……连续多个夜晚，大家奋战到凌晨三四点。[③]

有人评价，《臊子书记》运用 3D 效果和 MG 图形动画来展现"扶贫日志"和"扶贫创意"，突出主人公"互联网＋扶贫"的成果，使短视频更加有趣。[④]这个视频的后期非常出彩，其中很多抽象化的叙述都用特效做出来了，风格轻松，与内容设置不谋而合。在视频刚开始的时候，旁白介绍的几组数据，都被放大了，并且字体、颜色的设计和背景契合，看起来非常舒适，不突兀。做新媒体作品，要用不断学习的心态去学习新技术，学会多种新媒体制作的

---

① 佟慧娟：《视觉叙事为新闻话语赋魅》，《新闻研究导刊》2020 年第 22 期。

② 曹流芳：《短视频新闻内容特色及创新发展——以中国新闻奖短视频类新闻获奖作品为例》，《海河传媒》2021 年第 6 期。

③ 刘雁军、齐竞竹、闫征：《用心用情讲好扶贫故事——短视频〈臊子书记〉创作有感》，《新闻战线》2019 年第 21 期。

④ 庄学香：《移动短视频时代电视新闻媒体如何实现"流量重构"》，《中国传媒科技》2021 年第 11 期。

方式方法。①

——**把握时度效**。根据《臊子书记》主创人员的分享可知：2018 年 7 月，就在宋鹏扶贫工作即将结束的前一个月，关注其三年的津云视频团队派出一行 6 人的摄制组，来到甘肃陇南大寨村。2018 年 10 月 17 日，在第五个国家扶贫日之际，津云新媒体重磅推出了短视频作品《臊子书记》，在发布时机上很好地把握了时度效。

凡事预则立，不预则废。对于重大时间节点，媒体要善于提前进行策划。对于重大作品，媒体前期策划时就应该明确发布时间，并以发布时间来倒推和安排各项工作。有人认为，这件获奖作品带来的启示之一，是根据各个时期的宣传重点，找到各个阶段的热点亮点，深入挖掘，重点突破，集合专业人才、优势兵力出击，设计策划出高品质的融媒体产品。②

——**采访深入一线**。媒体以内容建设为根本，深入一线采访仍是基本功，《臊子书记》获奖也再次说明了这一点。2018 年 7 月，津云新媒体视频团队坐 3 个小时的飞机之后，再从甘肃天水颠簸 6 个小时抵达小山村，与村民们同吃同住半个月，深入挖掘鲜活的故事，拍摄到基层真实、饱满、感人的画面。

宋鹏曾带领村民在营盘山上种植梅花椒，5 年后那里就是大寨村的"村民银行"。拍摄当天，营盘山周围下着雨，随时有发生泥石流的危险。出于安全考虑，村民极力阻止记者登山。但为了拍摄最真实的效果，记者把无人机等摄像器材用绳子绑在身上，徒步近 2 个小时爬上营盘山，才有了片尾的一组富有希望的画面。③一条不到 7 分钟的视频，背后是采编人员与村民们同吃同住半个月，这种投入和用心在今天流水线般快节奏的内容生产下是不多见的。要出新闻精品，既要深入一线采访，也要舍得在时间上投入。

——**细节鲜活动人**。细节可以增强感染力，新闻报道需要用细节打动人，

① 石杨雪：《新媒体时代微视频创作的技巧》，《中国地市报人》2021 年第 6 期。
② 张用政：《加强顶层设计 走向深度融合——地方台媒体融合发展的实践探索》，《新闻采编》2022 年第 1 期。
③《臊子书记〉中国新闻奖媒体融合奖项参评作品推荐表》，中国记协网 2019 年 5 月 23 日。

视频同样如此。《臊子书记》有好几处都比较动人。

一是宋鹏正式出场时，他穿着黑色皮鞋深一脚浅一脚地在泥泞中艰难行走的镜头，虽然只是一晃而过，但无形中显示出乡村条件艰苦。紧接着是村里的狗，对着他"汪汪汪"大叫，同样令人印象深刻。接下来，问村里老人"高寿"，对方懵懂的表情刻画得生动自然，说明初来乍到的第一书记还没有适应农村的交流方式。这一连串的镜头虽然只有 10 秒左右，但很抓人。

二是宋鹏两年任期将满的时候与家人视频通话的镜头暗藏泪点。尤其是他与几岁的女儿视频过后，笑着告诉妻子"我可能还要待一段时间才能回去"时，此前还笑着的妻子忍不住哽咽地说出"离婚"二字时，挺让人心碎的。

三是几位村民点赞宋鹏时的语言生动接地气。"好得很，最好的人""他说他要走了，我心里慌得很""对我们老百姓很照顾""我们舍不得他走""我不让你走""他是一个焦裕禄一样的干部"……当"良师益友"从一位含泪的村民嘴中说出来时，让整个视频也进入了一个高潮。

细节还体现在视频的画面上。宋鹏是通过臊子启发的灵感，从此带领村民走上脱贫致富的道路。既然臊子卖得好，又是大寨村的主打产品，怎样把臊子拍得好看诱人，也是这次创作的重点之一。主创团队参考了《舌尖上的中国》的拍摄手法，从切肉开始，倒油、下锅、熬煮，一系列制作臊子酱的过程，都进行了放大的特写处理，通红的颜色让食材看上去十分诱人。这组细节描写，不仅让宋鹏的灵光乍现得到充分印证，也为后续的新闻扶贫活动带来了产品宣传的有效帮助。[1]

——**叙事逻辑清晰**。诸多优秀的融合新闻作品中，创新的路径主要有三个方向：一是视听；二是叙事；三是交互。[2]"叙事"的重要性也由此可见一斑。用什么样的逻辑把一个长约 7 分钟的视频串起来，直接关乎怎么讲好这个脱贫攻坚的故事。

《臊子书记》的逻辑线条整体比较清晰，基本上就是按照时间线，讲述

---

① 齐竞竹、刘雁军、闫征：《用镜头展现典型人物的新时代闪光点——短视频〈臊子书记〉创作细节分析》，《传媒评论》2020 年第 1 期。

② 张丽霞：《浅论艺术语言观照下的融合新闻创新》，《当代电视》2022 年第 3 期。

了大寨村是如何在驻村第一书记的带领下，以臊子为主发展电商产业的故事，具体而言包括以下几个环节：一是第一书记驻村来了；二是走访调研；三是发现臊子是大寨村的特色，从中发现商机；四是面对村民质疑，外出考察调研，论证了发展臊子产业的可行性，卖臊子主要靠电商；五是电商发展起来后，鼓励大家树立信心一起脱贫奔小康；六是多元发展，除了臊子还开发了其他特色农产品；七是离别前夕村民对臊子书记的评价；八是结尾处种植的 1800 亩梅花椒，让受众对村子未来的发展充满想象和期待。可以说，整个视频完整地叙述了宋鹏在担任驻村第一书记期间做的事情，节奏合适，不拖沓，叙事风格轻松，非常吸引人。

——标题简洁鲜明。这件获奖作品的标题只有 4 个字"臊子书记"，在中国新闻奖各类获奖作品中属于比较短的标题。"臊子"（河南、山西、陕西、甘肃等地方言，肉末或肉丁加各种配料、调料炒制而成的面食浇头）是整部作品的重要线索，"书记"是人物主角的身份，两者结合在一起成为标题有一定特色。标题虽然只有 4 个字，既简洁又鲜明，作为人物报道，"臊子书记"也是片中主角身份的鲜明写照。全媒体时代这种标题制作方式也未尝不可。

——原音有感染力。一个长约 7 分钟的视频，《臊子书记》除了必要的村民等声音之外，主要使用的是驻村第一书记宋鹏的原音，用自述的方式进行呈现，没有记者出镜或主持人的画外音。

叙事人称属于叙事语法范畴，第一人称"我""我们"指代说话人、叙事主体时，作为一种修辞手法与互动手段多用于面对面叙事以及人际传播等语境。大众传播时代的传统新闻叙事作品较多地采用第三人称叙事，而融媒体新闻叙事则充分借助第一人称营造新闻人物与用户的直接交流感，建构起一种面对面的叙事传播场域。以第一人称面向用户开启故事讲述，提升了叙事传播的对象感与交流感，其朴实的话语风格也为扶贫新闻增添了贴近性与可看性。[1] 有人评价，《臊子书记》没有解说词，以宋鹏自己的讲述为主，通过这一叙事视角，有助于观众直接走入宋鹏的内心，体验到宋鹏在扶贫工作中

---

[1] 张馨、王灿发：《脱贫攻坚视域下融媒体新闻叙事的创新探索》，《新闻爱好者》2020 年第 10 期。

的决心、用心和真心。①

短视频新闻是用视听语言来叙事的，其叙事逻辑不仅包含一般意义上对事件或主题的讲述，也要考虑镜头衔接、场景转换、段落构成等声画剪辑方面的形式元素。有人评价，《膙子书记》采用纪录片的拍摄手法，以时间逻辑作为叙事的主线，采用顺序式结构，通过第一人称娓娓道来，叙事脉络清晰，语言活泼有趣，成就了一个既有网感又有质感，既有意思又有意义的作品。②

——**重视运营推广**。作品要取得好的传播效果，一方面，靠内容取胜，靠用户自发进行分享传播；另一方面，则靠运营推广。《膙子书记》参评中国新闻奖时填报的传播效果为"综合计算，视频累计曝光量达到 1 亿 +"。可以说，一个具有主题宣传性质的视频能有这个流量，运营推广也发挥了重要作用——2018 年 10 月 17 日，《膙子书记》通过津云客户端、北方网、津云双微、天津发布等平台推出，人民网、新华网、中国网、央视网、中国新闻网、千龙网、东方网、长城网、红网、长江云等 30 多家中央新闻网站、省级网站和新浪、搜狐、今日头条、腾讯、凤凰等商业网站进行转载。此外，共青团中央、教育部等多家微博进行转发。天津地铁 1、2、3 号线通过 5197 块屏幕滚动播出。在社会反响方面，《膙子书记》让社会进一步了解到当代扶贫干部的精神面貌，引发公众对扶贫工作的高度肯定。③

——**发起公益行动**。如今的内容生产与传播往往与活动相伴相随，这也是媒体当下"运营一体化"的体现，也有助于提高媒体的传播力、影响力。《膙子书记》的主创团队力求不仅做一个优秀的作品，还要让它成为扶贫的助力器。

2018 年 7 月，津云新媒体开展"情暖大寨　津云在行动"公益活动，邀请"膙子书记"宋鹏和大寨村村民到天津推荐甘肃特色农产品，购买膙子的

---

① 张雷：《视角、时空、事理：讲好脱贫攻坚故事的叙事策略——以中国新闻奖获奖作品为例》，《电视研究》2020 年第 11 期。

② 吴爽：《新型主流媒体短视频新闻业务的创新探析》，《新闻研究导刊》2022 年第 8 期。

③ 洪少华、卢晓华：《论媒介融合背景下新闻报道形式的创新——以第二十九届中国新闻媒介融合奖作品为例》，《出版广角》2020 年第 2 期。

市民络绎不绝。10月，津云新媒体与共青团中央携手，在微信公众号上把扶贫路上的正能量广而告之。麻辣鲜香的沙湾臊子，装着满满的喜悦与感恩，从大寨村飞到了千万网友的餐桌上。用行动实实在在地助力扶贫，这一操作也是值得媒体人学习和借鉴的。

（三）

2022年6月，中国记协发布了最新版中国新闻奖评选办法，与以往相比有了诸多变化，变化之一是在奖项设置上分为基础类和专门类，其中专门类奖项中包括"典型报道"。怎么理解"典型报道"，中国新闻奖评选办法给出的解释是："报道全国性或区域性先进人物、先进集体、先进事迹、先进经验的新闻作品。应具有时代性、典型性、代表性，受众面广，影响力大。"根据这个解释不难理解，人物报道尤其是对先进人物的报道，属于"典型报道"。可以说，这件获中国新闻奖一等奖的作品既是人物报道也是典型报道。

典型报道是中国共产党新闻报道实践的优良传统，在党的新闻宣传理论和实践方面都有丰富的总结和积累。随着社会的发展变迁，典型报道不断演化嬗变，经历了兴起、成熟、鼎盛、起伏、回归等多个发展阶段。在全媒体时代，新媒体迅速崛起，媒体融合转型，社会传播环境发生了根本性的变化，典型报道面临着全新的环境，如何助力宣传工作发挥重要作用成为新的时代课题。[①] 中国新闻奖的改革可以说顺应了时代趋势和要求。

媒体融合加速发展，为人物新闻报道带来新的创作手段和呈现面貌。有人梳理了第二十八届至第三十届中国新闻奖媒体融合奖项获奖作品发现，人物报道融媒体产品往往受到中国新闻奖评委的青睐。这些获奖人物报道融媒产品的类型十分丰富，包含短视频新闻、新媒体报道界面、新闻专栏、创意互动、融合创新等，形态覆盖了实拍短视频、H5、动画、VLOG、人物访谈、手绘插图、漫画、音乐等，有的还在产品制作过程中运用了GoPro、动画特效、

---

① 季为民、曾雷霄：《在全媒体环境下创新典型宣传报道——以黄文秀人物报道为例》，《新闻战线》2020年第2期。

升格降格摄影等技术设备和技术效果。

这些人物报道融媒产品的报道对象，既有人物群像，如湘湘英烈、兵团成边英模、贡嘎山乡村民"爬山侠"、新动力人群、捅山工等；也有先进典型代表，如黄大发、廖俊波、朱恒银等；还有特定群体代表，如驻村干部李江陵、杜凡和付旭东；也有平民人物形象，如西藏创业青年次央、"国庆"老人等。通过梳理可以发现，随着媒体融合加速发展，以中国新闻奖获奖作品为缩影，人物报道这一新闻重要形式，在媒体融合探索上逐步走向成熟，媒体融合创新的实践也愈加丰富多彩。

人物报道在融媒应用中的实践和效果主要有三个方面的表现。一是超文本结构的应用，获奖的人物报道融媒产品都充分调动了文字、声音、图片、视频、漫画、动画等多种表现形式；二是凸显互动性，与传统平面人物报道不同的是，融媒应用赋予了人物报道互动性，丰富了受众的用户体验；三是镌刻人物成长足迹，人物报道融媒体产品，往往是一种动态报道模式。①

有观点认为，典型人物报道作为我国宣传思想文化战线的有效法宝，近年来出现宣传效果"失灵"现象，这与其中的传受价值取向错位有很大关系。一是语场未与时俱进，传受存在价值取向差异；二是语旨强调自上而下传播，宣传意味浓厚；三是语篇结构千篇一律，报道内容模式化。② 如今，短视频已成为信息传播的重要方式，并正在成为未来新闻发布的主要方式之一，短视频新闻也在信息传播主渠道的移动互联网中扮演着越来越重要的角色。坚定不移推动媒体融合向纵深发展，需要提升对短视频这一新媒介的理解与驾驭能力。③《膜子书记》的获奖，对如何通过视频讲好人物故事提供了参考和借鉴。

不可否认的是，从初期的新闻短片式的探索，到今天新闻快闪、视觉拼合和跨屏叙事的多重语态，短视频将新闻带到 Z 世代的读者和观众眼前，重

---

① 何超：《人物报道的融媒探索和创新——由中国新闻奖媒体融合奖项获奖作品谈起》，《南方传媒研究》2021 年第 2 期。

② 王凤敏：《典型人物报道的价值认同困境》，《青年记者》2021 年第 2 期。

③ 吴晓亮、薛中卿：《驾驭新媒介，在变革疾行中守正创新——浅析 5G 融传播时代短视频新闻演进与趋向的"三度"提升》，《城市党报研究》2020 年第 11 期。

建了一种充满现代性、炫技式和青春态的新闻话语场。① 天津市记协推荐《䐁子书记》参评中国新闻奖时给出的推荐理由是：作品采用实地还原和动画结合的叙事方式，脚本细致，结构紧凑，以悬念推动故事进展。人物行为真实，语言个性化，让一碗沙湾䐁子反映出脱贫攻坚不获全胜誓不收兵的决心。这件作品获评中国新闻奖一等奖后，在学界和业界有比较大的反响，主创人员也多次撰文分享创作经过及心得。

有人认为，《䐁子书记》是一部采用蹲点式采访完成的佳作。② 还有人评价，《䐁子书记》体现了好故事与短表达的完美结合。③ 中国政法大学教授王佳航在评析这件获奖作品时说：典型人物报道历年来都是媒体报道的重点，历年来也都是采访制作的难点——因为多年来典型报道形成了一定套路和模式，刻板不鲜活，被一些用户戏称为"八股"。《䐁子书记》受到用户的欢迎，一是摄制团队深入基层拍摄到了基层一线最鲜活的素材，二是注重新媒体语态创新。④

在《人民日报》《天津日报》报道之后，津云新媒体的视频作品《䐁子书记》还能斩获中国新闻奖一等奖，除了形式创新之外，也有一些值得学习和思考之处。

——用小切口反映大主题，《䐁子书记》是很好的例证。很多时候，我们不缺好新闻、好题材、好线索，而当下正是内容生产者大干事业的好时候，要牢牢把握国家发展和民族复兴的核心主题，利用好微纪录片这一新兴载体做好融媒时代深度报道，用好笔头和镜头，以小切口记录好大时代，不负新闻工作者的职责使命。⑤

《䐁子书记》主创之一刘雁军在谈到这件作品时说：这部作品立足电商小切口，呼应扶贫大主题，顺应融合新趋势，满足受众真需求，创新思维、新

① 吴炜华：《技术疆域、文化构型与话语实践：新文化图景中的短视频》，《青年记者》2022 年第 1 期。

② 宋建武、李蕾、王佳航：《媒体深度融合背景下专业内容生产的创新趋向——基于 2018—2021 年中国新闻奖媒体融合类获奖作品的分析》，《新闻与写作》2021 年第 12 期。

③ 蒲红果：《融合新闻生产方法论初探》，《中国出版》2020 年第 20 期。

④ 王佳航：《〈䐁子书记〉【专家点评】》，《中国记者》2019 年第 12 期。

⑤ 肖文舸：《融媒时代深度报道新路径——以新闻微纪录片为例》，《中国记者》2022 年第 3 期。

颖表达，成为新媒体的现象级产品。他认为，做好短视频产品需要发扬工匠精神：为了一首配曲，网上网下找人求教，终于找到最能拨动心弦的曲目；为了一句解说，通宵达旦推敲新鲜话语；为了一个画面，跨过千山万水拍摄。①

——重视细节和网感有利于增强内容的感染力。《腺子书记》的成功创作充分证明，要生产具有广泛传播力、影响力、引导力、公信力的优秀作品，必须以小见大，牢牢抓住"小人物、大主题，小片子、大情怀"这一创作根本，在细节之处见功夫，通过朴实的人物故事传递主流价值观。具体需要注意三个关键问题：一是"大主题"的"小视角"处理；二是加强"网感"表达与叙事；三是借助技术优化呈现方式。

《腺子书记》初次剪辑后的版本有 10 分钟，团队在数次激烈的讨论后，最终决定砍掉部分拖沓的情节，强化放大在不同时间段内宋鹏的扶贫心路和帮扶群众的感受，在正序的叙事逻辑中向网友展现最精华的内容。经过反复权衡和多次剪辑后，短视频整体长度降至 6 分 58 秒。

《腺子书记》讲述的是宋鹏三年的扶贫故事，很多场景不可能再还原，运用受访者叙述的方式又显得枯燥乏味。因此，巧妙地运用一些 MG 动画是最好的表达方式。②主创团队在与宋鹏一起挨家挨户走访 3 天和头脑风暴后决定：要力求使用网民喜闻乐见、轻松易懂，能够引起共鸣的网言网语，制作出有"网感"的短视频。③细节和网感是《腺子书记》的特色，这件作品虽然是具有主题宣传性质的人物视频，但基本上没有大话、空话和套话，有网感接地气，又增强了内容的感染力。

——重视策划，根据采访调整完善产品制作思路。诸如《腺子书记》这样的作品，任何一家媒体操作，前期都会做很多准备工作，这种准备是必要的，但也要认识到前期的很多准备通常是具有局限的，要么没想到，要么想

---

① 刘雁军：《〈腺子书记〉【创作体会】》，《中国记者》2019 年第 12 期。
② 刘雁军、齐竞竹、闫征：《以小见大，做好短视频时代的主流价值传播——以津云新媒体短视频新闻〈腺子书记〉为例》，《新闻与写作》2019 年第 12 期。
③ 齐竞竹、刘雁军、闫征：《用镜头展现典型人物的新时代闪光点——短视频〈腺子书记〉创作细节分析》，《传媒评论》2020 年第 1 期。

得不充分，要么设想与实际存在差异，这就要能根据实际情况及时调整完善产品制作思路。

《臊子书记》主创之一闫征谈道："在宋鹏的宿舍，我无意间发现了他撰写的扶贫日志，满满三本，200 多篇，每一篇都是一个故事，都饱含了宋鹏的为民情怀。那天我激动得一夜没睡，翻看了所有的日志，最终以'扶贫日志'为主线，撰写《臊子书记》微视频脚本。"① 这是深入一线的意外收获，也是《臊子书记》视频的主线，这是前期策划准备时不曾考虑到的。生活远比想象精彩，做新闻其实也是这样，很多精彩未必是前期策划准备时能想到的。

（四）

《臊子书记》获得了各方肯定与好评，多篇提到《臊子书记》的论文也多是从点赞的角度给予肯定，但从赏析的角度而言，《臊子书记》也有一些值得探讨之处。

一是新闻的时效性。中国新闻奖主要评选的是新闻作品，新闻作品不仅要新闻性强还要新闻要素齐全。最新版中国新闻奖评选办法中明确评选宗旨是"发挥优秀新闻作品的示范引领作用"，评选标准是"导向正确，内容真实，新闻性强，社会效果好"。从这点而言，获奖作品《臊子书记》是有欠缺的。

视频一开头是天津教师宋鹏 2015 年 8 月 14 日到大寨村担任驻村第一书记的镜头，视频尾声是 2018 年 8 月 14 日任期延长一年的宋鹏即将结束扶贫工作离开大寨村，要知道这个视频的发布时间是 2018 年 10 月 17 日第五个国家扶贫日之际，中间间隔了两个多月。作为短视频新闻，《臊子书记》的时效性有点弱。

二是情景再现问题。有人撰文指出，传统的新闻视频创作，大都只在乎视频的真实性和客观性，强调"拍到"而并不重视"拍好"。甚至有观点认为，刻意追求视频的美感表达有违新闻视频对于生活原生态的记录。当下媒介的

---

① 闫征：《用有温度的新闻，讲出有灵魂的故事——津云新媒体微视频〈臊子书记〉创作手记》，《中国记者》2020 年第 11 期。

大环境越来越重视形式美感，没有颜值的新闻视频内容日益受到排挤。除了以猎奇为噱头的新闻短视频，可以凭借简单的感官刺激而不注重视频品质外，规范化的视频创作都强调了视频的可视性和形式感。① 这是不是意味着就可以搞情景再现或摆拍呢？

一位媒体人指出：新闻的策划和编导是建立在新闻的真实性基础上的。采访对象的选择、新闻切入的角度、故事呈现的手法、镜头画面的运用等都需要事先考虑。但策划与编导一定要把握好度，要防止主观臆断、任意摆拍等现象。如何拉近与被采访者的距离，走进他的心里，挖掘出最具故事性的情节，获取最真实的内心表达，这是记者业务功底的体现。②

有人在评析《膜子书记》时谈道：以设计摆拍为主，抓拍、动画为辅，融纪实与创意于一体，集中呈现年轻书记干事智慧、勤勉与决心，突出展示贫困地区百姓自立自强、奋发进取的精神。③《膜子书记》参评的是中国新闻奖，获奖类型是短视频新闻，诚然会错过有些镜头和画面，但用设计摆拍的方式重现过往，是否合适，从新闻伦理上而言，这是一个值得探讨的问题。

新闻作品的情景再现问题已引起了中国新闻奖评委的关注。连续多年担任中国新闻奖审核委员会主任的中国社科院新闻所研究员、中国新闻奖评委唐绪军，在谈及第三十二届中国新闻奖审核情况时直言，有的作品新闻性不强，缺乏具体的新闻要素，不能称之为新闻作品。更有甚者，冠以"新闻纪录片"之名的作品，大部分画面都是"情景再现"，类似于电视剧。④ 这的确是需要关注的问题。

三是视频制作呈现有可以改进的地方。具体而言有三处，其一是视频开头宋鹏出场介绍他的基本信息时如能加个年龄，更能凸显青年一代的担当。其二是视频中出镜的村民说的话都打了字幕，但没有名字略感遗憾。每一个

① 孙振虎：《视频新闻创作的电影化倾向》，《新闻与写作》2017 年第 2 期。
② 杨炯：《新媒体时代新闻故事化探析》，《电视指南》2020 年第 3 期。
③《第二十九届中国新闻奖解析媒体融合圆桌研讨》，《中国记者》2019 年第 12 期。
④ 唐绪军：《迎接新挑战　当好把关人——第三十二届中国新闻奖审核委员会工作报告》，新闻战线微信公众号 2022 年 11 月 16 日。

个体都值得尊敬，这些村民都是有名有姓的一个个具体人，如能在视频中打出他们的姓名，那就更完美了，也利于增强内容的真实性。其三是个别村民的话和字幕对不上是视频中的一个缺陷。具体为视频 4 分 10 秒至 4 分 19 秒之间，一位戴帽子的老人到沙湾电商扶贫服务中心时问道"宋支书去哪里去了 走了哇 走了哇"，而视频的字幕打的是"臊子书记哪里去了"，虽然老人的口音比较重，但仔细分辨不难发现老人说的其实是"宋书记"而非"臊子书记"。把"宋书记"打成"臊子书记"，是否是为了刻意突出主题不得而知。大寨村的村民是不是都叫前来扶贫的驻村第一书记为"臊子书记"，整个视频中没有介绍，也让人感到遗憾。

（阅）（读）（+）

（《臊子书记》主创：刘雁军、齐竞竹、闫征、潘德军、苗超、戴涛；编辑：李孝乐、邹添宇、杜雪莹；天津海河传媒中心津云新媒体集团津云客户端 2018 年 10 月 17 日；获第二十九届中国新闻奖短视频新闻一等奖）

好融合要有好故事

在第二十八届中国新闻奖评选中，上海报业集团澎湃新闻 H5 作品《长幅互动连环画 | 天渠：遵义老村支书黄大发 36 年引水修渠记》获融媒界面一等奖。这件获奖作品是典型人物报道，具有鲜明的融合特性。作为从传统媒体整体转型而来的澎湃新闻，其经验与做法对媒体加快深度融合发展有值得借鉴之处。

（一）

澎湃新闻是研究我国媒体融合发展过程中不容回避的对象。《中国报业》杂志推出的 2014 年度中国报业十件大事中，排名第五的是"上海报业集团推出三款新媒体产品"，这三款新媒体产品之一即是当年 7 月 22 日作为专注时政与思想的媒体平台澎湃新闻上线。文章评价，澎湃新闻自诞生以来，对互联网时政报道既有格局形成了强大冲击，表现出上海媒体少有的报道空间和观点取向，与民间舆论场形成了良好互动。[1]

有观点认为，上海报业集团的这三款新媒体产品上海观察[2]、澎湃新闻、界面新闻，从针对高端人群的收费产品到主攻时政的大众品牌，再到直接面对财经精英的商业新闻网站，基本上覆盖了绝大多数的受众。上海报业集团在推出这几款产品时做了细致的市场和受众细分，通过打组合拳的形式，将最广大的受众群体收入囊中，并且通过一些具有高话题性的选题策划，在受

---

[1]《2014 年中国报业十件大事》，《中国报业》2015 年第 1 期。

[2] 上海观察自 2016 年 3 月 1 日起更名为上观新闻。

众心中树立了不次于传统媒体的公信力。不得不承认，在这次挑战中，上海报业集团已经走在了前端。2014年起，继澎湃新闻客户端之后，国内主流大报纷纷开始推出新闻客户端产品。①

澎湃新闻实际上是从上海报业集团②旗下的《东方早报》整体转型而来的。2003年7月7日，综合财经类日报《东方早报》在江浙沪三地同步上市发行，发刊词是《触摸长三角蓬勃的心跳》。《东方早报》以"影响力至上"的办报理念，定位立足上海、辐射长三角、面向全国，目标读者是长江三角洲居民，以及关注上海，关注长三角，关注中国的人士，其主体是经济界人士和影响力、购买力正在上升的新一代市民。③

在澎湃新闻上线两年多后，《东方早报》在2016年12月31日刊发了《青出于蓝而胜于蓝》的"敬告读者"：《东方早报》从2017年1月1日起不再出版纸质版。这篇文章同时宣布：《东方早报》虽然休刊了，但其原有的新闻报道、舆论引导功能，将全部转移到澎湃新闻。对于澎湃新闻与《东方早报》之间的关系，文章写道：《东方早报》向澎湃新闻网彻底转型，水到渠成，势所必然。

澎湃新闻2014年7月22日上线，时任东方早报社长邱兵兼澎湃项目CEO所写的发刊词《我心澎湃如昨》在互联网上刷屏。邱兵写道："我们从理想主义来到了消费主义，来到了精致的利己主义，我们迎来了无数的主义，直到我们彻底没有了主意。暗夜里抬起头的时候，发现星空里写着，'你正位于混沌的互联网时代'。那个夏夜，回忆起来，纠缠着，像无数个世纪，而之后的24年，却短得像一个杂乱无章的夜晚。"

一位澎湃新闻的员工表示：自己在网上看到有人对澎湃新闻发刊词的评价，说是"像看了一本小说，可刚刚进入正题就结束了"。他觉得这种说法其

---

① 汪晓梅：《〈2014年中国报业十件大事〉再思考》，《新闻研究导刊》2016年第13期。

② 上海报业集团由解放日报报业集团和文汇新民联合报业集团整合重组，2013年10月28日正式成立。经上海市委、市政府研究决定，上海市委宣传部、市国资委2020年5月29日宣布，对上海报业集团、上海东方网股份有限公司实施联合重组。

③《综合财经类日报〈东方早报〉今日上市发行》，新浪传媒2003年7月7日。

实很有道理，就像澎湃新闻，发刊词代表我们宣告开始，正如故事里漫长的叙述一样，是一个由头；这个故事实际的内容还是在于我们所做的新闻。他同时表示：个人很喜欢这篇发刊词，因为它体现了澎湃团队的内在特点，还是想做带有理想主义的事情。当年有传媒类核心刊物刊文：不管怎么说，众声喧哗中"澎湃"真的澎湃了一次。澎湃过后，我们也该想想，"澎湃"为何而来将向何去。①

"澎湃新闻是传统媒体对接移动互联网的一次创新，进一步唤醒了传统媒体的危机意识，澎湃新闻能否成为标杆，都不能减少其对传统媒体的意义。"有学者剖析了澎湃新闻背后存在诸多隐忧：内容策略上，原创新闻策略的价值在降低，并不能成为澎湃新闻制胜的关键；盈利模式上，遵循流量商业化路线的澎湃新闻面临迅速扩大用户基数与活跃度的难题；关系经营上，澎湃新闻缺乏用户参与的动力机制，难以把初期人气转化为用户黏性；运作思维上，服务理念的缺失使澎湃新闻在实现传统媒体思维向新媒体思维转换上任重而道远。②

不过，与学者担忧不同，一位来自澎湃新闻的人士撰文认为：媒体的持续竞争优势来自三个方面，即媒体所处的产业环境、媒体所拥有或控制的战略资源和持续性创新。当媒体处于相对稳定的环境时，优越的产业环境和战略资源就可以创造持续竞争优势，这时候持续性创新就显得并不那么重要和突出；当媒体处于急剧变化的环境时，媒体只有立足于其战略资源进行持续创新，才能获得新的持续竞争优势。在移动互联时代，媒体的持续性创新能力成为其保持持续竞争优势的关键因素。澎湃新闻的实践正印证了这一结论。③

"随着数字技术和互联网的发展，传播格局、媒体生态、新闻教育等都受

---

① 周珊珊：《"澎湃"，为谁澎湃——对话"澎湃"新闻产品总监、新闻发言人孙翔》，《新闻与写作》2014 年第 8 期。

② 郑青华：《澎湃新闻，能否成为新闻客户端的标杆？——对澎湃新闻的几点思考》，《编辑之友》2015 年第 1 期。

③ 陈良飞：《持续竞争优势理论视角下的中国融媒创新——基于澎湃新闻八年的探索实践》，《全媒体探索》2022 年第 5 期。

到了巨大的冲击，这些冲击一度使得我们手足无措，因为我们所熟悉的、所认为再正常不过的很多东西都变了。"2020年11月，第八届范敬宜新闻教育奖颁发，澎湃新闻总编辑刘永钢与《传媒》杂志主编杨驰原获颁"新闻教育良友奖"。刘永钢发言时说："传播技术和格局的改变，看似冲击了传统媒体，但实际上却是放大了整个媒体行业；去中心化的内容生产和泛滥的信息资讯，看似消解了主流媒体，但实际上却更加需要专业价值和媒介素养的全面提升。"①

（二）

在第二十八届、第二十九届中国新闻奖评选中，澎湃新闻作品《长幅互动连环画｜天渠：遵义老村支书黄大发36年引水修渠记》（简称《天渠》）、《海拔四千米之上》分别获媒体融合类一等奖；在第三十届中国新闻奖评选中，澎湃新闻作品《马上评｜没有一条生命是为了牺牲而存在》获文字评论二等奖，《毒气，余生》获融合创新三等奖。这显示出了澎湃新闻在内容生产尤其是融合传播产品生产的专业能力。

——关于《天渠》主角黄大发。黄大发1935年11月生，1959年11月入党，贵州省遵义市播州区平正仡佬族乡原草王坝村党支部书记。自20世纪60年代起，在他的带领下，村民们攀岩走壁，用钢钎撬、用铁锤砸，但由于技术落后，耗时10多年引水工程也没修成。黄大发不肯服输。1989年，年过半百的他到附近水利站，一边帮工一边学习，只有小学文化的他硬是掌握了许多水利知识。1992年春，黄大发带领200多名村民奔赴工地，引水工程再次动工。1995年，一条总长9400米的水渠绕三重大山、过三道绝壁、穿三道悬崖全线贯通，草王坝彻底告别了"滴水贵如油"的历史，草王坝也由此改名为团结村。黄大发先后荣获全国劳动模范、时代楷模、全国道德模范、七一勋章等多项荣誉称号。②

---

① 《第八届范敬宜新闻教育良友奖获奖者代表、澎湃新闻总编辑刘永钢在第八届范敬宜新闻教育奖颁奖仪式上的发言》，出自清新传媒网站。
② 《"七一勋章"获得者："当代愚公"黄大发》，《求是》2022年第5期。

——《天渠》传播产品的制作。澎湃新闻 17 页的"天渠"传播产品刊发于 2017 年 4 月 23 日，还原了黄大发从 20 多岁的毛头小伙到 60 岁的花甲老人，青春耗尽，"拿命去换"终于带领村民修通了万米水渠脱贫致富的故事。这条水渠使曾经缺水干旱的贫困村面貌一新。《天渠》以水为主线，用下拉式长幅连环画、渐进式动画、360 度全景照片、图集、音频、视频、交互式体验等多种表现形式，全景展现了黄大发带领老一代修渠脱贫、带动新一代致富的故事。结语引用黄大发的话，"沟没有修好，不好说自己是共产党人，只有埋头苦干，把家乡建设好我才放心"，向读者展现了一名共产党人把"人民对美好生活的向往"作为自己的奋斗目标的坚定承诺。[①]

——《天渠》产品的参与人员。《天渠》斩获中国新闻奖一等奖后，第二年，澎湃新闻作品《海拔四千米之上》再次获评中国新闻奖媒体融合一等奖时，澎湃新闻旗下的一个微信公众号推文中写道："沉甸甸的奖杯，是各部门通力合作的硕果，是记者们的脚力、眼力、脑力、笔力的展现。"全媒体时代的新闻生产是一种"大生产"，这在《天渠》传播产品上有鲜明体现。《天渠》参评中国新闻奖时填报的主创人员共 8 人，涉及数据新闻部、创意视觉部、原创视频部、交互体验部、视频机动部等多个部门。出动这么多人，澎湃新闻不只生产了一个 H5，而是一个系列，具体而言有开机屏海报、H5 产品、8000 字特稿、全景视频等。

伴随融合新闻的发展，技术与报道结合成为普遍趋势，技术在新闻报道中的作用愈加突出，给受众带来全新体验。[②] 拥有一支融媒体团队是澎湃新闻众多爆款产品的基石。澎湃新闻视觉中心培养了一批具有制作能力的专业人员，包括前端工程师、UI 设计师、动画设计师、漫画师、平画设计师、3D 设计师等，奠定了扎实的技术基础。除此之外，每个新闻中心都配有专职视频小组，同时要求采编人员学习掌握全媒体技能。对澎湃新闻而言，融媒体团队不是一个中心、一个部门，而是整个澎湃团队。澎湃新闻几乎 90%

---

① 《第 28 届中国新闻奖揭晓，澎湃互动连环画〈天渠〉获一等奖》，澎湃新闻 2018 年 11 月 2 日。
② 马莉：《澎湃新闻内容生产及运营模式分析》，《新媒体研究》2020 年第 16 期。

的融媒体产品都是由多个新闻中心通过分工协作的方式完成的。因此，每一个互联网爆款新闻产品的推出，都离不开幕后的团队协作，《天渠》也是如此。①《天渠》主创之一李媛，从初中开始接受正规美术教育，具有扎实的美术专业功底，她把美术专业技能应用到新闻可视化中，取得了成功。如果没有美术人才的加盟，不借助艺术的力量，新闻可视化其实是很难实施的。②

——《天渠》产品的设计细节。"这个奖拿得很意外，在一个没有神经紧张、没有匆忙、没有熬夜的状态下，一周时间交了货，再加上天时地利人和，运气就这么来了。"代表团队领奖的数据新闻部李媛从九个方面总结回顾了《天渠》H5 制作流程。一是开会讨论制作方向，确定前方沟通的文字记者与拍摄人员；二是确立 H5 创意设计与画面风格；三是与文字编辑沟通，整理记者文字稿件，根据大纲信息，完成 H5 分页文字脚本；四是图像素材整理，综合所有人物肖像照片总结人物身形与面部特征，创作青年的黄大发、看字典的黄大发、寒冬探访的黄大发以及感动落泪的黄大发人物形象；五是与 H5 制作人员沟通，确定可以实现；六是正式绘画，与编程同时进行；七是 360 度全景与视频、音频的插入；八是完成之后送审并修改；九是发布。③这个流程很细，涉及的人员很多，可以看出澎湃新闻在产品设计上的一些特点。

李媛谈到在设计制作 H5 的过程中有三点考虑。一是 H5 适合手机传播，但是在设计上如何体现出这个故事的特点和思想内涵？最终选择了设计成竖向滑动的观看方式，以故事的核心"渠水"为主线，给读者一种如"水"一般自上而下流淌式的阅读体验。二是除了文字、图片和视频以外，选用什么样的话语方式来作为故事主要载体？最终选择以交互式插画的方式贯穿始终，一方面弥补现实影像资料不足的缺陷，另一方面是为了让读者能更轻松更直观地了解黄大发的故事，以一种更平易近人的手段去传播到达受众，激发他们的阅读兴趣。三是如何确定 H5 页面数量和每个部分、每一页的故事

---

① 刘永钢、夏正玉、姜丽钧：《严肃新闻领域互联网爆款的黄金法则》，《新闻战线》2018 年第 9 期。
② 刘冰：《时政新闻的可视化叙事：途径、网络因素及融合探索》，《现代传播（中国传媒大学学报）》2021 年第 8 期。
③《中国新闻一等奖〈天渠〉是怎么诞生的？》，冬枣树 DZT 微信公众号 2018 年 11 月 15 日。

细节？根据前方记者的采访素材和以往报道，并征求了对黄大发比较熟悉的采访对象的意见，最终将 H5 划分为 7 个主题章节的故事来讲述，每个章节约 2 页。《天渠》能获奖，归功于熟练紧密的团队协作里应外合的操作模式。^①这些都是值得学习的。

（三）

典型人物报道是党媒开展主旋律报道的重要手段。如何用产品的形式创新讲好典型人物的故事，澎湃新闻《天渠》的主创人员从四个方面进行了总结。一是融媒时代，创新典型人物报道理念的必要性；二是团队项目制，大型主题报道的跨部门联动需求；三是沉浸式传播，策划设计创新的三点核心诉求——水流式的阅读快感、运动式的交互体验、递进式的叙事策略；四是"全觉传收"，多种形式组合的传播。^②

——**人物典型性**。典型人物报道的初衷和目的是传递社会主流价值、彰显当下时代主题。因此，典型人物报道不能只停留在表层的人物事迹和形象描绘上，要深挖其背后蕴藏的社会意义，把典型人物的发展脉络放在时代发展潮流的坐标中，将典型人物的行为和事迹嵌入与社会的互动中去。"当代愚公"黄大发一辈子修一条渠的典型报道，当时正处于脱贫攻坚战的关键时期，黄大发作为扶贫干部的倾力奉献和实干苦干精神，正契合了脱贫攻坚的时代主题，是时代精神的鲜活写照。^③

过去传统媒体时代所强调的故事性、思想性、趣味性、接近性等，这些特性在移动互联时代仍然是定义优质内容的标准。澎湃新闻的《天渠》系列报道，体现了黄大发作为一个村支书、一名共产党员的信念，报道笔触流畅，细节真实震撼，形式创新丰富，故事性、思想性、艺术性兼具，感人至深，

---

① 李媛：《如何以 H5 形式报道典型人物——澎湃〈长幅互动连环画｜天渠：遵义老村支书黄大发 36 年引水修渠记〉策划笔记》，《传媒评论》2018 年第 12 期。

② 黄杨、李媛：《典型人物报道的融媒体探索——以澎湃新闻"天渠"报道为例》，《青年记者》2018 年第 34 期。

③ 麦尚文、李慧敏：《重塑"典范"：典型人物报道的转型与创新》，《新闻战线》2021 年第 6 期。

为典型人物报道树立了新的标杆。①

也有观点认为，融合新闻除了传统的新闻价值标准如真实性、时效性、接近性、重要性之外，更讲究现场感与历史感、知识性与工具性、逻辑性与参与性。获奖产品《天渠》在历史追溯中，突出了村支书带领村民修建"天渠"的价值。②

——形式创新性。典型人物报道是一种富有中国特色的新闻人物报道。在融媒体环境下，典型人物报道也要顺势而为，创新方式方法，充分利用融媒体，让体验式采访获取的丰富内容得以创意表达。澎湃新闻获奖的《天渠》产品是将典型人物报道和融媒体技术完美融合的代表作品。整个 H5 可观可感，让读者浸入式阅读，亲身感受黄大发修渠的感人故事，从而使典型人物的形象更加立体，也将采访成果最大化地运用和呈现。③

融媒体新闻报道的最大优势，是它涵盖了所有媒体的报道形式，呈现方式丰富多彩。④ 黄大发的故事是一个充满了正能量的故事，但也很容易陷入正面报道的窠臼，导致报道俗套、老旧。采用 H5 的方式将故事呈现出来，取得了很好的传播效果。⑤ 要讲什么故事，突出什么观点，这是新闻报道者取舍素材、确定表现手法之前必须思考的问题，也是新闻创作的最终目标。以终为始，新闻才可以实现形式与内容的有效统一，避免大量技术呈现而信息传递不足的失误。获奖产品《天渠》成功实现了新技术新形式服务于新闻的表达创新，成功发挥 H5 界面丰富的优势，突出表现了天渠修筑过程中的矛盾与冲突，将这一充满人文情怀的故事传递给读者。⑥

新媒体界面将图形、图像、文字、声音、动画等多媒体形态汇入设计，形成多感官的综合体验。在很多成功的作品中，新媒体界面都不仅仅用视觉元素

---

① 李嵘：《融媒时代如何强化互联网思维创新传播》，《青年记者》2018 年第 27 期。

② 杜付贵：《融合新闻的价值追求与制作要求》，《新媒体研究》2019 年第 1 期。

③ 刘朝霞、崔磊磊：《体验式采访的现实意义与创新之路》，《中国报业》2020 年第 4 期。

④ 田晓凤、张伟、雷跃捷：《中国新闻奖首设的"媒体融合奖项"获奖作品评析》，《中国记者》2018 年第 11 期。

⑤ 董卿：《融媒时代纸媒记者转型两大关键点》，《青年记者》2019 年第 26 期。

⑥ 沈爱国、杨凌伟、曹文轩：《媒体融合类作品的创优路径探新——第 28 届中国新闻奖融媒类获奖作品点评》，《传媒评论》2018 年第 12 期。

来表达编排思想，声音也发挥了重要作用。获奖产品《天渠》，把多媒体元素与视觉传达互相衬托，配乐与互动长图浑然一体，在长图翻卷的故事讲述中，点击页面中的小喇叭，用方言唱的山歌响起，受众被带入连环画展示的故事里。①

在获奖产品《天渠》等一系列产生广泛影响力的融合新闻产品中，"一镜到底"不仅铺设了一种新颖的叙事结构，同时也成为多媒体元素的"整合方式"。融合新闻传播的主要界面是以手机为代表的竖屏终端。因此，探讨融合新闻的"一镜到底"叙事结构，首先需要立足于"一镜到底"得以存在并发生作用的"游戏规则"——"竖屏"叙事。所谓"一镜到底"，主要指通过对叙事时空的设计与调度，在一个镜头空间内模拟、缝合或呈现完整的叙事脉络。当前，作为形态创新的重要产品，"一镜到底"成为融合新闻形态创新的重要叙事理念，广泛出现在短视频、H5 等融合新闻形态的叙事体系中。②

——提供沉浸式体验。 H5 技术作为"HTML"的第 5 个版本是一种高级的网页制作技术。H5 等媒介技术的出现，使媒介生态环境随之改变，呈现出内容多元化、传播沉浸化的特点。但"沉浸式"传播体验还必须拥有一个好的内核，换句话说，一个好的新闻作品除了能带动受众之外，更要能够打动受众。《天渠》产品之所以能打动人心，除了其精美的页面制作，还有其中最深处的东西——老书记黄大发带领村民修水渠中所体现出的"愚公移山"的共产党人精神。概言之，H5 技术作为一个硬件技术，它能做到帮你怎么讲一个故事，而故事的内容才是一个好故事的核心！ H5 的新闻作品有很多，但《天渠》获得了中国新闻奖一等奖，足以说明情感传播对 H5 作品是至关重要的。③

《天渠》开头部分向下滑动会触发河流的动势效果，并搭配河流喷涌的音效，这一设计类似于交响乐的序曲，开门见山点明主题，并让受众借此代入情绪，走入作品的叙事时空中。《天渠》作品中点击热键会触发人声或音响，人声主要分为歌谣和独白，音响主要为服务于场景描述的音效，其中插入画

---

① 王佳航、赵一迈：《从版面语言到界面语言：新媒体视觉传达的规则继承与创新》，《青年记者》2021 年第 13 期。

② 刘涛、刘倩欣：《"一镜到底"：融合新闻的叙事结构创新》，《新闻与写作》2020 年第 2 期。

③ 崔浩月：《论 H5 新闻作品〈天渠〉的"沉浸式传播"》，《今传媒》2020 年第 7 期。

面中的音频与场景匹配的音效进一步充实了内容。虽然无法还原真实场景的震撼感，但作品通过交互设计，在受众点击画面中嵌入音频按钮时，能触发相应动效并听见逼真的音效。比如在表现山洪、炸药等元素时，受众可以通过点击按键，在看到巨石滚落的同时听到与之匹配的音响。声画结合让受众的视听体验更加完整，也让作品内容的表达更加生动。声音和音效为作品造出"大片感"，通过"声临其境"让受众"身临其境"。①

在进行先进典型报道时，越来越多的媒体通过营造沉浸感创新报道，带给受众更加震撼的体验。澎湃新闻的《天渠》H5 产品全方位、立体式地还原先进典型事迹，让受众"身临其境"体会到先进典型克服困境、服务群众的精神品质。同时，交互式体验让受众以跟随者、参与者的方式重走典型人物的人生历程，加深了对典型的人生选择和精神内涵的理解。②

（四）

媒体对黄大发的宣传报道众多，澎湃新闻能把一次指令式的集体采访做成爆款并斩获中国新闻奖一等奖，背后可圈可点之处颇多。作为中国新闻奖一等奖作品，《天渠》亮点很多，从赏析的角度而言，也有一些值得探讨之处。

一是标题偏长。前缀"长幅互动连环画"相当于产品形式；"天渠"是提炼的一个关键词，有难以完成之意，也是报道的主题词；"遵义老村支书黄大发 36 年引水修渠"是内容的硬核事实；"记"是一种宣传报道文体的常见方式。拆开看，每个部分都有独特性，但在一起就显得有些偏长。突出"长幅"，但这是不是受众关心的呢？"连环画"是特色，前面加"互动"有一定时代性，但这件作品最显著的形式是 H5，却没在标题上呈现。

二是以黑白色调为主显得压抑。虽然整个 H5 页面有金色点缀，但以黑白色调为主的设计显得有些沉闷压抑，毕竟这是还在世的重大先进典型。

三是字体、字号不统一。不同页面上的字体、字号不统一，显得有点乱。

---

① 郑志亮、杨雨千：《融媒体视听表达的重塑再造与传播效果优化——基于微动效与多维感官立体化设计的思考》，《新闻与写作》2021 年第 3 期。

② 陈伟军、尹菊：《全媒体时代典型报道的创新路径》，《新闻战线》2020 年第 15 期。

另外，有些涉及数字时的表述格式不统一，有些表述用了标点有些又不用标点，显得随意。

四是缺黄大发的声音。整个产品植入了多种声音，包括村民的声音，但缺乏主角黄大发的声音。产品结尾处用文图的形式呈现了黄大发的一句话："为了水，我愿意拿命来换。沟没有修好，不好说自己是共产党人，只有埋头苦干，把家乡建设好我才放心。"这句话如果用视频或语音的方式呈现，感染力则会更强。

五是个别语句有错别字。如一位村民的语音配文"不管修马路啊，不管做什么这些都是，确实整的好"，此处"的"应为"得"。

可别小看了"的、地、得"，正因为"的、地、得"用得广泛，所以用得对、用得准，也是对新闻采编工作的基本要求。连续多年担任中国新闻奖审核委员会主任的唐绪军，在第三十二届中国新闻奖审核报告中谈及"的、地、得"的误用时表示：审核委员经过讨论一致认为，在国家有关部门没有明确取消前，新闻媒体和新闻工作者应当遵守国家语言文字使用规则。①

六是新闻要素缺失。这是融合类传播产品存在的共性问题之一。如果把传播作品看作是一件新闻作品，新闻要素是否齐全就不是一个小问题了。

阅读+

（《长幅互动连环画 | 天渠：遵义老村支书黄大发 36 年引水修渠记》主创：黄杨、王辰、李媛、官雪晖、姜昊琨、季国亮、蔺涛、顾一帆；上海报业集团澎湃新闻 2017 年 4 月 23 日；获第二十八届中国新闻奖报道界面一等奖）

---

① 唐绪军：《迎接新挑战当好把关人——第三十二届中国新闻奖审核委员会工作报告》，新闻战线微信公众号 2022 年 11 月 16 日。

第五辑
直播突出新闻

全媒体时代，直播带来的改变是前所未有的。有观点认为，直播作为媒介融合的表现形式之一，不仅引起媒介生产方式的革命，也是推动"媒介化社会"形成的核心动力。从近年来"直播+"的表现看，直播已经成为媒体推进深度融合的必选动作。从曾经的电视直播、广播直播、移动直播，到新闻直播成为中国新闻奖奖项，直播突出新闻，这是一种共识，也是一种导向。

主播忍不住哽咽了

在第三十二届中国新闻奖评选中，江西广播电视台都市频道作品《突发！两岁女孩碎玻璃入眼　交警媒体紧急护送》获新闻直播（电视）一等奖。这是近年来中国新闻奖作品中为数不多的电视突发事件直播类一等奖，整场直播内容揪心，主播甚至都忍不住哽咽了。

（一）

第二十八届中国新闻奖首次设立媒体融合奖项，移动直播是媒体融合奖项之一。根据当年评选办法，移动直播是指"与新闻性事件的发生和发展同步采集现场信号并发布，集现场报道、背景介绍与事态分析等于一体的新闻作品"。评选办法还明确，"对同一新闻事件进行的间断性直播选取其中1个完整直播段参评。跨年直播的作品，首次播出时间在上一年度，作品主体部分在上一年度完成的，计入上一年度"[①]。

第二十八届中国新闻奖评出移动直播类获奖作品4件，其中一等奖1件、二等奖1件、三等奖2件。具体情况为：CCTV-1《中国相册》栏目联手央视网发起的《"天舟一号"发射任务VR全景直播》获一等奖；浙江新闻客户端发起的《浙江一小时·急救|记者跟拍直升机到山区接病人》获二等奖；封面新闻客户端发起的《超燃！俯瞰超级工程"川藏第一桥"159米隧道锚世界第一》、新华社客户端发起的《红色追寻·足迹——上海：国之重器大揭秘》同时获三等奖。

---

① 《中国新闻奖首设媒体融合奖项评选工作即日启动》，中国记协网2018年5月9日。

第二十九届中国新闻奖移动直播奖项的评选标准与第二十八届一致，获奖作品数量、等级也与第二十八届相同。具体情况为：浙江新闻客户端发起的《直击7·5泰国普吉游船倾覆事故现场 救援仍在进行》获一等奖；新湖南客户端发起的《益阳南洞庭下塞湖拆围收官战》获二等奖；青海广播电视台三江源客户端发起的《通天河畔 千年古村落的另类狂欢》、陕西广播电视台通过央视新闻+发起的《受暴雨影响陕西汉中略阳五龙洞成孤岛 直升机急运物资》同时获三等奖。

第三十届中国新闻奖移动直播奖项的评选标准仍与此前一致，与往年相比评出的二等奖多了1件。具体情况为：广西日报广西云客户端发起的《直播丨百色大暴雨引发山洪，公路塌方车辆被冲走！通讯员黄文秀发回现场视频后却不幸遇难……》获一等奖；浙江新闻客户端发起的《超强台风"利奇马"登陆浙江温岭 浙视频记者夜闯台风眼》、新华社客户端发起的《江苏盐城一化工园区内发生爆炸 救援已展开》同时获二等奖；江苏新闻微信公众号发起的《严查"百吨王"》、中国新闻网发起的《中新网独家直播香港警队代表团登长城做好汉》同时获三等奖。

第三十一届中国新闻奖移动直播奖项的评选标准和要求与往年相比有了一些变化，明确移动直播是指"移动端首发对重大新闻事件或突发事件的新闻直播"。评选要求更加细致具体："要求与新闻性事件的发生和发展同步采集现场信息并发布，集现场报道、背景介绍与事态分析于一体。策划周密，信息全面准确；音质画面清晰，报道重大突发事件可适当放宽；体现用户的参与性、同场感；充分体现移动端直播特征。时长不超过180分钟。""不包括纪念会、报告会、文艺演出、工程庆典、剪彩仪式、活动开幕式和以演播室直播谈话等为主体的作品。"[①]

对比可以发现，这届评选规则不仅明确了移动直播须为"移动端首发"，同时还限制了时长，要能体现移动端直播特征。这届评选情况不如往年，移动直播获奖作品仅2件，一等奖、三等奖各1件。具体情况为：新华社客户

---

① 《第三十一届中国新闻奖评选办法》，中国记协网2021年4月2日。

端发起的《巅峰见证——2020 珠峰高程登顶测量》获一等奖，中央广播电视总台通过中国之声新浪微博账号发起的《共同战"疫"》获三等奖。

第三十二届中国新闻奖在奖项设置上有较大变化，把广播新闻现场直播、电视新闻现场直播、移动直播三种基于不同传播平台的直播，统一为新闻直播，作为 16 个基础类奖项之一。评选办法和规则上明确新闻直播是"同步报道新闻事件的音视频新闻作品。应主题鲜明，信息丰富，现场感强。对同一新闻事件的间断性直播，可选取一个完整直播段参评。跨年度直播作品，首播时间和作品主体部分应在上一年度完成。一般性会议、演出、庆典、商务活动等的直播作品不参评"[①]。

不再区分媒体属性的新闻直播，这届评出获奖作品 9 件[②]，其中特别奖 1 件、一等奖 2 件、二等奖 4 件、三等奖 2 件。具体情况为：获特别奖的为中央广播电视总台的《庆祝中国共产党成立 100 周年大会特别报道》；获一等奖的为江西广播电视台的《突发！两岁女孩碎玻璃入眼　交警媒体紧急护送》（电视）、北京广播电视台的《一路奔冬奥　一起向未来——北京冬奥会开幕倒计时 100 天现场直播》（广播）；获二等奖的为四川广播电视台的《青山妩媚·万物生长——〈生物多样性公约〉第十五次缔约方大会特别直播》（广播）、中国军视网的《〈寻访英雄〉之〈寻找战友〉特别直播活动——一场跨越 70 年的重逢》（新媒体）、西藏广播电视台的《庆祝西藏和平解放 70 周年大会直播特别报道》（新媒体）、江苏省广播电视总台和北京广播电视台联合推出的《听，大运河的声音》（广播）；获三等奖的为重庆之声、湖北之声、江苏新闻广播、上海人民广播电台联合推出的《话长江　看见中国》（广播），广西广播电视台的《稻花香里话小康》（广播）。

有专家直言，移动视频直播发端于网络直播，但尚未建立起一套既符合新闻生产又符合互联网传播规律的标准和流程，加上直播主体的多元化，目前的主流媒体新闻移动视频直播依然存在诸多问题。具体而言有三点：一是

① 《中国新闻奖评选办法》，中国记协网 2022 年 6 月 13 日。
② 公示时为 10 件，公示后撤销了 1 件三等奖。

直播题材覆盖广度不足；二是尚未建立规范化的作业指导和质量把控体系；三是缺乏科学有效的考核评价体系。新闻移动视频直播的创优路径：一是新闻移动视频直播应立足"新闻性"，题材需具备重要性、独家、原创、突发性、社会关注度高等特点；二是新闻移动直播需强调"即时性"，必须与时间赛跑，同步事件进展状况；三是新闻移动视频直播要营造"在场感"，用户可以向主播、嘉宾或者记者提问，参与到直播的进程和内容创作中；四是移动视频直播要注重"共情感"，应尽量避免暴力血腥的画面，不过度渲染悲情。[①]

全媒体时代，为什么此前电视的移动直播反而不如一些传统媒体客户端的直播呢？这是一个耐人寻味和思考的问题。电视直播，题材重大，专业度高，是需要团队整体作战的大型直播，演播室越来越精致、虚拟特效越来越炫目，机位设置越来越丰富，节目流程以及主持人和出镜记者的配合更是反复推演，以求万无一失。如此打造的"视觉盛宴"非常能够体现电视的魅力，但其庞大的规模背后，需要大量人财物的支撑，更需要长时间的准备，自然不适用于突发事件。基于互联网的"轻直播"追求快速灵活，对设备的要求是轻量化、操作简便，对主持人和记者的要求是随机应变水平高和单兵作战能力强。随着网速提升和流量资费下降，以及轻量化直播技术的突破和互联网平台的兴起，技术与平台的两道门槛迅速被踏平，直播突然从专业机构的"高端手艺"，变成人人皆可上手的"傻瓜技能"。[②]不过，往年颇领风骚的基于移动端的新闻直播，在第三十二届中国新闻奖评选中似乎遭遇"滑铁卢"，从评选结果看，传统的广播、电视推出的直播在这届评选中更占有优势了。

（二）

在第三十二届中国新闻奖评选中，江西广播电视台共有5件作品获奖，其中一等奖2件、二等奖2件、三等奖1件。具体情况为：《老表们的新生活——鸟哥"打"鸟》获新闻专题一等奖，《突发！两岁女孩碎玻璃入眼　交

---

① 吴梅君：《新闻移动视频直播创优路径探析》，《新闻与写作》2019年第9期。
② 曹旭：《"直播"向左　电视向右？——全民直播狂欢中的电视抉择》，《上海广播电视研究》2020年第4期。

警媒体紧急护送》获新闻直播一等奖；《开往春天的高铁》获新闻纪录片二等奖，《找到家乡第一个党支部》获重大主题报道二等奖；《零的突破！中国双季早粳稻在江西诞生》获消息三等奖。另外，江西广播电视台都市频道总监金石明获第十七届长江韬奋奖（长江系列）。

在这届"两奖"评选中，江西创造了好成绩、实现了大突破，11件新闻作品获奖，其中一等奖3件。

江西广播电视台由江西人民广播电台和江西电视台合并组建，2012年6月7日正式挂牌成立，是江西省委、省政府直属正厅级事业单位。2018年2月12日，江西广电传媒集团有限责任公司揭牌成立。江西广播电视台（集团）举全台之力，打造自主可控的移动传播新平台今视频客户端，2021年12月21日正式上线，以"江西人的数字家园"为使命愿景，突出"新闻＋政务＋服务＋商务"平台级定位，改变传统广播电视单一单向的业务形态，让传统媒体重新融进烟火生活。

今视频客户端上线近一年，下载用户数达到1360万，媒体矩阵粉丝数超5000万，全网用户总数突破6000万。[①]2022年11月，国家广播电视总局办公厅公布"新时代·新品牌·新影响"广电媒体融合新品牌征集推选活动结果，江西广播电视台今视频客户端入选全国"广电媒体融合新品牌——平台品牌"。今视频已成为江西全省下载量第一、用户活跃数第一的媒体客户端。[②]

《突发！两岁女孩碎玻璃入眼　交警媒体紧急护送》具体是怎么一回事呢？根据江西广播电视台参评中国新闻奖时填报的材料可知：2021年10月28日中午，江西省吉安市一个女孩因为摔跤被碎玻璃扎进眼球，情况十分危急，当地医生建议以最快的时间转到南昌大学第一附属医院紧急手术，否则眼球不保。由于预计到达时间将是南昌晚高峰，家属担心路上堵车、入院手续烦琐导致女孩失明，孩子爷爷向江西广播电视台都市频道打来紧急求助电话。获悉这一线索后，"都市2直播"一边派出直播团队，一边联系了高速交

---

①《「案例」江西台今视频客户端：以融合创新激活流量　打造数字家园》，国家广电智库微信公众号2022年11月9日。

②《"今视频"上榜！国家广电总局媒体融合新品牌发布》，江西广播电视台2022年11月24日。

警、南昌县交警和南昌大学第一附属医院，为女孩的手术争取到了极其宝贵的时间，最终保住了孩子的眼球。[①]

看了上面的介绍，有一个疑惑，为何女孩的爷爷会拨打电话向江西广播电视台都市频道求助？他当时是不是只向江西广播电视台都市频道求助了呢？很多时候，新闻的竞争是从新闻线索开始的。老百姓遇到急难愁盼的事，向哪家媒体求助，本身就是媒体传播力、公信力的体现。是不是主流媒体、影响力有多大，受众本身的评价认可十分重要。

《突发！两岁女孩碎玻璃入眼　交警媒体紧急护送》的直播是通过江西广播电视台都市频道进行的。而 2002 年开播的《都市现场》是都市频道王牌新闻栏目。节目致力于追求"绝对快捷的第一时间、绝对生动的第一现场、绝对贴近百姓的新闻视角"，以直播连线、新闻评论、深度报道、话题互动等多节目样式，构造着江西媒体界民生新闻的风云景象。栏目多次获"全国广播电视民生影响力电视十强栏目""全国十大品牌民生新闻栏目"等荣誉。[②]

粉丝超百万的"都市现场微信公众号"是江西唯一进入全国百强公众号的新媒体号，在江西媒体机构中排名第一；2018 年开始打造的《都市现场》抖音号粉丝超 600 万，稳居江西媒体机构排名第一。《都市现场》开播 20 多年来，以人民为中心，守正尽责，履行使命，紧扣"民生新闻报道"的角色和定位，履行"探真相，知冷暖，解民忧"的职责和使命。[③]《都市现场》在江西影响有多大？它成为江西百姓每晚准时必看的新闻专栏，鲜明的新闻风格在江西观众中有着广泛和深远的影响。了解了这些，也就不难理解女孩的爷爷为何会拨打电话向江西广播电视台都市频道求助了。

根据江西广播电视台都市频道总监金石明参评长江韬奋奖的材料可知：2019 年创办的融媒体直播品牌"都市 2 直播"，联动央媒主要媒体，在全省

---

① 《〈突发！两岁女孩碎玻璃入眼　交警媒体紧急护送〉中国新闻奖参评作品推荐表》，中国记协网 2022 年 11 月 1 日。

② 出自江西广播电视台网站。

③ 胡昱：《民生新闻栏目的媒体融合发展——以江西电视台〈都市现场〉为例》，《宜春学院学报》 2022 年第 10 期。

乃至全国都产生了较大影响，成就全网造势的新媒体传播格局。2021 年，都市频道移动直播全年共直播 1500 场，在全国媒体移动直播报道中遥遥领先。^①此次获奖作品就是通过"都市 2 直播"进行的。

（三）

根据中国记协网上公布的获奖作品《突发！两岁女孩碎玻璃入眼　交警媒体紧急护送》的视频，这场直播时长 1 小时 14 分 52 秒。揪心内容，扣人心弦。直播过程中，主播面对女孩的伤情忍不住哽咽了。

直播的同时，江西广播电视台都市现场新媒体账号还在当天推出了《揪心！吉安 2 岁女童被碎玻璃扎伤右眼》的图文报道，文章最后称"对于后续的治疗，我们《都市现场》会持续关注"。经过南昌大学第一附属医院的精心救治，小女孩 2021 年 11 月 2 日康复出院时，江西广播电视台又进行了跟进报道。

这件作品据称因选题新颖，得到了评委们的充分肯定。第三十二届中国新闻奖评委、黑龙江广播电视台副台长关中评价："这次救助直播的特点在于，电视媒体主导，加入融媒互动，体现出多兵种协同配合，彰显了媒体从业者的责任心和调动社会力量的能力。"关中多次获中国新闻奖，是第十三届长江韬奋奖（韬奋系列）获得者。他认为，新闻界同行要有使命感，不仅仅满足于完成任务，而是让每一次报道的策划实施都作为实现新闻理想的机会。为后人，更为自己的职业生涯，留下值得纪念的一页。^②

（四）

从赏析的角度看，这件一等奖作品有值得商榷之处。

一是标题。中国记协公布的获奖作品标题为《突发！两岁女孩碎玻璃入

---

①《金石明同志事迹材料——一个始终怀着"新闻理想"的新闻人》，中国记协网 2022 年 11 月 1 日。

② 郝天韵：《"中国新闻奖作品扫描"系列报道之七 | 获奖新闻直播：记录时代，也被时代记录》，中国新闻出版广电报微信公众号 2022 年 12 月 20 日。

眼　交警媒体紧急护送》，而打开获奖视频画面上的标题为《突发：2岁女孩碎玻璃入眼　交警媒体紧急护送》[①]。对比可以发现两个标题有两处明显区别，"突发："变成了"突发！"，"2岁"变成了"两岁"。江西广播电视台网站上发布的获奖喜报中的作品标题是《突发！2岁女孩碎玻璃入眼　交警媒体紧急护送》。

《出版物上数字用法》明确：如果表达计量或编号所需要用到的数字个数不多，选择汉字数字还是阿拉伯数字，在书写的简洁性和辨识的清晰性两方面没有明显差异时，两种形式均可使用；如果要突出简洁醒目的表达效果，应使用阿拉伯数字；如果要突出庄重典雅的表达效果，应使用汉字数字。《出版物上数字用法》还明确：在同一场合出现的数字，应遵循"同类别同形式"原则来选择数字的书写形式。如果两个数字的表达功能类别相同（比如都是表达年月日时间的数字），或者两个数字在上下文中所处的层级相同（比如文章目录中同级标题的编号），应选用相同的形式。反之，如果两个数字的表达功能不同，或所处层级不同，可以选用不同的形式。

二是表述。2021年10月28日当天，《都市现场》其他新媒体账号上推送的标题是《揪心！吉安2岁女童被碎玻璃扎伤右眼》，11月2日追踪报道时的标题是《被玻璃扎伤眼睛的2岁女孩，今天出院！》，这两个标题与获奖作品标题和当天直播标题相比，最大的区别就在于"被"字的使用。无独有偶，江西广播电视台都市频道推送的2022年新年献词中的表述用的是"两岁女童眼睛被玻璃扎进眼球"。从严谨的角度而言，是否应该使用"被"？

三是细节。直播视频48分13秒时，把小女孩病床上方登记卡的信息，用特写的形式呈现了出来，是不是有必要？后期追踪时的视频画面与直播时相比，涉及小女孩面部时采取了模糊处理，这也算是改进吧。

涉及未成年人的报道，媒体应该注意什么？2020年10月17日，我国《未成年人保护法》完成了自1991年制定以来的第三次修订，此次修订后的《未

---

① 标题后面改为了《突发！2岁女孩碎玻璃入眼　交警媒体紧急护送》《突发！2岁女孩碎玻璃入眼　医院紧急救治》。

成年人保护法》于 2021 年 6 月 1 日施行。修订后的《未成年人保护法》第 49 条首次对新闻媒体报道涉及未成年人事件的原则作出规定：新闻媒体应当加强未成年人保护方面的宣传，对侵犯未成年人合法权益的行为进行舆论监督。新闻媒体采访报道涉及未成年人事件应当客观、审慎和适度，不得侵犯未成年人的名誉、隐私和其他合法权益。

依据全国人大常委会法工委社会法室的解释，第 49 条中的"客观"，是指报道涉及未成年人的事件时，应当充分调查了解，确保所报道事件的真实性、客观性，避免在报道中增加主观推断的内容。所谓"审慎"，是指新闻选题、构思、刊载或者推送时应当进行周密而慎重的论证，分析该报道可能引起的社会关注及其对涉及的未成年人的影响。所谓"适度"，是指媒体报道涉及未成年人事件时不宜过分追求全面真实，而是应当有一定的尺度和界限，防止因新闻媒体对事件信息的过度挖掘而造成未成年人名誉、隐私和其他合法权益被侵犯。[①]

阅 读 +

（《突发！两岁女孩碎玻璃入眼　交警媒体紧急护送》主创：郑祎、熊芳荣、李雪锋、谢莉芳、陶国平、秦志成、翁文荣、黄恬恬；编辑：熊亚芝、金石明、李彬；江西广播电视台都市频道 2021 年 10 月 28 日；获第三十二届中国新闻奖新闻直播一等奖）

[①] 徐财启：《新媒体时代涉案未成年人的隐私保护》，《法治参考》2021 年 3 月 10 日。

冒险靠近爆炸现场

在第三十届中国新闻奖评选中，新华社客户端作品《江苏盐城一化工园区内发生爆炸　救援已展开》获移动直播二等奖。这是一次对爆炸事故的现场直播，虽然不完美，但记者第一时间冒险靠近爆炸现场的职业精神令人敬佩。

（一）

新华通讯社简称新华社，是中国国家通讯社和世界性通讯社。新华社的前身是 1931 年 11 月 7 日在江西瑞金成立的红色中华通讯社（简称红中社），1937 年 1 月在陕西延安改为现名。新华社在全国除台湾省以外的各省区市均设有分社，建立了覆盖全球的新闻信息采集网络，每天 24 小时不间断用 8 种文字向世界各类用户提供文字、图片、图表、音频、视频等各种新闻和信息产品。新华社加快推动传统媒体和新兴媒体融合发展，新华网成为国内最知名的综合性新闻信息服务平台之一，新华社客户端及其分客户端成为国内移动互联网领域最大的党政企客户端集群，培育"新华视点""新华国际"等一批网上信息品牌，初步建成适应新媒体市场的新闻信息产品体系。新华社还拥有中国媒体行业规模最大的多文种多媒体新闻信息数据库。[1]

作为国家通讯社，深度调研始终是新华社核心竞争力。党的十八大以来，习近平总书记在多个场合反复强调，要不断增强脚力、眼力、脑力、笔力，努力打造一支政治过硬、本领高强、求实创新、能打胜仗的宣传思想工作队

---

[1] 出自新华社简介。

伍。新华社坚持把加强深度调研、锤炼调研本领作为忠实履职尽责的重要方面，积累了丰富的调研经验，推出了大批传得开、叫得响、留得住的传世力作，体现了国家通讯社的权威性和不可替代性。

新华社调研报道在三个领域发挥了积极的示范作用：一是国内重大历史事件报道方面，二是先进典型和感人事迹报道方面，三是重大成就、重要主题以及推动改革报道方面。新华社在调查研究方面积累了丰富的经验：一是坚持科学思维，二是坚持人民立场，三是坚持实事求是，四是坚持夯基固本，五是坚持守正创新，六是坚持锲而不舍。践行"四力"到不到位、调查研究深不深入，检验标准就是报道质量高不高、传播效果好不好，这就需要：一是在立意上高人一筹，二是在文风上匠心独运，三是在呈现上形式多样。①

说起新华社的融合发展，新华社微信公众号创造的"刚刚体"成了新闻界的一种现象级传播。2020 年 8 月前后，新华社微信公众号粉丝达到了 3000 万。2016 年 7 月 12 日，新华社微信公众号推送了一篇稿件，标题为《刚刚，南海非法仲裁结果出来了，中国的态度在这里》。这是"刚刚体"首次公开亮相。但新华社微信公众号的"刚刚体"真正出圈，是在 2017 年 6 月 21 日推送的《刚刚，沙特王储被废了》。这条推文除了使用"刚刚"作为标题，以口语化的方式描述沙特王储被废黜这一新闻事实外，最大的亮点在于评论区。

"就这九个字还用了三个编辑。""王朝负责刚刚，关开亮负责被废，陈子夏负责沙特王储。有意见？？？""三个编辑，double 赞不好分，triple 赞吧。"由于该篇稿件的标题比较吸引人，且内容较短，仅 40 个字，点击阅读的网友很容易就可以看到评论区的内容。此条推送也创造了新华社微信公众号的一系列新纪录：阅读量增速最快，10 分钟内突破 10 万次；阅读量最高，达 803 万；点赞量最高，达 15 万次；评论量最高，达 6.7 万条；分享量最高，达 46 万次。

该稿件的内容和评论区截图也在微信群、朋友圈中大量传播。"9 个字的刚刚标题""三个编辑""评论区神回复"等内容被 N 次传播，迅速形成舆论热点，创造了前所未有的刷屏之效。刚刚，代表新近发生的事实，等同于新

---

① 傅华：《深入践行"四力"要求　发扬调查研究"传家宝"》，《中国记者》2022 年第 2 期。

华社快讯。在微信公众平台，新华社快讯的供稿语言并不适用于标题，需要将其转化为对话语气，也就是"刚刚体"。从"新华社快讯"到"刚刚"的转变，体现的是新华社微信公众号运营团队在标题处理上采用的人格化策略。运营团队始终努力让标题发挥与网友对话的功能，只有第一句话说得生动、直抵人心，才能提升优质内容的传播效果。①

曾几何时，国内记者的记者证封面颜色是不同的，"记者证共有两种，深蓝色为全国新闻机构记者使用，红色为新华通讯社记者专用"②。2019 年 11 月 25 日，国家新闻出版署下发《关于 2019 年全国统一换发新闻记者证的通知》，决定从 2019 年 12 月 2 日至 2020 年 3 月 31 日，统一换发全国新闻单位的新闻记者证。这次换证的一大变化是全国新闻单位记者证样式、颜色都是一样的，封面都是红色的，新华社的记者证也是红色的，不再与其他媒体进行区分。

新华社记者周科拍摄的《春运母亲》感动中国，成为春运史上最动人的瞬间之一，后获中国新闻奖。有人曾问周科："'新华社记者'这个身份很特别，有人说，新华社记者有'采访特权'，报道也有'影响特权'。你怎么看待这个所谓'特权'？"周科的回答是："刚开始参加工作的时候，的确发现'新华社记者'这个身份很特别，被人'高看一眼'，不仅能发公开稿，还可以发内参稿。但这种'特权'不是享有某种特别的待遇，更多的是一份特别的责任。别人'高看'，实际上是看你写稿和看问题能不能高人一等，你的能力和水准能否达到国社的要求。我在入社教育中，接受更多的是采访技能和廉洁自律方面的严格要求，是坚守客观公正的立场，是比其他媒体更严格的自律。当内参报道被领导批示、推动事件解决后，我获得的是职业上的成就感和荣誉感，是党中央交给我们的一份职责，而不是炫耀的资本。"③

---

① 王朝：《媒体微信公众号的人格化运营策略——以"新华社"微信公众号为例》，《新闻战线》2020 年第 16 期。

②《新闻出版总署解读〈新闻记者证管理办法〉》，灵璧县人民政府网站 2019 年 12 月 6 日。

③ 曹林：《以职业激情在"常规框架"中找寻新闻点——访"春运母亲"拍摄者、新华社记者周科》，《青年记者》2021 年第 17 期。

（二）

新华社每年都是中国新闻奖获奖大户之一，近年来每年都有多件作品斩获融合类奖项。在第三十二届中国新闻奖评选中，新华社客户端作品《2021，送你一张船票》获融合报道一等奖，新华社客户端《新华社"全民拍"》获应用创新二等奖，新华社客户端作品《C位是怎样炼成的》获融合报道三等奖。应用创新是这届评选新设的6个专门类奖项之一，定位于"应用信息网络技术，研发'新闻＋服务'的创新性信息服务产品。应内容丰富、技术先进、形式新颖，实用性、服务性强，有较好的社会效益"①。

在第三十一届中国新闻奖评选中，新华社客户端作品《巅峰见证——2020珠峰高程登顶测量》获移动直播一等奖，新华社客户端作品《来了！中国首部卫星新闻纪录片》获融合创新三等奖。《来了！中国首部卫星新闻纪录片》是近年来把技术与报道有机融合、以技术引领内容创新的代表作品之一。该作品聚焦决战决胜脱贫攻坚主题，创新运用空天科技手段，借助地面拍摄、航拍测绘、卫星遥感等多种信息采集手段，融合运用数十个"一镜到底"的长镜头语言，将人物故事融入"扶摇天地间"视觉整体设计，呈现出"院线级"视听水准。同时，将党和政府有关政策举措与画面建构和新闻叙事结合起来，声画融合，让观众在直观感受和震撼体验中感悟创造人类减贫史上中国奇迹背后的思想逻辑。作为中国首部卫星新闻纪录片，该作品全网传播量破10亿次，实现破圈传播。②

在第三十届中国新闻奖评选中，新华社客户端作品《新中国密码：15665，611612！》获融合创新特别奖（等同于一等奖）。新华社策划推出微电影《新中国密码：15665，611612！》，为新中国成立70周年献礼，风靡网络的"15665，611612！"，实则是影片中歌曲《没有共产党就没有新中国》曲谱手稿上第一句旋律的简谱。该作品用富有创意和冲击力的表现形式，生

---

① 《中国新闻奖评选办法》，中国记协网2022年6月13日。

② 《〈来了！中国首部卫星新闻纪录片〉中国新闻奖媒体融合奖项参评作品推荐表》，中国记协网2021年10月28日。

动展现了中国共产党带领人民不懈奋斗，迎来从站起来、富起来到强起来伟大飞跃的壮伟历程，用真实的细节、质朴的感情打动了亿万网友。①

在第二十九届中国新闻奖评选中，新华社客户端作品《父亲·我们·时代》获创意互动一等奖。视频从父辈的眼神中"穿越"，回望 40 年来一幕幕"点睛"时刻，致敬改革奋斗者，鼓舞新一代开启新征程。同步推出五集国家相册特别节目和"与时代同框"线上线下互动活动。打通线上线下，在北京、上海、深圳三地四个改革标志性地点，设置红色巨幅相框，推出"与时代同框"互动活动，这是新华社融媒体产品"一体化策划、共享资源渠道"模式的全新实践，最大限度强化独家创意的社会影响力，形成全媒体传播效果。②

在第二十八届中国新闻奖评选中，新华社客户端作品《领航》获融合创新一等奖。《领航》是新华社精心打造的迎接党的十九大的重磅政论微视频。短片以习近平总书记在参观《复兴之路》展览时引述的三句诗为脉络，将高屋建瓴的思想性、权威的新闻照片、精彩的实地拍摄和先进的三维特效融为一体，凝练而生动地评述展现了党的十八大以来，以习近平同志为核心的党中央领航"中国号"巨轮破浪前行，将中国特色社会主义理论和实践不断推向新时代的光辉历程。全片没有使用解说，全部用影像和音乐音效本身来叙事，受众代入感极强。打造出一艘全球独一无二的中国巨轮，让领航的意味及领航者的形象栩栩如生。③

（三）

江苏响水"3·21"特别重大爆炸事故，发生在 2019 年 3 月 21 日 14 时 48 分许。通过《江苏盐城一化工园区内发生爆炸　救援已展开》参评中国新闻奖时所附的二维码可以看到，这实际是新华社客户端上对此次爆炸事故报道建的一个滚动播报的"现场新闻"专题，包含文字、照片、视频等。

---

① 《〈新中国密码：15665，611612！〉中国新闻奖推荐表》，中国记协网 2020 年 10 月 28 日。

② 《〈《父亲·我们·时代》系列创意互动报道〉中国新闻奖媒体融合奖项参评作品推荐表》中国记协网 2019 年 5 月 23 日。

③ 《〈领航〉中国新闻奖参评作品推荐表》，出自中国记协网。

从 2019 年 3 月 21 日 18 时 44 分到 3 月 22 日 22 时 05 分，专题上一共发布了 24 条信息，这些信息既有来自新华社记者自采的内容，也有转自应急管理部网站、江苏省生态环境厅官方微博、盐城发布微博的内容。专题置顶的视频为 3 月 22 日 15 时 02 分发布的《【回放】江苏响水爆炸事故救援最近进展》。获奖作品发布时间为 3 月 21 日 18 时 55 分，时长 20 分钟，标题为《【回放】江苏盐城一化工园区内发生爆炸　救援已展开》。

根据新华社参评中国新闻奖时填报的材料可知：事故发生后，新华社江苏分社视频记者吴新生赶到并突破至距离爆炸点不足 800 米的核心现场，18 时 20 分，记者使用手机拍摄和实时传输，完成单人、长时段独家视频直播报道。现场空气刺鼻，且仍有可能发生二次爆炸。记者在没有护具、完全暴露在苯类化合物燃烧污染的环境下完成直播。记者还现场采访到刚从爆炸现场撤离的工人，请他们讲述最新情况，并率先披露事故原因是由苯罐爆炸引发的。

中国记协新媒体专业委员会推荐这件作品参评中国新闻奖时给出的推荐理由是："江苏盐城市响水县陈家港镇天嘉宜化工有限公司化学储罐发生爆炸事故后不到 4 个小时，记者就冒着危险突破至核心区以手机实时传输现场直播、现场采访、现场解读，展示了融媒体时代现场报道让受众第一时间身临其境、全方位感受的震撼力。晃动的画面、浓烟烈火、坍塌的建筑、匆匆的采访对话等，是这一大爆炸的真实记录，更凸显了记者的牺牲精神、职业操守。这一报道表明，无论传播技术多么发达，记者仍要离现场近些、更近些，如此才能最生动地捕捉真实、传达真实，才能充分履行新闻媒体的使命任务。"[1]

（四）

新华社记者吴新生第二天又进入了爆炸事故发生现场，与前一天的外围相比，这次进入了爆炸核心区。新华社在参评中国新闻奖的推荐表中写道："3 月 22 日，在其他媒体被拦在封锁线之外的情况下，新华社记者吴新生又抵近

① 《〈江苏盐城一化工园区内发生爆炸　救援已展开〉中国新闻奖推荐表》，中国记协网 2020 年 10 月 21 日。

距离爆心不足 500 米区域继续进行手机直播，呈现大量现场细节——佩戴护具匆匆前行的消防队员、被冲击波掀至数十米开外的彩钢屋顶、已发生严重变形的汽车、余烟未尽的废墟等。之后，新华社音视频部又根据直播内容精剪播发短视频《直击距离爆炸点不足 500 米的现场》，各平台总点击量超过 300 万次。"在中国记协公布的获奖信息中，这件作品的作者为集体，主创人员包括吴新生在内 10 人，排序第一的是吴新生；编辑也是集体，列出的编辑名字一共有 20 人。

这件作品获奖是对记者职业精神的肯定和褒扬。诚如有人所言，一个值得关注的现象是，转作风、改文风，快短新实成为融媒精品鲜明特征。中国新闻奖获奖作品中，短视频现场新闻更多聚焦"硬核"新闻，移动直播普遍关注重大新闻事件。①

从内容生产和传播角度而言，这件获奖作品的再传播也是亮点。全媒体时代，媒体平台通常会将移动直播中的原始视频素材重新剪辑，选择、拆条、调整和重构核心内容，制作成完整的短视频，或者继续跟进和动态报道。《江苏盐城一化工园区内发生爆炸 救援已展开》中，记者第一时间赶到现场用手机拍摄并实时传输，随后新华社音视频部又根据直播内容精剪播发短视频进行传播，实现了传播效果最大化。突发新闻的即时性与编辑播出的费时性存在天然矛盾，专业的新闻机构能够不断更新新闻生产理念，创新新闻产制手段，将捕捉到的新闻真实再进行形态上的二次编辑，实现传播效果的最大化，拓展新闻产品的生命周期。②

从赏析的角度而言，这件获奖作品同样存在不足之处。标题为《江苏盐城一化工园区内发生爆炸 救援已展开》，但 20 分钟的视频没有救援现场，实际上为记者在爆炸现场的远距离拍摄，虽然中间也介绍了一些救援情况，但没有救援现场仍让人感到遗憾。

---

① 冯海青：《保持内容定力 锻造全媒人才——媒体融合视野下的第三十届中国新闻奖、第十六届长江韬奋奖评选》，《新闻战线》2020 年第 21 期。
② 刘思琦：《现场与在场：融媒时代移动新闻直播的逻辑特征与优化路径》，《现代视听》2022 年第 2 期。

此外，20 分钟的直播视频，除去开头的预告、中间的静态直播、结尾为前期采访拍摄的内容，真正的直播时间可以说并不长。5 分 50 秒时记者说"我这里的情况目前就是这样"，似有提前结束直播的意思。在整个直播过程中，记者出了声音但没有出镜，如能有体现记者在场的出镜镜头就更好了。

阅读+

（《江苏盐城一化工园区内发生爆炸　救援已展开》主创：吴新生、刘元、刘兆权、沈汝发、李雨泽、朱国亮、邱冰清、许杨、姜赛、吴一蒙；编辑：孙志平、米立公、张平锋、王宏达、郭亚冬、孙涛、李薇、王仲芳、杨阳、李逸扬、高菲菲、姜雪兰、陈晓宇、王剑英、郝晓江、邰剑秋、贺新、邹健波、董硕、田里；新华社客户端 2019 年 3 月 21 日；获第三十届中国新闻奖移动直播二等奖）

能直播的马上直播

在第二十九届中国新闻奖评选中，浙江日报报业集团浙江新闻客户端作品《直击 7·5 泰国普吉游船倾覆事故现场　救援仍在进行》获移动直播一等奖。这件获奖作品是移动直播报道中的生动案例，具有借鉴意义。

（一）

《浙江日报》系中共浙江省委机关报，1949 年 5 月 9 日创刊。走进浙江日报报史馆，映入眼帘的便是"用新闻推动社会进步"几个雄健有力的大字。《浙江日报》的第一个报头是由姬鹏飞题写的，杭州解放初期，他曾担任浙江省军区政委。自 1981 年 7 月 1 日至今，浙江日报报头使用的是鲁迅字迹。

从 2003 年到 2007 年，习近平同志在《浙江日报》开设了以"哲欣"为笔名的专栏"之江新语"，先后发表文章 232 篇。这些文章短小精悍，要言不烦，指导性强，深受基层群众和广大读者喜爱。习近平治国理政思想的许多理论雏形，都可以在这些文章的字里行间找到。习近平同志任浙江省委书记期间，多次在《浙江日报》的报道、内参、报道计划上作出批示，对浙报集团的工作作出重要指导。他到中央工作后，一如既往地关心《浙江日报》，还对一些报道作出重要批示，要求中央有关部门派人调研，总结经验。[①]

2000 年 6 月 25 日，浙江日报报业集团成立。2002 年成立浙江日报报业集团有限公司，2009 年更名为浙报传媒控股集团有限公司。浙报集团是全国

[①] 王晓东、蒋卫阳：《用新闻推动社会进步——浙江日报报史馆见闻录》，《传媒评论》2021 年第 5 期。

首批"数字出版转型示范单位",被授牌国家级出版融合发展重点实验室、国家文化和科技融合示范基地。2011年,集团媒体经营性资产在上海证券交易所成功上市,是全国第一家媒体经营性资产整体上市的省级报业集团。浙报传媒控股集团有限公司连续多年入选"全国文化企业30强"。[①]

浙报集团旗下原有浙江新闻、天目新闻、小时新闻三个移动客户端,定位上各有侧重。2014年6月16日,浙江新闻客户端上线,这是浙报集团从纸媒端向移动端拓展的新媒体核心产品。2019年10月19日,天目新闻客户端上线。作为主流媒体推出的首款短视频新闻客户端,天目新闻客户端秉承全国化、视频化、市场化理念,立足浙江、面向长三角、辐射全中国,是助力长三角更高质量一体化发展的开放式新闻平台,是拍友记录分享美好生活的互动平台,是方便用户办事的一站式服务平台。2019年9月16日,全新改版上线的小时新闻客户端,以本地资讯为主,做深做精与本地用户有很强关联度的内容,以有用、实用为原则,以垂直服务为特色,以教育、健康等有较强黏性、较高门槛的领域为切入点,重新连接用户,争做重点领域的"单打冠军"。[②]2023年2月18日,浙报集团旗下的这三个客户端融为一体的潮新闻客户端正式上线,引发广泛关注。

"浙视频"是浙报集团融合发展的产物。2016年底,浙报集团正式启动纸媒、PC、移动三端融合,以适应互联网时代的传播需求。由原浙报集团图片新闻中心与原浙江在线视频新闻部、图片新闻部融合的全媒体视频影像部,主要担任原创视频新闻生产的主体任务,其新闻产品"浙视频"于2016年12月19日试水,2017年1月1日正式上线运行。[③]

"浙视频"强调"新闻视频化""视频专业化",尤其强调视频新闻的现场感,以短平快的新闻视频和即时直播等形式,报道突发事件和热点新闻。"浙视频"成立之初,近70人的团队是浙报集团最大的采编部门,搭建了由采访、

---

① 出自浙江日报报业集团网站。

② 陈新梁:《深融背景下党报客户端如何实现自我突破——以浙报集团移动新闻客户端布局为例》,《中国报业》2020年第13期。

③《2017年第一件大事!浙视频正式上线》,浙江在线2016年12月30日。

编辑、直播、技术组成的架构。"浙视频"还成立了浙江日报拍友俱乐部，成立之初就发展会员近 2000 名，包括全省各市、县报社、电视台摄影摄像骨干记者，各地宣传部门和报道组摄影摄像人员，党政机关、事业单位、大型企业宣传人员，国内外新闻界摄影摄像同行，以及海外留学生、华人华侨、海外中资企业人员等，重点聚焦用视频来记录时代。①

"浙视频"的直播题材覆盖社会生活的方方面面，包括突发、资讯、科普、娱乐、生活服务等。"浙视频"策划推出了《浙江一小时》《行业解密》《医直播》等不同定位的品牌栏目。其中，《浙江一小时》是一档主题报道类直播，直播时长通常是 1 个小时，展现的是浙江各行各业经济社会快速发展的现状。《行业解密》是一个角色体验类栏目，直播聚焦机场塔台的空管人员、经常面临生与死的爆破专家、高辐射工作环境下的介入科医生等各种特殊行业。"浙视频"直播的内容分发除了覆盖浙报集团平台外，还拓展至第三方平台，提升"浙视频"品牌的知名度。"浙视频"直播采取"一次采集、多种产品、多媒体传播"的生产传播机制，"短视频＋直播"的生产模式，能在较为节省人力物力的情况下，迅速扩大视频产量，激发直播视频的长尾效应。②

在第二十九届中国新闻奖评选中，浙报集团"浙视频"移动直播《直击7·5泰国普吉游船倾覆事故现场　救援仍在进行》获一等奖。这也是继移动直播《浙江一小时·急救丨记者跟拍直升机到山区接病人》获第二十八届中国新闻奖二等奖后，"浙视频"连续获此奖项。在第三十届中国新闻奖评选中，"浙视频"移动直播《超强台风"利奇马"登陆浙江温岭　浙视频记者夜闯台风眼》获二等奖。

（二）

2018 年 7 月 5 日 18 时 45 分许，两艘载有中国游客的游船在泰国普吉岛附近海域突遇特大暴风雨发生倾覆事故。其中，载有中国游客的"凤凰"号

---

① 李震宇、方力：《从浙视频看纸媒新闻视频化的探索与实践》，《传媒评论》2019 年第 3 期。
② 钱璐斌、周莎莎：《主流媒体移动直播的实践与思考——以"浙视频"为例传》，《传媒评论》2019 年第 7 期。

游船倾覆，造成 47 人死亡。泰国警方后来公布的调查结果显示，"凤凰"号船体在设计、施工等多方面"不合格"。①

获奖作品《直击 7·5 泰国普吉游船倾覆事故现场　救援仍在进行》就是对此次事故救援情况的现场直播。打开获奖作品参评中国新闻奖时填报的二维码链接可以看到，封面为手持带有"浙视频"Logo 的话筒的一位主播面对镜头的画面。画面左上角为红底白字的"浙江日报"标识，下方为红底白字的直播主标题"直击普吉游船倾覆事故现场　救援仍在进行"，主标题上方另有一行白色略小的"泰国·普吉岛"，注明了直播地点。

除此之外，直播页面上的基本信息还有：（1）直播时间，"2018.07.07 18：45—2018.07.07 23：30"；（2）署名，"记者　周莎莎　周旭辉　彭鹏　翁杰　导播　钱璐斌　徐文迪　柳蓬　编辑　张敏娴"；（3）简介，"北京时间 7 月 5 日 18 时 45 分许，两艘载有中国游客的游船在泰国普吉岛附近海域突遇特大暴风雨发生倾覆事故。据泰国军方搜救人员提供的消息，截至 7 日中午，普吉游船倾覆事故已造成至少 38 人遇难。此次事故中，有 37 人来自浙江海宁，其中 18 人遇难，2 名阿里巴巴员工及家属已不幸遇难，海洋二所和公羊队等救援力量随泰国军队的一艘舰船目前还在事故附近海域进行搜救。浙视频记者赶往现场为您带来第一手消息，敬请关注（部分图文来源：新华社、央视新闻、中新网、新京报、澎湃新闻等）"。这场 2 个小时的直播，按时间顺序包含的主要信息有 21 个方面，涉及发布会现场、医院、酒店三个主要场所。

（三）

对"7·5 普吉岛游船倾覆事故"进行报道的媒体，并非只有浙江日报一家。仅在浙报集团，除"浙视频"团队外，浙报集团旗下的钱江晚报也派了记者到普吉岛进行报道，"浙视频"直播时还连线了钱江晚报记者了解现场救

---

① 《泰公布"凤凰"号最新调查结果：很多中国游客无法打破船舱玻璃逃生》，人民网 2018 年 12 月 19 日。

援情况。

据普吉岛"凤凰"号游船倾覆事故系列报道结束后的数据统计分析，此次事故最早的一条消息来自 7 月 5 日事发当晚，距离事发时间间隔约 3 个小时。行动最为迅速的是当时正在泰国北部城市清莱报道"营救溶洞被困少年足球队"的新京报以及封面新闻的记者团队，他们凭借地理和信息优势，远程介入新闻的同时也派人员前往普吉。杭州日报报业集团旗下都市快报，则因恰巧有一位记者在普吉度假，介入得更为直接。钱江晚报 7 月 6 日上午就已基本完成了全媒体报道的完整框架搭建，所派遣记者也都属于文字和视频兼能型，以便最大限度地保障一手文字和图片视频信息的掌控。钱江晚报前方记者抵达普吉后，对两名文字记者和一名视频记者进行了工作分工。①

在多家媒体都对"7·5 普吉岛游船倾覆事故"有报道的情况下，为何"浙视频"的直播《直击 7·5 泰国普吉游船倾覆事故现场　救援仍在进行》能获中国新闻奖一等奖呢？这件作品获奖后，学界和业界多位人士进行了分析。

——**形式与内容实现融合。**在新媒体环境下，转变报道观念、创新报道方式已成为主流媒体实现融合发展的重要途径。创作者运用移动直播技术成功将新媒体技术与优质新闻内容有效融合，以现场感和真实感，最大限度地满足了受众第一时间了解事物、认识事物、获取信息的需要。②有观点认为，《直击 7·5 泰国普吉游船倾覆事故现场　救援仍在进行》这一作品，属于重大突发事件中将新闻报道形式与内容良好融合的典型案例，不仅做到了对事件的跟踪报道，并且通过直播现场画面起到了舆论引导与融合互动的积极作用；还有观点认为，这件作品获奖集中反映了地方代表性媒体转型改革的成果，这件获奖作品属于时效性强、突发类的报道。③

---

① 陈伟斌、黄小星：《来自钱江晚报特派普吉岛记者的采写心得——突发事件报道中的全媒体抢位和模块化操作》，《传媒评论》2018 年第 8 期。

② 祁可可：《技术视野下融媒新闻的创新实践——以第二十九届中国新闻奖媒体融合作品为例》，《新闻世界》2020 年第 2 期。

③《第二十九届中国新闻奖解析媒体融合圆桌研讨》，《中国记者》2019 年第 12 期。

——**多种形式进行呈现**。在网络互动不断升级的过程中，直播这种互动形式广受大众青睐。直播新闻节目《直击7·5泰国普吉游船倾覆事故现场 救援仍在进行》，以普吉岛游船倾覆事故为背景，记者现场进行直播报道。为保障这一高难度直播报道的顺利进行，媒体工作人员在信号传输、受众互动等方面密切配合，全方位维护报道的及时有效性。同时，为保障直播的流畅性，编辑人员还穿插各种图文视频，以多种形式呈现新闻事件的全貌。在各方面的通力配合下，记者和现场人员还实时与受众进行现场互动，最大限度满足受众参与事实、知晓信息的需求，直播得到大量网友的认可。[1]

——**满足受众信息需求**。移动直播作品《直击7·5泰国普吉游船倾覆事故现场 救援仍在进行》是重大突发事件现场移动视频直播的典范，及时全面，快速反应，发起的视频直播和图文视频滚动报道，以无法替代的现场感和真实感，最大限度地满足受众第一时间了解该突发事件最新动向的需求。[2]该作品以最快的传播手段、最大限度地发挥了移动互联网直播在新闻传播中的作用，凭借技术做到了全程性、贴近性，是移动报道的生动案例，具有借鉴意义。[3]

（四）

移动互联网时代，新闻呈现方式日趋多元。移动新闻直播在继承电视直播新闻性、实时性、现场感特点的基础上，呈现全新的传播语态和样态，已成为大众获取新闻的重要途径之一。"浙视频"建立了完备的突发新闻应急机制，"浙视频"直播室内部分工明确，保障突发事故发生后团队能在第一时间发起移动直播。直播室内设出镜记者、摄像、直播编辑和导播四个工种，负责移动直播的生产与分发。日常直播通常由四人完成，前方一位出镜记者，

---

① 洪少华、卢晓华：《论媒介融合背景下新闻报道形式的创新——以第二十九届中国新闻奖媒介融合奖作品为例》，《出版广角》2020年第2期。

② 蒲红果：《融合新闻生产方法论初探》，《中国出版》2020年第20期。

③ 李保健、李晓宁：《如何为正能量导入大流量——以近年来党报"流量级"作品为例》，《采写编》2020年第6期。

一位直播摄像，后方一位导播负责直播技术和推流，一位编辑负责分发和图文滚动直播。①

有中国新闻奖评委曾直言，在短视频新闻和移动直播类中，主题性、成就性、仪式性的展示居多，真正具有新闻性、及时性、现场感的作品占的比例并不高。《直击 7·5 泰国普吉游船倾覆事故现场　救援仍在进行》获中国新闻奖移动直播一等奖，无疑是向新闻界传递了鲜明的价值导向。回过头来看，"浙视频"的海外直播能获中国新闻奖一等奖，也并非偶然。

——**不走电视视频套路**。在纸媒新闻视频化过程中，国内一些开拓较早的媒体主要做法就是模仿电视台。"浙视频"创立之初就明确定位，希望摆脱传统电视台模式，提出"去电视台化"，追崇的是网络视频，简单粗暴、有趣有料，时长 1 分钟左右，采用大字幕，多用同期声。

——**注重直播突发事件**。"浙视频"扮演起了浙报集团新闻视频生产主力军和冲锋队的角色，重塑了采编各有分工又协同配合的流程，提出了"浙视频　在现场"的响亮口号，能直播的一定直播，一上线便爆款频频。这背后主要抓住了三个"紧"字：一是紧贴重大主题；二是紧跟突发热点；三是紧随时令节点。在紧跟突发热点上，突发事件第一时间到达现场，能直播的马上搞直播。②

2016 年被认为是网络直播元年，而新闻直播元年应该是在 2017 年。"浙视频"成立后的半年内，已经有数个传播千万级的视频产品，网络直播涉及"海、陆、空"多个领域，题材覆盖各行各业。③

"浙视频"对突发事件的直播具有持续性。如 2018 年 7 月 28 日的《桐庐一廊桥桥顶垮塌致 8 死 3 伤　救援仍在继续》，2019 年 5 月 18 日的《突发！杭州邵逸夫医院庆春院区附近一人行天桥坍塌！》，2019 年 8 月 9 日的《红

---

① 曾祥敏、吴炜华：《融媒体新闻这样做：中国新闻奖媒体融合奖项获奖作品解析》，人民日报出版社 2022 年版。

② 徐斌：《下水方知深与浅——浙报三端融合背景下浙视频试水半年报》，《传媒评论》2017 年第 8 期。

③ 胡杨、周旭辉：《噱头从来不是一个栏目成功的关键——〈浙江一小时·急救 | 记者跟拍直升机到山区接病人〉的幕后故事》，《传媒评论》2018 年第 12 期。

色预警！浙江多地直击超强台风"利奇马"》等，"浙视频"都第一时间抵达现场。**通过大量突发事件的直播，"浙视频"积累了比较丰富的突发事件直播经验。**

——**前后方团队全力配合。**"浙视频"直播团队记者抵达普吉岛后 2 小时内，在后方导播、编辑等人员的支持下，发起了第一场长达 6 小时的视频延时直播和图文视频滚动报道。出镜记者与后方编辑配合，实时更新播报最新消息；摄像与后方导播配合，通过 4G 多链路聚合无线传输设备实时回传视频素材，供视频编辑拆条制作成短视频。由于新闻现场较多且位置分散，记者并没有拘泥于视频直播这一单一报道形式，而是根据新闻现场地理位置、持续时长、网络状况等因素提前判断，合理选择短视频、图文等发布方式，进行形式多样的滚动直播。后方编辑对直播核心内容实时拆条，进行快速二次编辑，生成短视频依次分发。①

——**现场突破能力比较强。**"7·5 普吉岛游船倾覆事故"发生后，"浙视频"直播团队并没有等待上级领导的指派，而是一边收集相关资料，一边整理采访设备，主动申请采访任务，随时待命。一经批准，团队迅速动身前往泰国。

当地时间 9 日中午，泰国总理巴育乘坐直升机来到普吉查龙码头搜救中心了解救援进展，随后赶往医院看望一位浙江籍伤者家属，并召开简短发布会。巴育总理在抵达医院后，去病房探望了一位浙江籍伤者及其家属。"浙视频"记者通过在飞机上偶遇并一直保持联系的一位遇难者亲友，成功地拿到现场一手的视频画面，并第一时间发布短视频报道《泰国总理巴育看望中国伤员》。

在摄像和摄影记者被保安拦下的情况下，"浙视频"主播周莎莎成功跟随巴育进入家属休息区，成为场内唯一的外媒记者，并与巴育对话，用手机记录下了完整画面，单枪匹马完成了《浙视频独家跟拍泰国总理巴育慰问遇难

---

① 彭鹏、周莎莎：《从 7·5 普吉救援直播看 5G 时代移动直播的机会与挑战》，《传媒评论》2019年第 12 期。

者家属》独家报道。这显示出了比较强的突破能力和全媒体业务能力。①

——积累了一批忠诚用户。"浙视频"团队的多位直播主持人，大多数都拥有自己的固定粉丝群体，在直播过程中，经常有网友留言希望看到自己喜欢的主持人来进行下一场直播。这些粉丝都是实实在在的忠实用户。此外，采编团队建立了专门的直播 QQ 群，直播的同时，鼓励受众通过弹幕、留言、QQ 群聊天的方式进行互动，并且不定时开启抽奖活动，聚拢大量粉丝。②

（五）

在此次报道中，团队先后发回文字报道 26 篇，图片报道 19 组，短视频 17 条，6 小时图文视频滚动稿 3 条。浙报集团在参评中国新闻奖时，在填报的《直击 7·5 泰国普吉游船倾覆事故现场　救援仍在进行》的参评材料中称，"成为国内媒体中对这一重大突发事件报道最及时、最全面、最高效的一家，并以报道中蕴含的人文关怀和温暖，获得了广大读者和网友的点赞好评"。中国记协新媒体专业委员会在初评时也给予了这件作品高度评价："这是典型的重大突发事件现场移动视频直播，初评评委一致认为是最好的一个。"③

突发类公共事件的报道策划与全媒体传播，更能全面体现一家媒体融合现状。在泰国普吉游船倾覆事故救援现场，"浙视频"直播时遇到信号传输、语言等实际困难，但前后方密切配合，克服困难，主播主持自然流畅，还独家拍摄到了一些现场画面，社会影响比较大，被央视、人民日报等转载，做到这些确实非常不容易，令人敬佩。

"新闻视频化、视频专业化，能直播的就一定要直播。"这件获奖作品主创之一的周莎莎在 2019 年中国新媒体大会"融合发展中的内容创新创优"分论坛做分享时说，经常会有人问她，移动直播到底还能走多久？她认为，不

---

① 周旭辉、彭鹏、周莎莎：《"能直播的一定直播"——从"7·5"普吉沉船事故报道看浙视频如何 C 位出道》，《传媒评论》2018 年第 8 期。

② 钱璐斌、周莎莎：《从"浙视频"看媒体视频直播的"圈粉"实践》，《中国记者》2018 年第 9 期。

③《〈直击 7·5 泰国普吉游船倾覆事故现场　救援仍在进行〉中国新闻奖媒体融合奖项参评作品推荐表》，中国记协网 2019 年 5 月 23 日。

管下一个风口在哪里，直播记者都会用特殊的笔力去置身每一个现场。① 从赏析的角度而言，这件获奖作品也有可探讨之处。

一是一致性问题。中国记协公布的获奖作品名称为《直击7·5泰国普吉游船倾覆事故现场　救援仍在进行》，扫描所附的参评作品二维码，显示直播视频画面上的标题为《直击普吉游船倾覆事故现场　救援仍在进行》，这两个标题是略有区别的。公布的获奖作品标题与参评作品所附二维码上的标题不一致，在中国新闻奖获奖作品中并不是个例。不一致背后具体是什么原因，不得而知。又该怎么看待这种不一致？按照中国新闻奖评选规则，参评作品与刊播作品须一致。

二是出镜人物身份。突发事件类直播不容易，此次2个多小时的直播中，"浙视频"的主播在三个不同场合采访到了多位人士，这些人士还在直播中介绍了一些情况。感到略有遗憾的是，这些出镜者的身份有的比较模糊，甚至没有介绍，如果能有准确介绍并打出字幕就更为直观了。

三是颜色搭配问题。"7·5普吉岛游船倾覆事故"令人痛心，作为灾难性的直播报道，直播画面上的字体背景色用鲜艳的红色，是否合适呢？

阅 读 +

（《直击7·5泰国普吉游船倾覆事故现场　救援仍在进行》主创：周莎莎、周旭辉、彭鹏、翁杰、钱璐斌、徐文迪、柳蓬；编辑：张敏娴；浙江日报报业集团浙江新闻客户端2018年7月7日；获第二十九届中国新闻奖移动直播一等奖）

---

① 袁舒婕：《这样做，下届中国新闻奖或许有你》，《中国新闻出版广电报》2019年12月3日。

不到一刻钟的直播

在第二十九届中国新闻奖评选中，陕西广播电视台通过"央视新闻+"进行的直播《受暴雨影响陕西汉中略阳五龙洞成孤岛　直升机急运物资》获移动直播三等奖，这是一次不到一刻钟的直播。

（一）

2020 年 10 月 28 日，陕西广电融媒体集团挂牌成立。陕西广电融媒体集团是陕西省委宣传部直管的省国有大型文化传媒企业，是陕西省新型地方主流媒体之一。陕西广电融媒体集团是在整合陕西广播电视台、陕西广播电视集团基础上组建而成的，陕西广播电视台是由原陕西人民广播电台、原陕西电视台合并而来。原陕西人民广播电台前身为西北新华广播电台，是全国成立最早的广播电台；原陕西电视台成立于 1960 年 7 月，是新中国第 8 个成立的电视台。2020 年，全集团（台）移动端粉丝量超过 5600 万，全年网端传播量突破 826 亿。[①]

陕西广电融媒体集团拥有省级新闻网站——西部网，移动新媒体"陕西头条""起点新闻""闪视频"和 1000 多万粉丝用户的官方微博、微信等新媒体平台以及"爱系列"客户端。2022 年 8 月 16 日，起点新闻客户端上线，同时启动了全国主流媒体客户端协作机制。起点新闻客户端以"新闻+政务服务商务"为发展理念，以本土原创新闻为主，立足陕西、覆盖全国、辐射"一带一路"沿线国家和地区，以最新、最热、最快为传播特点，主打

---

①《陕西广电融媒体集团：打造新型地方主流媒体》，陕西广电融媒体集团网站 2021 年 6 月 28 日。

时政要闻、都市民生、24 小时直播、问政帮忙等重点内容版块。[1] "闪视频"是陕西广电融媒体集团全新打造的以视音频为主的内容产品聚合平台，通过聚合全网优质内容和服务资源，构建主流舆论阵地和综合服务平台，为用户提供了解陕西和网上办事的窗口。

获奖作品《受暴雨影响陕西汉中略阳五龙洞成孤岛　直升机急运物资》是当时的陕西广播电视台通过"央视新闻+"进行的直播。扫描二维码可以看到，直播页面左上方显示为"央视频移动网"，左下方有"陕西广播电视台"的字样和 Logo，这相当于陕西广播电视台借助第三方平台完成了一场直播。

（二）

2018 年 7 月 14 日至 15 日，陕西汉中略阳县遭遇了百年不遇特大暴雨袭击，其中五龙洞镇基础设施损毁最为严重，水、电、路、讯全部中断，成为"孤岛"。

7 月 15 日，陕西广播电视台记者一行 4 人冒着暴雨和泥石流危险进入略阳县境内，在报道灾情的同时一直关注着五龙洞镇被困的 5000 余名群众和干部的消息和处境。在得知直升机救灾的决定后，记者经过了一个晚上的等待和准备后，终于在直升机起飞的一刻记录并通过当下最快的传播手段——手机直播的形式将这一重大消息进行了报道和传播。

直播是 7 月 17 日 10 时 20 分开始的，时长 14 分 57 秒，虽然不到一刻钟，但提前做了充分准备。除出镜记者外，参与的人员还有 7 位：（1）前方摄像人员；（2）前方现场维护及统筹人员；（3）前方信息收集人员；（4）前后方总统筹人员；（5）后方统筹人员；（6）切换台人员；（7）紧急切换及多平台分发人员。

这样算下来，这场不长的直播一共有 8 人参与，也即参评中国新闻奖时填报的主创 4 人及编辑 4 人（集体）。从这件作品参评中国新闻奖时一并填报的直播流程，也可以看出电视台直播的一些特点：事先准备充分，明确直播时长，直播前先进行了信号测试；明确每一个时间段的节点和直播内容、采

---

① 《"起点新闻"客户端正式上线运行》，陕西广电融媒体集团网站 2022 年 8 月 16 日。

访点位；明确镜头要点，具体到景别是中近景还是速记、特写等。

作品参评中国新闻奖时填报的资料称，此次直播当天的点击量就超过了500万，是"央视新闻＋（央视新闻移动网）成立以来点击率和播放量最高的移动直播作品之一"，直播过程中以及直播后被汉中市民以及全国的观众大量转发。中国记协新媒体专业委员会给出的参评中国新闻奖的理由是："此次直播为独家报道。整个直播策划全面，执行到位，现场解说流畅自然，环环相扣，社会影响大。以最快的传播手段及时回应了当地党委、政府及社会各界对灾区人民群众的关切和牵挂，最大限度发挥了移动互联网直播在新闻传播中的作用"①。

（三）

"如何报道重大突发事件，历来是媒体需要面对的重大课题"②；"该作品以手机直播的方式，对灾情、抢救措施、应急物资组成等群众关心的问题都做了详细而及时的报道"③；"手机直播因其便携、快速等特点能够随时随地进行直播，受人力限制因素较少，则适用于突发性新闻，如灾难事件报道中，在《受暴雨影响陕西汉中略阳五龙洞成孤岛 直升机急运物资》中，面对突发的暴雨，记者就迅速通过手机直播最快地将灾区信息带给外界，展现灾区救援状况，回应人民关切"④。

今天来看，《受暴雨影响陕西汉中略阳五龙洞成孤岛 直升机急运物资》主要有三个特点：直播时间不长，不到一刻钟；用手机及时进行直播；回应了社会关切，取得了积极的社会效果。让人感到遗憾的是，接近一刻钟的直播，从开始直升机结束试飞到结束直播时已把物资装满直升机，但"直升机急运物资"还没有成为真正的新闻事实，毕竟整个直播过程中装运物资的直升机

---

① 《〈受暴雨影响陕西汉中略阳五龙洞成孤岛 直升机急运物资〉中国新闻奖媒体融合奖项参评作品推荐表》，中国记协网 2019 年 5 月 23 日。

② 雷跃捷、白欣蔓：《回归"内容为王" 第二十九届中国新闻奖融媒体作品评析》，人民网 2019 年 11 月 18 日。

③ 《第二十九届中国新闻奖解析 媒体融合圆桌研讨》，《中国记者》2019 年第 12 期。

④ 洪长晖、张佳佳：《两届中国新闻奖媒体融合奖项作品分析》，《媒体融合新观察》2021 年第 2 期。

没有起飞。直播前，记者和同事做了充分准备，标题、直播画面、直播简介信息全面，但记者出镜时没有带有台标的话筒也留下了遗憾。从赏析的角度看，这个直播存在一些值得探讨之处。

一是直升机非飞机。直播视频 1 分 11 秒处记者说，"从飞机上下来了一位工作人员""飞机并不大"，直播介绍时又说，"一会儿会跟随着飞机进入五龙洞镇，看看那里的情况"，把直升机说成飞机有误。

专业人士多次撰文呼吁直升机不等于飞机。日常生活中，我们会把那些在天上飞来飞去的人造机器都叫作飞机。严格意义上来说，飞机指的是有固定机翼的飞行器，就像客机那样，所以直升机并不是飞机。直升机虽然不是飞机，但直升机和飞机都可以被归为航空器。[①]

二是直播中的口误。直播视频 3 分 43 秒处，画面显示货车上装的打包好的包裹为"陆空棉被"，这几个印在包裹外面的黑色字体十分醒目，但不知记者为何读成了"防空棉被"？

三是个别表述随意。记者直播中把介绍情况的县政府办的工作人员称为"兄弟"，即便这是亲切的叫法，但给人的感觉显得有点随意。

阅读+

（《受暴雨影响陕西汉中略阳五龙洞成孤岛　直升机急运物资》主创：戚晓钟、史凯强、殷旭、陈雯婷；编辑：唐沛、王娟、赵警、贺婧文；陕西广播电视台 2018 年 7 月 17 日；获第二十九届中国新闻奖移动直播三等奖）

---

① 董依明：《直升机不是飞机》，中国科学技术馆百家号 2022 年 6 月 27 日。

现场直击交警夜查

在第三十届中国新闻奖评选中，江苏广播电视台荔直播作品《严查"百吨王"》获移动直播三等奖。这是一场四路记者深夜直击的直播，通过这场时长 2 个多小时的直播，可以看出广电在全媒体时代是如何策划组织移动直播的。

（一）

广播新闻现场直播兴起于 20 世纪 80 年代，90 年代末期以来，获得较快发展。[①] 电视新闻直播报道在我国起步较晚。1958 年 5 月 1 日，我国拥有属于自己的第一家电视台——北京电视台，直到 20 世纪 80 年代初（也就是改革开放初期），我国的电视新闻直播事业一直处于孕育中的萌芽时期。[②]

早些年，有观点认为，新闻现场直播严格分类的话可以分为广播新闻现场直播、电视新闻现场直播和网络文字现场直播，但是最能表现新闻现场直播特性的则是电视新闻现场直播，因为电视具有其他媒体无可比拟的全面表现能力，能够全方位地展示新闻事件本身，所以新闻现场直播更多说的就是电视新闻的现场直播。[③] 今天，网络视频现场直播也可以达到电视新闻现场直播的效果。

历史上，有几次比较重要的直播：1984 年，中央电视台第一次现场直播首都庆祝中华人民共和国成立 35 周年阅兵式和群众游行实况，并通过卫星

---

① 李汉如、成红珍：《论广播新闻现场直播及其特性》，《新闻前哨》2006 年第 7 期。

② 陈博：《寻求电视新闻直播的可持续发展之路》，《当代电视》2006 年第 11 期。

③ 王娜：《新媒体语境下的新闻现场直播》，《科学之友》2011 年第 1 期。

同时向国外转播。当天有 12 个国家和地区的十几个国家电视台，转播或录播了阅兵式和群众游行实况。1985 年，六届全国人大三次会议开幕式首次进行电视直播，这是中国电视史上第一次将重大政治新闻以电视直播的形态呈现给观众。[①]1995 年 1 月 1 日，中国国际广播电台英语广播恢复新闻直播、华语广播实施首次新闻直播，取得了圆满成功。这标志着中国对外广播事业又向前迈出了重要一步。1996 年 1 月 1 日，《新闻联播》即日起由录像播出改为直播，至此，中央电视台第一套节目的全天 13 次新闻，全部实现了直播。[②]2009 年的新中国成立 60 周年国庆庆典，央视进行了全程直播，真正让观众享受了一次电视直播盛典。[③]

中国新闻奖奖项设置上一直不断与时俱进。中国新闻奖从第八届开始为广播设立了"现场直播奖"。这个奖项的设立，可以说标志着作为广播新闻后起之秀的现场直播，成为"广播优化自身本质功能的重型武器"。[④]

在第八届中国新闻奖评选中，中央人民广播电台的《百年长梦今宵圆》、中国国际广播电台的《香港回归现场报道》、中央电视台的《1997 香港回归特别报道》的现场直播同时获特别奖。在第九届中国新闻奖评选中，上海人民广播电台的《邀请美国总统做嘉宾》获直播二等奖。在第二十八届中国新闻奖评选中，出现了三种直播奖项并存的局面，既有电视直播奖项，也有广播直播奖项，还首次设立了移动直播奖项，不过三种直播奖项并存的局面仅持续了 4 年，在第三十二届中国新闻奖评选中，所有的直播都合并为了新闻直播。直播应突出新闻，这是一种共识，也是一种导向。

近年来，获中国新闻奖的直播作品有《庆祝中国共产党成立 100 周年大会特别报道》《庆祝中国人民解放军建军 90 周年特别节目》《"党代表通道"直播报道》《南来北往——2017 春运观察》《十三届全国人大一次会议

---

① 郭晶：《浅析电视新闻直播报道》，《采写编》2010 年第 2 期。

② 《【致敬 70 周年】广电行业崛起之 1995—1997 大事记》，搜狐网 2019 年 8 月 21 日。

③ 蔡盈洲：《电视新闻直播辨析》，《中国电视》2010 年第 3 期。

④ 成文胜、齐茗馨：《现场直播在路上——改革开放 40 年我国广播新闻现场直播的发展》，《中国广播》2018 年第 10 期。

首次举行宪法宣誓仪式现场直播》《庆祝改革开放 40 周年直播》《新时代，共享未来——首届中国国际进口博览会直播特别报道》《跨越——港珠澳大桥通车运营特别直播》《〈百桥飞架新跨越〉现场直播》《庆祝中华人民共和国成立 70 周年大会、阅兵式、群众游行特别报道》《巅峰见证——2020 珠峰高程登顶测量》《冲刺 1500 公斤——袁隆平团队第三代杂交稻测产》等，这些获奖直播具有重大性、显著性、独特性，多属于重大主题宣传性质的直播。

（二）

获奖直播《严查"百吨王"》有一些可圈可点之处，比如把一个类似的工作报道做成了流量报道、获奖报道，严查本身属于工作，但内容又不局限于工作；再如准备充分，四路记者现场报道，采访比较深入，尤其是现场对涉事司机的采访，把握比较得当，内容也比较鲜活；另外，事先准备的相关短片与邀请嘉宾到临时演播室互动，可见前期都做了大量准备工作。

在观看 2 个多小时现场直播的过程中，一个切身感受是江苏省广播电视总台在不断强化"荔直播"的品牌：记者出镜现场报道时用的话筒，除江苏台的标识外还有"荔直播"的标识；主持人在演播室介绍情况时，多次植入"荔直播"。

说起"荔直播"，有必要说下江苏省广播电视总台的荔枝新闻客户端。荔枝新闻客户端 2013 年 8 月上线，是国内首个省级广电媒体新闻客户端。荔枝新闻深入推进全国化战略，突破行业和地域界限，不断探索省级广电新媒体"出圈"之路。

"荔直播"始于 2017 年 4 月。"荔直播"推出后，在荔枝新闻客户端等自有平台，微博、微信、企鹅等公众平台以"江苏新闻""荔直播"账号进行常态移动直播与短视频每日发布。2019 年 12 月，"荔直播"微博粉丝突破 1000 万，微信公众号粉丝 500 多万，共计直播 300 余场，腾讯视频上显示发布视频 1.1 万余条，总点击量向 100 亿大关冲刺。总体而言，"荔直播"遵循先网络直播，后电视节目播出的模式。但这一模式并非一成不变，电视、网络直播与短视频三者相互配合，灵活变通，在"移动优先""一源多屏"制作的理念下，由"媒介融合"倒逼"内容融合"，催生融合质变，放大了一体效能。值得肯定的是，在融合实践中，"荔直播"始终保持了严肃性与趣味性的统一，它早期策划的主题是体育竞技、时尚赛事等作为品牌打响初期获取观众注意的策略性选择。①

2018年，"荔直播"获江苏省委宣传部、省委网信办评选出的"江苏省新媒体运用创新奖"。"荔直播"有一些自己的特点：一是避免碎片信息，直播内容专业化；二是摆脱线性思维，直播过程互动化；三是聚焦三大板块，直播题材常态化。"荔直播"的直播报道内容主要分为三类，即时政热点、社会焦点和突发事件，"荔直播"坚持内容为主、策划先行、贴近民生、聚焦社会热点，以具有独家性、地域性、常态化的直播内容取胜，各领域内容凭借各自特色吸引了固定的观众群体，生产出许多接地气、得民心的直播素材。②

2022年10月15日，2022中国应用新闻传播论坛暨应用新闻传播十大创新案例发布大会在同济大学举行。十大创新案例由中国新闻史学会应用新闻传播学专业委员会组织专家提名、遴选和评审产生，此次是第六次发布，"荔直播"入选十大创新案例。对"荔直播"的推荐语为："荔直播"是江苏广电总台精心打造的原创融媒体内容产品，由"网络直播+电视直播+短视频"组成，覆盖了集电视端——江苏卫视、江苏公共新闻频道——以及互联网端荔枝新闻、我苏网、"江苏新闻"微博、微信公众号、百家号、头条号、抖音、快手等多个平台，大小屏积极互动，融合矩阵传播。其中，疫情防控期间，荔直播推出的9秒短视频《江苏省委书记进村检查疫情被拦下》引爆全网，被人民日报等多家央媒转载，登上微博热搜榜前三。"荔直播"总点击量超240亿，荣获中国新闻奖等多项大奖。③

---

① 成玲玲：《从"荔直播"看主流媒体如何重塑传播力》，《中国广播电视学刊》2021年第1期。

② 杨紫玮：《电视媒体融合互动品牌的创建与传播——以江苏广电"荔直播"为例》，《传媒》2019年第23期。

③ 张志安：《2022中国应用新闻传播十大创新案例在上海发布》，澎湃新闻2022年10月16日。

（三）

中国记协新媒体专业委员会在推荐江苏广播电视总台《严查"百吨王"》作品参评中国新闻奖时给出的推荐理由是："该作品针对社会热点问题，运用网络直播和电视直播、图文、评论等多种形式对全省交警、交通运输执法部门查处超限超载车辆的行动进行报道。作品现场感强，网络有积极的讨论互动，对于社会治理提出了新的思考，有效发挥舆论引导作用。"①

对《严查"百吨王"》获中国新闻奖，有观点认为，这是以百姓视角反映社会问题、体现人民情怀的优秀作品。超载车辆引起的恶性交通事故近年来屡见不鲜，严重危害人民群众生命财产安全，整治这一问题不仅要严抓严打还要教育引导。江苏省广播电视总台策划推出的《严查"百吨王"》，对交通运输执法部门查处超限超载车辆的行动进行网络直播，就如何整治超限超载行为展开深度讨论。这一直播活动积极回应公众关注的热点，体现出媒体维护人民利益、反映人民需求、回应人民呼声的核心价值。直播运用现场直播、短片、图示、讨论等多种报道手段，并将直播片段在《江苏新时空》《新闻眼》《新闻360》等电视新闻栏目再次播出，充分发挥"电视＋网络"全媒体传播的叠加效应。这既是利用新手段新平台"报道新闻＋引导舆论＋普及知识＋参与互动"多元模式的有益探索，也是新闻融合传播的典型案例。②

从赏析的角度看，这件获奖作品也有不足之处。具体而言：7分50秒处，交警似还没有介绍完情况，直播镜头切向了大桥出口处的车辆，这期间直播画面中出现了一些杂音、聊天声；46分处，直播转入徐州104国道查处超载超限现场时有杂音；1时3分53秒处，中间超过15秒无解说，又放了两次片花才切入演播室，前后相隔1分钟主持人才衔接上；2时12分处，衔接不流畅，把主持人说的"准备"也直播了出来。

直播中出现口误或者意外在所难免。中国新闻奖审核时是如何评判直播

① 《〈严查"百吨王"〉中国新闻奖推荐表》，中国记协网2020年10月27日。
② 韩隽、巨高飞、董志博：《地方主流媒体精品创优的内容特色与创新个性——基于三届中国新闻奖地方获奖作品的定量分析》，《新闻知识》2021年第7期。

作品中的口误等问题的呢？中国新闻奖审核委员会主任唐绪军在谈到音视频参评作品错误时表示："这类错误主要指记者或主持人的表述错误，以及音频作品的现场音响、视频作品现场音响和画面质量存在明显的瑕疵，但对重大突发新闻事件的报道要求可适当放宽。对这类错误的判断，以媒体播出规范为准，同时综合考虑作品内容、呈现和采摄现场的实际情况。"在公布的第三十二届中国新闻奖参评作品典型差错案例中，有一类为技术性差错，这一类差错主要涉及广播电视和新媒体作品，在制作和播出环节上不符合专业要求，如字幕切换失误、同期声音量偏大等。① 从创优的角度而言，这些都是值得注意的。

阅读+

（《严查"百吨王"》主创：季建南、陆树鑫、许诺、莫妍坤、冯刚、刘磊、胡於棋、吴迎旋、范娜、周婕、吴浩然、朱贺庆、郭锴峰、李扬、罗飞、任思燕；编辑：冯刚；江苏广播电视总台江苏新闻微信公众号 2019 年 11 月 6 日；获第三十届中国新闻奖移动直播三等奖）

---

① 唐绪军：《迎接新挑战　当好把关人——第三十二届中国新闻奖审核委员会工作报告》，新闻战线微信公众号 2022 年 11 月 16 日。

第六辑

主宣比拼创意

做好主题宣传是媒体面临的永恒主题之一。全媒体时代，媒体融合深度发展，从近年获中国新闻奖的作品中可以看到，主题宣传出新出彩在一定程度上比拼的是创意。创意不仅是策划的比拼，同时也是一家媒体综合业务能力的比拼。好的创意，不仅要立足自身寻求特色，还要善于创新表达呈现方式。

选题好成功了一半

在第三十二届中国新闻奖评选中，重庆日报报业集团华龙网作品《人间正道是沧桑——百年百篇　留声复兴之路》获新闻专题一等奖。近年来，华龙网多次出现在中国新闻奖获奖名单中，在这届评选中一次斩获了 2 个一等奖，华龙网至此已连续 10 年 14 次获中国新闻奖，其中 6 个一等奖。100 天连推 100 期，此次获一等奖的新闻专题《人间正道是沧桑——百年百篇　留声复兴之路》有很强的融合特征。

（一）

华龙网成立于 2000 年，是国务院新闻办首批批准组建的省级重点新闻网站，是重庆市委市政府唯一官方新闻门户，由市委宣传部主管，是重庆日报报业集团媒体融合发展的战略转型平台，拥有重庆重大新闻首发权。近年来，华龙网先后获得"重庆市文化产业示范基地""重庆市优秀创新型企业""全国报社媒体融合技术创新优秀企业"等荣誉。[①]

我国四大直辖市的新闻门户网站都成立于 2000 年：北京的叫千龙网，上海的叫东方网，天津的叫北方网，重庆的叫华龙网。2010 年 1 月，华龙网启用新 Logo。新 Logo 吸取了我国龙图腾中象征富庶、华贵的"卷草龙"和"蛟龙"的特征，龙身由九曲的五朵花形组成，昂头向上，形成一个"互"字，寓意重庆一个全媒体互动时代的开始。该 Logo 一改品牌 Logo 静态的设计思

---

① 《2021 年度华龙网社会责任报告》，华龙网 2022 年 5 月 30 日。

路，在国内同行中首开"动感"Logo 设计先河。^①

2014 年 2 月，重庆华龙网集团有限公司成立，注册资金 1 亿元。新重庆 APP 是由华龙网集团重点打造的重庆城市客户端。

从一间清水房两张木工板，发展为新型媒体集团，从单纯"PC 一张网"到"多型态终端"的全媒体融合布局，从媒体相"加"到技术驱动媒体相"融"，华龙网的发展近年在国内备受瞩目。华龙网的融合之路主要靠的是三个法则：一是以内容建设为龙头，催化融合质变；二是以技术、运营为支柱，驱动传播体系；三是以队伍建设为基础，发挥人才优势。^②

2021 年 11 月 22 日，重庆日报报业集团召开做大做强上游新闻、推进都市报深化改革动员大会。本次重报集团深化改革，做大做强上游新闻一大亮点是引入华龙网集团战投资金 2.01 亿元。上游新闻自 2015 年成立以来，下载量 4200 万，日均访问量上亿人次，矩阵用户数超过 8500 万。此次华龙网集团注资上游新闻，双方在内容、技术和经营各领域进行全方位联动、深层次融合，建立重庆新媒体产业集群，同时有效解决华龙网上市过程中的同业竞争问题，让党的声音通过党报、党网、党端这些"金话筒"在移动互联网上更加响亮。^③

（二）

作为全国年度优秀新闻作品最高奖，每届中国新闻奖评选对年度大事的关注都会占有一定比例。建党百年是 2021 年度的大事之一，从中央到地方围绕建党百年都做了大量宣传报道。建党百年，作为重大主题宣传，媒体出新出彩的背后比拼的是创意。

华龙网新闻专题《人间正道是沧桑——百年百篇 留声复兴之路》，以习近平总书记重要讲话精神为纲领，对重庆革命文物文献的历史内涵、时代价值进行通俗化、年轻化、网络化解读，实现轻量化、移动化、碎片化传播，

① 《华龙网新标识惊艳亮相 动感 Logo 国内网媒首创》，青岛新闻网 2010 年 1 月 8 日。
② 李春燕：《华龙网媒体融合的"进阶法则"》，《传媒》2019 年第 16 期。
③ 《打造国内一流新型主流媒体，上游新闻全新起航》，华龙网 2021 年 11 月 22 日。

在庆祝建党百年之际讲好、讲活重庆红色故事。专题在立意、内容、技术、传播等方面均实现了大胆探索、积极创新，探索出一条符合移动互联网时代符合大众阅读习惯的传播路径。① 立足重庆，讲好党史故事，内容厚重，是这件获奖作品最显著的特色，背后是大策划与大投入。

100 天，每天一期，三个多月的时间，推出如此规模的融媒体专题，背后的工作量可想而知。从文尾的总制片、总策划、总监制、监制、统筹、文案组、撰稿人、摄影摄像组、制作组、技术支持、解说等署名看，这个专题有数十人参与。过去常说，小切口大主题，但近年获中国新闻奖的一些作品，尤其是融合类作品，呈现出的是大策划、大投入、大制作，这种大单靠个体根本无法实现。这是不是媒体融合应该提倡和鼓励的方向？有观点认为，全媒体时代，媒体在内容生产上是"大生产"，个体的作用被削弱了，需要的是团队协作生产。这或许是时代的一种使然。

（三）

第三十二届中国新闻奖评选，可谓中国新闻奖设立以来改革力度最大的一次。具体而言，打破了中国新闻奖一直以来主要按报纸、广播、电视、网络等媒体介质设置奖项的做法，改为主要根据作品题材、贯通各类媒体设置奖项。比如，将原来的文字消息、广播消息、电视消息 3 个奖项合并为消息，将原来的广播新闻专题、电视新闻专题、网络新闻专题、短视频新闻专题报道 4 个奖项合并为新闻专题，将原来的广播新闻现场直播、电视新闻现场直播、移动直播 3 个奖项合并为新闻直播。

关于这次改革，按照中国记协评奖办的说法："介质限制被突破、参评'赛道'被打通，各类媒体可参加各个奖项评选，大家同台竞技、综合比拼、互学互鉴，有助于提高融合生产能力，加快建设全媒体传播体系。"② 对于这次改革，一位业内人士评价："媒体融合快速发展带来新闻作品形态多样化，

---

① 《〈人间正道是沧桑——百年百篇　留声复兴之路〉中国新闻奖参评作品推荐表》，中国记协网 2022 年 11 月 1 日。

② 《独家！评奖办解读中国新闻奖改革五大创新》，中国记协微信公众号 2022 年 6 月 15 日。

这种变化是由新媒体环境下传播格局和内在逻辑的改变而形成的。本次中国新闻奖的改革就是从新闻专业和新闻工作实际出发，以全新的逻辑和系统的思维对奖项设置进行改革。与媒体深度融合发展要求相适配设置奖项，从长远角度较好地解决了在原有奖项上'打补丁'扩容的方式来满足全媒体发展对奖项需求的情况。"①

新闻专题是改革后的中国新闻奖 14 个基础类奖项之一。按照中国记协公布的评选办法，新闻专题是指"深入报道新闻人物、事件的音视频和多媒体作品"，要求"主题鲜明，选材典型，结构合理，报道生动，感染力强"。

华龙网获奖作品《人间正道是沧桑——百年百篇　留声复兴之路》有很强的融合特征。中国记协公布的这件获奖作品信息中有四个二维码，分别是专题的综合页面，专题的第 1 篇内容《百年百篇　留声复兴之路①｜百年前这位重庆青年为何受到三位领袖共同赞誉？》、第 16 篇内容《百年百篇·留声复兴之路⑯｜一则 200 多字的日记　揭秘杨闇公与刘伯承的革命友谊》和收尾篇内容《百年百篇　留声复兴之路　特别篇｜这，就是 100 年前重庆青年的中国梦！》。三篇内容分别为专题开头、中间和结尾，相当于是整个专题的代表作。这个获奖专题有一些值得学习的地方。

——**主题提炼**。好的新闻专题需要有一个鲜明的主题，而这具体体现在标题上。不妨看一下第三十二届中国新闻奖部分获奖新闻专题的标题，如《诞生地——不能忘却的纪念》《青春正当时——高原上的女兵班》《2021 见证｜稻香四季　青青柳河湾》《冬天里的春之声》《浙世界那么多人》《格桑花开雪域边陲——苹果树下的科学梦》……看了这些虚虚实实的标题，大致也能明白都是什么方面的内容。华龙网获奖专题主题是"人间正道是沧桑"，副题是"百年百篇　留声复兴之路"，主副结合，也可以看出内容与建党百年有关。

比较巧合的是：在第三十二届中国新闻奖评选中，人民日报社获融合报道一等奖的作品也与"复兴"有关——《复兴大道 100 号》；在第三十届中国

---

① 《业内热议！中国新闻奖评选改革与时俱进更趋优化》，中国记协微信公众号 2022 年 6 月 15 日。

新闻奖评选中，人民日报社获创意互动二等奖的作品同样与"复兴"有关——《复兴大道 70 号》。另外，获中国新闻奖的作品《复兴号奔向"未来之城"》《钟华论：在民族复兴的历史丰碑上——2020 中国抗疫记》等标题上也有"复兴"。

——**页面设计**。华龙网获奖专题百篇内容做到了格式和风格统一，每篇内容由八个方面组成。一是最上方的专题名称。沧桑的历史背景下突出金黄色的"留声复兴之路"几个大字，左上角是庆祝中国共产党成立 100 周年的标识和红底白字竖排的"百年百篇"，"庆祝中国共产党成立 100 周年"和"华龙网倾情呈现"分两排位于专题名称下方居中位置。二是开栏语。"中国共产党在重庆的奋斗，同样见证了中国共产党领导中国人民实现了站起来、富起来、强起来的伟大历程。"开栏语近 800 字，每篇文章摘要式呈现，进一步点明专题主旨。三是每期内容的标题。标题前缀为"百年百篇　留声复兴之路"，同时标明了期数，后一部分为对当期内容的提炼。四是视频，每期视频时长 3—5 分钟。五是介绍当期主讲人身份。六是当期内容的核心摘要。七是史料原文。八是海报。每期一张海报，把主讲人肖像和主讲内容融合在一起，海报上附有当期内容二维码。

——**融合互动**。华龙网获奖专题多处体现了融合互动。一是专题开篇的话，需要用户点击笔画偏旁合成"百年"。二是内容的全媒体传播，每篇内容由文字、视频、史料、海报等组成。三是百篇内容的分类提炼。整个专题分为"复兴之路·先声""复兴之路·影像""复兴之路·回响"几个部分，逻辑清晰。其中"复兴之路·先声"部分对每期内容又进行了分类归纳提炼，分为"雄文"（以文抒怀）、"诗歌"（诗以言志）、"珍档"（文献珍档）、"悼词"（祭文悼词）、"书信"（鸿雁传书）、"陈志"（慷慨陈志）。

——**联动各方**。涉及党史的内容需要慎重，弄不好很容易出现偏差，造成不良影响。华龙网获奖专题内容丰富，百篇文章涉及方方面面，通过联动全国党史研究领军人物、中国抗日战争史学会副会长、重庆市地方史研究会会长周勇教授及其团队的老中青三代历史学者，精选百年党史中的百篇诗文，以全新的视角，揭开一份份珍贵档案背后的尘封往事，解读其深刻的历史内涵和时代价值，其中更有相当一部分为首次公开面世。

　　凡事预则立，不预则废。华龙网采编团队早在 2020 年 6 月就开始思考筹划，以优秀的作品献礼党的百年华诞。关于这次创意的萌生，源于华龙网融媒体新闻中心负责人 2020 年 9 月带领骨干采编团队，拜访中国抗日战争史学会副会长、重庆市地方史研究会会长周勇时就如何挖掘在重庆这片土地上积淀的百年党史中的红色资源的深入探讨。

　　双方在沟通中发现，许多大家熟知的历史人物背后有一些有价值的故事。比如，重庆解放碑附近有条邹容路，很多人知道邹容是一位革命英雄，但极少有人知道，18 岁时，邹容在《革命军》中就提出过"中华共和国"政纲，并得到孙中山先生的充分肯定。如何让更多受众尤其是年轻人，从这段红色历史中汲取前进的力量，华龙网采编团队精选百年党史中的百篇诗文，由党史学者通过视频讲述的方式，用全新视角，揭开珍贵革命文物背后尘封的往事，解读其深刻的历史内涵和时代价值。[①]

　　借助这样一个新闻专题，重庆的历史学者和新闻从业者携手合作，用历史学、文献学、新闻学、影像史学的理论和方法，重现中国人民站起来的重庆篇章。通过开门办网的理念和融汇资源的运作，实现了党史研究成果与新媒体的深度融合转化。值得一提的是，这次联动策划还对一些革命文物进行了抢救性发掘整理。比如，发表在 1919 年《国民公报》上的《川东学生救国团宣言》，是重庆学生参加五四运动最直接的证据。历经百年，《国民公报》已经破碎，当年报纸使用的纸张印透了，模糊一片，辨认难度极大。为此，策划团队对标点不准、掉字、错字、通假字等问题进行了仔细梳理，最终使该文物得以完整面世。策划中解读呈现的版本是百年后首次以完整形态面世的版本，让受众更直接、更准确地感受到那个时代青年人的爱国热忱。[②]

　　"华龙网的互联网思维，使我们在探讨这个作品的创意，尤其是当我提

---

①《融媒精品汇|〈百年百篇　留声复兴之路〉为何圈了那么多年轻粉》，中国记协微信公众号 2021 年 6 月 8 日。

②　康延芳、佘振芳：《党史学习教育与新媒体深度融合转化探析——以华龙网专题栏目〈百年百篇　留声复兴之路〉为例》，《新闻传播导刊》2021 年第 20 期。

出规模（100 集）、样式（视频）、长度（3—5 分钟）的设想时，他们几乎没有认知上的障碍，很容易地便达成了共识。需知以 100 期的大体量做专题策划，对于我们研究会是第一次，即使是 20 岁'重庆老牌'的互联网企业，华龙网面对的也是第一次挑战。他们建立在互联网思维上的精干高效的运作模式，决定了就干，要干就全身心投入去干，即使没有专项经费，我们也各自挖潜，想方设法。因此，我们唯有的困难就是对我们自己的挑战。"① 这件作品获中国新闻奖一等奖后，作为主创之一的中国抗日战争史学会副会长、重庆市地方史研究会会长周勇发表了获奖感言。周勇曾在重庆市委宣传部工作了13 年，长期分管新闻工作，对华龙网十分熟悉。早在 2019 年，周勇就策划了《先声——重庆民族复兴历史诗文百篇精选集（民主革命编）》一书，这部《先声》也是后来《人间正道是沧桑——百年百篇　留声复兴之路》的文本基础。

周勇不仅是策划者，也是百篇的主讲人，十多次出镜讲述。在第二十二届中国新闻奖评选中，在重庆日报获文字消息二等奖的《91 年前的今天，中国最早的共产主义在重庆诞生》中，进行点评的专家即是周勇，他彼时的身份是重庆市委宣传部常务副部长、市委党史研究室主任。

——**创新表达**。类似的以史为主的新闻专题，很容易陷入史料的枯燥，如何创新表达是一道考题。创新表达是推动媒体深度融合的必由之路，"敢想实干"则是华龙人的座右铭。华龙网团队和重庆市地方史研究会专家学者一起，对专题文本进行了通俗化的表达转换，除保证内容的权威性、专业性外，用年轻人的视野和语言来解读，让作品呈现网络化、年轻化的特点。通过解读与讲述，让今天的青年与百年前的青年对话，在重温经典中理解历史、在讲述传统中继承传统、在感悟精神中砥砺精神。作品的形式，则采用时下流行的短视频方式，符合大众尤其是时下年轻人的阅读习惯。专题页面，更是通过沉浸式的设计，用影像讲述历史，既利于受众感知历史，也有益于传播。此外，每一期视频都运用了虚拟演播室等新媒体技术，让视频呈现不枯燥、

---

① 周勇、郭金杭：《获奖感言（下）：锲而不舍　无梦成真 | 写在〈百年百篇〉获得中国新闻奖一等奖之时》，重庆史微信公众号 2022 年 11 月 22 日。

可看性强、沉浸感十足。①

——推广传播。该专题参评中国新闻奖时，华龙网在填报的参评材料中写道：专题一经推出迅速形成现象级传播，线上浏览量突破 3 亿人次，仅在华龙网后台就有优质留言近 3000 条。专题入驻庆祝中国共产党成立 100 周年活动新闻中心（梅地亚）融媒体体验室，吸引众多中外记者前来"打卡"。专题在重庆大街小巷、党政机关上千块数字屏展播，走进四川外国语大学、西南政法大学等高校课堂，线下触达人群超 500 万，在社会各界尤其是青年人群中引发热烈反响。

专题更是 3 次获中宣部表扬肯定。专题特别篇《这，就是 100 年前重庆青年的中国梦！》被中宣部评为全国优秀理论宣讲微视频。专题形成了丰硕的线下成果，2021 年 9 月 24 日，"党史研究成果的转化与新媒体传播"——《百年百篇　留声复兴之路》专题研讨会举行，全国党史研究、新闻宣传领域专家学者共同探讨如何让党史研究成果实现更好转化，探讨在移动互联网时代，如何讲好百年波澜壮阔故事，传播中国共产党思想伟力。从专题"复兴之路·回响"中的三篇文章《当党史遇上新媒体将产生何种化学反应？来看这场研讨会上的答案》《100 天 100 期浏览量 3 亿！华龙网大型融媒策划"百年百篇"圆满收官》《党史原来这么燃！华龙网"百年百篇"栏目引发热烈反响》，可以窥探华龙网在推广传播上所做的努力。

（四）

在第三十二届中国新闻奖评选中，华龙网获重大主题报道（新媒体）二等奖的《手绘微纪录 | 大道同行》主题同样是建党百年。一家地方网站，一年 2 件获中国新闻奖的作品都是同一主题，也是少见。

2021 年建党百年之际，大量作品从共产党人角度讲述百年党史，《手绘微纪录 | 大道同行》则独辟蹊径，从民主党派角度看建党百年。重庆是党领

---

① 康延芳、佘振芳：《"走心"又"走新"——华龙网一次揽获中国新闻奖 2 个一等奖 +1 个二等奖背后的精彩故事》，两江观媒微信公众号 2022 年 11 月 11 日。

导的统一战线工作的重要实践地，也是中国民主党派的主要发祥地，8 个民主党派中，多个诞生于此。这件获奖作品深挖重庆本土新闻资源，紧扣建党百年的主题，从中国民主党派的角度出发，实现"换个角度"讲党史，为党史学习教育注入新活力。①

在第三十一届中国新闻奖评选中，华龙网作品《2019 对话 1949：时代变了　初心未变》获融合创新一等奖。这件作品与《手绘微纪录 | 大道同行》《人间正道是沧桑——百年百篇　留声复兴之路》一样，都属于年度重大主题宣传范畴，都属于对本地历史资源的挖掘。

2019 年是新中国成立 70 周年。《2019 对话 1949：时代变了　初心未变》使用"双屏互动"等新媒体技术，从 70 年这一特殊时间节点切入，让当下的小学生、职场女性、即将就业的青年，分别与革命志士上演一场"平行世界"的"隔空对话"，进而构建起三个不同的完整故事场景，作品形式和角度新颖，给受众强烈的冲击感和沉浸感，有一种和时空对话的感觉。②

在第二十八届中国新闻奖评选中，华龙网《绝壁上的"天路"》获网络专题一等奖，《百姓故事》获中国新闻名专栏（等同于一等奖）……近年频获中国新闻奖的华龙网在业内引发了关注。"你们有多少人？是不是有人专门投入精力做冲奖的精品？"面对外界疑惑，华龙网的同行说：其实很惭愧，我们在人手上跟很多媒体比，并没有优势，甚至可以说差距还很大。同时，我们也并没有人专门做冲奖精品，日常的报道任务，一样也不能少。值得欣慰的是，团队一直保持了"鸡血"体质，保持了不用扬鞭就奋力奔跑的自驱力。比如《人间正道是沧桑——百年百篇　留声复兴之路》的专题，除去前期策划阶段的不断碰撞，在推出的 100 天也非常不易，每天都要制作、审片、打磨，团队没有一天不在加班。③"没有一天不在加班"，这或许是当下全国媒体人的一种真实写照。

---

① 《〈手绘微纪录 | 大道同行〉中国新闻奖参评作品推荐表》，中国记协网 2022 年 11 月 1 日。
② 《〈2019 对话 1949：时代变了　初心未变〉中国新闻奖推荐表》，中国记协网 2020 年 10 月 14 日。
③ 康延芳、佘振芳：《"走心"又"走新"——华龙网一次揽获中国新闻奖 2 个一等奖 +1 个二等奖背后的精彩故事》，两江观媒微信公众号 2022 年 11 月 11 日。

根据一位华龙网同行 2023 年的分享可知：早在 2017 年，华龙网新闻中心就整合记者、编辑、主持、视频、美术、编导、后期制作、H5 技术等岗位组建了一支团队——"爆款冲锋队"。这个团队成员相对年轻，负责人大都经过传统媒体历练，90 后 00 后思想活跃，大家能取长补短互相学习。通过不断探索，这支队伍逐渐将传统式、单项式传播向互动式、场景式传播转变，从最初的 5 人发展成现在的 20 余人，逐步形成了现在的"融创部工作室"。最近几年，华龙网斩获的中国新闻奖，基本上出自这个工作室。①

对于近年频频斩获中国新闻奖，华龙网集团党委书记、董事长李春燕认为，好的选题是成功的一半。选题要坚持小切口，紧扣大主题，在故事讲述中生动展现内涵，让用户主动发现主题。挖掘好的素材需要脚下沾有更多泥土，心中才能沉淀真的感情，也只有到一线才能抓到最鲜活的"鱼"。好的作品，绝不是唾手可得、不费功夫，往往是反复打磨、千锤百炼的匠心之作。内容建设始终是城市新闻网站推动媒体融合发展的根本，要抓住优质内容价值回归的风口，通过匠心打造，用好声音讲好故事传递正能量，实现主题宣传、舆论引导和在线互动有机统一，不断提升重大主题宣传的穿透力和影响力。通过技术赋能，紧盯前沿应用，运用大胆新技术、新机制、新模式，加快融合发展步伐，实现宣传效果的最大化和最优化。建好自主可控移动传播平台，联动好各个传播矩阵，同时运用好第三方平台强大功能，构建无处不在的影响力，才能为打造传播精品真正插上翅膀，裂变传播精品内容。②

（五）

新闻性强，是中国新闻奖评选的总体原则和要求，以第三十二届中国新闻奖评选办法为例——"参评作品应坚持马克思主义新闻观，体现'四向四做'，导向正确，内容真实，新闻性强，社会效果好。"但从近年评选结果看，中国新闻奖媒体融合类作品存在的共性问题之一是获奖作品比较鲜明地体现

---

① 刘颜：《不能当编辑的记者不是好主播》，《传媒评论》2023 年第 4 期。
② 朱德华：《华龙网党委书记、董事长李春燕：守正创新，才能打造优质传播精品》，长江网 2021 年 10 月 17 日。

了融合和创新，但新闻性、时效性并不像常见的消息那么强。

从赏析的角度看，获奖作品《人间正道是沧桑——百年百篇 留声复兴之路》有一些值得探讨的地方。

一是主题是什么？从中国记协公布的获奖信息看，获奖新闻专题的主题应该是"人间正道是沧桑"，但专题页面上突出的是"留声复兴之路"，百篇文章的前缀都是"百年百篇 留声复兴之路"。对于标题上的"留声"，《现代汉语词典》（第七版）中只有"留声机"没有"留声"。

二是标题普遍过长。《探索救国救民之路 25 岁的吴玉章在三峡留下这样一首诗》《一篇讨伐檄文 见证巴蜀儿女追求民主的峥嵘岁月》……专题的百篇文章标题普遍偏长，每篇标题前再加上"百年百篇 留声复兴之路"的前缀，就显得更加冗长，语言文字的美感不足。

三是标题上代指多。可以说，专题的百篇文章每篇讲述的都是具体的人和具体的事，但不少标题把具体的人变成了代指，如《百年前这位重庆青年为何受到三位领袖共同赞誉？》《重庆沧白路以他命名 背后有着哪些鲜为人知的故事》《他是黄花岗七十二烈士之一，21 岁写下"拼命趁青春"》《这位马克思主义的"播种人"，我们不应忘记！》等。把一个个具体的人变成了"他""这位"，不知道是不是出于流量的考虑。

四是标点符号的问题。在中国记协网站上公布的获奖作品目录和参评材料中，"人间正道是沧桑"副标题前用的不是破折号而是连接号中的一字线，这不符合《标点符号用法》。连接号的形式有短横线"-"、一字线"—"和波浪线"～"三种。《人民日报》2022 年 11 月 9 日刊发的《第三十二届中国新闻奖获奖作品目录》用的是破折号。

五是格式不统一。三篇代表作仅标题上就有两个方面不统一："百年百篇""留声复兴之路"之间有的有空格，而有的又没有空格；标题上有的使用逗号断开，而有的使用空格断开。百篇文章中类似的不统一还有多处，比如介绍本期主讲人时多处使用了冒号，而其中有 7 篇没有使用冒号，个别文中用的是"本期主讲"。另外，正文中"为您揭秘""为你揭秘"也未统一。

六是主讲人身份。主讲人身份如果是教授、副教授、讲师等比较好理解，但其中的一些博士、博士生、硕士、研究生让人有疑惑。博士和博士生是有区别的，硕士和硕士生、研究生也是有区别的。如果已经博士毕业，获得博士文凭、博士学位，说博士没有问题；如果还在读，用博士生则更为准确。

阅 读 +

（《人间正道是沧桑——百年百篇　留声复兴之路》主创：周勇、康延芳、刘颜、佘振芳、易华、曾雯、李文科；编辑：管洪、李春燕、周秋含、张一叶〔张勇〕、孙柯、张译文、张惠丽、李露、林楠、罗盛杰、宋煦、刘国飞、李春雪；重庆日报报业集团华龙网、新重庆客户端 2021 年 7 月 16 日；获第三十二届中国新闻奖新闻专题一等奖；注：二维码为专题页面）

创新让人过耳难忘

在第三十二届中国新闻奖评选中，中国科技网作品《放大音量！听百年最硬核声音》获融合报道二等奖。中国科技网是由科技日报社主办的国家科技新闻网站。这件作品在建党百年主题的众多作品中能够获奖，作品本身有一定创意，巧妙地融合了视频和音频两种形态。

（一）

《科技日报》是承担党和国家舆论宣传任务的中央主流媒体之一，是党中央、国务院在科技领域的宣传主阵地。《科技日报》原名《中国科技报》，1986 年 1 月 1 日由国家科委、国防科工委、中国科学院、中国科协联合创办。1987 年 1 月 1 日更名为《科技日报》。邓小平同志曾先后为《中国科技报》《科技日报》题写报名。科技日报社在全国设有 34 个记者站，在联合国及美、英、法、德、俄等 13 个国家和地区派有常驻记者。[①]

面对媒体格局的深刻调整和舆论生态的重大转变，推动媒体融合发展是全党共识、国家战略，是主流媒体的历史责任和政治任务。科技日报社从探索报网融合，到确立实施移动优先战略，再到明确建成以中国科技资讯库为"根"，以智能媒体和智库媒体资讯服务为特征的"一库两翼多平台"融合发展架构，逐步走出了一条科技日报社的媒体发展之路。[②]

科技日报的深度报道形成了自己的特色。2020 年，在新一轮媒体融合发

---

① 《科技日报社社会责任报告（2021 年度）》，中国科技网 2022 年 5 月 23 日。

② 冯超、邵德奇：《改革创新　融合发展——科技日报社媒体融合发展概述》，中国科技网 2019 年 1 月 28 日。

展过程中,《科技日报》推出了《深瞳》栏目,专门刊发记者的科技类调查报道,目的是将内容生产置于优先地位,不断加大优质科技新闻的供给力度。为了打造科技类调查报道精品,科技日报社编委会成立"深瞳"工作室,抽调精兵强将组成报道团队,在选题、策划、采访、写稿、编辑等各个环节精耕细作,确保精品。一开始,也有人担心,连篇累牍式的科技报道不会有市场?事实证明,这样的看法失之偏颇。《深瞳》栏目刊发的科技类调查报道,经科技日报及其新媒体矩阵合力传播,均取得了良好的传播效果,部分报道还产生了"破圈"效应。例如,调查报道《大科学工程遭遇商标碰瓷 这包烟也叫"天眼"》,从市场上流行的一包香烟入手,经过长达数月的调查采访,揭开了烟草企业"假致敬,真碰瓷"的事实和"中国天眼"遭遇商标抢注的乱象,在国内率先呼吁国家层面重视大科学品牌的保护问题。报道发出后,各大主流媒体纷纷跟进报道,"天眼被注册为烟草商标"话题相继登上了微博热搜和百度热榜,阅读量逾 2 亿次。中国控烟协会公开呼吁国家严肃查处。①

2022 年 10 月 9 日,科技日报客户端新版上线,并同时推出创新号新媒体平台。作为一个"汇科技"的多媒体平台,科技日报新版客户端以报社多年来深耕科技领域的强大采编力量为支撑,从创作生产源头发力,深耕专业化、垂直化、场景化内容服务。"创新故事""科普一下""科研助理等你来"……大量原创科技内容在这里全媒体呈现。此外,科技日报新版客户端紧紧围绕核心目标读者群,精心打造《科技界》栏目,通过"科管、院校、高企、科特派、外专"五大"科技朋友圈",垂直服务目标受众,着力形成中央与地方科技政策上通下达、科技宣传纵横连贯、科技资讯互联互通"一张网"。②

（二）

中国科技网作品《放大音量!听百年最硬核声音》能获中国新闻奖融合报道二等奖,对做好主题宣传有一些借鉴和启示。

---

① 何星辉:《科技类调查报道突破怪圈求"破圈"》,《青年记者》2021 年第 13 期。
②《科技日报客户端新版上线》,《科技日报》2022 年 10 月 10 日。

——**立足自身特色**。类似建党百年这样的主题宣传，从中央到地方各家媒体都在做，关键是如何立足自身做出特色。科技日报社围绕建党百年推出了一系列策划和报道，同时也推出了一批融合产品。

科技日报社建党百年的策划都在围绕自己的特色做文章。如推出的"百名院士的入党心声"系列融媒作品，摘录院士的入党志愿书原文，展现了广大科技工作者凝聚在党的旗帜下，科学救国、科技报国的历史细节。系列作品通过朴实无华却感人至深的话，反映钱学森、钱三强等广大科技工作者凝聚在党的旗帜下，科学救国、科技报国，矢志不渝、接续奋斗。这一系列短视频在新浪热搜持续置顶展示，#百名院士入党心声#话题阅读量达 1.1 亿。[1]

《放大音量！听百年最硬核声音》同样特色鲜明。筛选神舟十二号载人飞船、天和核心舱、天问一号等火箭发射穿云破日声，山东号航母下海、奋斗者号深潜、三峡工程开闸放水声，原子弹、氢弹爆炸声，天眼之父南仁东、天问一号总设计师张荣桥、袁隆平院士、屠呦呦采访原声等十余个中国科技创新最硬核的声音，呈现在党的领导下将困难当阶梯勇于登攀的中国科技奋斗史。[2]

——**创新传播方式**。移动互联时代，伴随着智能音频终端的不断普及和用户视觉需求的逐渐饱和，声音的价值重新获得彰显，"耳朵经济"正悄然兴起。声音作为人类感知世界的一种重要方式，在融媒体报道中可以为用户获取信息提供更多的选择，带来立体化的感官体验。随着媒体融合发展的不断深入，具有现场感、空间感、伴随性等特质的声音重新被重视。媒体内容生产者要将用户需求放在首位，提供更高质量的内容与更有创意的收听体验，吸引更多用户关注，增强与用户的连接，提升主流媒体的传播力与影响力。[3]

时长 2 分 40 秒的《放大音量！听百年最硬核声音》是个视频产品，同时

---

① 付锐涵：《全方位　强特色　多声部——科技日报社建党百年报道的创新实践》，《全媒体探索》2021 年第 4 期。

②《〈放大音量！听百年最硬核声音〉新媒体专项初评作品推荐表》，中国记协网 2022 年 11 月 1 日。

③ 杨凤娇、宋一丹：《融媒体报道中的音频创新——基于对中国新闻奖媒体融合类作品的分析》，《中国新闻传播研究》2022 年第 2 期。

也是一个音频产品。中国记协新媒体专业委员会对这件作品给出的推荐理由是："作品非常巧妙地融合了视频和音频两种形态，节奏明快、激荡人心。尤其是音频的剪辑使用，较有特点。内容方面，汇集了中国百年科技史上极具代表性的十余个事件、人物的珍贵音频资料，说服力强，余音绕梁，让人过耳难忘。"

——**把握发布时间**。类似建党百年主题的传播产品，选择什么时间节点发布比较合适？《放大音量！听百年最硬核声音》在中国科技网推出的时间是 2021 年 7 月 1 日零时，也就是建党百年当天。用主创人员的话说，这是"在建党百年之际送上第一份生日祝福"。当天上午，庆祝中国共产党成立 100 周年大会在北京天安门广场隆重举行，各界代表 7 万余人以盛大仪式欢庆中国共产党百年华诞，习近平总书记发表重要讲话。

媒体自主策划的传播产品，选择在"七一"当天发布，体现了对传播时度效的把握。人民日报社、新华社获中国新闻奖一等奖的建党百年融合传播产品，发布时间都比较讲究。人民日报社产品《复兴大道 100 号》的发布时间是 2021 年 6 月 30 日晚，长图在手机端长 50 余屏，覆盖 300 多个历史事件和场景，包括 5000 多个人物、400 余座建筑，整部作品制作周期逾 100 天，围绕"复兴大道 100 号"主题的相关内容全网点击阅读量超 10 亿次。[1] 新华社产品《2021，送你一张船票》的发布时间是 2021 年 1 月 2 日上午，这是新华社 2021 年首个爆款产品，也是央媒首个庆祝建党百年融媒体报道，全网浏览量超过 5 亿次。[2]

——**组合发布传播**。《放大音量！听百年最硬核声音》在中国科技网推出的同时，当天在科技日报微博发布的时间是 6 时 32 分，在科技日报微信公众号推送的时间是 7 时 48 分。与视频一起配发的文字"生日快乐！伟大的中国共产党！因为有你，我们才能尽情欢呼！"让作品的主题更加鲜明。传播产品的配文，虽然简短，但不要忽视。

① 《〈复兴大道 100 号〉新媒体专项初评作品推荐表》，中国记协网 2022 年 11 月 1 日。
② 《〈2021，送你一张船票〉新媒体专项初评作品推荐表》，中国记协网 2022 年 11 月 1 日。

（三）

在第三十二届中国新闻奖评选中，农民日报社获融合传播三等奖的产品《那些值得铭记的"第一"》，与科技日报社的获奖产品《放大音量！听百年最硬核声音》有一些相似的地方——作品提炼了中国共产党与中国农民在百年历史中最值得书写和铭记的十大第一、十大事件、十大法律法规，对党史中的重大时间节点、重大历史事件和重要的法律法规进行集纳和分析，为百年历史征程梳理了脉络、标注了高点。中国记协新媒体专业委员会评价农民日报社作品："将宏观历史和微观现实事件相结合，采用互动长图、音频解读等多媒体手段，深入浅出地诠释了百年来党领导中国人民不懈奋进的伟大成就和宝贵经验，主题鲜明，重点突出，是重大主题融合报道的新尝试新探索。"[1] 从赏析的角度而言，中国科技网获奖作品《放大音量！听百年最硬核声音》有一些值得探讨之处。

一是算不算原创？按照中国记协公布的评选办法，"在上年度原创并刊播的新闻作品均可参评"。《放大音量！听百年最硬核声音》算不算真正的原创？2分40秒的视频中，素材有多少是科技日报社自己的？视频最后注明资料来源于央视网、人民网、新华网。不可否认，这个获奖作品有创新性，但创新性等不等于原创性？根据公开素材重新进行创意再传播，能不能算原创，能不能评奖，这是深度融合过程中需要回答的现实问题。这件作品获奖，是不是释放了这种模式的创作是可行的，而且是有效的信号？

二次创作的短视频面临版权治理困境。二次创作作为一种新型的创作模式，使《版权法》的制度设计在解决现实问题时表现得力不从心。[2] 中国江苏网新江苏客户端获第三十二届中国新闻奖融合报道三等奖的《你的眼睛》，其参评材料推荐理由部分值得注意：该H5作品的主配乐选用的是网络音乐创作者"狗蛋YB"的《文艺复兴的狗蛋》，内嵌视频选用了网络音乐创作者"阿

---

[1] 《〈那些值得铭记的"第一"〉新媒体专项初评作品推荐表》，中国记协网2022年11月1日。

[2] 徐勇、吕楠：《热话题与冷思考——关于国家治理体系和治理能力现代化的对话》，《当代世界与社会主义》2014年第1期。

文酱"的《那就睡前听听吧（Demo）》和"茉莉"的《山河皆可平》等，旋律虽契合作品风格，但不知是否有版权授权。①推荐理由中指出的这个问题可以说具有共性。

二是百年选择全否？标题上是"听百年"，2分40秒长的视频中，涉及的年份只有10个，具体为：2021年、2020年、2018年、2017年、2015年、2011年、2003年、1970年、1967年、1964年。这10个年份能不能代表百年、是浓缩的百年？

三是算不算最硬核？神舟十二号奔向太空、祝融号火星车首批"摄影作品"公布、中国天眼FAST向全世界开放、嫦娥五号实现我国首次地外天体采样返回带回1731克月壤、奋斗者号万米级海试成功、袁隆平团队双季稻亩产超1500公斤、"国之重器"三峡工程建设任务全面完成、北斗三号正式开通、中国首个火星探测器天问一号升空、世界最长跨海大桥——港珠澳大桥通车、具有完全自主知识产权的中国标准动车组复兴号首发、中国首艘国产航母下水、屠呦呦成为第一个获得诺贝尔医学奖的中国人……标题上是"最硬核"，10个年份涉及18件事或人，其中2021年3件、2020年6件，这些事或人算不算"最硬核"，选择的标准和依据又是什么？

四是表述规范吗？"2011年1月11日中国自主研制的新一代隐身战机歼20首飞成功"这句话中的"歼20"应为"歼-20"。经党中央批准，中央党史和文献研究院编写的《中国共产党一百年大事记》中的表述为：2016年11月1日，中国自主研制的新一代隐身战斗机歼-20首次公开亮相参加中国珠海国际航展。不久，歼-20开始列装空军作战部队。②《人民日报》2011年1月12日刊发的标题为《歼-20战机试飞引关注》、来源于新华社的稿件表述为："中国国防部外事办公室副主任关友飞11日晚在回答有关歼-20战斗机试飞问题时表示，中国发展武器装备不针对任何国家和特定目标。"

五是"已编辑"算什么？中国记协发布的中国新闻奖获奖信息中，《放大

①《〈你的眼睛〉新媒体专项初评作品推荐表》，中国记协网2022年11月1日。
②《中国共产党一百年大事记》，新华网微信公众号2021年6月28日。

音量！听百年最硬核声音》附有两个二维码，一个是中国科技网的，一个是科技日报新浪微博的。扫码点击查看，科技日报新浪微博 2021 年 7 月 1 日 6 时 32 分发布的封面标题为《因为有你　我们才能尽情欢呼》的内容，显示"来自微博视频号已编辑"。"已编辑"就是内容发布之后进行了改动。

传统的报纸作品，白纸黑字，一经印刷，即便有差错或不足，也难以修改。全媒体时代则不同，发布之后可以对内容继续进行编辑。在媒体自主平台上对发布之后的内容进行编辑，外界无法知晓，但在微博、微信等第三方平台上则会留痕，会显示为"已编辑""已修改"。无论出于何种目的对发布的内容进行编辑、修改，显示为"已编辑""已修改"的作品是否还符合《中国新闻奖评选办法》？按照中国记协公布的《第 32 届中国新闻奖参评作品报送通知》，"存在重新制作、虚报刊播信息、虚报作者（主创人员）和编辑，以及参评作品与刊播作品不一致的，撤销参评或获奖资格，对相关责任人通报批评"[①]。"已编辑""已修改"的内容算不算"重新制作"？

六是传播效果突出吗？根据参评材料，《放大音量！听百年最硬核声音》当日同时在科技日报微博、微信、抖音、快手等新媒体矩阵平台同步发布，其中微博阅读量当日迅速突破 300 万次，被媒体和机构大量转发分享，产生了较好的社会影响力。查阅科技日报新浪微博，显示这条视频的播放量近 60 万，# 听百年最硬核声音 # 话题阅读次数 250 多万。科技日报微信公众号显示这条视频的观看量为 1.7 万。综合这些数据，对于一家中央媒体来说，这件获奖作品的传播效果算突出吗？当然，中国新闻奖评选看重传播效果，但流量不是唯一，评选办法中也只是要求"传播效果较好"，并未要求是爆款、是现象级传播。

七是有融合无报道？这个问题又涉及中国新闻奖融合报道的评选标准了。根据评选办法，融合报道是指"充分应用信息网络技术，综合运用多媒体手段报道的新闻作品"。类似《放大音量！听百年最硬核声音》这样的获奖作品，让人疑惑，这是新闻作品还是融合产品？既然是融合报道，既要融合

---

① 出自中国记协，2022 年 6 月 13 日。

也要有报道，做为报道基本要求是新闻要素要齐全，可类似的不少获奖作品让人看到的是有融合无报道。全媒体时代，报道、作品、产品之间的内涵与外延不断扩展，融合报道是不是可以只有融合而无报道？

阅 读 +

（《放大音量！听百年最硬核声音》主创：何沛苁、赵卫华、李忠明、王婷婷、侯萌；编辑：杨凯、张爽；中国科技网 2021 年 7 月 1 日；获第三十二届中国新闻奖融合报道二等奖）

灵感来自现场座谈

在第三十一届中国新闻奖评选中,湖南广播电视台作品《一张照片背后的这七年》获创意互动一等奖。近年来,湖南广电多件主题宣传作品获中国新闻奖,这件获奖作品是其中的代表。

(一)

湖南广播电视台成立于 2010 年,湖南广播影视集团有限公司于 2015 年挂牌,并于 2018 年 7 月与潇影集团、网控集团"三军会师",整合组建成新的湖南广播影视集团有限公司。在世界品牌实验室发布的 2019 "中国 500 最具价值品牌"排行榜中,湖南广电排名第 68 位,稳居省级广电第一。在 2019 "亚洲品牌 500 强"中,湖南广电排名第 92 位,在亚洲广播电视行业位列中央电视台之后,排名第二。目前,湖南广电共有 4 个上星电视频道、6 个地面电视频道、3 个数字付费专业电视频道、8 个广播频率,拥有包括芒果超媒、电广传媒 2 家上市公司在内的数十家企业,员工近 2.2 万人。[①]

在第三十二届中国新闻奖评选中,湖南广电收获颇丰、表现亮眼。个人方面,湖南广播影视集团有限公司(湖南广播电视台)党委副书记、总经理、台长、总编辑龚政文获长江韬奋奖(韬奋系列);作品方面,11 件作品获奖,其中一等奖 4 件,二等奖 4 件,三等奖 3 件。一等奖 4 件,具体为:系列报道(电视)《国之大者》、新闻编排(电视)《坐上火车去老挝》(2021 年 12 月 4 日)、新闻专栏(广播)《村村响大喇叭》、典型报道《杂交水稻之父——

---

① 出自湖南广播影视集团有限公司网站。

袁隆平》；二等奖 4 件具体为：消息（电视）《（今天，我们一起送别袁隆平院士）倾尽一城花　送别一个人》、新闻专题（电视）《为有牺牲》、重大主题报道（电视）《百炼成钢·党史上的今天》、国际传播《我们都是追梦人》；三等奖 3 件具体为：新闻访谈（电视）《美国抗疫何以"第一"》、新闻专题（新媒体）《青春正当时——高原上的女兵班》、新闻专题（电视）《格桑花开雪域边陲——苹果树下的科学梦》（与西藏广播电视台共同制播）。

2022 年，中国新媒体大会有一项重要展览——"新技术　融创新高地"2022 中国新媒体技术展。作为本届新媒体技术展的承办单位，湖南广电全面展示了旗下 5G 高新视频多场景应用国家广播电视总局重点实验室、芒果 TV 的新技术成果。5G 高新视频多场景应用国家广电总局重点实验室是国家广播电视总局正式批复、依托湖南广播电视台建设、面向媒体融合的新型实验室。实验室通过云监看、云导播等全流程环节制作，以年轻人喜闻乐见的方式讲好中国故事。以该重点实验室为抓手，湖南广电聚合多位广播电视技术、网络技术、前沿视频技术方面的工程师，推动媒体融合项目落地。芒果 TV 通过 AI 等技术构建智慧视频生产模式，在大型综艺节目的制作中得以应用，降低了超高清视频制作的技术资源负载和制作门槛。[①]

"与其讨论别人的变化，不如让自己成为变化。"湖南广播影视集团有限公司（湖南广播电视台）党委书记、董事长张华立在 2022 年中国新媒体大会上表示：改革让我们失去的是老旧传播平台以及打着新媒体旗号的技术新媒体，而我们得到的将是新技术驱动的价值性媒体。他说："尽管湖南广电有'要么做第一，要么第一个做'的改革创新 DNA，已经拥有两家上市公司，也布局了完整的产业链条，但依然存在很多痛点。"他坦承："我们有两个胶着的 60%——全集团 60% 以上的收入和利润来自新媒体和上市公司，但 60%以上的公司和人员仍在传统媒体。"在他看来，媒体融合难的不是物理意义上的媒介融合，而是当代传播观念的融合，是"物以类聚，人以群分"的传播意识的深度融合，必须通过内部体制机制的改造促进媒体深度融合。"面对行

① 吴齐强、王云娜：《湖南新媒体事业发展勇攀高峰》，《人民日报》2022 年 9 月 2 日。

业的深刻变革，特别是对地方媒体而言，走传统媒体'修修补补'的老路已毫无前途，必须谋求整体转型。"张华立说。①

（二）

2020 年是决战脱贫攻坚、决胜全面小康之年。湖南是"精准扶贫"首倡地，记录和报道首倡之地的首倡之为，是湖南新闻人最关键的使命之一。在第三十一届中国新闻奖获奖作品中，湖南 5 件获奖作品都与"精准扶贫"有关，其中获一等奖的 3 件作品无一例外均为这一主题——湖南日报社融媒体作品《村里最远那一户》、湖南广播电视台创意互动 H5《一张照片背后的这七年》和广播访谈节目《从十八洞村到沙洲村》。②

湖南的这 3 件一等奖作品各有侧重、各有特色。《村里最远那一户》是用双脚走出来的故事，从"精准扶贫"首倡地十八洞村开始，湖南日报记者走遍湖南 14 个市州，从中选择 14 个典型的脱贫村，聚焦 14 户最远的人家，用一个个高清视频、一幅幅手绘地图、一篇篇文字稿件，全方位记录那些悄悄被改变了的、不为人知的动人故事。《一张照片背后的这七年》从 2013 年习近平总书记在十八洞村与村民们座谈时的一张照片出发，深入寻访照片中的十几位村民，通过 H5 的形式，结合 40 张照片、12 个故事、1 个短视频，以"照片＋文字＋视频＋音乐"的创意互动形式，多角度、全方位展现了十八洞村 7 年里翻天覆地的变化。《从十八洞村到沙洲村》中的两个村，一个是"精准扶贫"的首倡地，一个是"半条被子"故事的发生地，通过回望两个小村庄，折射出中国乡村从脱贫攻坚到乡村振兴的有效衔接和生动实践，不仅有习近平总书记到访村庄时的温暖时刻微纪录回放，还有两个村不同年龄、身份的两代人的对话访谈，以及嘉宾"5 年后愿景"信件封存活动，内容鲜活而生动。③

---

① 张华立：《地方媒体"修修补补"毫无前途　必须谋求整体转型》，《长沙晚报》2022 年 8 月 31 日。

② 陈普庄：《谱写"精准扶贫"的沉浸式史诗——第三十一届中国新闻奖湖南获奖作品综述（一）》，《湖南日报》2021 年 11 月 11 日。

③ 邓正可：《三个一等奖，湖南新闻人的荣光》，《湖南日报》2021 年 12 月 16 日。

　　"十八洞村"和"半条被子"近年多次被媒体报道,媒体围绕"十八洞村"和"半条被子"也进行了大量策划。

　　位于武陵山腹地的湖南湘西土家族苗族自治州花垣县十八洞村,曾是全国 14 个集中连片特困地区脱贫攻坚主战场之一。2013 年 11 月 3 日,习近平总书记来到花垣县十八洞村考察。在十八洞村梨子寨村民院坝的前坪上,面对围坐在身边的父老乡亲,习近平总书记首次提出"精准扶贫"的重要理念,作出了"实事求是、因地制宜、分类指导、精准扶贫"的重要指示。十八洞村的历史巨变,就此拉开序幕。①

　　"半条被子"的故事,记录了当年长征途中红军战士与老百姓冷暖相依、风雨同舟的温暖亲情,诉说着共产党人与人民群众须臾不可分离的血肉情感,揭示了中国共产党的人民情怀和为民本质。2016 年 10 月 21 日,在纪念红军长征胜利八十周年大会上,习近平总书记深情讲述了"半条被子"的故事,引用阐释"共产党就是自己有一条被子,也要剪下半条给老百姓的人"这一通俗而又深刻的道理,生动阐发党的性质宗旨与初心使命,让"半条被子"故事穿越时空散发出温暖人心的精神力量。

　　查阅近年中国新闻奖获奖作品可以发现,多件作品都与湖南的"十八洞村"和"半条被子"有关。具体如下:新华社《〈学习故事绘〉第三话:半条被子》获第三十二届中国新闻奖新闻漫画一等奖;湖南日报《H5| 手机里的小康生活》②获第三十二届中国新闻奖融合报道二等奖;湖南日报《十八洞村:走上幸福大道》获第三十二届中国新闻奖新闻漫画三等奖;经济日报《"半条被子的故事"有新篇》获第三十一届中国新闻奖文字通讯与深度报道一等奖;中国水利报《半条被子暖中国　一湾碧水连民心　沙洲村:因水浸润的幸福模样》获第三十一届中国新闻奖文字通讯与深度报道三等奖;湖南日报《十八洞村龙金彪的 Vlog ┃脱贫之后》获第三十届中国新闻奖短视频专题报道一等奖;湖南广播电视台《新闻特稿:十八洞村这五年》获第二十九届中国新闻奖

---

　　① 《跟着总书记看中国 | 十八洞村致富路》,人民网 2022 年 8 月 31 日。
　　② 故事主人公朱小红是习近平总书记亲口讲述的"半条被子"故事主人公徐解秀老人的孙子,他曾经是建档立卡的贫困户,如今实现了"小康"生活,这使他成为一位具有鲜明时代烙印的新闻人物。

电视专题一等奖；湖南日报《苗寨"十八"变》获第二十九届中国新闻奖新媒体创意互动二等奖等。

（三）

中国记协新媒体专业委员会推荐《一张照片背后的这七年》参评中国新闻奖时给出的理由是：创作团队从习近平总书记与湘西十八洞村村民的一张合影切入，通过 40 张照片、12 个故事和 1 个短视频，全方位展现了十八洞村发生的天翻地覆的变化。照片和视频内容鲜活生动，细节丰富，饱含感情，H5"照片＋文字＋视频＋音乐"的创意互动形式简明清晰，体验流畅。[①] 仅通过参评中国新闻奖时填报的材料，并不能全面认识这件获奖作品，能获中国新闻奖一等奖的作品，通常优点都比较多。

——**主题重大性**。《一张照片背后的这七年》的主题是脱贫攻坚、精准扶贫，而 2020 年是脱贫攻坚决战决胜之年，主题上具有重大性是显而易见的。有人评价该作品，随着一个个村户的故事在指尖的划动和点击中被打开，观众看到的是一个个具体的人，也看到了不让任何一个人在发展中掉队的国家意志。[②]

——**选题显著性**。《一张照片背后的这七年》聚焦的是"精准扶贫"首倡地湖南湘西十八洞村，选题上无疑具有很强的显著性。有人评价，该作品抓住"变化"做文章，紧紧围绕"精准扶贫"这一重大主题展开，选择个体人物故事作为切入口，呈现的是"变化"，揭示的是"变化"背后习近平总书记"精准扶贫"重要论述在十八洞村结出的累累硕果，作品主题重大，立意高远，思想性强。[③]

——**形式创新性**。打开《一张照片背后的这七年》，湖南湘西土家族苗族自治州花垣县排碧乡十八洞村远景照片映入眼帘，黑白变彩色，2013—2020

---

① 《〈一张照片背后的这七年〉中国新闻奖媒体融合奖项参评作品推荐表》，中国记协网 2021 年 10 月 25 日。

② 张丽霞：《浅论艺术语言观照下的融合新闻创新》，《当代电视》2022 年第 3 期。

③ 姜圣瑜：《新媒体"用新方法讲好故事"的理论逻辑与实践范式》，《中国记者》2021 年第 10 期。

年份不断跳跃。点击屏幕，习近平总书记 2013 年在十八洞村与村民座谈提出"精准扶贫"时的现场照片熠熠生辉。照片里，对 15 个村民都做了勾勒的效果，点击他们中任何一个人，都可以看到发生在他们身上的脱贫故事。H5 作为一种近年流行的新媒体表现形式，可以实现深度交互，让受众根据个人兴趣进行选择。《一张照片背后的这七年》采用这种形式，将 40 张照片、12 个故事及 1 个短视频融入一张照片中，将十八洞村 7 年变迁简洁明了地融入 H5，让重大事件的宣传报道接地气，在沉浸式场景中讲好主旋律故事。① 有人评价，这件获奖作品让用户能够在简单的互动中，了解"精准扶贫"重要论述给十八洞村脱贫工作乃至整个中国扶贫事业带来的巨大指引作用，让重大题材的宣传报道"带露珠""接地气"。②

——**发布时度效**。2013 年 11 月 3 日，习近平总书记来到十八洞村考察，首次提出了"实事求是、因地制宜、分类指导、精准扶贫"的重要论述。在精准扶贫方略的指引下，驻村扶贫工作队和村支两委带领十八洞村村民改变思想，自力更生，发展产业，艰苦奋斗，探索出了一条可复制、可推广的脱贫路子。即使是主题宣传也要把握好时度效，湖南广播电视台选择在 2020 年 11 月 3 日推出《一张照片背后的这七年》，时间上很好地把握了这一点。

——**有过硬作风**。2020 年 9 月底，主创团队来到十八洞村开始实地采访。到村里采访时，主创团队给自己提了一个特别的要求，就是带上一双善于发现的眼睛，提升"眼力"，放下以往的那些"刻板印象"，走出各种现成的叙事"套路"，把自己当作第一次来到这里的客人，重新去认识这里的一切。这种"陌生化"的视角，让很多原本可能熟视无睹的东西，重新进入了主创团队的视野。

主创团队在很多村民家看到习近平总书记在村里和大家座谈时的现场照片，最终激发了创作灵感。这张照片，记录的正是习近平总书记首次作出"精准扶贫"重要指示的历史性时刻。在接下来的"头脑风暴"中，主创团队开

---

① 袁舒婕：《湖南广播电视台创意互动 H5 作品〈一张照片背后的这七年〉：在沉浸式场景中讲好脱贫攻坚故事》，《中国新闻出版广电报》2021 年 11 月 23 日。

② 龚荣生：《打造有思想有温度有品质的精品力作》，《新闻战线》2022 年第 15 期。

动"脑力"，把报道重点逐渐聚焦到了这张照片上，进而将报道主题明确为：照片中那些现场见证了"精准扶贫"首次提出历史性时刻的村民们，他们的生活在这 7 年里发生了什么变化。几经取舍，主创团队决定使用创意互动 H5 的形式，更加直观、精准地讲述照片里每个人 7 年里工作生活的变化。①

值得一提的是，为了讲好照片中每一位村民 7 年来的生活变化故事，主创团队在此前已经连续 7 年跟踪记录十八洞村变迁、积累了海量原始素材的基础上，兵分三路，花了一个多星期的时间，与村民同吃同住……深入采访一线，扎根群众生活，挖掘到了大量鲜活生动的故事。②

对于该作品获奖，有人评价：从 2013 年的跟踪报道，到 2020 年的驻村调研，主创团队耗时 7 年之久，完成该作品的创作。在扎实采访的基础上，主创团队借助 H5 技术，通过巧妙设计、精准表达，恰到好处地将这些零散的故事碎片进行有机组合，体现了新时代新闻人良好的职业素养。③

——回归新闻本原。"得知获得中国新闻奖的时候，我其实有点意外。因为这个作品在技术上并不炫，它实际上还是选择的题材、讲故事的方式、讲述的内容能够直击人心。这对我来说是最大的一个触动。"据《中国新闻出版广电报》报道，作为这件获奖作品的主创之一，已经拿过 10 次中国新闻奖的牟鹏民说，他从传统媒体岗位转型到新媒体岗位之后，经常会思考："人们总是说媒体融合是技术驱动，那么做融媒体产品再去抓现场、抓细节，还会有人在意吗？"获奖让他信心倍增。

牟鹏民认为，回顾整个作品的创作和传播过程不难发现，《一张照片背后的这七年》是一个典型的"回归新闻本原，技术服务于内容"的 H5 新闻作品。无论是在传统媒体渠道，还是在新媒体平台上，变化的都只是表达方式、表现形式，优质内容永远都是稀缺品。任何技术应用的创新，归根到底必须服

① 牟鹏民：《践行"四力"抓"活鱼" 扎根生活找创意——〈一张照片背后的这七年〉采写手记》，《中国记者》2021 年第 12 期。
②《〈一张照片背后的这七年〉获中国新闻奖一等奖 风芒记者领奖现场感受亲切关怀和巨大鼓舞》，芒果都市 2021 年 12 月 17 日。
③ 东方滢：《修辞学视角下的融媒体新闻研究——以中国新闻奖 H5 新闻获奖作品为例》，《传媒》2022 年第 15 期。

务于新闻报道的内容表达。H5 新闻作品同样要回归新闻本原，多媒体要素的融合使用不是为了让人眼花缭乱，而是要更好地满足用户需求，将新闻信息精准、高效、生动地传递给受众，进而增加用户的参与度，以获取用户更加充分的反馈信息，形成双向传播闭环，达到更理想的传播效果。①

——**多个终端呈现**。全媒体时代，如果媒体人花费大量力气采集的内容最后仅仅在一个平台或端口呈现，很难说体现了深度融合。H5《一张照片背后的这七年》在湖南广播电视台官方新闻客户端芒果云首发后，芒果 TV、湖南经视、芒果帮女郎等湖南广电"两微一抖"新媒体账号矩阵等纷纷转发。作品中的一些精彩故事，还制作成了视频新闻，分别在湖南卫视《湖南新闻联播》节目中以《一张照片里的这七年：总书记带领我们"精准脱贫"》《一张照片里的这七年：十八洞村来了年轻人》为题播出，在湖南卫视《午间新闻》节目中以《新闻特写：一张照片里的这七年 总书记带领我们"精准脱贫"》为题播出，实现了融合式传播，实现了传播效果最大化。有学者认为，湖南广电把《一张照片背后的这七年》的新闻内容进行多产品、多媒体终端的呈现，体现了动态融媒体报道具备分化为多种媒体形式报道的能力，满足多终端传播和多种体验的需求。②

（四）

中国新闻奖审核委员会主任唐绪军在谈及审核原则时介绍：坚持标准，有根有据；一字一句，一分一秒；只辨是非，不论优劣；畅所欲言，充分讨论。所谓"一字一句，一分一秒"，就是要求每一位审核委员始终秉持严谨、细致、认真的工作作风，对组内的每一件参评作品做到仔细审看（听）、阅读、推敲和分析，不放过一字一句，不错过一分一秒。所谓"只辨是非，不论优劣"，就是说，在认定差错时，委员们要根据评选办法等相关规定，只讨论"是"或者"不是"，而不讨论怎么样改动更好一些。审核时，文字应用以《现代汉

---

① 牟鹏民：《走出"炫技"误区，回归新闻本原——关于创意互动 H5 新闻作品创作的思考》，《青年记者》2021 年第 23 期。
② 许颖：《动态融媒体：融媒体报道的新方向》，《中国记者》2022 年第 3 期。

语词典》（第七版）为准，使用不准确但不影响文意的，不算错误；标点符号的使用以国家标准 GB/T 15834—2011《标点符号用法》为准；数字用法以国家标准 GB/T 15835—2011《出版物上数字用法》为准。①

从审核的角度，是要坚持"只辨是非，不论优劣"，但从赏析的角度而言，在看到中国新闻奖获奖作品优点的同时，也要能看到不足。与其他获奖作品相比，《一张照片背后的这七年》的标题比较平实，平实不是平淡，有实实在在的内容。总的来说，这件获奖作品也存在一些值得探讨之处。

作为这件作品主创之一的牟鹏民在《青年记者》上撰文时坦诚地说："客观而言，这件作品单纯从技术呈现方面来看，还显得比较'朴素'，在与用户的互动性方面，也尚有进一步提升的空间。作品之所以能够荣获大奖，与其在守正与创新、技术和内容之间的平衡把握，有着密不可分的联系。"这件作品作为中国新闻奖创意互动一等奖作品，虽有创意，但互动性并不强。从传播效果看，"不到 24 小时，总点击量就超过 78.2 万次"，很难说是爆款，也更谈不上是刷屏的现象级传播。

有人撰文肯定《一张照片背后的这七年》优点的同时也指出了一些不足。与同题材 H5 新闻作品《致奋斗在脱贫战场上的你》《6397 公里的守护》《2019 对话 1949：时代变了　初心未变》《复兴大道 70 号》等相比，《一张照片背后的这七年》在互动设计、元素使用等方面还有改进空间。

《一张照片背后的这七年》在产品叙事中主要采用滑动、点击等基础性应用，在讲述人物脱贫故事时部分滑动应用并不能清晰指示并呈现相关内容，从而易被用户忽略，难以将用户引导到产品自身构建的情境之中。《一张照片背后的这七年》除了产品开头的数字动画以及结尾的视频，主体部分讲述十八洞村村民脱贫故事时主要运用了文字和图片，限于形式问题文字元素占据多数，并且在单个元素使用的过程中略显单一。② 此外，《一张照片背后的这七年》存在文字表述规范性、统一性和准确性的问题。

---

① 唐绪军：《迎接新挑战　当好把关人——第三十二届中国新闻奖审核委员会工作报告》，新闻战线微信公众号 2022 年 11 月 16 日。

② 陈韬：《融合新闻产品〈一张照片背后的这七年〉生产策略探析》，《新媒体研究》2022 年第 14 期。

一是中国记协网站公布的获奖作品名单中的标题为《一张照片背后的这七年》，但扫描二维码点开获奖作品，显示的标题为《一张照片背后的这7年》。作品正文中多处出现"七年来""7年前""三年前""3年前"等表述，数字使用显得不规范、不统一。

二是正文中作为人民币单位的"元""块"多次同时出现，如"2000元""8万块""1000块"。"块"作为口语如果是直接引语也未尝不可，但很多地方并非直接引语。2700多字的文字中，"元"一共出现了16次，"块"出现了6次。

三是"7年前还是个小婴儿的杨嘉豪，今年已经上小学三年级了……"这句话中"小婴儿"经不起推敲。按照《现代汉语词典》的解释，"婴儿"是指不满一岁的小孩，那"小婴儿"岂不是要更小？从上小学三年级的表述倒推7年看，那时的他恐怕也不算"小婴儿"。类似的表述还有"20岁的小姑娘"，20岁的姑娘还能叫小姑娘？

四是"7年里，村民们光是新买的汽车，就有79台"。这句话中的"台"，不太符合日常表述。车的常见搭配量词是"辆"。"台"做量词时可以用于机器、仪器等，汽车毕竟不是通常说的机器、仪器。"帮助村里建设农家乐和小商店"中的"建设"与"农家乐""小商店"之间是否搭配？

五是"龙德晒老人今年78岁了，7年前，她和儿子、儿媳都是村里有名的'反对派'""龙德晒的儿子儿媳，还故意在村民评议中给扶贫队队长龙秀林打了低分，让他在评议中得了倒数第一"。这两句话中"儿子、儿媳""儿子儿媳"，一个加了顿号，一个没加。

六是视频背景音乐值得商榷。整个作品中的视频、音频元素是不足的。1分48秒长的视频MV，镜头虽然都是十八洞村的，但前1分钟配的背景音乐是《在希望的田野上》，直到1分钟之后才出现十八洞村村民的声音。这个背景音乐的使用和处理，在一定程度上削弱了作品的新闻性。如果视频直接呈现十八洞村村民的声音，整个作品的主题则会更加突出。

阅读 ➕

（《一张照片背后的这七年》主创：龚政文、徐蓉、刘安戈、牟鹏民、代俊娇、高睿、刘梓涵、潘璐；编辑：汤牧、魏笑凡、钟泽华；湖南广播电视台芒果云客户端 2020 年 11 月 3 日；获第三十一届中国新闻奖创意互动一等奖）

重大主题胜在创意

在第三十届中国新闻奖评选中，新华报业传媒集团交汇点客户端作品《6397 公里的守护》获创意互动一等奖。近年获中国新闻奖的作品中，反映生态文明建设的题材占有一定比例，这件获奖作品就是这方面的代表作。

（一）

1938 年 1 月 11 日，《新华日报》在抗日烽火中正式创刊。诞生于第二次国共合作时期的《新华日报》，是抗日民族统一战线的一面旗帜。《新华日报》由周恩来同志亲自创办和直接领导，是中国共产党第一份全国性政治机关报。1952 年，《新华日报》成为中共江苏省委机关报。[①]《新华日报》1949 年在南京恢复出版后，毛泽东曾分别于 1949 年、1953 年、1964 年三次为《新华日报》题写报头。[②]2001 年 9 月 28 日，新华日报报业集团经原国家新闻出版总署批准正式组建。2011 年 4 月，经江苏省委省政府批准和原国家新闻出版总署同意，更名为新华报业传媒集团。[③]

新华报业近年持续提升党报"首位度"。2022 年 9 月的资料显示：《新华日报》日发行量逆势上扬，超越 50 万份大关。依托"新华"品牌科学定位发展移动媒体，交汇点客户端主打时政新闻，累计下载用户数超 3200 万，成为江苏主流移动媒体第一品牌。紫牛新闻客户端主打社会生活原创内容，依托《扬子晚报》协同发力，构建泛资讯平台，下载量 2500 万，全平台用

---

① 《〈新华日报〉迎创刊 80 周年，系中共首份全国性政治机关报》，澎湃新闻网 2018 年 1 月 12 日。

② 《毛泽东三题〈新华日报〉报头》，南京大学新闻网 2021 年 8 月 23 日。

③ 《新华报业传媒集团社会责任报告（2021 年度）》，交汇点客户端 2022 年 6 月 7 日。

户 6500 万。依托中国江苏网的新江苏客户端以政务服务为主，下载用户数突破 1800 万。①

新华报业这些年在队伍建设上进行了卓有成效的探索。"队伍加强年"在坚持和强化集团原有的思想业务作风建设报告会、青年干部座谈会、业务技能系列培训、"走基层强四力"采访报道等常规举措基础上，精心实施"四工程一活动"。一是新华英才 211 工程。从 40 岁以下员工中选培 20 名新闻采编骨干、10 名经营骨干、10 名管理和技术骨干。二是新华名师带徒工程。在集团选聘一批资深骨干与年轻员工结对，通过师徒传承加速人才成长。三是新华创新实验场工程。鼓励各部门或员工跨部门建立新媒体工作室，打造一批品牌项目。四是新华创业创新工程。拿出 400 万元设立创业创新奖，激励团队创造崭新成果。五是业务大练兵、岗位大比武活动。举办系列大赛，在青年员工中加快培育专家型、全媒型人才。"队伍加强年"为队伍建设注入强劲活力，帮助大批年轻人迅速成长。

新华报业近年频频斩获中国新闻奖，仅在第三十届中国新闻奖评选中，就有 7 件作品获奖。其中新闻论文《厘清边界内涵　构建凝聚共识的大舆论格局》、创意互动《6397 公里的守护》获一等奖；文字通讯与深度报道《国旗漫卷，初心永恒　我们的五星红旗》、文字通讯与深度报道《阿 sir 的婚礼照，我们包了！》、报纸版面《新华日报》2019 年 12 月 23 日、网络专题《"E 起学习"大型互动式融媒课堂》获二等奖；报纸副刊《流浪大师，还是"流量大师"？》获三等奖。

（二）

生态文明建设是关系中华民族永续发展的千年大计。2012 年 11 月，党的十八大召开。生态文明建设纳入中国特色社会主义事业"五位一体"总体布局，美丽中国成为执政理念，中华民族走向生态文明新时代，人与自然开

---

① 《新华报业传媒集团：深耕百年党报　打造深、快、全、融现代传播体系 | 媒体品牌巡礼》，中国记协微信公众号 2022 年 9 月 23 日。

启和谐共生新篇章。

获奖作品《6397公里的守护》从大的方面而言属于生态文明建设的题材，具体反映的是长江大保护的主题。该作品创作过程中，创作团队联合沿江多省市小学举行主题班会，数百位小朋友手绘长江图景、诵读长江诗词、共唱长江之歌，引起社会广泛关注。作为中国新闻奖一等奖作品，《6397公里的守护》有一些值得学习之处。

——创新主宣报道。凡重大主题报道必创新已经成了一种必然。在深度融合的背景下，媒体越来越注重全媒体传播，全程、全息、全员、全效，无论是新闻生产方式，还是传播方式都要有更大的创新。对传统新闻人而言，升级迭代不仅是趋势，更是压力和动力。①

《6397公里的守护》紧扣习近平总书记关于推动长江经济带发展必须"共抓大保护，不搞大开发"的重要指示，凸显了重大主题。但以长江大保护为主题的作品已经很多，如何创新？作品主创人员介绍，最终选择了让沿江小朋友参与长江大保护、引导他们从小养成保护生态意识的独特创意。作品也从孩子们的视角出发，展示长江大保护的最新成果。事实证明，这一崭新视角不同于以往保护长江的作品，令人眼前一亮。

作品用什么意象来导引？主创人员最初颇为踌躇，最终决定以新闻行动中孩子们用来采集各段江水的容器——"江豚瓶"为导引，串起作品里一个又一个音符，这一小小的安排拉近了作品与广大受众的心理距离，受众不由自主顺着作品的安排开启"守护长江之旅"。②有人认为，《6397公里的守护》以设计提升视觉化审美，通过手绘长江画卷，让重大时政主题宣传给了受众"美"的享受。③

《6397公里的守护》的创新性主要体现在三个方面。一是以地图为串联全篇的承载物，受众观看时先要滑动地图、模拟定位，不仅有新意，而且互

---

① 张晓锋：《精品力作背后的江苏担当　2021年中国新闻奖江苏获奖作品的三大亮点》，江苏记协微信公众号2022年1月27日。

② 任松筠、孔德信：《"社群开发＋创意互动"的一次成功探索》，《中国记者》2020年第12期。

③ 苗苗：《媒体深度融合背景下时政新闻报道的创新策略研究》，《新闻世界》2022年第4期。

动性更强，让受众在点开作品后有兴趣继续往下看。二是在多个地点采用了
"古韵"加"新声"的表达方式，"古韵"是儿童朗诵古诗词，"新声"是长
江生态环境自然原声，再加上巧妙设置的短视频、图片等，这种叙述方式信
息量大、内容丰富，让人感觉耳目一新、形象生动。三是在结尾处做了特定
的设置，要求受众完成前期所有"守护任务"，才能最终解锁《长江之歌》，
其创新做法能够引导受众完整地阅读全部作品。这些创意可以说完全突破
了传统媒介的思维方式，从新媒体的角度出发，让受众看得进、看得懂、看
得全。①

　　创意是创新的直接体现。有人评价《6397 公里的守护》获奖是胜在创意。
报道主题宏大，但经过创意策划，最终选定了孩子的视角，这就使重大主题
报道变得鲜活生动。这个创意很巧妙，因为一个孩子背后往往站着祖、父两
代多位家长，孩子的一举一动牵动人心，这样的报道也就很容易实现更大范
围的传播。②

　　——发起新闻行动。《6397 公里的守护》不单是一件媒体融合作品，背
后还是一场"长江大保护　绿色共成长"的新闻行动。2019 年 1 月，生态环
境部、国家发展改革委联合印发《长江保护修复攻坚战行动计划》。交汇点
新闻客户端以习近平生态文明思想为指导，在"六五"环境日前夕策划启动
"'长江大保护　绿色共成长'行动计划"融媒体新闻行动。

　　这一项目拟连续跟踪报道 12 年，记录长江水质及周围环境变化，同时
挑选具有环保理念的小朋友担任"长江大保护小使者"，关注他们的成长。
新闻行动围绕长江沿线城市开展，并派出新闻行动小组，带领"长江大保护
小使者"，分赴宜宾、重庆、武汉、南京、上海等地，联合当地学校，召开
主题班会，采集当地长江水样、空气、土壤样本，共唱《长江之歌》，共绘
长江之美。新闻行动结束后，采编人员将活动内容中的文字、图片、视频，

---

　　① 魏欣：《城市电视台主旋律融媒作品舆论引导策略研究——以第三十届中国新闻奖媒体融合奖项
获奖作品为例》，《中国广播电视学刊》2022 年第 2 期。
　　② 赵允芳：《精品意识　策划意识　融合意识——优秀新闻作品必须具备的三种意识》，江苏记协
微信公众号 2022 年 1 月 29 日。

以及诗词、歌曲、绘画加以收集整理，以活动中统一的"主题班会"形式策划了 H5 互动产品。

这一新闻行动也是全媒体时代地方媒体探寻跨区域传播的一次生动实践。为应对错综复杂的国际国内形势，中央不断作出新的具有全局性、战略性和前瞻性的重大决策部署。省级媒体常规宣传思路，是对宏观选题持一种既不同于央媒也有异于地市级媒体的"中观"策略，但客观上形成了视角不"上"不"下"、格局不"大"不"小"的局面。

互联网突出的开放性、交互性、无界性，为省级媒体打破地域限制、拓宽发展边界带来前所未有的可能与动能。长江干流横贯东西，推动长江经济带发展具有全局性、战略性意义。如果延续传统"中观"报道策略，则不利于打破区域传播樊篱，受众也无从得知这一战略决策的全面、深刻内涵。习近平总书记指出："长江经济带不是一个个独立单元，要树立一盘棋思想。"围绕长江大保护，多元呈现全流域文化与生态保护，成为全媒体时代主流媒体必然之选。《6397 公里的守护》以全局视野，将行动足迹覆盖长江沿线 11 个省区市，统筹全流域多种资源，展现"一盘棋"指导下的各项成果。①

新闻行动本质上属于新闻策划的范畴。对于一个新闻作品来说，主题是它的生命，是整个作品的灵魂所在。近年来，随着我国经济的不断发展，生产力水平的不断提高，整体国民经济结构的不断优化升级，对于生态保护的呼声越来越大。主流媒体积极探索宣传生态治理和保护的路径，倾力提高全社会的生态保护意识。生态保护作为一个宏大的主题，要产生有效的受众触达率，需要主流媒体充分发挥舆论引导的力量。《6397 公里的守护》以长江生态的小切口，切入生态保护的大主题，由浅入深，引发受众关注。②

根据该作品主创之一孔德信的分享可知：《6397 公里的守护》从创意生成到作品呈现，历时一年，但目标是 12 年，确定了自 2019 年到 2030 年的报道时间线，决定通过 12 年持续跟进让参与这项活动的孩子，从 6 岁到 18 岁伴

---

① 双传学：《重大主题报道的互动策略和创新样本——从中国新闻奖新媒体创意互动类一等奖作品〈6397 公里的守护〉说起》，《新闻战线》2020 年第 23 期。

② 杨冬梅：《新华日报社融媒产品〈6397 公里的守护〉成功的要义》，《传媒》2022 年第 20 期。

随长江相融相生、同泽同行，将孩子们的绿色健康成长足迹与长江母亲河的生态环境改善过程交相辉映。① 如果能善始善终坚持 12 年，相信未来会有更大收获。

——**作品互动性强**。《6397 公里的守护》是一件全景记录长江流域生态、文化保护生动图景的作品，以长江长度 6397 公里为切入点，展现大美长江，同时体现了长江保护的传承与发展。这件作品题材厚重、角度新颖、制作精湛，特别是在技术上创新性地采用模拟定位滑动方式，增强作品的互动性。在网上推出后，引发网友对长江生态保护的关注。②

《6397 公里的守护》以"江豚瓶"作为线索，带领用户走完长江干流沿线的 11 个省区市，突显长江大保护的重大主题。作品第一层，"长江大保护"主题虚拟班会的创意为屏幕前的用户营造出一种"虚拟在场感"；第二层，用户变身"江豚瓶"，通过滑动操作穿越长江，观看 11 个省区市孩子们画出来的长江沿线景点，并通过互动聆听孩子们朗读的古诗词和当地的环境音；第三层，用户将 11 地的故事体验完毕后将解锁一首由孩子们重新演唱的《长江之歌》。保证融媒体产品正常打开，无卡顿现象是基本要求。除此之外，互动提示、互动操作的实施是否便利，也直接影响到用户的体验感，进而影响融媒体作品的质量。《6397 公里的守护》采用了模拟定位滑动技术，让用户的浏览更加简便流畅。③

《6397 公里的守护》为受众设计了一个类似解锁闯关任务的"新闻游戏"互动模式，完成界面上 11 个任务点的"守护"任务，才能解锁定制版《长江之歌》，从而完成融合新闻文本的叙事。在这种游戏式的互动过程中，出于探索欲和成功欲的心理机制，驱动受众参与到文本叙事中。不仅如此，受众还能够灵活把握叙事情节的推进节奏，并自主选择叙事路径，形成融合新

---

① 《获奖者说 | 孔德信〈社群开发 + 创意互动：融合传播的硬核力量〉》，江苏记协微信公众号 2021 年 3 月 26 日。

② 戴天林：《以匠心创作融媒体精品——第三十届中国新闻奖获奖融媒体作品剖析》，《青年记者》2021 年第 8 期。

③ 朱威：《新媒体互动产品策划的四重"新"法》，《新闻与写作》2021 年第 4 期。

闻产品交互式、个性化、趣味性的叙事风格。进行"新闻游戏"的过程也是受众不断接收信息、形成认知的过程，这种信息接收过程由于有了受众的全程沉浸式参与，为受众提供了情景化的互动体验，而能够更好地实现其传播效果。①

——**建构叙事文本**。互联网在很大程度上弥合了纸媒时代的"信息鸿沟"，为文化程度不高的群体平等参与社会生活提供了历史机遇。进入全媒体时代，"改文风"不仅指追求新闻"短新实"和采用群众语言，更体现为信息传播话语的整体重构。②

面对深度融合发展，新华报业以内容建设为根本，优化新闻产品，在媒体融合中强调提升党报首位度，重大主题党报牵头、通盘策划，确保新媒体内容生产围绕中心、服务大局，牢牢把握正确的政治方向、舆论导向和价值取向。同时遵循互联网传播规律，持续推出新媒体创意产品乃至"爆款"产品。同时在内容生产中创新话语表达，让"有意义"的内容传播得"有意思"，让主流舆论"引力波"穿透力更强、覆盖面更广。③

《6397公里的守护》不仅采用文字、图片、动画、视频等方式进行叙事，同时还通过背景音乐、自然原声等方式增强叙事效果，共同建构生动的融合新闻叙事文本。作品在"导语"部分通过H5的形式交代新闻报道的重要意义，同时对参与新闻叙事的方法进行了简要介绍，整个画面则采用主题班会课堂的形式，带给受众更强烈的沉浸体验。报道"主体"部分则是由长江沿线省区市组合而成的全景地图，并且根据报道的主题设计了各类动态画面。受众在浏览时不仅能够看到相关的背景文字介绍，还能听到各种自然原声，以及儿童背诵古诗词的声音，为受众提供了丰富的互动享受。此外，融合新闻文本以轻松活泼的背景音乐贯穿整个始终，将《长江之歌》作为尾声，营造出

① 孔令淑：《融合新闻产品〈6397公里的守护〉的叙事策略探析》，《新媒体研究》2021年第10期。
② 李凯：《党报深度报道发展策略浅析》，《城市党报研究》2021年第12期。
③ 李嘉卓：《传承红色基因　勇立时代潮头——对话新华日报社党委书记、社长，新华报业传媒集团董事长双传学》，《新闻与写作》2021年第5期。

积极向上的氛围，进一步深化保护长江生态文化的主题。^①

《6397 公里的守护》在客观叙事的基础上，恰到好处地展开情感叙事，特别是通过 H5 技术，将歌曲、绘画、诗词结合文字、声音、视频、动画等运用于新闻文本中；丰富的形式和生动的内容既全景记录了长江流域的历史文化和生态美景，也热烈地抒发了对于长江母亲河的热爱。由此，受众在兴味盎然中个体情感被充分调动，"对长江的悠久历史与丰富物种有了直接的认识，对长江保护的热情也开始高涨起来"。这种融合新闻中的情感叙事让"有意义"的新闻得以"有意思"地呈现，使受众在开放式的新闻文本中能够接近自身真切的感受，这时阅读的世界就成了令人激动、快乐和意味深长的世界；同时，新闻的意义也在这一动态过程中被充分认同。^② 有人评价，这件获奖作品是"既具价值含量又有传播流量的精品力作"，在获奖类别上也实现了江苏"零的突破"。^③

（三）

中国记协新媒体专业委员会在推荐《6397 公里的守护》参评中国新闻奖时给出的推荐理由是："该作品以习近平生态文明思想为指导，以长江水利委员会水文局公布的长江长度 6397 公里为标题关键词，将长江流域的文化与生态保护相结合，采用儿童朗诵古诗词'古韵'加长江生态环境自然原声'新声'的形式，全景记录长江流域生态、文化保护的生动图景，贯彻了习近平总书记'绿水青山就是金山银山'的科学论断，引发网友对生态保护的关注，参与互动、转赞评 10 万 +，有一定传播效果。"^④ 参与互动、转赞评 10 万 +，有一定传播效果，这也再次说明，中国新闻奖评选重视流量，但也不会把流量作为唯一的评价标准。

---

① 张玉荣：《融媒体背景下重大主题报道叙事策略探析》，《新闻传播》2022 年第 18 期。
② 李庚、王滨生：《融合新闻的情感叙事探究》，《青年记者》2021 年第 17 期。
③ 双传学：《斗争性和人民性的百年演进与生动实践——从〈新华日报〉83 年优良传承重温党的光辉历程》，《传媒观察》2021 年第 5 期。
④《〈6397 公里的守护〉中国新闻奖推荐表》，中国记协网 2020 年 10 月 14 日。

作为中国新闻奖一等奖作品，《6397 公里的守护》的标题平实有意味。近年来，为了追求流量，"标题党"比较盛行，尤其是基于移动端的互联网传播，很多标题似是而非，看了让人稀里糊涂。有学者指出，一些主流媒体在微信公众号等移动终端，纷纷"向下看齐"，刻意模仿一些自媒体虚张声势、故弄玄虚、卖乖取宠的小伎俩。有学界网友评论说："（这些媒体）专业度不见提升，撒娇卖萌抖机灵倒学得快。"这种做法实际上是对数字时代标题制作的误解。①

与"标题党"盛行相对应的一个值得关注的现象是，获中国新闻奖的作品鲜有"标题党"。2022 年 7 月 7 日至 8 日，中国记协新媒体专委会组织召开第三十二届中国新闻奖融合报道、应用创新和新媒体新闻专栏专项初评会。会议评选出向中国新闻奖定评会推荐的候选作品 75 件，其中融合报道 40 件、应用创新 12 件、新媒体新闻专栏 15 件、国际传播 8 件。仅看公示的这 75 件参评作品，如果靠玩"标题党"赚流量，根本过不了初评。如果一件作品将来要冲击新闻奖，尤其是中国新闻奖，做标题还是要老老实实，不要搞什么"标题党"，否则可能连初评都过不了。② 全媒体时代，如何作出有思想、有温度、有品质的标题，本身也是对媒体人"四力"的考验。

从赏析的角度而言，《6397 公里的守护》在新华报业交汇点客户端推出的时间为 2019 年 12 月 30 日，不知道是出于何种考虑，选择在这一天推出？作品中所配的视频注明的时间元素为 2019 年 11 月 26 日。

一个耐人寻味的现象是，一些获奖作品的发布时间都是在年底，有的甚至是一年的最后一天。融合类作品，尤其是像《6397 公里的守护》这样的融合类传播产品，要不要讲究时效性，没有定论。不过，今天再来看这件获奖作品有遗憾之处，文中称"2020 年将正式设立三江源国家公园"，实际是什么时候呢——2021 年 10 月，习近平主席在《生物多样性公约》第十五次缔约方大会领导人峰会上宣布，中国正式设立三江源等第一批国家公园。③

---

① 辜晓进：《微信公众号标题故弄玄虚，就能吸引受众？》，《新传播》2022 年第 2 期。
② 《玩标题党的新媒体作品，过不了中国新闻奖初评！》，长江微信公众号 2022 年 7 月 18 日。
③ 姜峰：《国家公园，绽放在三江源头》，《人民日报》（海外版）2022 年 9 月 1 日。

阅读 +

　　（《6397公里的守护》主创：双传学、顾雷鸣、庄传伟、任松筠、田梅、孔德信、邓晓琦、朱威、丁叮、王建旸、李爽、郑玲玲、余勤雍、曹阳、王昊晨、谭倩文、高鑫、赵宇、杨玺；编辑：双传学、顾雷鸣、庄传伟；新华报业传媒集团交汇点客户端2019年12月30日；获第三十届中国新闻奖创意互动一等奖）

小切口带来新鲜感

在第二十九届中国新闻奖评选中，中国青年报客户端作品《〈40 秒 40 年〉系列短视频》获融合创新三等奖。在众多反映改革开放 40 周年的产品中，这件获奖作品选择了玩具、通信、服装、歌曲、支付五个切入口，用受众可感的丰富的内容，细致生动地展现出大时代的变迁。

（一）

《中国青年报》创刊于 1951 年 4 月 27 日，是共青团中央机关报，是以青年为主要用户（读者）、具有重大影响力的中央主流媒体。毛泽东同志分别于 1950 年和 1964 年 12 月两次为该报题写报头，《中国青年报》现在使用的报头是毛泽东同志 1964 年题写的。①

中国青年报社除主报外，还有《青年参考》《中国青年作家报》《青年时讯》3 份子报，拥有中央重点新闻网站中国青年网、中央主要新闻网站中青在线，拥有中国青年报等 5 个客户端，在微博、微信、抖音、快手等第三方平台注册机构账号近 200 个，移动端用户突破 1.3 亿。中青校媒链接 1000 所高校 6000 个校园媒体，服务青年成长。青创头条客户端精准服务初创项目及创业公司 3000 余个。②

中国青年报近年在深度融合发展上进行了有力探索。什么是"真融合"，什么是"假融合"，按照中央相关精神要求和实际推进，至少有四把标尺可以

---

① 娄晶舜：《毛泽东题写报头书法鉴赏》，中央文献出版社 2012 年版。
② 《中国青年报 2021 年度社会责任报告》，中国青年网 2022 年 5 月 29 日。

检验衡量。第一把标尺，是不是在党委统一领导下落实意识形态责任制？第二把标尺，是不是真正"融为一体、合而为一"？第三把标尺，是不是真正实现了"一支队伍，多个平台"，并正在转型为"你就是我，我就是你"的新型主流媒体？第四把标尺，是不是真正以内容创新为根本，是不是充分传承和发扬主流媒体内容、人才优势推出全媒体精品？ ①

2014 年，中国青年报在党委的领导下启动融媒体转型序幕，进行"报网互动""报网融合"等多种探索和尝试，陆续上线"24 小时中青报在线"网络平台和"24 小时中青报随手看"移动端服务。2017 年，中青报"融媒小厨"正式上线，集各个媒体渠道的内容创作、传播和运营为一体，这标志着中青报的转型走上正轨。"融媒小厨"后升级为了"融媒云厨"。②

中国青年报的一些融合探索有自身特色。中青报以"全员下厨"的坚定决心，鲜明提出"没有'可视化'，就没有报人的明天"，重塑 10 个方面指标，开启一场"可视化"改革，谱写"你就是我，我就是你"的媒体深度融合发展新篇章。2020 年 9 月，中青报出台《"十四五"全媒体人才培养规划》，重点聚焦培养扶持"优秀融媒专家型人才、优秀融媒经理人、优秀融媒制片人、优秀融媒创意创新人才、优秀融媒技术人才"五类融媒人才。通过建立全媒体人才库，先后分三批次选拔近 200 名人才入库，其中 35 岁以下人员占比 60%，并按照类型分别进入融媒专家、融媒主编、管理服务专员、融媒制片人、技术工程师、融媒经理人、创新创意人才等序列。人才入库后，通过专项考核进行选聘动态调整，在内部优秀融媒项目遴选、评先评优、交流培训等方面，适当向入库人员倾斜，充分调动优秀全媒体人才积极性和主动性。

2019 年，中国青年报成立青年编委会，选拔若干名近年表现优异的年轻采编人员，发挥他们在全媒体采编业务创新创意研讨、内容评价等方面的作用。青年编委会的建立，无论对于年轻人成长还是报社"可视化"改革，都起到了打通"最后一公里"的作用。2021 年底，青年编委会重新梳理工作职

---

① 《检验媒体真假融合的四把标尺》，《中国青年报》2018 年 10 月 29 日。
② 张倩、薛亚青：《中国青年报社融媒构建的实践研究》，《传媒》2022 年第 6 期。

能及人员构成，作为"可视化"改革攻坚战的先锋部队，第二届青年编委会在全媒体协调值班机制中担当重任，并作为"可视化"周奖的评委深度参与绩效考评，充分彰显出青年编委在融入多元化媒体发展新业态中的作用。①

中国青年报"青蜂侠"是采编部门孵化出的短视频品牌，具体由中国青年网短视频新闻资讯中心运营。"青蜂侠"自2017年上线以来，推出多款点击量超百万次甚至超亿次的作品。2021年中国报业创新发展大会上，"青蜂侠"入选"2020年中国报业深度融合发展创新案例"。"青蜂侠"在内容生产实践中，找到了以场景放大故事的真实效应，"硬新闻软着陆"的情感共鸣途径以及倒金字塔的叙事模式。立足于内容特色，"青蜂侠"在品牌塑造上延续了中国青年报的特色品牌定位，破除了自立门户的平台逻辑，借力打力，实现了传播效果的持续优化，为传统报业新闻短视频的传播提供了可借鉴路径。②

此前有人评价，一些报纸的微信公众号不够成熟，"标题党"和"图片党"粉墨登场，错字病句大行其道，编辑排版混乱不堪，而中国青年报微信公众号可谓"一股清流"。在原稿相同的情况下，中国青年报微信公众号更倾向于把稿件修改得通俗易懂，将语言去专业化，以"大白话"的形式阐述新闻内容。③今天再来看，发现式、整合式再传播，是中国青年报微信公众号鲜明的特色，记者或编辑整合的内容占有较大比例，这种操作既发挥了个体主动性、创造性，也提高了媒体传播力、影响力。

（二）

很多重大主题宣传都是同题竞争，比如庆祝改革开放40周年，中央媒体在做，地方媒体也在做，各家媒体如何出新出彩面临考验。在第二十九届中国新闻奖评选中，不少获奖作品都与改革开放40周年有关。中国青年报客户

---

① 张坤：《可视化重塑全媒体精兵——中国青年报社将人才战略更好融于高质量一体化发展的实践探索》，《新闻战线》2022年第17期。

② 杨洁：《传统报业新闻短视频生产及品牌塑造——以中国青年报社"青蜂侠"为例》，《出版广角》2022年第9期。

③ 贾晓晶、常庆论：《〈中国青年报〉及其微信公众号在编辑方面的差异性》，《新闻传播》2017年第24期。

端作品《〈40秒40年〉系列短视频》能获中国新闻奖融合创新三等奖，有哪些特别之处呢？

——**视频短**。短是这组视频最直观的特点。《〈40秒40年〉系列短视频》一共5条，每条时长均不超过1分钟，5条视频加在一起的时长，还没有的一条短视频长。标题上，将每条短视频时长设定为40秒左右，正好与改革开放40周年相呼应。

与传统的长视频相比，短视频的符号属性为受众带来更立体化的空间体验，在重大主题报道中展现出更为强大的亲和力和感召力，通过新媒体话语自塑，可以实现国家形象更大范围内的传播，在建构国家认同中发挥巨大的推动作用。[1] 可以说，《〈40秒40年〉系列短视频》就是这方面的例子。

宣传改革开放40周年，从广义上属于时政新闻的报道范畴。有观点认为，时政新闻作为民众了解国家大政方针、重要议题的窗口，应采取"轻量化"的传播手段，即通过文本、介质、话语三方面的"轻量化"传播，精简和优化传播内容，创新表达方式，不仅可以实现全网广泛传播，还可获得大批年轻用户的关注，从而提升信息触达率与新闻传播效果。[2]《〈40秒40年〉系列短视频》在这方面做了积极尝试，主创团队称，"这是我们首次以短视频的形式在正能量传播和重大主题宣传中的有力探索、有效尝试"[3]。

——**形式新**。如今的短视频传播多是竖屏，但2018年媒体生产的竖屏短视频还不多。《〈40秒40年〉系列短视频》采用年轻人青睐的9∶16的竖幅视频拍摄方式，适当运用移动媒体的交互特点，将分屏与全屏切换表达剧情，展现大量纵向构图，受众在观看时视野集中，让拍摄对象变得更加立体。[4]有人评价，这一系列视频，"以竖幅形式出现，配合快节奏的画面切换很好地

① 田维钢、单文煊：《短视频传播中的国家形象自塑路径研究——以重大主题报道为例》，《中国新闻传播研究》2021年第2期。

② 郑弘、单丹丹：《浅析媒体融合创新的纵深发展之路——以央视新闻融合传播实践为例》，《传媒》2019年第11期。

③《〈40秒40年〉系列短视频〉中国新闻奖媒体融合奖项参评作品推荐表》，中国记协网2019年5月24日。

④ 唐颖、许珍、黄妍：《新闻融合创新的实践与策略研究》，《传播与版权》2021年第4期。

吸引了用户注意力"①。

——**切口小**。改革开放 40 周年值得呈现的内容太多，《〈40 秒 40 年〉系列短视频》的切口很小，选择了与大众息息相关的玩具、通信、服装、歌曲、支付五个方面，每个用不到 1 分钟的短视频来呈现 40 年的变化，切口虽然小，但很容易引发情感共鸣。有观点认为，《〈40 秒 40 年〉系列短视频》让用户产生不同时代下的共鸣，系列视频点击超过 4000 万，无疑证明了作品自身的影响力和关注度。②

法国文学理论家热拉尔·热奈特将叙事视角分为三类，他将没有固定视角、不受视域限制、宛如无所不知的上帝一般能洞察一切的叙事角度称为全知视角。融合报道更青睐这种全知视角，可任意切换观察点，叙述者的焦点可以在不同的人物、场景之间任意游动，看到或感知任何内容。《〈40 秒 40 年〉系列短视频》选择的五个方面，从历史发展层面展示群众生活、文化和故事。在短视频中，叙述者以全知的角色姿态存在，为受众展示中国改革开放、社会变迁方方面面的细节。③

——**内容丰**。《〈40 秒 40 年〉系列短视频》的切口虽然很小，每条视频的时间不超过 1 分钟，但内容并不含糊，相反十分丰满，从中可以看出主创团队的投入和花费的精力并不少。可以说，这些丰富的内容，细致生动地展现出大时代的变迁，把视频"玩"出了新鲜感，带给了受众新奇的感受。

11 岁的网红"老艺术家"，穿越回 1978 年拿着弹弓比画，玻璃窗碎了，那句"妈妈牌"浑厚女中音"作业写完了吗"传来，2018 年还是这名年轻的"老艺术家"，头戴 AR 眼镜正在虚拟世界手舞足蹈停不下来，那句熟悉的"作业写完了吗"的例行询问又传来；产房外，从 1978 年到 2018 年，从写信到 BP 机留言，再到用智能手机视频通话，男青年一遍遍向奶奶报喜"我媳妇儿生了"；漂亮的小姐姐，换上从 1978 年到 2018 年各个年代的时装，笑容甜甜、

① 洪长晖、张佳佳：《两届中国新闻奖媒体融合奖项作品分析》，《媒体融合新观察》2021 年第 2 期。
② 梁传明：《如何使短视频成为传统媒体发展的突破口》，《新闻文化建设》2022 年第 5 期。
③ 郝周成：《新媒体语境下"融合报道"的叙事学分析——以第二十九届中国新闻奖媒体融合奖项获奖作品为例》，《出版广角》2020 年第 14 期。

款款向你走来；一对年轻男女从坐在村口一起听大喇叭跟唱喜欢的歌曲，到播放手持式大型录音机，再到歌舞厅一展歌喉，随身听、摩托车音响、汽车音响、迷你 KTV 依次上阵；供销社柜台前，年轻女士用粮票换取粮食给孩子"做好吃的"，40 年后孙子刷脸支付要给奶奶"做好吃的"……《〈40 秒 40 年〉系列短视频》的制作组是一群以 90 后为主的年轻人，为呈现出"至少自己要看得上"的水准，他们较上了劲儿。年轻人容易接受、喜欢的方式是什么？拍摄《〈40 秒 40 年〉系列短视频》前，这是制作人高旭与"支付篇""跟唱篇"执行导演于冰考虑最多的问题。视频团队在 B 站、抖音等平台，一遍遍观摩研究年轻人追捧的热门视频，线上线下访问，接地气、讲故事、反转、有趣、3 分钟内关键因素被归纳出来。"越是真实的、越贴近人们生活的作品，往往越有说服力。"制作组编导李宁说，视频用事实说话，围绕玩耍、通信联络、穿衣、唱歌、买东西等这些几乎每个人都离不开的生活方式来展开，才让人觉得亲切、可信。①

一个值得关注的现象是，主流媒体重大主题报道的短视频内容，凡展现底层故事、温情瞬间的内容，都能够获得较高的关注。主流媒体在重大主题报道中借助短视频开启个性化表达，以契合时代发展的需求，在用户转发、评论等互动行为的助推下，重大主题报道真正实现了网络空间的落地。②《〈40秒 40 年〉系列短视频》4000 万人次的传播效果，也印证了这一观点。

——非说教。新闻宣传不是娱乐，要讲导向，但讲导向并不意味着一定要板起面孔，也可以在轻松活泼中实现传播目的，实现传播导向。有人评价，这件获奖作品通过小切口窥探改革开放 40 年中国的大变化，用节奏轻快又内容丰富的系列短视频，引导受众感受 40 年来的奋斗征程，鼓舞受众开启新的奋斗生活，体现出作品强大的舆论引导力。③

《〈40 秒 40 年〉系列短视频》的主创之一梁艳认为，在该系列视频中，

---

① 朱娟娟：《这群年轻人用 40 秒系列短视频带你穿越 40 年》，《中国青年报》2019 年 1 月 10 日。

② 李一凡：《融合背景下主流媒体重大主题报道的创新传播研究》，《电视研究》2019 年第 9 期。

③ 吴郁文：《媒体融合语境下主流媒体如何提升新闻舆论"四力"——基于第 28—31 届中国新闻奖创意互动及融合创新类获奖作品的思考》，《中国广播电视学刊》2022 年第 9 期。

非说教式的呈现手法带来了意想不到的正能量传播效果。在"服装篇"中，一共呈现 25 套服装，编导翻阅研究各类老旧照片，并赴北京服装学院、国家博物馆进行探访了解。形式上，通过服装的快闪变化增强表现力，演员由远及近走来，身上的服装不断变化。①

作为中国青年报记者，梁艳从事编导、记者等相关工作多年，在视频编导方向的工作内容以专题纪录片和专题创意短视频节目为主。她参与策划制作的多个作品获得国家级奖励，其中作为负责人之一的作品《〈40 秒 40 年〉系列短视频》荣获中国新闻奖三等奖；参与制作的微纪录片《绝壁舞者——捅山工》获得中国新闻奖三等奖；策划制作的《两会 Vlog——青小豹探班两会》短视频获得第二届首都女记者短视频大赛三等奖。②

（三）

全媒体时代，很多时候，年度重大主题宣传比拼的都是创意。如何让创意出新出彩，关键是如何调动年轻人的积极性，发挥年轻人的想象力、创造力。《〈40 秒 40 年〉系列短视频》的制作组是一群平均年龄不到 30 岁的年轻人，也许正是因为他们年轻，所以这一系列视频才显得有朝气有活力。从赏析的角度而言，这件获奖作品亦有值得探讨之处。

一是庆祝与纪念。《〈40 秒 40 年〉系列短视频》每个视频封面上的主标题是"四十年我们这样走过"，副标题分别是"纪念改革开放 40 周年系列（××篇）"。副标题上的"纪念"是否妥当？

什么时候用纪念，什么时候用庆祝，很多媒体人容易混淆。这两个词，是有区别的。比如：庆祝中国共产党成立 100 周年，庆祝改革开放 40 周年，庆祝深圳等经济特区建立 40 周年，庆祝中华人民共和国成立 70 周年；再如：纪念中国人民志愿军抗美援朝出国作战 70 周年，纪念中国工农红军长征胜利 80 周年，纪念中国人民抗日战争暨世界反法西斯战争胜利 75 周年。依照《现

---

① 梁艳：《40 秒微视频穿越改革开放 40 年——中国青年报·中青在线系列微视频展现时代变迁》，《网络传播》2019 年第 12 期。

② 《寒假礼物 | 中报小记者媒介素养冰雪营》，21 世纪英文报微信公众号 2022 年 11 月 24 日。

代汉语词典》的解释，"庆祝"是指为共同的喜事进行一些活动表示高兴或纪念，如庆祝国庆、庆祝元旦；"纪念"是指用事物或行动对人或事表示怀念，如用实际行动纪念先烈。对于改革开放 40 周年，用"庆祝"比较妥当。

二是通信与通讯。通信与通讯也是媒体人比较容易混淆的两个词。用电波、光波等传送语言、文字、图像等信息，现在的规范说法是"通信"，而"通讯"是旧称，应当淘汰。但出版物编校质量检测中心检查发现，"通讯企业""通讯网络""无线通讯""即时通讯""通讯市场""移动通讯""通讯运营商"等用法相当普遍。在某报《"三高＋两易"快速提升沟通效益 一套方案解决满足协同办公需求》一文中，一会儿用"降低企业的通信成本"，一会儿又用"降低了酒店的通讯成本"，很不统一。而某报《漫游费难题折射通信服务定位失准》一文，标题中用"通信服务"，正文中却用"通讯服务"，而且文中既有"通信设施"，又有"通讯基础设施"，既有"通讯运营垄断"，又有"通信运营商"。如此混乱，实属不该。这种情况，说明不少报业工作者对"通讯"和"通信"的使用是缺少辨析的。[1]

《〈40 秒 40 年〉系列短视频》"通信篇"网页 100 多字配文中两次出现"通讯"——"'奶奶！我媳妇儿生了！'40 年间，产房外不知有多少位初为人父的男子喊出过这句话，激动向亲人报喜，而通讯工具的变化映射出了时代的变迁，也体现出了人民生活的变化、社会的进步以及经济的飞速发展。40 秒带你看小小通讯中，体现出的社会大变化。"这里的"通讯"都应该是"通信"。

三是一致性问题。一致性的问题主要集中在五个方面。第一，视频时长问题。标题上称"40 秒"，实际上单条视频按时间长短排序依次为 42 秒、44 秒、47 秒、48 秒、50 秒。第二，署名问题。《〈40 秒 40 年〉系列短视频》一共 5 条，但 5 条的封面上显示的署名不同，其中 4 条落款有共青团中央宣传部、中国青年报·中青在线，而"玩具篇"没有。第三，标题不统一问题。参评中国新闻奖时网页上的标题与视频封面上的标题都不一致。第四，《40 秒带你感

---

[1] 王敏：《这些字词你用对了吗？》，《中国新闻出版广电报》2016 年 1 月 26 日。

受 40 年伟大 "FU" 兴》标题上带拼音，是否符合规范？第五，封面配图问题。"服装篇" 的视频封面上的字错成了 "通信篇"，这是不应该的，往大了说算差错硬伤能不能评奖都是问题。

(阅)(读)(+)

（《〈40 秒 40 年〉系列短视频》主创：李柯勇、董时、闵捷、孙晔、高旭、于冰、梁艳；编辑：张勇、王荣华、先藕洁；中国青年报客户端 2018 年 12 月 12—20 日；获第二十九届中国新闻奖融合创新三等奖；注：二维码为系列短视频之一）

第七辑

创新永无止境

优质内容始终是舆论场上的"硬通货",内容创新永远是媒体融合的根本之道。党的新闻舆论工作必须创新理念、内容、体裁、形式、方法、手段、业态、体制、机制,增强针对性和实效性。只有用心用情制作有品质、有格调的内容,打造群众喜爱、刷屏热传的作品,才能真正让正能量产生大流量、让好声音成为最强音。

二次传播成了爆款

在第三十二届中国新闻奖评选中，北京日报微信公众号推文《北京一处级干部当外卖小哥，12 小时仅赚 41 元："我觉得很委屈"》获融合报道二等奖。北京日报把北京广播电视台的内容进行二次传播并做成了爆款，赏析这件作品有助于认识和审视全媒体时代的融合报道。

（一）

北京日报社成立于 1952 年，是北京市委直属正局级事业单位，实行企业化管理。北京日报报业集团于 2000 年 3 月 28 日组建，实行"一套班子，两块牌子"。目前旗下承担宣传出版任务的有 9 份报刊，其中《北京日报》创刊于 1952 年 10 月 1 日，是中共北京市委机关报，《北京晚报》创刊于 1958 年 3 月 15 日，是党报的有机组成部分，《北京青年报》创刊于 1955 年 7 月 1 日，于 2021 年 6 月正式并入集团，是面向青年群体、辐射更广泛人群的综合日报。《北京城市副中心报》于 2021 年 10 月 19 日正式公开出版发行，重点从京津冀协同发展、副中心历史文化和日新月异的发展变化、各方面支持和参与副中心建设等领域展开报道，充分展现副中心在京津冀协同发展中的桥头堡作用。[①]

1952 年 11 月，刚刚创刊不久的北京日报社迁入东长安街 2 号新址，大门上的"北京日报"几个大字格外醒目，这是毛泽东同志亲笔题写的。鲜为人知的是，毛泽东同志前后一共为北京日报题写过三次报头。1952 年 5 月 24 日，毛泽东同志为北京日报第一次题写报头，这个报头陪伴了北京日报 12 年。

[①]《京报集团社会责任报告（2021 年度）》，北京日报客户端 2022 年 6 月 9 日。

1964年7月29日，北京日报社社长范瑾接到毛主席的一封亲笔信，信中写道："北京日报报头不好，应重换过。现写了两张，不知可用否？如不可用，退回重写。如你们认为可用，则在国庆节改换为宜。敬礼！"接到来信，全社人员至为兴奋。趁此机会，范瑾代表编委会和全体员工给毛主席写信请求：北京晚报现在用的报头是凑的字，您是否可以为北京晚报写个报头？1964年9月25日，毛泽东同志回信，不仅为北京晚报题写了报头，还为北京日报重写了一张，供报社选用，这个报头一直用到了今天。[1]

在移动化大潮面前，北京日报报业集团近年全面实施媒体融合、移动优先战略，开启了历史上最重大的生产关系变革，彻底改变过去以报纸为中心的传统生产模式、工作流程和组织架构。围绕"2+3+X"产品体系，做好、做精、做深《北京日报》《北京晚报》两张报纸，以北京日报客户端、长安街知事、艺绽为新媒体端主要抓手，引导识政、理论周刊、长安观察等原创品牌在不同垂直领域深耕，组建党报集团的新媒体基础生态圈，为融合发展提供源源不断的活力……截至2021年5月，北京日报报业集团移动传播矩阵全网覆盖用户超过1.3亿，日均阅读量超过1亿次。[2]

北京日报社面对媒体深度融合发展的一些探索值得关注。例如，队伍建设上探索首席岗位制。2021年1月6日，北京日报社第三届新闻采编首席岗位聘任仪式举行，20人从社领导手中接过了聘任证书。首席岗位代表着北京日报社新闻采编业务岗位最高水平，首席人员具备较高的新闻编辑、采写水平，具有较强独立思考、分析和解决问题的能力，能够独立完成策划，承担重要报道任务，是深度报道、重点报道、重要版面的主要采写者、编辑者。

北京日报社也在积极探索融媒体工作室。融媒体工作室实行自主申请→立项评审→中期评审→结项评审全流程管理。工作室召集人组建团队，提交立项规划。总编辑办公会牵头成立评审委员会，给予是否立项意见，并在工作室运行半年和一年时分别进行中期评审及结项评审。经评审委员会推荐的工作室名

①《〈北京日报〉诞生记·3｜毛主席曾三次题写报头》，北京日报客户端2022年9月22日。
②《媒体品牌全家福｜北京日报社：与新北京同行》，中国记协微信公众号2021年6月15日。

单，报集团社委会审批后，工作室挂牌成立，运行期限为一年。集团给予每个工作室每年 5 万至 20 万元不等的项目扶持资金，项目一经启动即支付 50%，中期评审达标支付 30%，结项评审达标支付 20%。[①]2022 年 5 月 19 日，北京日报社举行首批"胡同里的北京""有医说医""光影记忆""新闻我来说""展览有意思"等 7 个融媒体工作室成立仪式，并为工作室召集人颁发聘书。北京日报社社长赵靖云表示，融媒体工作室建设是报社推进媒体深度融合的创新举措，是在 2018 年进行 1.0 版内部改革、解决"融"与"通"问题的基础上，向融合改革 2.0 阶段迈出的崭新一步，即以产品、项目为龙头，整合资源、聚合要素，打破部门界限，进一步激发创造力和生产力。首批成立的融媒体工作室要用好前期探索实践的经验和报社给予的政策资金扶持，以出产品、出影响力、出人才为目标，把采编人员的注意力引导到创新内容上来，引导到扩大党媒传播力、影响力上来，引导到全员转型、培养更多融合生产传播人才上来。[②]

全媒体时代，全媒体传播体系中的报纸该如何办？北京日报《理论周刊》颇受关注。党报的突出优势是政治家办报，始终把政治性放在第一位，紧紧围绕服务政治大局开展工作。党报理论版通过刊登理论文章，对党中央的路线、方针和政策进行深入解读，有助于更好地发挥党报"举旗帜、聚民心、育新人、兴文化、展形象"的宣传作用。但在实践过程中，党报理论版在一定程度上过于重视政治性，吸引力不足，缺乏群众喜闻乐见的呈现形式，导致理论文章曲高和寡，难以"飞入寻常百姓家"。值得关注的是，北京日报《理论周刊》已形成特色和品牌。[③]

北京日报 1999 年全面扩版之际创办了《理论周刊》，理论文章自此有了版面固定、定期刊发的专版。《理论周刊》紧扣北京日报主要面向普通机关干部、市民的特点，将 4 个版面延展为"大理论"范畴，既有理论阐释、理论研究，也有学术进展、热点分析，还有文史、读书等内容，所刊发的文章既有思想性、

[①]《重要创新！"融媒体工作室"机制来了》，北京日报嘚吧嘚微信公众号 2022 年 3 月 30 日。

[②]《报社首批 7 个融媒体工作室今日成立》，北京日报嘚吧嘚微信公众号 2022 年 5 月 19 日。

[③] 肖楠：《党报理论版隐性要素的三维创新路径——以〈北京日报·理论周刊〉为例》，《传媒》2021 年第 12 期。

理论性，又兼具学术性、现实性、可读性和实用性，逐渐成为北京日报一块"金字招牌"。①2022年《北京日报》创刊70周年之际，《北京日报十二时辰》的视频透露：北京日报理论版的稿件每次都是社长、总编辑亲自审稿。②

北京日报《无名者剪影》办得同样有声有色。这个栏目最早可以追溯到1989年，从当年元旦起，北京日报在一版开辟《无名者剪影》专栏，每天一篇，四五百字，并配有照片或漫画，形式活泼，内容生动。它热情地讴歌首都各行各业默默奉献的普通劳动者。正如专栏编者所说的：这是"向社会敞开的一个小小窗口，以沟通上下左右以及社会各行各业劳动者之间的联系和理解，同时密切报纸与读者之间的情感和友谊"③。

（二）

在第三十二届中国新闻奖评选中，北京日报社收获不错，有5件作品获奖：新闻专栏《民生调查》获一等奖，《北京一处级干部当外卖小哥，12小时仅赚41元："我觉得很委屈"》《四名领诵员是如何被选上的？看看他们都是谁》分别获融合报道、通讯二等奖，《以制度力量推动接诉即办向前一步》《一图读懂疫情防控》分获评论、重大主题报道三等奖。

北京日报社的这5件作品获奖各有特色。《民生调查》是北京日报专门承担舆论监督报道的民生新闻专栏，从2006年创建以来，几代报人为这个栏目不辞辛劳。《民生调查》在全国党报中率先构建起媒体反映问题的"闭环"报道落实机制，其探索实践是北京市"接诉即办"机制的雏形。"闭环"报道机制即首先由《民生调查》通过多渠道接受群众举报，记者就举报问题展开调查报道，通过联络市委督查室以及属地和职能部门"接诉即办"，合力破解难题，记者盯守问题解决全过程，跟进式报道，回应群众关切。④

巧合的是，在这届中国新闻奖评选中，北京广播电视台北京时间APP的《北

---

① 杨天悦：《立根铸魂　点亮信仰灯塔》，《北京日报》2022年9月26日。

②《什么稿件要社长、总编辑亲自审？》，长江微信公众号2022年12月8日。

③《北京日报的〈无名者剪影〉》，《新闻爱好者》1989年第5期。

④《〈民生调查〉中国新闻奖参评作品推荐表》，中国记协网2022年11月1日。

京时间接诉即办融合应用》获应用创新一等奖。应用创新是中国新闻奖评选改革后新设立的 6 个专门类奖项之一，定位是"应用信息网络技术，研发'新闻 + 服务'的创新性信息服务产品"，具体要求是"应内容丰富、技术先进、形式新颖、实用性、服务性强，有较好的社会效益"。北京广播电视台填报的参评材料称："2021 年，北京时间与北京市 12345 市民热线服务中心打通数据后台、将技术与内容结合，开创北京市首家视频接诉媒体项目——北京时间接诉即办融合应用。该应用为截至目前唯一一个与 12345 市民热线实现系统数据贯通，可以网络提交图文、视频诉求，对政府接诉即办工作进行转办跟踪服务的新媒体应用。"① 一个地方，不同的两家媒体相似的内容，同一年获评中国新闻奖一等奖，也是少见。

北京日报社获通讯二等奖的《四名领诵员是如何被选上的？看看他们都是谁》值得关注。这篇稿件是关于建党百年庆祝大会上青少年献词的幕后故事。记者多方突破，提前采访到了 10 名领诵员的背后故事，并在大会举办当天凌晨，在现场蹲点数小时拿到最终入选的 4 名领诵员的名单，稿件经北京日报客户端发出后，客户端五次临时扩容，阅读量超过 130 万，实现北京日报客户端成立以来最高流量。此稿在微博、微信等平台上也形成了超过 4 亿的传播效果。② 这届中国新闻奖评出通讯获奖作品 35 件，其中一等奖 5 件、二等奖 11 件、三等奖 19 件。北京日报社获奖通讯在 11 件二等奖中排名最后，不过最应该引起关注的是，这件获奖作品的发布平台是北京日报客户端。通讯作品不再非要是刊发在报纸版面上的作品或者是通讯社的作品，这是值得媒体人关注的。此前获中国新闻奖的通讯，要么是通讯社的作品，要么是报纸的作品而且是刊发在报纸版面上的作品。这件作品获奖具有标志性意义，意味着通讯作品自此也可以是刊发在客户端等平台上的作品，通讯作品对纸质媒体的依赖从此成为历史。

北京日报社获三等奖的评论《以制度力量推动接诉即办向前一步》，同样与"接诉即办"有关。这篇评论立足超大城市治理体系创新，着眼"让人民

① 《〈北京时间接诉即办融合应用〉新媒体专项初评作品推荐表》，中国记协网 2022 年 11 月 1 日。
② 《〈四名领诵员是如何被选上的？看看他们都是谁〉中国新闻奖参评作品推荐表》，中国记协网 2022 年 11 月 1 日。

生活幸福是'国之大者'"的价值依归，深刻阐释接诉即办的重要意义，提升了全社会对于这一"北京方案"的认识，有力配合了北京市委市政府中心工作，为接诉即办立法工作营造良好舆论氛围，成为解读阐释接诉即办工作机制的重要参考文章。[①] 不仅北京日报社获一等奖的《民生调查》新闻专栏和北京广播电视台获应用创新一等奖的《北京时间接诉即办融合应用》与"接诉即办"有关，获三等奖的评论也与"接诉即办"有关，对地方媒体而言，北京媒体一年能有如此收获，在中国新闻奖历史上恐怕也不多见。

（三）

对于北京日报社获中国新闻奖的作品《北京一处级干部当外卖小哥，12小时仅赚41元："我觉得很委屈"》，有必要先从北京广播电视台推出的系列纪录片《我为群众办实事之局处长走流程》说起。

北京广播电视台在第三十二届中国新闻奖评选中有10件作品获奖，创历史最好成绩，其中一等奖4件、二等奖5件、三等奖1件。一等奖具体为：新闻直播《一路奔冬奥 一起向未来——北京冬奥会开幕倒计时100天现场直播》、舆论监督报道《向前一步》（新闻专栏）、系列报道《〈生命缘〉百年协和系列》、应用创新《北京时间接诉即办融合应用》；二等奖具体为：评论《如此"满意"失民意，"人民至上"怎落地？！》、新闻专题《一支疫苗的诞生》、新闻纪录片《我为群众办实事之局处长走流程》、新闻直播《听，大运河的声音》、融合报道《北京一处级干部当外卖小哥，12小时仅赚41元："我觉得很委屈"》；三等奖具体为：国际传播《北京中轴线的智慧》。这10件作品聚焦冬奥筹办、疫苗研发、传统文化、协同发展、服务保障等重大主题，坚持守正创新，热点引导，视角新颖、内涵丰富、表达多样，以自有平台为创作"土壤"，延伸打造融媒产品，着力提升优质内容在新媒体平台上的传播力。[②]

[①]《〈以制度力量推动接诉即办向前一步〉中国新闻奖参评作品推荐表》，中国记协网2022年11月1日。

[②]《创历史最佳！北京广播电视台10部作品获中国新闻奖》，北京广播电视台网2022年11月9日。

在这 10 件获奖作品中，北京卫视占了 5 件。《生命缘》团队扎根北京协和医院半年时间，拍摄的四集系列纪录片《〈生命缘〉百年协和系列》获第三十二届中国新闻奖一等奖，这也是《生命缘》团队斩获的第四个中国新闻奖一等奖。《〈生命缘〉百年协和系列》这部于生死之间探寻医学温度的纪录片，汇聚了北京协和医院建院 100 周年期间数不胜数的珍贵瞬间，更通过医患故事里流露出的生命之坚韧、医学之温暖，为国家医学相册留下了浓墨重彩的一笔。这是《生命缘》团队与北京协和医院强强联合荣获的第二个中国新闻奖一等奖。《生命缘》创办于 2011 年，是全国唯一坚持播出 10 多年的医疗新闻节目。《生命缘》至今已经六获中国新闻奖，其中四获中国新闻奖一等奖，两获中国新闻奖三等奖，这在全国实属罕见的成绩，成为独一无二的医疗纪实第一品牌。[①]

北京广播电视台为什么要推出系列纪录片《我为群众办实事之局处长走流程》？依据该台公开的说法：2021 年，中国共产党迎来百年华诞。作为党史学习教育的重要内容，北京市"我为群众办实事"实践活动在全国起到了示范引领作用。这一活动背后，体现的正是中国共产党始终坚持全心全意为人民服务、不断推进各项改革、提升人民群众满意度的初心与决心。2021 年 4 月 27 日晚，系列纪录片《我为群众办实事之局处长走流程》在北京卫视开播，这是在党史学习教育过程中，全国第一个播出的"我为群众办实事"专栏节目。

作为北京卫视庆祝中国共产党成立 100 周年大型全媒体行动中的又一亮点，《我为群众办实事之局处长走流程》由金牌栏目《向前一步》团队打造。这次主创们继续当好百姓与政府之间沟通的桥梁，将镜头对准了北京市各委办局的局处长以及他们拜师的普通劳动者，利用纪录片拍摄方式，真实记录局处长们隐藏真实身份、深入基层一线、体验普通劳动者工作、真真正正走流程的经历。真实是纪录片的生命，"真"与"实"是《我为群众办实事之局处长走流程》的最大特点。在节目中，局处长们真拜师、真体验、真感受，

---

① 《拿了第四个中国新闻奖一等奖 〈生命缘〉是怎么做到的？》，北京卫视 2022 年 11 月 9 日。

下实力、办实事、见实效。①

《我为群众办实事之局处长走流程》前三期节目都与北京市人社局有关。2021 年 4 月，为落实中央党史学习教育要求，抓好"我为群众办实事"实践活动，持续加强行风建设，全国人社系统全面开展"厅局长走流程"工作，推动人社惠民政策和服务更快更好惠及企业群众。② 纸上谈兵不如走到基层，在走流程中换位思考，推动人社服务流程再造和服务提升，让经办更契合需求，让服务更贴近民心，这是开展人社厅局长走流程的重要目标。③

首期《我为群众办实事之局处长走流程》于 2021 年 4 月 27 日晚在北京卫视播出，这也是后来获评中国新闻奖的节目。节目组整整一周的跟拍内容，浓缩在了 34 分钟的节目中。这期节目主角是北京市人社局劳动关系处副处长王林，半个多小时的内容具体可分为六个部分。

一是王林为啥要去走流程？北京市人社局要出台支持和规范新就业形态的政策，4 月 6 日的工作推进会上，王林进行了汇报，会议决定制定政策不能坐在办公室，必须亲自去体验、亲自去感悟，以局处长走流程的方式去调研，所以才有了后面的故事。

二是之前连电动自行车都不会骑的王林，拜师后开始骑着电动车在中关村送外卖，累了一天却只送了五单，最后收获仅有 41 元。

三是跟着一名网约车司机跑活、擦车、吃盒饭，在这种同甘共苦中听到了网约车司机的心声。

四是针对走流程体验中的问题，通过座谈会的方式，与美团、滴滴代表对话沟通。

五是北京市人社局结合王林走流程体验，进一步完善提升支持和规范新就业形态的政策制定。

六是王林回访教自己送外卖的师傅——外卖小哥高治晓，两人之间有对

---

① 《听不如看，看不如干！——北京卫视推出〈我为群众办实事之局处长走流程〉献礼建党百年》，北京广播电视台网站 2021 年 4 月 27 日。
② 胡超玲、齐元皎：《"厅局长走流程"：走出人社为民新气象》，《中国组织人事报》2021 年 11 月 23 日。
③ 王宝杰等：《办事解难题　走心更暖心——全国人社厅局长走流程综述》，《中国劳动保障报》2021 年 10 月 13 日。

话交流。

作为系列纪录片,《我为群众办实事之局处长走流程》内容确实很出彩,有文字没有的直观与真实。有人评价该节目:以局处长体验基层工作生活为主线,深入探寻民生痛点难点,积极寻求问题解决路径,内容真实可感,形式新颖生动,为庆祝建党百年主题宣传提供了新视角新思路;运用纪录片拍摄手法,跟踪记录局处长体验普通劳动者工作、为老百姓办实事的全过程,感知民情,了解社会,生动展现党员干部为民办实事的形象,拉近了党员干部与群众的距离;节目注重平衡视角,不仅表现党员干部为群众办实事,还注重捕捉普通劳动者依靠勤劳双手勇敢追梦的拼搏精神和乐观态度。[①]

《我为群众办实事之局处长走流程》参评中国新闻奖时,北京市记协给出的推荐理由之一是:"节目采用纪录片本真拍摄手法,用进行时、沉浸式、故事化的纪实报道方式,用细节打动人心,用真情引发共鸣,赢得亿万网友最真实的感动和点赞,开辟了主流宣传的重大创新之作。"[②]

在第三十二届中国新闻奖评选中,新闻纪录片是基础类 14 个奖项之一。依据评选办法,新闻纪录片是指"以纪实手法报道新闻事件、反映社会生活的视频作品",要求为"应具有较强的新闻性、思想性、艺术性,以及文献价值。以事实说话,结构严谨"。[③]

中国新闻奖审核委员会主任唐绪军在谈及第三十二届中国新闻奖审核情况时,在审核报告中以某作品为例指出:"全篇以医护人员、厨师、司机、民警、教师的访谈穿插结构,无故事、无情节、无细节,不符合纪录片的基本要求。"[④]虽然审核报告中没有点明这是哪家媒体的哪件作品,这件作品最后是否获奖了也不得而知,但审核报告中指出的这个问题,无疑是值得媒体人重视的。既然是新闻纪录片,就要像个新闻纪录片的样子。

① 朱珊珊:《〈我为群众办实事之局处长走流程〉一次民生民情的深度体验,一场精准施策的纪实呈现》,《广电时评》2021 年第 11 期。

②《〈我为群众办实事之局处长走流程〉中国新闻奖参评作品推荐表》,中国记协网 2022 年 11 月 1 日。

③《中国新闻奖评选办法》,中国记协网 2022 年 6 月 13 日。

④《唐绪军迎接新挑战 当好把关人——第三十二届中国新闻奖审核委员会工作报告》,新闻战线微信公众号 2022 年 11 月 16 日。

（四）

北京日报社获中国新闻奖融合报道二等奖的作品《北京一处级干部当外卖小哥，12 小时仅赚 41 元："我觉得很委屈"》，与北京广播电视台获中国新闻奖新闻纪录片二等奖的《我为群众办实事之局处长走流程》，二者之间到底是什么关系？这是一个值得探究的问题。探究这个问题，有助于审视和深化对当下中国新闻奖评选的一些认识。

简单地说，北京日报社的这件获奖作品是对北京广播电视台新闻纪录片内容的二次传播，具体是通过北京日报微信公众号和微博进行的二次传播。二次传播不是简单地把半个多小时长的视频直接搬过来转发了事，也不是指令性地转发搬运，而是一次整合提炼再创作，并找到了最能引发受众关注、最有可能成为话题的切入点和传播点，可以说这是内容出圈成为爆款乃至现象级传播最为关键的地方。虽是二次传播，不能否认北京日报社在这个传播上所做的努力和贡献。

（五）

北京日报社把北京广播电视台的内容做成了爆款，确实有独特之处，从提升媒体传播力、影响力的角度而言，有几点值得学习。

——**判断力**。北京广播电视台的节目播出当晚，就被北京日报社的人捕捉到了，并做出了准确判断，这很重要。新闻从业者要有判断什么内容可能成为爆款的能力。判断力既与一个人的天赋有关，也与后期的积累学习有关。如何准确识别自己的天赋，是一件太重要的事情。如果是喜欢的工作，而且你在这上面有天赋，每当想出一个众人叫好的标题、每当完成一篇极难的稿件，成就感是难以言表的。到底如何识别自己在某件事上有没有天赋呢？可从三个方面判断：一是当做这件事的时候，最能够忘记时间；二是能最快获得相应的认可；三是不要让陈旧观念干扰判断。①

---

① 《你不是一个新闻工作者》，传达室微信公众号 2022 年 11 月 30 日。

——**执行力**。夜里 11 时发现线索，3 个小时梳理提炼制作加审核，次日早上迅速推出。这不是执行力是什么？遇到好的线索选题就要及时行动，不能放着放着就没了下文。你能想得到，你的同行也能想得到。全媒体时代，好传播也是速度的比拼，快一步就会赢得很多先机，慢一步就会失去很多机会。从理论上而言，后来居上、反败为胜也不是没有可能，但需要付出更多努力和更大成本。

——**协同力**。哪怕是一篇微信公众号推文，背后同样也离不开团队之间的协同。从《北京一处级干部当外卖小哥，12 小时仅赚 41 元："我觉得很委屈"》的采编过程中，可以看到很高效的协同。内容在北京日报微信公众号推送的同时，也在北京日报微博推出，同样体现了高效的协同。全媒体时代，这种协同对于提升传播力也十分重要。协同靠什么？需要大家有一致的目标，有共同的追求，有高效的对接和沟通机制。

——**提炼标题和话题的能力**。新闻纪录片的标题《我为群众办实事之局处长走流程》，其实是比较抽象和笼统的，有点工作化，甚至不像是个新闻标题，不仅不吸引人，也难以在互联网平台上形成高流量的传播。短视频《副处长变身外卖小哥累瘫街头》的标题，比新闻纪录片的标题具体生动了很多，但距离触发公众情绪共鸣还差点火候。对比之下，无论是北京日报微信公众号推文标题《北京一处级干部当外卖小哥，12 小时仅赚 41 元："我觉得很委屈"》，还是北京日报微博提炼的话题 # 副处长送外卖 12 小时赚 41 元 #、# 北京一处级干部体验做外卖小哥 #，都更容易引发共鸣，事实也证明了这一点。

——**整合再创造的二次传播能力**。有的媒体人对整合再创造的二次传播有点不屑，认为不是自己的原创，没有什么技术含量；有的媒体在考评机制上对整合再创造的二次传播也并不怎么认可。从初心和荣誉感的角度而言，媒体确实应该把抢首发、争独家、比深度作为职业追求。但能把别人的内容在自己的平台或账号上做成爆款乃至现象级传播，不也是全媒体时代职业能力和专业水平的体现吗？况且这也有利于提升自家媒体的传播力和影响力。

一个细节是，此文在北京日报微信公众号文尾的署名为"监制：苏越　编辑：简易"，北京日报微博发布时除视频外还配发了 270 字的文字，署名为"记者苏越"。北京日报社的此次操作其实比较常见，难度并不大，但能够做出流量乃至成为现象级传播，还是体现出了比较高的传播能力。

——重视视频、动图和网友评论的运用。北京日报微信公众号和北京日报微博发布的文章中，视频不到两分钟，但这是移动端传播最为关键的内容。两个平台文章的另一个共同点在于重视网友评论的使用。北京日报微信公众号除使用了动图外，还放了网友留言的评论截图，北京日报微博发布时文字中有网友留言的声音："这样的体验很好，应当鼓励和肯定！"使用网友留言，不仅可以丰富文章内容，也更能触动情绪引发共鸣。

（六）

在《我为群众办实事之局处长走流程》后期的节目中，北京市人社局一名副处长，在和同事花了近十天帮助临退休人员查补档案材料后，感叹其中艰辛，为群众的"办事难"而背身拭泪。此事迅速被多家媒体报道后，又冲上了热搜。

"副处长送外卖12小时赚41元""副处长体验办退休难"等也引发了一些讨论。针对这种深入一线的调研方式，群众纷纷给予点赞，但也有少数人认为难以全面推广，有作秀之嫌。一项公共政策的制定、出台，关乎国之安危、社会稳定、百姓福祉，影响千家万户。任何政策的出台，都应建立在决策者扎实调研的基础之上。局处长们送外卖、走流程，重点在于对调研的重视，在于察民情、访民意，如果只看到"作秀"，那就浅了。① 新华社 2021年4月29日专门播发了新华每日电讯刊发的《多体验"走流程"的痛，为群众减少办事的难》的评论。文章认为，各级领导干部只有真正扑下身子，换位思考，问一问企业经营有什么困难，查一查物流有没有彻底打通，看一看民生用品能不能送到封控群众的手里……才能真正了解群众和基层单位的困难，才能真正为群众为基层办好实事。

从赏析的角度而言，北京日报微信公众号推文《北京一处级干部当外卖小哥，12小时仅赚41元："我觉得很委屈"》能获奖，刷新了对全媒体时代中

---

① 郑智维：《处长送外卖，只看到"作秀"就浅了》，《民生周刊》2021年第11期。

国新闻奖的一些认知。从正面看，二次传播不是简单搬运，成为爆款乃至现象级传播的背后，需要媒体人智力的投入和付出。在肯定二次传播积极作用的同时，也要认识到，"内容为王"不是搬运别人的内容，媒体和媒体人不应把靠二次传播出爆款作为职业追求。

获取独家新闻的能力，往往被用来作为评判一家媒体机构实力强弱的标准，也成为衡量一个记者职业水平高低的重要指标。[①] 面对这样的作品获评中国新闻奖，在给予肯定的同时，内心还是有些疑惑的。类似的二次传播算不算原创？至少北京日报微信公众号的推文没有打原创。整合得再好，不是自己采写的，按照微信平台原创规则，此类二次传播的内容是不能打原创的。

根据中国记协公布的《中国新闻奖评选办法》，"在上年度原创并刊播的新闻作品均可参评"，"原创"可以说是参评前提条件之一。让这样的作品获奖，是全媒体时代对媒体深度融合发展的鼓励和引导，或者说是一次评奖的创新？这也是这件获奖作品留下的思考。

阅读+

（《北京一处级干部当外卖小哥，12 小时仅赚 41 元："我觉得很委屈"》主创：苏越、邵晶、陈梦圆、刘径驰、张育文、焦建康；编辑：苏越、王飞雁、张震；北京日报微信公众号 2021 年 4 月 28 日；获第三十二届中国新闻奖融合报道二等奖）

---

① 胡洪江：《从"身体在场"到"多元在场"：移动互联时代记者与新闻现场的关系重构》，《青年记者》2022 年第 15 期。

在情感上做足文章

在第二十九届中国新闻奖评选中，中央广播电视总台央视新闻客户端作品《鼓岭！鼓岭！》获短视频新闻一等奖。这件作品通过真情实感、轻巧灵动的叙事，成为时政类内容"软"做的代表性案例。

（一）

鼓岭位于中国福州东郊，距城区 13 公里，海拔 800 多米，夏季气温不超过 30℃，被誉为中国四大避暑胜地之一，百年前吸引了西方人在此兴建别墅度夏，由此揭开了"鼓岭故事"的序幕。

故事中，有美国物理学家密尔顿·加德纳儿时的身影。在大自然温柔而博大的怀抱中，他练习爬树、玩弹珠、游泳、打网球，和当地的玩伴满山奔跑，度过了快乐的童年时光。对鼓岭的眷恋，贯穿了他的一生。临终前，他仍在喃喃着"KULIANG、KULIANG"。

丈夫魂牵梦萦的"KULIANG"到底在哪儿？加德纳夫人曾数次到中国为丈夫寻根，最终在中国留学生钟翰的帮助下，通过印着"KULIANG"的邮戳确定了鼓岭就在中国福州。

1992 年，留学生刘中汉以钟翰的笔名，在 4 月 8 日的《人民日报》上以《啊！鼓岭》为题，讲述了加德纳跨越半个多世纪的情谊和乡愁。当年 8 月，在时任福州市委书记习近平同志邀约下，加德纳太太踏足鼓岭为丈夫圆梦。

友好的当地人和清新的鼓岭让加德纳太太动容，"我感谢福州朋友的盛情款待，感谢所有让这个梦变为现实的人。我将把福州人民这份诚挚的友谊带回美国"①。

据报道，习近平同志是从报纸上看到《啊！鼓岭》这篇文章的。看完这个催人泪下而又让人感到遗憾的感人故事，他放下报纸，马上指示有关部门与加德纳夫人取得联系，热情邀请她访问鼓岭。

2012年12月15日，华盛顿万豪饭店马歇尔厅，灯光熠熠。美国友好团体在这里举行午宴，欢迎时任国家副主席的习近平到访美国。演讲时，习近平向中美来宾生动讲述了这段中美友好交往的佳话。

"我相信，像这样感人至深的故事，在中美两国人民中间还有很多很多。我们应该进一步加强中美两国人民的交流，厚植中美互利合作最坚实的民意基础。"② 习近平讲述的这段中美友谊的佳话，赢得在场来宾的热烈掌声。

（二）

其实，地方媒体之前也有不少关于鼓岭这个故事的报道，有的还获得了新闻奖，如武汉晚报获2012年度武汉新闻奖一等奖的通讯《〈啊！鼓岭〉背后的两段佳话》、武汉广播电视台获2014年度武汉新闻奖一等奖的广播访谈《寻梦鼓岭——一个美国家庭的中国情缘》。武汉媒体为何会关注此事？原因之一是钟翰是湖北武汉人。

2018年4月2日首发于央视新闻客户端的《鼓岭！鼓岭！》，作品时长5分52秒，从内容上看可分为四个部分。

一是用沙画的形式进行回顾。从2012年2月15日时任国家副主席习近平在美国访问时讲述的故事切入——这是一个跨越百年的真实故事。1901年，加德纳随身为传教士的父亲来到中国福建，并在那里度过了童年。1911年，加德纳全家因故回到美国加州。长大后的加德纳成了加州大学的物理学教授。时光荏苒，他常常眷念着鼓岭，却因为种种原因，没能再到中国。临终前，加德纳反复说出"KULIANG、KULIANG"，而加德纳太太却不知

---

① 《30年·30事 | 跨越百年　鼓岭故事生生不息》，福州新闻网2022年6月7日。

② 钱彤、霍小光、杜尚泽：《一个遥远的地名　一段友谊的佳话——习近平讲述一个中美好交往的故事》，《人民日报》（海外版）2012年2月17日。

道"KULIANG"到底在哪里。她数次往返于中美却无果而终。

二是插入历史电视新闻画面。具体为 1992 年 8 月 22 日《福州新闻》的画面和配音，这是加德纳太太受邀访问福州时的新闻报道。这部分不长，其实也算是回顾，但很珍贵。

三是相关人员出镜回忆讲述。这部分相当于是采访。出镜的有两位，一位是时任福州市委政策研究室副主任刘嘉水，一位是原福州日报高级记者乔梅。乔梅当年全程采访来访的加德纳太太。乔梅的讲述有 3 分多钟，占了整个视频时长的一多半。这部分中间还插入了鼓岭的风貌、加德纳太太在福州访问时的视频和照片，以及盖有鼓岭邮戳的邮票的照片、刊登有《啊！鼓岭》文章的报纸版面、刘中汉和加德纳太太的合影等。乔梅讲述的最后，视频画面为 2012 年 2 月 15 日时任国家副主席习近平在美国访问时的演讲视频。乔梅的这部分讲述让整个故事的来龙去脉更清晰。

四是以沙画配同期声的方式结尾。配音为时任国家副主席习近平 2012年在美国访问时的同期声："那天啊，鼓岭有九位年届九旬的加德纳儿时的玩伴，同加德纳夫人围坐在一起畅谈往事，令她欣喜不已。加德纳夫人激动地说，丈夫的遗愿终于实现了，美丽的鼓岭和热情的中国人民使她更加理解了加德纳为什么眷恋着中国。"

（三）

好的故事可以有多种呈现形式。刘中汉后来还根据加德纳先生的真实故事创作了纪实小说《啊，鼓岭！》。2013 年 12 月 7 日，刘中汉携小说《啊，鼓岭！》出席了在福州举办的首发式。①2015 年 6 月 10 日，音乐剧《啊！鼓岭》在福建大剧院进行全球首演，该剧汇集了两岸三地、美国百老汇及加拿大、韩国等世界顶尖艺术家。不少观众表示："故事背景就在我们身边，令人感到亲切，让我们充分领略了本土音乐剧的魅力。"②《光明日报》2015 年 9 月 25

---

① 《小说〈啊，鼓岭！〉在福州首发　作者细述鼓岭往事》，《福州日报》2013 年 12 月 8 日。
② 《首部原创福州本土题材音乐剧〈啊！鼓岭〉全球首演》，《福州日报》2015 年 6 月 11 日。

日刊发报道称,音乐剧《啊!鼓岭》讲述一个美国人的中国梦。由小说《啊!鼓岭》改编而成的院线电影《一个美国人的鼓岭梦》,于 2021 年 12 月 24 日在北京举行了发布会暨电影开机仪式。《鼓岭!鼓岭!》能获评中国新闻奖短视频新闻一等奖,有何特别之处呢?

——**情感上有温度**。《鼓岭!鼓岭!》全篇娓娓道来,温馨质朴,充满人文情怀。有观点认为,好的内容和题材仍然是创优之本。优秀作品不仅本身必须具备新闻价值,还要有叙事的完整度和思想的深度。《鼓岭!鼓岭!》本身是一个重大题材作品,但作者并没有满足于题材本身的优势,而是在情感上做足了文章,以一个讲故事者的角度,将一个外国人对中国的依恋之情,以及这种怀乡情愫最后得以满足的过程娓娓道来,从情感上契合了中国人"回家"的传统情感寄托,因而引发了受众的极大共鸣。①

——**好故事短表达**。央视中文国际频道 2012 年 11 月播出的《寻梦鼓岭》时长近 20 分钟;央视网上 2013 年 2 月播出的纪实作品《鼓岭上的"中国梦"》时长 40 多分钟。《鼓岭!鼓岭!》本身是个好故事,如果不用短视频这种方式呈现,还有没有其他更好的方式呢?

2022 年 12 月 15 日,腾讯在线上召开内部员工大会,腾讯集团董事会主席兼首席执行官马化腾表示,短视频三年来在全球范围内对整个互联网的冲击相当大,各个平台和企业都不得不重视这一块。它会侵蚀掉很多长视频、游戏等产品的时间,这是一个客观发展规律。"这也倒逼我们对其他业务进行调整",比如说调整长视频战略,把非精品的内容砍掉。②

短视频回应了两个时代之需,一是快速获取,二是直接看见。短视频十分符合受众在信息获取方面的移动、直观、高效等新习惯和新需求,已经逐渐成为新闻发布和信息传播的重要和主要方式,成为切入全媒体的捷径,为新闻传播注入了新的生命力。短视频平台的快速发展和壮大为海内外受众的参与和生产提供了便捷条件。《鼓岭!鼓岭!》等获奖作品体现了好故事与短

---

① 王粤海:《寻找媒体融合作品创优的"密码"》,《城市党报研究》2020 年第 1 期。

② 崔鹏:《马化腾对内讲话:留给某些业务的时间不多了,不要再跟我说买量的事》,界面新闻 2022 年 12 月 22 日。

表达的完美结合。①

有人评价，新闻快闪、视觉拼合和跨屏叙事的多重语态，短视频将新闻带到 Z 世代的读者和观众眼前，重建了一种充满现代性、炫技式和青春态的新闻话语场。② 可以说，《鼓岭！鼓岭！》的故事化手法、风格化叙事，使整个新闻短片的感染力和传播力得到了强化。③

——沙画形式新颖。沙画就是用沙子作画，运用沙子、金丝、乳胶等物质材料描绘制作客观事物形象，是静态的瞬间状貌。沙画艺术存在的形式是多种多样的，既有静态，也有动态。④ 随着新媒体的蓬勃发展，动态沙画艺术因其国际性、流动性、综合性、随适性、包容性及娱乐性特征，不仅丰富了媒体的表达元素、叙事空间，拓展了媒体的外在形式，还赋予了媒体艺术审美和舆论引导功能。⑤

《鼓岭！鼓岭！》在开头和结尾部分均以沙画的形式呈现，是全媒体时代内容表达方式的积极创新。有媒体人表示，在电视报道中展现过去时，一直是业界难题，这个作品巧妙地采用沙画、电视资料画面、现场回访融合互动的方式来叙事，原声加沙画的有机结合，全篇文风质朴，温馨感人。⑥ 《鼓岭！鼓岭！》在央视新闻客户端推送时，文尾给沙画创作者张潇予署了名。

为何选择在视频中采用沙画的呈现方式讲故事？主创团队解释说："是用沙画、水墨，还是用动画，团队确实想过很多方法。只不过沙画这种形式更能体现习近平同志的情怀，在传达情感方面，沙画有它的属性或者说是特性，所以就选择了沙画。后来实践的结果也证明选择沙画是正确的，它在传达情

① 蒲红果：《融合新闻生产方法论初探》，《中国出版》2020 年第 20 期。
② 吴炜华：《技术疆域、文化构型与话语实践：新文化图景中的短视频》，《青年记者》2022 年第 1 期。
③ 董晓玲：《尽显融合优势——第 29 届中国新闻奖短视频获奖作品分析》，《新闻世界》2020 年第 5 期。
④ 毕瑞芳：《新媒体时代沙画艺术的发展及传播分析》，《艺术研究》2020 年第 3 期。
⑤ 贺春丽：《新媒体语境下动态沙画艺术特征及审美研究》，《艺海》2022 年第 6 期。
⑥ 王丽常、路杰：《电视新闻主题报道"故事化"的策划与表达》，《中国记者》2020 年第 6 期。

感、情怀的过程中，确实有让人感动的成分。"①

——**内容衔接巧妙**。《鼓岭！鼓岭！》不到 6 分钟的视频，用沙画＋电视资料画面＋现场回访的方式来呈现叙事。用沙画还原历史，用采访和资料画面来深情讲述跨越百年的传奇，为此主创团队精心策划，赴福建福州深入拍摄，几经周折专访到当年这一事件的核心见证人，并反复推敲打磨沙画脚本，让沙画与影像报道的衔接更为精巧、更为顺畅。原声加沙画精巧结合的收尾，将情绪和立意都同时提升至新高度。中国记协新媒体专业委员会推荐这件作品参评中国新闻奖时评价，"历史、现实，福州、加州，衔接精彩巧妙"。②

——**时政新闻"软"做**。《鼓岭！鼓岭！》也被视为时政新闻"软"做的典型案例。第二十九届中国新闻奖评委、中国传媒大学教授曾祥敏表示，"软"做指时政报道凝练主题出发点，切中动态高潮点，找准人物故事点，寻求情感共鸣点，从而创新时政报道，并适应移动传播的现实环境。③

（四）

《鼓岭！鼓岭！》传播效果如何？根据参评中国新闻奖时的填报材料：推出 24 小时在央视新闻两微一端及央视新闻移动网的阅读量即突破 500 万，数十家媒体及大量社交媒体账号热评热转，全网总阅读量 48 小时超过 9000 万，大量网友纷纷留言点赞并表示深受感动，被评为 2018 年中央广播电视总台年度优秀节目之一。

在 2019 中国新媒体大会"融合发展中的内容创新创优"分论坛上，《鼓岭！鼓岭！》作品主创之一的丁然进行了分享。《鼓岭！鼓岭！》为什么能获奖？时代当下、领袖智慧以及制作。如何做年轻人喜欢看的时政类短视频？

① 曾祥敏、吴炜华：《融媒体新闻这样做：中国新闻奖媒体融合奖项获奖作品解析》，人民日报出版社 2022 年版。
②《〈鼓岭！鼓岭！〉中国新闻奖媒体融合奖项参评作品推荐表》，中国记协网 2019 年 5 月 23 日。
③《第二十九届中国新闻奖解析　媒体融合圆桌研讨》，《中国记者》2019 年第 12 期。

大前提是要站在黏人的角度去想他们想看什么？要放低心态，像做产品一样，有用户的思维。审美的年轻化，决定了年轻人如何看待短视频的态度；要有形式上的创新，比如《鼓岭！鼓岭！》中用到的沙画、视频等。如何讲好故事？少讲道理，多讲故事。①

鼓岭的这个故事，媒体报道了多次，央视新闻客户端为何选择在 2018 年 4 月推出短视频形式的《鼓岭！鼓岭！》呢？从作品内容看并无特别的时间节点。丁然在 2019 中国新媒体大会上进行了解释，内容要符合大环境，《鼓岭！鼓岭！》的推出，"反映出当下民间对中美两国保持持续交流的渴望"。②

从赏析的角度而言，这件获奖作品也有可探讨之处。有人认为，《鼓岭！鼓岭！》等获奖作品的标题用"短平快"的语言节奏，突出了新闻的画面感与现场感，提升了感染力与传播力。③标题被喻为新闻的眼睛。好的新闻标题能够新颖别致地表达新闻事实、引导舆论、表现主旨，能让人眼前一亮。全媒体时代，受众随时面临全时段、全方位、全覆盖的海量信息传播，标题的地位作用日趋凸显，甚至可以说，标题往往决定着受众对一篇新闻的取舍，这也对新闻标题制作提出了新的更高要求，要求制作新闻标题时除要做到准确概括新闻核心内容、精神和亮点外，还要亮出新意、表出情感、写出美感。④按照这个标准看，《鼓岭！鼓岭！》算不算好标题呢？

有人在评议《鼓岭！鼓岭！》时从两个方面进行了总结。优点是：感染力强，制作精良，视频素材珍贵，运用沙画等多样融合手法，聚焦人物故事；缺点是：时效性模糊、新闻性模糊，应该改为参评融合创新体裁。⑤另外，两位出镜人员的回忆讲述，如果能注明采访拍摄的时间、地点就会更加完善。作品最后的同期声，如果也能注明时间、地点就与开头形成了完美呼应。看

① 《短视频新闻如何打造爆款？这里有"风口"》，红网 2019 年 11 月 30 日。

② 《大咖访谈丨丁然：创新是用符合用户思维的产品吸引年轻人》，新湖南客户端 2019 年 11 月 30 日。

③ 尹琨：《新媒体标题制作如何出新——以中国新闻奖媒体融合奖项获奖作品标题为例》，《中国新闻出版广电报》2021 年 5 月 26 日。

④ 孙庆秀：《精雕细琢：让新闻的"眼睛"明亮又传神——对第二十六届至第三十一届中国新闻奖作品标题的分析与思考》，《军事记者》2022 年第 3 期。

⑤ 《中国新闻奖短视频参评作品，问题依旧突出！》，长江微信公众号 2019 年 8 月 19 日。

完整个作品，很想问加德纳亲属的最新情况如何，但作品中也没有交代。如果能有加德纳亲属的近况介绍，作品就更完美了。

《鼓岭！鼓岭！》到底算是短视频新闻还是纪录片呢？根据当年的《中国新闻奖评选办法》，纪录片既可以参评新闻专题也可以参评短视频新闻。如果按照"在移动端发布的短视频类新闻作品"的标准看，《鼓岭！鼓岭！》确实时效性模糊，看不出最新时间要素，不像是一个新闻作品；但如果按照第三十二届《中国新闻奖评选办法》中新闻纪录片的评选标准"以纪实手法报道新闻事件、反映社会生活的视频作品"，《鼓岭！鼓岭！》又有很强的纪实性。

阅读+

（《鼓岭！鼓岭！》主创：杨继红、张鸥、王爽、丁然、寇琳阳；编辑：张伟浩、杨山、王春潇、梅程；中央广播电视总台央视新闻客户端2018年4月2日；获第二十九届中国新闻奖短视频新闻一等奖）

好创意是碰出来的

在第二十八届中国新闻奖评选中，人民日报客户端作品《"军装照"H5》（又称《快看呐！这是我的军装照》）获创意互动一等奖。获中国新闻奖的众多融合类作品中，真正能称为现象级传播的作品并不多，这件获奖作品被称为融合传播的经典案例，是名副其实的现象级传播。

（一）

《人民日报》1948 年 6 月 15 日在河北省平山县里庄村创刊，由晋察冀日报和晋冀鲁豫人民日报合并而成，为中共中央华北局机关报，同时担负党中央机关报职能。毛泽东同志亲笔为人民日报题写报名。1949 年 3 月 15 日，人民日报随党中央迁入北京（时称北平）。1949 年 8 月 1 日，党中央决定人民日报为党中央机关报，并沿用 1948 年 6 月 15 日的期号。人民日报是中国第一大报，1992 年被联合国教科文组织评为世界十大报纸之一。

习近平总书记充分肯定人民日报作为党中央机关报发挥的重要作用，2016 年 2 月 19 日到人民日报社考察调研并作出重要指示，总书记指出"全党全国人民都从人民日报里寻找精神力量和'定盘星'"，表示"党中央支持你们，我也支持你们"。2019 年 1 月 25 日带领中央政治局同志在人民日报社就全媒体时代和媒体融合发展举行第十二次集体学习并发表重要讲话，总书记强调"人民日报是党中央的机关报。一张报纸，上连党心，下接民心。要把人民日报办得更好，扩大地域覆盖面、扩大人群覆盖面、扩大内容覆盖面，充分发挥在舆论上的导向作用、旗帜作用、引领作用"。

人民日报社深入推进媒体深度融合发展。人民网是国际互联网上最大的综合性网络媒体之一，承办的中国共产党新闻网是宣传中国共产党理论和路线方针政策的权威网站；人民日报客户端用户活跃度在主流媒体新闻客户端中保持领先；人民日报法人微博保持"中国媒体第一微博"优势；人民日报微信公众号传播力、影响力在微信平台位居第一；人民日报抖音账号粉丝数在抖音平台位居第一；人民日报英文客户端海外用户居国内主流媒体英文客户端第一方阵；人民号移动新媒体聚合平台、全国党媒信息公共平台为入驻的大量主流媒体、党政机关、高校、优质自媒体提供内容生产和分发服务；人民日报电子阅报栏是向基层拓展、向楼宇延伸、向群众靠近的重要融合传播平台。①

对新时代十年的伟大变革，主流媒体是见证者、记录者，也是参与者、践行者。人民日报社坚定不移推进媒体融合发展，加快建设新型主流媒体，为扩大主流价值影响力版图作出积极贡献，综合覆盖用户总数超过 13 亿人次，全新传播体系正在构建，系列传播平台自主可控，爆款融媒产品刷屏网络。②47 个融媒体工作室坚持跨部门组合、项目制施工，"学习小组""侠客岛""麻辣财经""半亩方塘""零时差""大江东"等成为人民日报全媒体生产的突击队、生力军。③

"北京暴雨，整夜无眠。人民日报官方微博与大家共同守望。为每一位尚未平安到家的人祈福，向每一位仍然奋战在救援一线的人致敬！北京，加油！"2012 年 7 月 22 日凌晨，人民日报法人微博上线，比原计划提前了 4 天。人民日报新媒体由此起步。当时，正在人民日报社北京分社工作的余荣华时隔多年回忆——"21 日，北京遭遇特大暴雨。22 日凌晨，结束了前一天的密集采访和写稿工作正准备休息，突然接到报社新闻协调部负责筹建法人微博的部门领导来电：人民日报法人微博即将上线，到新闻现场去！当时，大雨初歇，我来不及多想，紧急赶往北京市防汛指挥部，紧盯最近的雨情和灾情讯息。接下来的几天时间里，我和分社的同事们将很大一部分精力放在北京

---

① 《人民日报社简介》，出自人民网，更新于 2022 年 5 月。

② 王一彪：《走好新型主流媒体高质量发展之路》，《传媒》2022 年第 21 期。

③ 袁舒婕、赵新乐：《推动媒体融合向纵深发展》，《中国新闻出版广电报》2022 年 9 月 20 日。

暴雨灾害的后续报道上。北京暴雨，一时也成为新生的人民日报法人微博的重要选题。我们第一时间披露了北京'7·21'暴雨的遇难人员名单，无数网友为遇难同胞点上一根根红烛致以哀悼，为了尽快公布名单，尽管我们上线的图片拼接比较粗糙但仍获得网友广泛转发。报社评论部同事在'微评论'栏目中先后发出《没有一流的下水道，就没有一流的城市》《让死亡人数'脱敏'》《公布遇难者名单应成制度》等精到评论，成为网络强音，'微评论'也成为人民日报法人微博一大特色。"①2016 年，余荣华调入人民日报社新媒体中心工作，成为一名融媒体编辑。他也是获奖作品《"军装照"H5》的主创之一。

近年来，主流媒体特别是其微信公众号也开始下大功夫转战短视频领域。以人民日报微信公众号为例，推送短视频单条文章已成为常规操作，在重大主题宣传报道之时，短视频更是成为主要应用的传播手段。然而每个短视频的重要传播效果指标——阅读量、点赞量、在看量等参差不齐。人民日报微信公众号的编辑一般以阅读量是否达到 100 万，作为一条微信短视频传播效果良好与否的分界线。2021 年前 8 个月里，人民日报微信公众号共发布单条短视频 334 条，其中阅读过百万的短视频有 149 条，占比约 45%。这 149 条短视频的平均点赞数超过 5.7 万，平均在看数超过 2.8 万。对百万阅读量的微信短视频进行分析，可以总结出一些特点：在短视频制作过程中要重视创意、创新呈现手法、研判发布节点，更重要的是要在内容上下功夫，在保证权威性的前提下，把握住当下社会热点、照顾到用户关切从而引发情感共鸣。主题热度高、情感集中度深、信息含量丰富，往往会取得较好的传播效果。②

人民日报推出的官方视频客户端——视界，是首个以 PUGC③ 为特色的

---

① 余荣华：《融媒 10 年：有变，更有不变》，《传媒评论》2022 年第 9 期。

② 胡程远：《影响微信短视频传播效果的内容因素——以人民日报微信公众号为例》，《新闻战线》2022 年第 3 期。

③ PUGC 的全称 Professional Generated Content+User Generated Content，即"专业用户生产内容"或"专家生产内容"。

中央媒体视频平台。视界以人民日报新媒体资源为依托，整合社内外的视频生产能力与传播资源，聚焦短视频集成性自主掌控平台建构，进一步释放人民日报在新媒体领域积聚的内容原创优势，成为进一步推动媒体融合向纵深发展、构建全媒体传播体系的又一重要举措。打开人民日报视界客户端，既能看到人民日报的原创视频，也能看到其他央媒、地方媒体发布的内容，还有各种类型的政务机构账号、优质自媒体账号等。视界推出的第一个原创视频《新千里江山图》，创意独具匠心，主题鲜明突出，画面剪辑精美，推出后在短视频平台引发转发热潮。《新千里江山图》以传统国画为创意蓝本，将天眼、港珠澳大桥等大国工程和"燃灯校长"张桂梅、"当代神农"袁隆平等新时代故事与人物有机融合，在极致的视觉体验中传达出了"江山就是人民，人民就是江山"的精神内核。产品一上线，热度十足、火速破亿。①

人民日报社的融合发展值得其他媒体学习和借鉴。外界对人民日报社的融合发展有诸多观察和研究。具体学什么？除了看得到的经验之外，还有四个方面值得关注和学习：一是凝心聚力，营造良好的报业文化；二是队伍建设，采编人员日益年轻化；三是融合发展，全员全方位参与其中；四是工作状态，不服输敢打敢拼敢闯。生产出多个"现象级"产品的人民日报客户端团队有三个特点：一是始终以"能战斗、敢创新、作品流传度广"著称，"年轻且有思想"；二是活跃而有创意，执行力强；三是特别爱工作、特别能吃苦。2018年全国两会期间，人民日报客户端的年轻人连续战斗20天，无一人请假。遇到重大报道任务，他们经常在深夜、凌晨，还热火朝天地讨论工作。虽然是连续奋战，一旦吹响集结号，个个又满血复活。这种工作状态、敬业精神值得学习。②干事创业，关键还是靠队伍、靠人才。这10年，人民日报逐步培养锻造了一支信念坚定、素质过硬、能打胜仗的新媒体人才队伍，这支队伍

---

① 《快看！人民日报也有了视频客户端》，研究事儿微信公众号2022年12月12日。
② 李艳梅、朱建华：《地方媒体融合发展应向人民日报学什么？》，《城市党报研究》2018年第9期。

非常年轻，平均年龄 32 岁，富有朝气锐气，饱含创造激情。①

（二）

在第三十二届中国新闻奖评选中，人民日报社共有 23 件作品获奖，其中特别奖 1 件，一等奖 6 件，二等奖 10 件，三等奖 6 件。人民日报新媒体被业界学界誉为主流媒体新媒体标杆、"爆款制造机"，不断为正能量探寻大流量的"密码"。人民日报社近年获中国新闻奖的融合作品，都具有标杆性。

在第三十二届中国新闻奖评选中，人民日报社作品《复兴大道 100 号》获融合报道一等奖。该作品融合了文字、画面、声音、动画、AI 交互等多项网络信息技术，创造沉浸式体验，以丰富多元的场景与细节，记录百年征程。长图在手机端长 50 余屏，覆盖 300 多个历史事件和场景，包括 5000 多个人物、400 余座建筑，整部作品制作周期逾 100 天，最终成稿以一条路串起百年时间线，并实现长图、H5、SVG 交互、线下互动体验馆等多元形式呈现。线上，截至 2021 年 7 月末，长图 H5 仅在人民日报新媒体渠道浏览量就超 1.2 亿，点赞量超 290 万，微博话题阅读量近 3.5 亿，全网首页首屏转载。围绕"复兴大道 100 号"主题的相关内容，全网点击阅读量超 10 亿。②

在第三十一届中国新闻奖评选中，人民日报社作品《生死金银潭》获短视频专题报道特别奖（等同于一等奖）。这部作品是全国最早深度报道武汉定点医院隔离"红区"的纪录片，2020 年 3 月 31 日一经推出，刷屏网络，社会反响热烈，并产生强烈的国际影响。在豆瓣网站，网友给《生死金银潭》最高打出 9.6 的高分。作品仅在人民日报自有平台，播放总量就超 1 亿人次，主持的微博话题＃连续 36 天跟拍武汉金银潭医院＃和＃生死金银潭英文版＃持续占据热搜榜单，话题阅读总数超 2.1 亿。③

在第三十届中国新闻奖评选中，人民日报社《"中国 24 小时"》系列微视

① 王一彪：《扎实推进新闻媒体供给侧结构性改革——人民日报新媒体十年发展的几点启示》，《中国报业》2022 年第 15 期。

②《〈复兴大道 100 号〉新媒体专项初评作品推荐表》，中国记协网 2022 年 11 月 1 日。

③《〈生死金银潭〉中国新闻奖媒体融合奖项参评作品推荐表》，中国记协网 2021 年 10 月 29 日。

频》获短视频专题报道一等奖。庆祝新中国成立 70 周年，人民日报社新媒体中心推出微视频《中国 24 小时》上下集（即锦绣河山篇、天道酬勤篇）。此后，延续"中国 24 小时"势能，相继推出《中国军人 24 小时》等主题篇与"中国 24 小时·地方篇"。系列微视频均以 1 天为维度、1 小时为刻度、以 24 小时里的时间演进为逻辑主线，以系列化的形态架构起新中国成立 70 年来的整体风貌，呈现了中国与各地方在各领域取得的发展成就，描绘了祖国的山河魅力，展现出中国人民意气风发的精神风貌。截至 2019 年底，《中国 24 小时》系列微视频仅在人民日报新媒体渠道的浏览量就超 12 亿，总点赞数超过 1900 万，网友评论超 46 万条；新浪微博话题阅读量逾 6.9 亿，参与讨论达 83.2 万，成为人民日报新媒体的又一标志性爆款产品和品牌产品。[①]

在第二十九届中国新闻奖评选中，人民日报社作品《"中国一分钟"系列微视频》获短视频新闻特别奖。庆祝改革开放 40 周年，人民日报社新媒体中心推出 3 集国家形象系列宣传片《中国一分钟》。此后，延续"中国一分钟"的势能，结合各重要节点，相继推出"中国一分钟·地方篇"和各主题篇，系列架构起中国改革开放 40 年成就的整体风貌，为解读中国发展提供了全新视角。据不完全统计，系列微视频线上阅读播放量超过 24 亿，线下覆盖用户数超过 2.5 亿；人民日报微信公众号所有推文均为"10 万 +"；微博话题阅读量超 9.4 亿，参与讨论达 46.9 万，占据微博热搜榜首位；各大门户网站、新媒体平台、短视频平台均在首页首屏等重要位置转载。[②]

在第二十八届中国新闻奖评选中，人民日报社作品《"军装照"H5》获创意互动一等奖。庆祝建军 90 周年，人民日报客户端借助人脸识别、融合成像等技术，制作互动 H5，帮助网友生成自己的虚拟"军装照"，共同表达对人民军队的喜爱之情。《"军装照"H5》于 2017 年 7 月 29 日晚发布后，立即呈现"裂变式"传播，截至 8 月 7 日，H5 的浏览次数（PV）超过 10 亿，独立访客（UV）累计 1.55 亿，仅 8 月 1 日建军节当天的浏览次数（PV）就达

---

① 《〈"中国 24 小时"系列微视频〉中国新闻奖推荐表》，中国记协网 2020 年 10 月 14 日。

② 《〈"中国一分钟"系列微视频〉中国新闻奖媒体融合奖项参评作品推荐表》，中国记协网 2019 年 5 月 23 日。

到 3.94 亿，独立访客（UV）超过 5700 万。业界人士评价，这个传播数量级创下业界单个 H5 产品访问量新高。[①]

在第二十七届中国新闻奖评选中，人民日报社作品《中国一点都不能少》获网络专题一等奖。2016 年 7 月 12 日，"菲律宾南海仲裁案"裁决结果公布，人民日报社新媒体中心策划推出"中国一点都不能少"报道专题，以"中国一点都不能少"为报道主题词，策划推出图片、H5 动图、海报、文章、视频、九宫格图解等形式，第一时间表达中国态度、中国立场，详细解读《中国坚持通过谈判解决中国与菲律宾在南海的有关争议》白皮书，普及相关背景知识，有力引导了广大网民理性表达爱国热情。[②]

（三）

"做新闻的终于把自己做成了新闻，因为一款 H5。"这是《"军装照" H5》传播过程中出现的一个插曲。2017 年 7 月 31 日上午，正在网友快乐分享的时候，网上出现了一些帖子，大致意思是：这个 H5 是冒充人民日报客户端的网络诈骗新手段，服务器位于加拿大，是为了获取公民个人信息实施诈骗。人民日报客户端快速响应，发布辟谣声明，谣言很快消散。与辟谣声明一起，人民日报客户端还详细公布了《"军装照" H5》的开发情况：

"军装照" H5 由人民日报客户端策划出品并主导开发。产品制作周期为两周，客户端编辑负责创意策划、脚本设计、资料搜集。腾讯集团媒体中心深度参与，并在 H5 上线后和人民日报客户端团队一起全程监控产品运行。

腾讯天天 P 图提供图像处理支持。天天 P 图业内首创的"人脸融合"图像处理技术，能够将用户上传的照片与特定形象进行脸部层面融合，生成的图片效果既有用户的五官特点，也呈现出对应形象的外貌特征。

[①]《〈"军装照" H5〉中国新闻奖媒体融合奖项参评作品推荐表》，中国记协网 2018 年 7 月 20 日。
[②]《〈中国一点都不能少〉中国新闻奖网络新闻作品参评推荐表》，中国记协网 2017 年 6 月 17 日。

依赖腾讯云动态扩容，最高峰动态部署了 4000 台腾讯云服务器，并采用了智能分流、柔性策略等办法，确保应对海量的用户请求。

人民日报客户端的第三方供应商"未来应用"，负责完成 H5 的前端设计开发和前端服务器的维护。

还有一点很重要，为确保"军装照"内容准确，人民日报社政文部军事采访室大力支持，联络专家为 H5 制作提供指导和帮助。国防大学联合勤务学院的张磊老师为 H5 制作团队详细讲解人民解放军军服演变历史，并协助对"军装照"原始图审核把关。

对于"军装照"H5 引发的广泛关注，人民日报客户端在回应公众关切时表示："军装照"H5 能够刷屏，创意、技术、时机都很重要，但归根结底，是源于全体中国人对人民解放军的崇敬和向往，以及这个国度日益浓烈的爱国氛围，强军强国的中国梦的召唤。人民日报客户端无非是提供了一个表达的载体和渠道。移动互联时代的新闻传播，除了满足受众的信息需求、观点需求、情感需求，也应充分考虑参与互动，这样才能提高传播的到达率和实效性，也才能赢得受众特别是年轻人的认可。[①]

（四）

谣言消除之后，新闻学界、传媒业界等对这款现象级的传播产品的关注也越来越多，《"军装照"H5》的策划和诞生过程也被更多人所关注和了解。"新榜"当时还专门推送了与《"军装照"H5》主创人员之一余荣华及腾讯方面的对话访谈，这些内容大致可归纳为以下几个方面。

——创意怎么来的？ 在重大新闻节点前，人民日报社新媒体中心都会设计很多"刷屏"的创意产品。2017 年是建军 90 周年，人民日报社新媒体中心内部有几个小组，大家都从不同角度想到，军装对很多人来说都是神圣和令人向往的，庆祝建军 90 周年报道，可以考虑"军装照"这个方向。很多人

---

① 《8 亿！关于"军装照"H5，人民日报客户端有话说》，人民日报微信公众号 2017 年 8 月 2 日。

都有军旅梦，但大多数人都没有机会当兵，没有机会穿上军装，所以借助这个机会让大家体验穿军装，应该会火。中国人民解放军从建军到现在，从名称到军装有很长的历史。传统媒体如果展示，可能就是把一张张的照片摆出来，但是传播程度较低。让大家上传图片，生成各自的军装照，这倒是一个挺不错的想法，可以在互动中展现情感、传播知识。无论是人民日报客户端还是腾讯天天 P 图，谁都没想到这个应运而生的"军装照"H5，会火爆到后来要申请吉尼斯世界纪录。

——**花了多长时间？**距离建军 90 周年的一个半月前，人民日报社新媒体中心开始筹划，"军装照"的创意从那时开始孕育。从正式确定创意并着手联系合作方开始制作，到 2017 年 6 月 29 日晚发布出来，花了两周多的时间。

——**团队如何分工？**"军装照"H5 幕后有四个团队。第一，人民日报社新媒体中心负责创意策划和执行，主导把控整个开发制作过程。第二，人民日报的采访力量做后盾支持，联系到了军队院校专门研究军服的专家。经过审定，选定了 11 个阶段的 22 张照片。第三，腾讯旗下的天天 P 图，提供图像处理支持和后端服务器支持。第四，人民日报的第三方供应商"未来应用"（北京流量源泉科技有限公司），负责完成 H5 的前端设计开发和前端服务器的维护。

——**遇到了什么问题？**有人提出，让普通人穿军装是否会有娱乐化倾向？团队仔细分析后认为，恶搞军装肯定不行，但是也有"既有高度，也接地气"的做法，将建军不同时代的军装整理出来，保证准确，页面设计庄重大方，让用户"穿上军装"英姿飒爽，不但不是"娱乐化"，反而是让大家抒发对解放军的崇敬、热爱之情。虽然不同年代解放军穿着的衣服不同，斗争的环境也不同，但是人民解放军从建立到现在，即使情况再差、条件再恶劣，每个时期展现在我们面前的形象都是一致的，斗志昂扬、英姿飒爽是设计产品的基本点。

——**技术上有什么难点？**难点是要让生成的照片既自然又保留用户的面貌，这在过去看是不可想象的，但"换脸换装"的技术日益成熟，而且有非常强大的技术支持合作团队。

——换脸换装难度大不大？"军装照"H5中，最关键的一环就是将用户照片合成军人形象。腾讯天天P图提供了这项名为"人脸融合"的图像处理技术，它是指将用户上传的照片与特定形象进行脸部层面融合，让生成的图片效果既有用户的五官特点，也呈现出对应形象的外貌特征。而且通过持续创新，使生成效果不断提升，并降低了生成照片的违和感。为了保障用户能有流畅的体验，后台根据实时流量用了动态扩容、智能分流、柔性策略等办法确保后台服务器运行。[①]

——双方合作是怎么来的？在一次交流会上，人民日报客户端从腾讯媒体中心同事那里得知，腾讯的天天P图图像处理技术不错，于是诞生了合作的想法，双方都觉得可行性非常高。大家希望借着建军90周年的契机，共同开发一款能够让大家"穿上"军装并生成军装照的H5。2017年7月14日中午，人民日报客户端和天天P图团队拉了个微信群，一个谁也想不到的爆款就这样起步了。

此前，天天P图已经做过多次刷屏级的"疯狂变脸"活动，却没想到这次的难度比预想的大得多。经过一个星期的图片搜集，天天P图团队终于和人民日报客户端一起完成了前期的素材准备。7月30日23时左右，H5迎来了这次活动的最高峰值，图片生成请求达到每分钟117万次。后台数据反馈，这次军装照中女式军服最受欢迎，此外用户更爱年代近的军服，如07式和99式军服。[②]

腾讯集团首席运营官任宇昕表示，腾讯公司始终与人民日报、新华社、中央广播电视总台等主流媒体紧密合作，创新推动媒体与媒体、媒体与人、媒体与技术、媒体与产业，向更深层次融合发展，努力做主流媒体的生态共建者和正能量的"倍增器"，腾讯参与的新媒体互动项目已多次荣获中国新闻奖新媒体创意互动一等奖。[③]

---

① 夏之南、邓逸凡：《两天PV破2亿！破吉尼斯纪录？揭秘人民日报客户端"军装照"H5背后的秘密》，新榜微信公众号2017年7月31日。

② 《军装照火爆刷屏，腾讯内部团队揭秘背后的故事》，腾讯文化微信公众号2017年8月4日。

③ 任宇昕：《媒体融合应兼具流量与质量》，《新闻战线》2019年第20期。

（五）

近些年来，人民日报新媒体推出了包括《"军装照"H5》在内的多款借鉴游戏叙事要素和传播逻辑的互动新闻产品，打破了受众对传统新闻的认知，在保证真实性的基础上，通过更为生动趣味的方式完成新闻信息和主流价值观的传播和引导，让有意义的内容变得更加有意思。

作为《"军装照"H5》主创之一的倪光辉总结，打造爆款应把握四个着力点：一是讲政治、提质量，严把内容关口；二是抓时机、跟热点，提升爆款可能性；三是接地气、抓情感点，以受众为中心，提高舆论共识度；四是巧借力，传播讲策略，口碑传播延展广度。另外，打造爆款还需要三重保障：一是较强的融媒思维与选题判断能力，有助于爆款的产生；二是真正的受众思维，有益于爆款的制作；三是理解并拥抱新媒体内容分发渠道，有利于传播的广泛到达。[①] 这些感悟和认识在《"军装照"H5》中有不同程度的体现。主流媒体一定是议题的设置者而不是被动的转载者，是舆论的引领者而不是跟风炒作者。[②] 今天再来看这件获奖作品，作为融合传播的经典案例、"新媒体时代的创新范例"，的确不同凡响。

——**创意新鲜**。"好创意都是碰出来的，好产品都是磨出来的。"[③]《"军装照"H5》的创意，是从主题宣传和创新形式的结合点上挖掘出来的。巧妙的创意、精准的基础内容、先进的图片技术，实现了互动性、趣味性的结合，最终打造出了一个好产品。《"军装照"H5》刷屏后，各方面关于其成功原因的分析很多，主创人员认为，尽管有很多技术方面的因素，但最重要的还是契合了庆祝中国人民解放军建军90周年的"大势"，满足了广大网友的情感诉求。[④]

——**突破传统**。形式和技术带来的话语方式的转变，直观体现在用户体

---

① 倪光辉：《现象级爆款的四个着力点》，《新闻战线》2018年第9期。
② 龚政文：《新闻人要讲政治　用好新闻讲政治》，中国记协网2017年9月20日。
③《中国新闻奖媒体融合奖获奖者分享"爆款"秘诀》，人民日报客户端2019年6月19日。
④ 余荣华：《善用网络手段，助力主题宣传——"军装照"H5创作谈》，《新闻战线》2018年第23期。

验的提升，让用户有了新的玩法。① 也许有人会心生疑惑，《"军装照" H5》似乎不是传统意义上的新闻作品。对此，主创团队的理解是，新闻传播从来就不能设定僵硬的形式边界，一切有利于传播的形式和手段都可以利用，互联网技术发展正赋予新闻媒体更多"兵器"。②

——**抓准时机**。年节、纪念日、重大事件等都是正面宣传的一个重要节点，可以有针对性地开展策划。《"军装照" H5》一度在朋友圈刷屏，在于抓准了时机，实现了"好风凭借力，送我上青云"。③

——**互动性强**。互动作为网络用户之间直接沟通交流的重要手段，因其能够建立媒体与用户之间，以及不同用户个体之间的强连接而备受重视。近年来，主流媒体开始探索更多互动形式，如直播互动、线上线下交融互动等。④融媒体时代的视觉化内容传播，强调"可视参与"的互动性。以 H5 为代表的视觉技术，不仅在可视化内容创作中整合图、文、照片、视频等综合视觉元素，还可实现强大的人机交互功能，触发时政新闻创新可视化互动传播的"爆点"。⑤

传统新闻媒体产品多采用单向、严肃的传播方式，而融媒互动类新闻产品则采用娱乐化、社交化、互动化的传播方式。融媒互动类新闻产品通过人人均可交互的沟通模式，摆脱了传统新闻媒体产品严肃的说教面孔，改变了受众被动接受的地位，强化了其主动参与的权利。⑥ 主创人员介绍，《"军装照" H5》在设计上从一开始就激励用户成为主动传播者，让用户自主、自愿分享"军装照"，获得参与感、认同感和归属感。虽然有初始发布途径，但《"军装照" H5》最后的传播奇迹完全依赖于产品本身，依赖人与人之间的

① 杨树弘、徐淼:《话语方式转变是必须经历的蜕变》,《中国新闻出版广电报》2019 年 12 月 3 日。
② 余荣华:《融合传播开辟新天地——"军装照" H5 创作谈》,《传媒评论》2018 年第 12 期。
③ 魏杰:《如何把握正面宣传的时度效》,《中国新闻出版广电报》2020 年 3 月 24 日。
④ 宋建武、李蕾、王佳航:《媒体深度融合背景下专业内容生产的创新趋向——基于 2018—2021 年中国新闻奖媒体融合类获奖作品的分析》,《新闻与写作》2021 年第 12 期。
⑤ 苗苗:《媒体深度融合背景下时政新闻报道的创新策略研究》,《新闻世界》2022 年第 4 期。
⑥ 韩立国、孙宁:《融媒互动类新闻产品生产现状与发展策略——以第二十八届中国新闻奖获奖作品为例》,《出版广角》2019 年第 18 期。

传播。①

　　游戏化指的是在数字、网络、移动传播环境中，通过对人机交互模拟、行为奖励、关卡与成就感体验等轻娱乐、轻互动模式的嵌入式设计，实现非游戏内容的"游戏场景"模拟、"类游戏式"交互，以及"游戏式人机体验"的获得。《"军装照"H5》是内容传播游戏化的成功尝试，成为现象级传播的背后，在于用户乐于在社交媒体上管理自我形象。用户在社交媒体上展现的东西代表并定义了自身，因此会倾向于分享一些使自己形象看起来更为"正面"的东西。在"军装照"转发传播的过程中，用户看到自己帅气的军装照后，不但会在朋友圈转发，而且会情不自禁地对军装照进行评价，其内在逻辑正是塑造自己的品牌和形象。②

　　——同频共振。有学者认为，《"军装照"H5》将宏大主题与每个人联系在一起，照片生成页面主题明确，操作简单，将用户参与感、分享性发挥出来，吸引各年龄、区域、行业的用户积极晒出自己的"军装照"，展现了广大网友对党和国家、人民军队的拥护和爱戴。③据报道："人民日报推出的军装照 H5、时光博物馆等新媒体产品，当时都刷屏了，身边的朋友不分男女老少，无论是生活在国内还是国外，几乎都在转发。"④

　　——内容准确。中国人民解放军建军以来，红军时期、抗日战争时期、解放战争时期等男女士兵共计 22 款军装样式，让用户过足当军人的"瘾"……《"军装照"H5》简单流畅的产品体验，其实是准确内容与有趣互动的结合、平衡，包含着创作团队两周内的艰辛努力。⑤为此，制作方邀请军史专家，提供知识指导，帮助审核素材。对军装制式的要求严格、细微，如领子的形状、袖标的位置都要进行严格考证。⑥

---

① 余荣华：《超出预期的互动体验——人民日报新媒体 H5 创意实践》，《中国记者》2019 年第 2 期。
② 曾祥敏、吴炜华：《融媒体新闻这样做：中国新闻奖媒体融合奖项获奖作品解析》，人民日报出版社 2022 年版。
③《评委有话说 | 第二十八届中国新闻奖媒体融合奖评析》，中国记协网 2019 年 1 月 18 日。
④《做好媒体融合　讲好中国故事》，《人民日报》（海外版）2019 年 1 月 28 日。
⑤ 余荣华：《"军装照"H5 为何能刷屏朋友圈》，《新闻与写作》2017 年第 9 期。
⑥ 齐怀文：《未来媒体的核心竞争力是什么？——由中国新闻奖媒体融合奖获奖作品谈起》，《海河传媒》2020 年第 2 期。

——技术保障。《"军装照"H5》中最关键的一环，就是将用户照片合成军人形象，提供技术支持的是腾讯旗下的天天 P 图团队。天天 P 图的人脸融合技术能够将用户上传的照片与特定形象进行脸部层面融合，生成的图片效果既有用户的五官特点，也呈现出对应形象的外貌特征。其中应用了人工智能技术的支持。此外，还有充足的服务器资源保障。①

——内容魅力。"'军装照'原来是人民日报做的！"很多人感到吃惊。②主流媒体要有内容定力，也要有内容魅力。面对激烈的竞争，媒体人在舆论的高压锅里，每天都承受着极大压力，也面对着各种诱惑，有些人可能被"流量"和"点击量"压垮了心智，有些人甚至为了刷屏干脆牺牲掉内容。方此之时，必须有足够的定力，应该看到，有人读报、有人读屏，无论时代怎么变，人们对信息的需求没有变，做好内容都应该是媒体人不变的初心。只有在专业姿态、思想含量上更上一层楼，同时还能吸引最大数量的受众，才是真正的成功。主流媒体的主流叙述，既要有凝聚共识的政治定力，也要有"感染人、吸引人、打动人"的话语魅力。③

——拥抱融合。时任人民日报社社长杨振武在谈到《"军装照"H5》时说，浏览量超过 10 亿，这在过去是不可想象的。回顾这个历程，作为媒体融合事业的参与者和推动者，虽然有艰辛，也有困难，但感受更多的还是深化改革带来的喜悦，是创新发展赢得的信心。④这一现象级作品就连外媒都感慨，中国正在掌握媒体融合发展的主动权。⑤

面对《"军装照"H5》引发的广泛关注，主创之一的倪光辉接受采访时谈道：媒体生态的变革，我们每个从业者都能感受到。既然大势所趋，我们积极迎上、拥抱这个新媒体大环境。现在，我们工作中始终有"融媒体"的观念，不管做什么报道，都会想想除了给报纸写，还能给新媒体做一些什么

① 余荣华：《军装情节与裂变传播——人民日报客户端揭秘"军装照"H5 为何"刷屏"》，《网络传播》2018 年第 10 期。
②《与党和人民同行——写在人民日报创刊七十周年之际》，《人民日报》2018 年 6 月 14 日。
③ 卢新宁：《融合让最大变量成为最大增量》，人民网 2018 年 9 月 7 日。
④《人民日报社社长杨振武：在深度融合中担负主流责任》，人民网 2017 年 8 月 20 日。
⑤ 陈凌：《融合发展，激发媒体生产力》，《人民日报》2017 年 8 月 18 日。

产品。^①

有学者认为，自从开始推动媒体融合以来，传统媒体迅速生产出了不少广受好评的融合性内容产品。这些作品一方面反映出传统媒体在融合内容生产能力上的成长，但另一方面也体现出生产单个新媒体内容已经不再是媒体融合工作的最主要短板，更关键的问题在于如何改善内部生产流程和绩效评估机制，使得媒体具备稳定持续产出优质作品的能力。^②

从赏析的角度而言，《"军装照"H5》又陷入了新闻作品与传播产品之间的认识。第二十八届中国新闻奖评委、新华报业传媒集团原董事长周跃敏披露，对于这件作品，评委有争议。有人认为，这件作品严格意义上说不是新闻作品，但是这件作品产生的影响大家都非常清楚，是大家公认的当年媒体融合的现象级产品。这件作品为什么带来这么大的影响？当然和人民日报的技术、平台和实力密不可分，但是首要因素在于其创意，"这样的创意，人民日报可以做，我们同样可以做"。^③

阅 读 +

（《"军装照"H5》主创：丁伟、余荣华、倪光辉、赵明琪、喻晓雪；人民日报客户端 2017 年 7 月 29 日；获第二十八届中国新闻奖创意互动一等奖）

---

① 宰飞：《"军装照"火到破纪录！主创大神说：也没有做特别大的宣传》，解放日报微信公众号 2017 年 8 月 1 日。

② 尹琨：《推进媒体深度融合该如何发力》，《中国新闻出版广电报》2022 年 5 月 23 日。

③ 周跃敏：《如何彰显提升地方媒体的竞争力——第 28 届中国新闻奖评选印象》，《城市党报研究》2019 年第 1 期。

好创意自己会说话

在第二十八届中国新闻奖评选中，中央广播电视总台中国之声作品《"央广主播的朋友圈"系列 H5 报道》获融合创新一等奖。这是一件把视频抠像技术和朋友圈展现形式相结合，把央广主播"假"的朋友圈做成了创意独特、角度新颖、具有鲜明新媒体特点的传播创意产品。

（一）

广播诞生于 20 世纪 20 年代。中央人民广播电台的前身是成立于 1940 年 12 月 30 日的延安新华广播电台。延安新华广播电台几经辗转，于 1949 年 12 月 5 日最终定名为中央人民广播电台。

新时代，敢问广播路在何方？路在脚下。唯有跳出广播，才能清醒客观地看待广播；唯有不局限于广播，广播才能真正拥有未来。[①] 随着互联网的崛起，央广紧跟时代步伐，于 1998 年率先注册央广网，致力于打造 24 小时播音不间断的新闻媒体平台。2014 年 4 月，央广成立由台长担任组长、台领导担任成员的媒体融合发展工作领导小组；2014 年 12 月，央广成立融媒体新闻指挥中心运营办公室。[②]

2018 年 4 月 19 日，由原中央电视台（中国国际电视台）、中央人民广播电台、中国国际广播电台组建的中央广播电视总台正式挂牌。听广播，是一种情怀，更是一种生活方式。2019 年 7 月 19 日，在中央广播电视总台的党

---

① 王求：《广播常在　声声不息》，《中国广播电视学刊》2020 年第 12 期。
② 李向荣、臧亮、王松芸：《台网一体化发展视听新媒体的思路与实践——中央人民广播电台台网融合发展探索之路》，《传媒》2018 年第 9 期。

组会上，云听项目被正式立项通过。云听致力于打造国家 5G 声音新媒体平台。传统电台已面临车内传播渠道变更的风险，声音新媒体传播方式已在智能车机中出现。在智能网联汽车迅猛发展的背景下，云听专门成立了 5G 车联事业部，重点布局车联网。①

2020 年 3 月，中央广播电视总台音频客户端云听上线。云听按照"台网并重、先网后台、移动优先"原则，适应广播听众向声音用户转变的趋势，稳妥推进广播频率改版升级，云听的上线是总台在传统广播战略转型中的重要举措。②云听主打"听精品""听广播""听电视"三大内容板块，涵盖文学 IP 有声阅读、地方广播和电视剧音频化等服务，同时打破了传统广电以广告营销为主要收入的局限性，知识付费、互动打赏等营收方式为广电媒体转型注入了新动能。③

值得一提的是，中央广播电视总台中国之声还入选了 2022 中国应用新闻传播十大创新案例。中国新闻史学会应用新闻传播学专业委员会给出的推荐语是：从 2004 年 1 月 1 日中央人民广播电台启动频率专业化改革，将第一套节目改版为新闻综合频率，到 2008 年、2011 年几度新闻改革，中国之声从综合频率改为专业新闻频率，节目播出从录播改为全天候直播，开创了"板块 + 轮盘"直播模式。令人感佩的是，中国之声始终坚持深度报道，而且成果丰硕。一方面，中国之声严守舆论监督阵地，把民生作为最重要的关注，让"深入基层""走进群众"作为工作常态，密切关注社会热点和难点，积极促进问题解决。近年来，持续围绕环保、地方治理等问题开展舆论监督报道，多次以批评报道荣获中国新闻奖，在第三十二届中国新闻奖评选中再度斩获首次设立的舆论监督报道一等奖。另一方面，中国之声持续跟踪中国发展，启动了十年大型记录报道《十年，这里》，从 2013 年 12 月 31 日开始，以全媒体形态聚焦十个中国基层观察点，进行长达十年的持续追踪，以折射国家、社会、个人十年间的变

① 章玲：《传统广播频率转型升级，"云听"践行 5G 声音新媒体平台布局——访中央广播电视总台云听总经理李向荣先生》，《广播电视信息》2022 年第 4 期。
② 张根清：《云听的声音新媒体布局》，《传媒》2022 年第 4 期。
③ 魏琳、张翔：《中央人民广播电台：历史变革中的责任与担当》，《传媒》2022 年第 4 期。

化与进步，相关节目在 2022 年产生比较强烈的社会反响。①

（二）

2022 年 3 月，又是一年两会时。中国记协网编辑部开设《中国新闻奖秘笈》专栏，首期推出的"两会看招"系列即为主创人员分享《"央广主播的朋友圈"系列 H5 报道》。全媒体时代，媒体融合创新传播怎么搞？这件作品值得一说。

——**形式有新意**。每年的两会报道，对媒体都是一次大考，要交出出彩答卷并不容易。《"央广主播的朋友圈"系列 H5 报道》第一期《央广女主播的朋友圈》，于 2017 年 3 月 2 日晚 6 时通过央广中国之声微信公众号的推送与受众见面。微信公众号上推送时的标题为《一两天内，你的朋友圈将充满这些……》，这是对即将开幕的 2017 年全国两会的预热——第十二届全国人民代表大会第五次会议和政协第十二届全国委员会第五次会议，分别于 2017 年 3 月 5 日和 3 月 3 日在北京开幕。

作品将视频抠像技术和朋友圈展现形式相结合，并集合广播的声音特点、图文视频的可视特点，在虚实融合方面，实现了创新突破。"抠像"一词是从早期电视制作中得来的。英文称作"Key"，意思是吸取画面中的某一种颜色作为透明色，将它从画面中抠去，从而使背景透出来，形成二层画面的叠加合成。这样在室内拍摄的人物经抠像后可以与各种景物叠加在一起，形成神奇的艺术效果。视频抠像的目的是视频剪辑时能够利用抠像技术去掉背景，把前景完美地融合到新的背景合成剪辑，一般都用蓝色或绿色为背景在摄影棚进行拍摄。通过这样一番虚实结合的制作，在一定程度上实现了模拟 AR 的效果。②

将一个围绕两会内容生成的虚构朋友圈和真实的央广主播相结合，最终打造成为拟真度极高的交互页面，提升了受众感知与亲和力。《"央广主播的

① 《2022 中国应用新闻传播十大创新案例发布》，《公关世界》2022 年第 21 期。
② 王培志：《场景视频的 H5 创新 以央广两会 H5"王小艺的朋友圈"为例》，人民网 2017 年 3 月 21 日。

朋友圈"系列 H5 报道》首期一经推出便引发了广泛关注。多位网友留言说："这才是真的创新""这个创意真心赞""绝对让你耳目一新""到底还是国家队，出手就是不一般"。

如何运用人们每天都在使用的微信，打造一款新颖独特、传播功能更强的新媒体产品，更好地为传统广播节目服务，并寻求广播节目传播效果的最大化，非常有必要。有观点认为，一个有新意、可操作性强的创意，在新闻报道策划活动中具有突破性和先导性的关键作用。创意的质量直接影响着整个报道的成败。在策划重大主题宣传任务时，创作者一旦想出一个好的创意，报道几乎就成功了一半。[①] 但创新不是模仿，如果能在他人的基础上，哪怕是向前一小步，也许就能带来意想不到的效果。这也是这件获奖作品带来的思考。对于这一作品的走红，有人总结，这一作品形式上是原汁原味的微信操作样态，给用户带来刷真实朋友圈的错觉，摆脱了传统报道的框架和模式。

对于作品形成的刷屏效应，《"央广主播的朋友圈"系列 H5 报道》主创之一的夏文介绍，这次制作朋友圈视频 H5 其实是实验性质的，起初认为会有几万到 10 万的阅读量。夏文透露，2016 年看过一个朋友圈视频 H5 广告，2017 年春节前看到人民日报客户端发布了一个宣传视频 H5，两者各有特点，就想把两者结合一下，央广主播向网友展示自己朋友圈的内容，同时朋友圈里的信息要与主播有互动。[②]

——**系统性策划**。H5 支持文字、图片、音视频、网页、全景、直播、图表等媒体形式，能提供丰富的阅读体验，与受众形成良好的互动。H5 还可以通过朋友圈或社群的分享转载实现裂变传播，拥有鲜明的传播优势。可以说，H5 是移动互联网时代最适合媒体内容在新媒体传播的创新技术。[③] 近年来，H5 作品获中国新闻奖的不少，但把 H5 做成一个系列的并不多，系列 H5 报

---

① 吕锡成、储文娟：《如何利用社交媒体进行广播报道创新——以〈央广主播的两会朋友圈〉为例》，《中国广播》2017 年第 7 期。

②《〈央广主播的朋友圈 H5〉百万 PV 是怎样炼成的》，H5 研究院微信公众号 2017 年 3 月 15 日。

③ 毕秋敏、陈帆、曾志勇：《从媒体融合奖看中国新闻生产的变与不变》，《昆明理工大学学报（社会科学版）》2020 年第 1 期。

道获中国新闻奖的则更少。

《"央广主播的朋友圈"系列 H5 报道》一共四期，分别为《央广女主播的朋友圈》《@ 你 王小艺的朋友圈又更新啦》《央广主播王小艺申请加你好友》《来真的！央广主播朋友圈任意看》，四期内容各有创新点。第一期朋友圈与主播相结合，主播从照片中"走"出来；第二期主播在朋友圈里拿到红包，加强主播与朋友圈内容的互动；第三期主播申请加网友为"好友"，网友若点"拒绝"就会出彩蛋，点"同意"能看到三方视频通话；第四期视频结束后，让网友可以自由浏览主播朋友圈内容。四期内容贯穿两会不同阶段，体现出策划具有系统性。四期内容可看成是一个系列，也可以作为单独的产品进行传播。

四期内容的策划比较讲究策略。第一期内容，设定的目标是对两会节目的宣传预热，为达到最好效果，团队避免直接暴露出节目名称，而是通过大家晒娃、晒吃的、晒生活的方式，加上主播的轻松解读，流畅过渡到节目的介绍，生动有趣而不是强硬塞内容，最终展现的是大家对两会民生话题的期待。从第二期开始，团队跟随两会报道进程，逐步加入时政记者语音聊天、节目访谈视频、会场探秘、记者连线等多种形式，用当时最新的两会内容充实作品，提升其传播价值，真正做到既有趣又有用。[1]

四期内容传播效果上是有差异的。《"央广主播的朋友圈"系列 H5 报道》首期作品推出后，很快就达到了 100 多万的点击量，也受到了各方关注与好评。但最终发布的第二期作品，点击量大幅下落到 40 万。对于这种情况，一名主创人员感叹，媒体产品在创新过程中的保质期很短——大家看过一次之后就不会对相似的创意再次买单，所有新媒体作品在创新的瞬间就死了。[2] 这也是创新面临的现实窘况。

——**选好出镜人。**"央广""女主播""朋友圈"三个词结合在一起，让这一策划本身就充满了吸引力。话说谁不想看看央广女主播的朋友圈呢？虽然

---

[1]《〈"央广主播的朋友圈"系列 H5 报道〉采编过程》，中国记协网 2018 年 7 月 20 日。

[2] 盛馨艺：《央广主播王小艺：传统媒体人的焦虑与反焦虑》，铁狮 NEWS 微信公众号 2017 年 3 月 24 日。

这并不是央广女主播真实的朋友圈，而是基于两会传播的需要策划的传播创意产品。

《"央广主播的朋友圈"系列 H5 报道》中的主播是央广主持人王艺，H5中她以"王小艺"的名字出现。央广主持人很多，为什么会选择王艺出镜？主创之一的夏文在分享这一作品的创作经验时介绍：2016 年，王艺在央广各种报道中，多次尝试手机视频直播。从网友们的弹幕评论来看，非常受欢迎。所以这次准备做视频的时候，就推了高颜值的王艺。还有特别重要的一点，王艺经常参与央广与其他电视台合作节目的拍摄，有比较丰富的上镜经验。两会期间央广视频演播室排班很满，做内容的时间非常有限，不可能再为主播培养镜头感，因此王艺是最适合的人选。

2011 年，王艺成为央广援藏交流干部中的一员，这半年她每天在全国海拔最高的直播间里播报，每天上节目和下节目后都是气喘吁吁，隔三岔五要去门口的氧气站吸氧，"这半年对我的工作，甚至是对整个人生都意义非凡"①。选择王艺作为《"央广主播的朋友圈"系列 H5 报道》的主角，从传播效果和网友的留言来看，可以说是选对了。

主持人出镜也强化了人格化传播。互联网的传播中，人格化的传播成为目前行业中不少主流媒体探索和尝试的一种形式。通过拟人化的方式与用户建立直接联系，从而获得更好的传播效果和转发分享红利，提升主流媒体在网络中的传播优势。《"央广主播的朋友圈"系列 H5 报道》将主播个人的虚拟朋友圈与主播自身的解说相结合，在扩展朋友圈内容的同时，也赋予这个报道全国两会的作品人格化的意义，通过"王小艺"的朋友圈，整个全国两会报道便化为"王小艺"朋友圈中的身边事，用户以关注的视角进入朋友圈，配合主播以"讲故事"的形式呈现背景介绍，用户能够产生自身与朋友圈中的"人"和"事"有所关联的感觉，从而沉浸其中。②

——注重贴近性。经常说，每年在北京召开的中国两会是全国人民政治

---

① 出自中央人民广播电台第五届十佳播音员主持人评选候选人介绍。
② 曾祥敏、吴炜华：《融媒体新闻这样做：中国新闻奖媒体融合奖项获奖作品解析》，人民日报出版社 2022 年版。

生活中的大事。两会报道政治性强，要求高，创新难，出彩不易。有学者认为，新语态并不是简单的"标题党"和"讨巧卖萌"，互动语态要在传播中体现与网友信息分享、思想共鸣和精神沟通的价值定位。[1] 互联网搭桥、新媒体连线的根本目的，是拉近感情、联通心灵。对于两会的新闻语态，以前新闻媒体报道多从政治角度出发，官方话语表达[2]，这是缺少贴近性的。

贴近性直接体现在语态上。《"央广主播的朋友圈"系列 H5 报道》除形式和手段上的创新之外，最大亮点莫过于注重内容的贴近性，主播像聊天一样与大家交流，没有官腔，没有大话，不时插入网络热词，生动、自然、接地气。可以说，贴近性实现之后，内容传播的宣传目的，也就自然而然地达到了。

在央广主播的朋友圈中，有央广同事发布的信息，一位带孩子的宝妈在朋友圈晒娃，而她的报道任务就是两会中关于儿童的信息，这样的视角吸引着用户去深入了解相关报道。[3] 设计的主播"顶红包"的游戏，主播通过"顶红包"拿到一张话费券，紧接着主播介绍红包是发给全国人民的，因为 2017 年的两会中决定取消手机国内长途和漫游费。这种内容的贴近性，改变了时政报道的严肃性。

贴近性直接关乎受众认可度。一个作品是不是受欢迎，受众是否愿意转发分享到朋友圈是最为直观的反应。微信平台用户之间的关系具有真实性，一定程度上，微信用户是把存在于现实生活中的强关系转移到了移动端。[4] 数据显示，83.4% 的网友是从朋友圈里访问这一作品的，还有 13% 的网友是通过微信群进入产品，首期作品发布当天，中国之声微信公众号的粉丝上涨数较之以往增加了 3 倍。[5]

① 陈昌凤:《社交时代传播语态的再变革》，《新闻与写作》2017 年第 3 期。
② 庄谦宇、薄凯文、刘畅:《温度：新时代新闻舆论以人为本理念的新建构》，《北方传媒研究》2019 年第 5 期。
③ 刘英志:《略论融合新闻的叙事策略——以〈央广主播的朋友圈〉报道为例》，《采写编》2019 年第 5 期。
④ 詹恂、严星:《微信使用对人际传播的影响研究》，《现代传播（中国传媒大学学报）》2013 年第 12 期。
⑤ 杨林林:《央广网：看主播朋友圈论两会》，《网络传播》2017 年第 3 期。

——**细节真实性**。一个央广主播"假"的朋友圈为什么真火了，重要原因之一就在于细节的真实性。主创之一的夏文在分享《"央广主播的朋友圈"系列 H5 报道》的经验时谈道，这一作品能够给网友带来惊喜，离不开细节上的设计，如果总结为一个词那就是"拟真"。逼真的朋友圈界面，能给用户带来刷真实朋友圈的错觉，因此制作时特别注意字体、字号、行间距、颜色、各种图形等，极力还原微信原汁原味的操作样态。

H5 中主播要"站"在自己的"朋友圈"上，帮助网友刷新内容，而如何"站"则成为最初策划的难点。如果虚拟的朋友圈画面与实拍的主播画面结合不当，将大大降低作品的体验效果。为此，主创团队在主播脚下添加了一个浅浅的阴影，用这种方式使得主播的呈现更具有层次感与合理性。

主播与朋友圈的交互也注意细节问题。在设计主播划屏、点赞、出入画面等动作时，考虑其在朋友圈界面上的合理性，要求每一个动作都符合网友的使用习惯。第二期中，若主播面对漫天飞舞的红包无动于衷，则缺乏真实感。因此让主播随手拿到其中一个红包，并自拍发照片的设定，虽然超出真实朋友圈的操作体验，但并不违背网友对作品的期待，更容易带来惊喜。[①]主创之一的徐冰介绍，一些技术和内容细节经过团队不断磨合修改，确保逼真，确保用户体验。[②]

——**沉浸式体验**。《"央广主播的朋友圈"系列 H5 报道》的切入场景，是每个人每天都在刷新、点赞的朋友圈，这是一种有代表性的社交形式，更是一种日常生活状态。虽然受众没法直接看到央广主播的朋友圈，但通过提供沉浸式体验，让人觉得好似真的走进了央广主播的朋友圈。

有人直言，用户一旦进入《"央广主播的朋友圈"系列 H5 报道》产品的界面，将无时无刻不处于一种愉悦轻松的场景体验中。受众点击链接进入后，好像进入了真的央广主播的微信朋友圈，在一个全屏模拟朋友圈的画面中，央广主播王小艺就站在屏幕右下角，通过滑动、点击等肢体动作，口播解读

---

① 夏文：《"假"朋友圈为什么真火了》，《青年记者》2017 年第 10 期。
② 杨骁：《央广〈主播两会朋友圈〉特色节目可听可看可感》，《中国新闻出版广电报》2017 年 3 月 15 日。

朋友圈里的内容。这种呈现方式少了宣传解读式的报道，朋友圈的内容更像是同事朋友之间的交流对话，容纳了图文和音视频等各种内容，生动、有趣又具备良好的内容价值，具有鲜明的新媒体产品特点。虽然不是用户亲自点击，但是王小艺点击朋友圈图片的放大效果、点击朋友圈视频的播放效果，与受众自己的点击感受完全相同，这一场景像是普通人的日常生活常态，极易使受众产生沉浸式的体验。①

——**强化互动性**。互动性是新媒体的核心功能，其基本含义在于，某种行动可以带来即刻的反馈，强调受传关系的双向性。在今天的社交媒体上，我们既可以看到新闻，也可以借助点赞、评论表明态度，通过分享、转发形成二次传播，不仅实现了传播者与受众的互动沟通，也进一步打开了更多的传播通路，大大提升了重要信息的扩散速度及其影响力。

《"央广主播的朋友圈"系列 H5 报道》成为颇具人气的两会报道作品，它将场景化、社交化等新媒体特性巧妙融入 H5 制作，使用者点击这款产品，就好像进入了"主播王小艺"的微信朋友圈，在时政记者的引导下，了解两会信息以及背后的故事，用生动活泼的社交方式彰显了主流媒体的权威性和引导力。②

互动性在《"央广主播的朋友圈"系列 H5 报道》第三期中表现得更为明显——主播申请加网友为"好友"，网友若点"拒绝"就会出彩蛋，点"同意"能看到三方视频通话。全媒体传播，必须重视如何在产品中贯穿社交思维，考虑产品被分享、转发、评论，把用户作为传播的一个个节点和放大器，这也是获奖作品能成为爆款和刷屏之作的要诀。③

——**具有揭秘性**。媒体的竞争就是对用户的争夺，而要真正赢得用户，必须在媒体融合产品中始终坚持"以用户体验为核心"，所有环节和细节都考

---

① 田晓凤、张伟、雷跃捷：《中国新闻奖首设的"媒体融合奖项"获奖作品评析》，《中国记者》2018 年第 11 期。

② 李艾珂：《新时期主流媒体的价值坚守与融合创新》，《现代传播（中国传媒大学学报）》2017 年第 4 期。

③ 曾祥敏：《稳中求变　深度探索——第 29 届中国新闻奖媒体融合奖评析兼论内容融合创新》，《新闻与写作》2019 年第 11 期。

虑到用户的需求和体验。可以说，用户对新媒体产品的感知体验如何，在很大程度上决定了新闻报道的到达程度与传播效果。央广主播两会期间是如何工作的呢？朋友圈具有一定的私密性，《"央广主播的朋友圈"系列 H5 报道》在一定程度上揭秘了央广主播两会期间的工作状况，满足了受众的好奇之心。

《"央广主播的朋友圈"系列 H5 报道》第三期和第四期则通过现场视频和音频连线等方式，向用户透露了许多有趣的广播报道花絮，包括设在人民大会堂的央广直播现场，这些真实的视听体验让用户如身临其境般感知央广两会记者的生活状态。这一方面满足了用户的好奇心，激发起用户对央广两会广播节目的期待；另一方面使得广播节目内容可听、可看、可感，从而衍生出链条式的口碑传播。这样一种局面对广播媒体来说，无疑是前所未有的，对其原有传播方式的颠覆。①

也有观点认为，这一作品创意独特、角度新颖，这种全新三维立体的视觉效果抓住了用户的眼球，给用户营造了一种刷看主播朋友圈的沉浸式体验，同时身临其境地感受央广记者们在两会期间最真实的生活状态。②

——**技术极简性**。根据主创人员的分享可知，《"央广主播的朋友圈"系列 H5 报道》从策划到上线大概用时一个月，其中技术制作部分用时 3 天左右，内容做完当天即进行推送。技术在《"央广主播的朋友圈"系列 H5 报道》中发挥了怎样的作用？又该如何认识技术在媒体融合中的作用？

根据这一作品主创人员的分享可知，整个过程遵循的是技术从简。整个作品分为虚构的朋友圈与主播视频两部分，朋友圈的图形内容在 Adobe Photoshop③ 及 After Effects④ 中制作，主播抠像亦在 After Effects 中完成。作品所涉及两款软件的技术操作比较基础，避免复杂动画，确保制作效率的同时，也有效预防因技术难度过高，导致成品与预想效果出现重大偏差的风险。技

---

① 吕锡成、储文娟：《如何利用社交媒体进行广播报道创新——以〈央广主播的两会朋友圈〉为例》，《中国广播》2017 年第 7 期。

② 李艺璇：《融媒体时代新闻媒体发展的启示——以第 28 届中国新闻奖获奖作品为例》，《中国传媒科技》2019 年第 3 期。

③ 简称"PS"，是由 Adobe Systems 开发和发行的图像处理软件。

④ 简称"AE"，是 Adobe 公司推出的一款图形视频处理软件。

术从简不代表作品简陋，《"央广主播的朋友圈"系列 H5 报道》每一期作品都力求有惊喜，有新意。作品最后能获得受众认可，离不开两个基本要素——内容有用、形式创新，两者缺一不可。①

通常认为，一款成功的传播产品需要的不仅是人力的投入，更重要的是软硬件技术、设备的投入及更复杂的技术支持。然而，这件获奖作品不仅技术极简，投入的人员也不多——团队在仅有一名制作、一名文案、一名主播和一名摄像的情况下，同时在两会新闻报道期间，在保证时效性又突出体现主播与虚拟朋友圈的互动创意的原则下，推出了这一系列作品。无论在技术、资源还是人力等方面，其实中国之声并不占优势，但作出了这个具有创新性、引领性的作品，这也是值得思考的。主创之一的徐冰，最想给媒体同行分享的传播经验是：新媒体产品最缺的不是技术而是创意，创意是源泉，有创意的产品自己会说话。②

近年来，技术在传播中被过度依赖和使用，有的作品甚至已经到了炫技的程度，成为值得关注的问题。技术赋能不是炫技，形式创新只是手段，传播"硬核"的思想内容才是目的。③

（三）

有人认为，《"央广主播的朋友圈"系列 H5 报道》基于对视频抠像技术与朋友圈呈现的相互融合，让媒体从业者以分享自身朋友圈的途径，来呈现与公众息息相关、热点的话题，在此基础上，还通过朋友圈将新闻报道进行有效结合。这不仅提升了新闻传播的时效性，也创造了丰富多彩的话题，赢得广泛的关注，为媒体融合的发展提供了有益借鉴。④

融合报道的宗旨就是在保持传统媒体报道优势的基础上，充分利用数字

① 夏文、王艺：《两会看招："假"朋友圈咋真火了？|中国新闻奖秘笈》，中国记协网 2022 年 3 月 3 日。
② 杨林林：《央广网：看主播朋友圈论两会》，《网络传播》2017 年第 3 期。
③《新华报业传媒集团：做足"智"和"云"的文章让两会报道更"聪明"》，中国记协网 2020 年 5 月 27 日。
④ 化睿云：《超媒体 H5 技术在新闻传播中的运用研究》，《中国有线电视》2021 年第 11 期。

技术、互联网技术进行融合传播。中国新闻奖与普利策新闻奖的融合报道作品充分体现了这一特点。① 第二十八届中国新闻奖评选，是中国新闻奖历史上首次设立融合类奖项。中国新闻奖融合类的获奖作品，折射的是传统主流媒体在转向新媒体过程中诸多之变，如生产相融引发模式之变、内容融合引领产品之变、技术融合主导制作之变、渠道相融促成传播之变、交互融合引导语态之变。但也有一些不变：报道原则不变，新闻生产规律不变，正确舆论导向不变，新闻事业属性和媒体"喉舌"性质不变，这些不变也是中国新闻奖所倡导的。②

《"央广主播的朋友圈"系列 H5 报道》的获奖，为媒体如何认识内容、形式、效果之间的关系提供了一个生动的观察样本。第二十八届中国新闻奖媒体融合奖设一等奖 10 个，央媒摘走其中 8 个。对此，第二十八届中国新闻奖评委、新华报业传媒集团原董事长周跃敏指出，内容对于一件好作品的形成，其重要性不言而喻。包括主题的重大、题材的重要、思想的深邃、事件的曲折、故事的生动、细节的典型等，都会在第一时间给读者、评委留下深刻印象。可以说，没有好的内容也就没有好的作品。但是，衡量一件作品的优劣高低，仅有好的内容还远远不够，归根结底要全面衡量"内容、形式、效果"这三个要素，缺一不可。它们之间的逻辑关系可以用"内容＋形式＝效果"这个公式来表述。换句话说，光有内容的新、实、重，而缺乏形式的创新支撑，传播效果必然大打折扣；只有两者兼顾、两者俱佳，才能相辅相成、相得益彰。③

从赏析的角度，这一获奖作品也存在可供探讨之处。诚如有人所言，内容发布上缺乏周密规划，有的视频内容稍长，推送节奏有时把握得不够好

---

① 雷跃捷、何晓菡、古丽尼歌尔·伊力哈木：《"融合报道"的概念、内涵、特征及发展趋势——基于中国新闻奖与普利策新闻奖"融合报道"作品的比较分析》，《新闻战线》2019 年第 13 期。

② 毕秋敏、陈帆、曾志勇：《从媒体融合奖看中国新闻生产的变与不变》，《昆明理工大学学报（社会科学版）》2020 年第 1 期。

③ 周跃敏：《如何彰显提升地方媒体的竞争力——第 28 届中国新闻奖评选印象》，《传媒观察》2018 年第 11 期。

等。① 此外，H5 作品通过中国之声微信公众号等进行推广传播，这是进入受众朋友圈的一个重要方式，但首期在中国之声微信公众号上推送的标题《一两天内，你的朋友圈将充满这些……》显得有些模棱两可，相比之下第二期在中国之声微信公众号推送时的标题《央广主播的朋友圈又来了》，则就具体多了。两条微信公众号推文相差近一半的阅读量，也说明了标题在内容传播中的重要性。

阅 读 ＋

（《"央广主播的朋友圈"系列 H5 报道》主创：夏文、王艺、马文佳、江晓晨、徐冰、马烨；中央广播电视总台中国之声微信公众号 2017 年 3 月 2 日；获第二十八届中国新闻奖融合创新一等奖；注：二维码为系列 H5 报道第一期）

---

① 吕锡成、储文娟：《如何利用社交媒体进行广播报道创新——以〈央广主播的两会朋友圈〉为例》，《中国广播》2017 年第 7 期。

说唱表达宏大主题

    在第二十八届中国新闻奖评选中，四川广播电视台四川观察客户端作品《总书记说四川话　你听过吗？》获融合创新二等奖。这件获奖作品用说唱的方式实现了宏大主题的轻松表达，这种尝试走在了一些媒体前面。

（一）

    四川广播电视台 2021 年的社会责任报告显示：拥有 9 个电视频道、9 个广播频率，以及四川观察移动客户端、四川网络广播电视台等新媒体平台。2021 年，四川广播电视台大力打造四川观察品牌。四川观察客户端 5.0 版本上线运行，下载量突破 1110 万，全网粉丝量突破 9000 万，抖音号粉丝量继续稳居省级媒体第一，全年短视频播放量、互动量均居省级台短视频账号之首，成为全国主流媒体第一阵营中的排头兵。2021 年 12 月，四川观察合创新媒体发展有限公司成立，实行公司化运作。2021 年，围绕孟晚舟归国热点时事，四川观察直播团队以屏幕捕捉孟晚舟归国航班轨迹的创新形式，联动深圳当地拍客进行实时拍摄，打造了千万级的系列直播。①

    四川观察是四川广播电视台新媒体品牌。四川观察客户端于 2017 年 1 月 1 日正式上线运行。四川广播电视台近年来着力打造四川观察，从内容生产、平台搭建、经营创收等方面多管齐下，构建起涵盖新闻客户端、抖音、快手、B 站、微博、微信等各个端口的全媒体矩阵。

    2021 年是主流媒体走向深度融合的一年。四川广播电视台尝试推进四川

---

① 《四川广播电视台社会责任报告（2021 年度）》，四川网络广播电视台网站 2022 年 5 月 30 日。

观察公司化改革，对原四川观察的组织架构、人员安排、内容分工等进行了重新布局，进一步加强平台建设与管理。公司以四川观察 IP 为核心多业态布局，提供融媒体产品传播运营、短视频运营、客户端及官方网站运营、客户端及官方网站技术开发、账号达人池建设、微综微剧内容创作、全域整合营销在内的服务；整合台内优质视听资源，根据台内全媒体新闻中心、四川观察公司宣传及项目需求，展开原创精品视听内容生产创作，将"四力"融入作品生产的全过程，传播正能量的流量作品。①

四川观察曾在一年内猛涨 3000 余万粉丝，成功"出圈"，为传统媒体建设短视频平台开了一个好头。四川观察以互联网思维和受众导向思维为核心转变观念，变革创新，为同行业转型新型媒体提供了样本。一是内容定位独特，高频次输出，充分满足用户需求；二是顺应平台传播逻辑，精准布局；三是人格化打造视频账号人设，与用户共情共创；四是向 MCN②项目转型，组建市场化的短视频工作机制；五是传播主流价值，营造健康舆论氛围。③

四川观察一度被称为"四处观察"。四川广播电视台四川观察总编辑岳学渊多次分享四川观察的经验。媒体机构在短视频平台开号、做内容，其中的一个难点就是怎样与用户达成良好的互动，四川观察从建号开始，对于用户的投稿都会积极回复，在你来我往的过程中发现用户特别希望和我们一块"玩"。基于这样一个观察，四川观察将短视频账号进行人设化打造，定位为一个帮用户四处观察的红人。做短视频账号的核心逻辑在于与用户玩到一起。媒体与用户要"玩"到一起，具体要怎么玩呢？广电机构做融媒体内容生产，有一个绕不开的话题就是"客户端＋渠道"的生产模式。四川观察短视频账号运营经验的核心之一便是"差异化"。四川观察在各大平台尝试了不同的"玩法"，目的其实就是两个字——试错，到底哪条路是对的，哪条路是错的。

① 冯然、曾晓慧：《媒体融合背景下省级主流媒体重大主题报道创新——以"四川观察"为例》，《青年记者》2022 年第 19 期。

② 全称 Multi-Channel Network，一般指多频道网络。

③ 陈秋萍：《从〈四川观察〉看短视频对传统媒体转型的启发探究》，《东南传播》2021 年第 12 期。

尽管每天很焦虑，但我们清楚的是，只有不停摸索试探，才是掌握短视频传播规律的唯一正途。岳学渊介绍，"媒体＋网友"共同孵化是四川观察的逻辑，他希望所有的文创内容都有网友参与的影子，"努力成为大家身边的一个朋友"。①

（二）

随着新技术的应用和互联网的普及，传播现象已经发生重大变化。一方面，新技术催生出新的传播平台，新闻传媒的形态和传播现象发生了本质性变化；另一方面，新闻采编和传播方式以及受众依赖特定媒介的状况受到极大的冲击和挑战。"守正创新"是习近平总书记基于新技术条件下传播现象发生的深刻变化，遵循马克思主义新闻观的基本原则，深刻把握当今新闻传播规律基础上提出的科学理念，对全媒体时代新闻理论建设具有里程碑意义。②

四川广播电视台首发在四川观察客户端的作品《总书记说四川话　你听过吗？》，"结合流行元素进行编曲制作，用轻松愉快的表达方式，讲述习总书记与四川的故事，作品从标题、内容到呈现形式，都体现出媒体融合和创新的特点，令人耳目一新，实现了总书记的一句四川话与18位普通百姓生活变迁的有机对应与融入，向广大网友生动地展示了总书记亲民爱民的形象，为党的十九大召开营造了良好的舆论氛围"。作品用海采的形式、原创的编曲、新颖的手法表达，将总书记亲过的小朋友、创业公司CEO、养殖户果农、党的十九大代表等18位对象的画面有机串联，通过创意设计和剪辑制作，展现出大家都用质朴的语言向总书记报告：四川越来越好，人民生活越来越安逸。③

---

① 《四川观察总编辑分享出圈秘籍：用户特别希望和我们一块"玩"》，长江微信公众号2020年12月27日。

② 甄言：《对传播现象深刻变化的思考——新闻理念创新要打破传统思维定势》，《北京日报》2019年2月11日。

③ 出自中国记协网2018年7月20日。

（三）

时长 3 分 24 秒的视频《总书记说四川话　你听过吗？》，在四川观察客户端上发布的时间为 2017 年 10 月 18 日晚。当天，中国共产党第十九次全国代表大会在北京隆重召开，习近平代表第十八届中央委员会向大会作报告。作品以 2017 年总书记参加全国两会四川团讨论时说的一句四川话——"祝四川人民的生活越来越安逸"为切入点和创意点，整合大量视频画面，生动鲜活地"说唱式"MTV 中见人、见事、见主题，把党的十八大以来四川在芦山灾后重建、脱贫攻坚、农业供给侧结构性改革等诸多方面所取得的成就，浓缩在原创歌曲之中。这件作品获奖，有一些值得关注之处。

——**重大主题宣传接地气。** 做好重大主题宣传是主流媒体的职责使命，也是内容创新的重要方向。重大主题宣传要做到出新出彩，必须牢牢抓住内容建设这个根本，树立精品意识，追求思想性、艺术性的有机统一。日新月异的传播技术和日益丰富的信息呈现方式、传播手段，为新时代的新闻舆论工作开辟了更多的途径，但"内容为王"的本质要求并没有改变。

精彩创意生产优质内容，"内容定力"成就"流量担当"。《总书记说四川话　你听过吗？》以总书记的原声开篇，把 5 年来四川在诸多方面所取得的成就浓缩在 3 分多钟的 RAP 串烧中，朗朗上口的音乐配上 18 位老百姓地道的四川话，通过这样的小切口呈现发展之变、时代之变的创意产品，使重大主题报道"上接天线、下接地气"，传播效果显著。①

在人民日报主办的全国党媒十九大融合报道精品 100 展示活动上，四川观察选送的《总书记说四川话　你听过吗？》荣获"评委特别推荐作品奖"。中国人民大学新闻学院教授、中宣部媒体融合专家组成员宋建武评价此作品，"用很创新的方式，表达了百姓和党的领导同志密不可分的血肉联系"。②

——**打破传统体现创新。**《总书记说四川话　你听过吗？》等中国新闻奖

① 何健等：《"四向四强"推动重大主题报道出新出彩》，《新闻战线》2022 年第 19 期。
②《〈四川观察〉原创作品荣获全国十九大融合报道"评委特别推荐奖"》，四川观察 2017 年 11 月 24 日。

获奖作品，最大特点是融合创新，从选题策划到采访切口，从内容纵深挖掘到形式设计研发，从打破传统制作到移动优先传播，无不体现出创新意识。① 有人评价，对照近年获中国新闻奖媒体融合创新奖的获奖作品来看，借助媒体融合手段生产出来的暖新闻更接地气、更聚人气、更有情感有温度。四川观察推出的《总书记说四川话　你听过吗？》角度独特，令人印象深刻。②

　　——**新语言反映新时代**。变了，真的变了。浅阅读时代真的来了。读者到底想要什么？这是媒体人必须思考的现实问题。面对媒体格局、舆论生态的深刻变化，面对受众阅读习惯和信息需求的深刻变化，每一位媒体人都应努力适应分众化、差异化传播趋势，从受众反映最强烈的"假大虚空"问题改起，痛下决心、换羽重生。新闻报道概念化、口号化、文件化，是老毛病，就如毛泽东同志在《反对党八股》一文中所斥：语言乏味，像个瘪三。新闻语言是时代的"晴雨表"。新时代催生新语言，新语言反映新时代。有人评价，《总书记说四川话　你听过吗？》等获奖作品，时尚化、网络化、口语化、生活化特点十分鲜明，为提高新闻宣传影响力、传播力提供了诸多启示。身处一个大变革时代，浅阅读只是矛盾问题的"冰山一角"，主流媒体必须直面挑战，以搏击者和创新者的姿态，迎战征途上的"腊子口""火焰山"，除此别无选择。③

　　（四）

　　《总书记说四川话　你听过吗？》能在党的十九大召开当天推出，可以说前期做了充分的准备工作。作品采取多线并进的手段进行制作，主创团队联合四川地方台进行素材采访拍摄的同时，同步开展短片编曲的原创制作，结

① 赵随意：《把握发展趋势　顺应时代潮流——优秀融合作品必须把握的基本方向》，《新闻战线》2019 年第 16 期。
② 宋世明：《暖心事从来是主流——从融媒体时代新闻实践看"暖新闻"报道新变》，《城市党报研究》2020 年第 3 期。
③ 欧世金：《让"硬核"新闻变得喜闻乐见》，《新闻战线》2020 年第 7 期。

合采访的内容多次对编曲进行调整和完善，使内容不仅完整表达了采访对象的语言，从而赋予了主题报道崭新的形式，适应当下新媒体的传播方式。四川广播电视台播发的追踪报道介绍，作品上线不到 3 天，全网总阅读量接近700 万，成为传播主流声音的"网红款"。成都市民王文娟说："我看了一遍之后（觉得）很魔性，忍不住又看了两遍，看了之后还蛮有共同感的，我也希望成都能够越来越安逸。"巴中市民罗惠说："这个 RAP 视频确实说到了我的心坎里去了，变化太大了，确实反映了我们现在的生活。"作品也吸引 00 后跟唱起来。成都市民 00 后周煜阳说，这种 RAP 形式的新闻确实很有意思，"让我眼前一亮"。四川的一些重点新闻网站、市州的重点官微进行了转发传播。四川大学文化产业研究中心主任蔡尚伟认为，RAP 这种年轻人非常喜欢的形式，特别适合新媒体传播形态，该作品是四川广播电视台在媒体融合方面的一次跨越和创新。也有宣传系统的相关人士评价，这件作品用 RAP 说唱的方式，轻松活泼地表达了一个宏大主题。①

　　有学者总结，2021 年全国两会报道说唱成为新特色。用当下最热的潮流说唱解读权威的"十四五"议题，将严肃政治宣传内容融入轻松时尚的传播方式。两类不同风格的文化混搭，深度融合创新，促进不同年龄、圈层的对话交流形成"破圈传播"的效果。说唱两会融媒产品不仅是媒介技术融合的创新、融合思维的变革，也是主流文化与青年亚文化之间的双向破壁。亚文化概念的提出最早出现在社会学领域。青年亚文化的文化主体正处于心智成长、个体能力成长的过渡时期，既想表达自己，又因不够成熟而偏离主流社会，经常与父辈代表的社会既有规则产生摩擦、抵抗，社会学家通常以"越轨行为"来阐释青年亚文化主体的特立独行。从风格形成的角度来说，说唱音乐与青年亚文化自有相通之处。说唱音乐的曲词跳跃感强，通常将不同领域、不同时空的话题、事件拼贴连缀在一起，词与词之间没有逻辑，以碎片化形式呈现。新型主流媒体的地位不是自封的，要扩大影响力，自然需要完

---

①《〈总书记说四川话　你听过吗？〉视频点击超 700 万》，四川广播电视台网站 2017 年 10 月21 日。

成主流文化圈与其他小众文化圈之间的对话与交流。[①] 多元文化样态的共存与互动，使汇聚潮流音乐元素的"电视新闻＋"成为可能。[②] 今天再来看，四川广播电视台探索运用说唱的方式创新重大主题报道，其实走在了一些媒体的前面。

（五）

《总书记说四川话　你听过吗？》获奖也带来了一些值得探讨的问题。诚然，艺术化地提升时政新闻的表达力和传播力，是一个亟待破解的问题。艺术与新闻是对立的还是可以融合的？艺术与新闻之间的边界是什么？需要把握好艺术与新闻之间的关系，正确看待艺术在新闻表达中的运用。有观点认为，传统思维中很容易将艺术与新闻对立，甚至会将二者看成水火不容。在网民注意力资源争夺战中，恰当地运用传媒艺术恰恰是赢得网民关注的有效举措。新闻的表达需要借助多种工具，没有必要抱定僵化的态度看待艺术手段的运用，而应积极又恰当地运用艺术工具，让艺术为新闻服务，让时政新闻呈现充满生机活力。[③] 从赏析的角度，这件获奖作品有一些问题值得注意。

一是从现在网上还能查阅到的《总书记说四川话　你听过吗？》视频看，有的视频中的字幕是"向您报告"，有的是"向你报告"，而且多处用的是"你"。

二是视频存在的一个突出问题是，多位出镜者只有职业或身份介绍，字幕上没有姓名。不知道他们是谁，让内容的真实性打了折扣。写出姓名的"骆俊成"缺乏身份介绍，另一个有身份有姓名的"甘孜州村主任余德春"，却没有标注她党的十九大代表的显著身份。

① 黄玲：《主流媒体"破圈传播"：主流文化与青年亚文化的融合共生——从说唱两会看主流媒体重大主题报道创新》，《中国记者》2021年第4期。

② 朱天、张诚、马雅楠：《迈入"深水区"的2017：中国电视新闻业融合转型观察》，《电视研究》2018年第3期。

③ 刘冰：《时政新闻的可视化叙事：途径、网络因素及融合探索》，《现代传播（中国传媒大学学报）》2021年第8期。

　　三是视频个别字幕有错字。视频结尾"深情的说"，应为"深情地说"。关于结构助词"的、地、得"的误用，中国新闻奖审核委员会主任唐绪军在第三十二届中国新闻奖审核报告中表示，审核委员经过讨论一致认为，在国家有关部门没有明确取消前，新闻媒体和新闻工作者应当遵守国家语言文字使用规则。[①] 当然，表述有误不等于不能获评中国新闻奖，按照近年的评选办法，对表述有误的作品会施行限评，如不能评一等奖或二等奖，但表述有误超过一定数量，则就取消参评资格了。

阅读+

　　(《总书记说四川话　你听过吗？》主创：高驰、岳学渊、宋小川、李景良、陈彦希、涂丁丁、段海钦；四川广播电视台四川观察客户端 2017 年 10 月 18 日；获第二十八届中国新闻奖融合创新二等奖；注：二维码为四川卫视公众号推文）

　　[①] 唐绪军：《迎接新挑战　当好把关人——第三十二届中国新闻奖审核委员会工作报告》，新闻战线微信公众号 2022 年 11 月 16 日。

第八辑

强化产品思维

媒体融合深度发展，近年获中国新闻奖的一些作品更像是传播产品而非单纯的新闻作品。从新闻作品到传播产品，是媒体格局、舆论生态发生深刻变化使然。传播产品可以很复杂，也可以很简单；传播产品可以靠大策划大投入大团队来实现，也可以是"轻骑兵""特战队"式的操作，关键是要强化产品思维。

说百姓听得懂的话

在第三十二届中国新闻奖评选中，湖南日报新湖南客户端作品《H5 丨 手机里的小康生活》获融合报道二等奖。该作品让故事主人公成为传播产品的共同制作者和参与者，这也是与以往同类传播产品的区别。有观点称，"这篇作品的生产创作理念和过程的独创性，给业界带来了广泛启示"①。

（一）

《湖南日报》创刊于 1949 年 8 月 15 日，毛泽东同志曾两定报名、三题报头。湖南日报社建立起报、网、端、微、屏、号齐备的媒体矩阵，综合覆盖总用户超 6300 万。新湖南客户端累计下载量超 3000 万。"湘伴"微信公众号成长为湖南最具影响力的时政类"头部公众号"。②

湖南日报社自 2020 年启动新一轮媒体深度融合发展改革以来，通过"中心"变"频道"、"网上"办"党报"、"云上"建"生态"等一系列改革举措，极大拓展在移动互联网场景下的智慧生产能力和传播路径。

2021 年 1 月 1 日，湖南日报社以新湖南客户端为主导，以互联网思维优化资源配置，将湖南日报、新湖南客户端"融为一体、合而为一"。湖南日报所有采访力量迁移到新湖南客户端的相应频道，建立起适应全媒体生产传播的一体化组织架构。湖南日报社在融合发展进程中，始终选择走自主可控的技术支撑路径。100 多人的技术研发团队，自主解决华声在线新闻网站、新

---

① 廖慧文：《深化融合传播　壮大主流舆论——第 32 届中国新闻奖湖南获奖作品综述之三》，《湖南日报》2022 年 11 月 12 日。

②《湖南日报社社会责任报告（2021 年度）》，新湖南客户端 2022 年 5 月 30 日。

湖南客户端、新湖南云平台的技术问题。[①]

人民网《2020 全国党报融合传播指数报告》显示，新湖南客户端在省级党报自建客户端中排在第 8 位，在省级党报自建客户端中下载量排在第 6 位。2015 年 8 月 15 日，新湖南客户端上线，历经了多次迭代升级与产品创新，新湖南客户端逐步由资讯 APP 演变进化为集新闻资讯、话题互动、人文智库、政务舆情、视听直播、电商与本地生活服务于一体的超级区域性新媒体平台。新湖南客户端还试水电子商务服务，与精准扶贫行动相结合，为贫困地区农户推销杨梅、黄金茶等农副产品。联动中国工程院院士、湖南头部带货主播，开展"主流媒体 + 院士专家 IP+ 正能量主播"的公益助农直播活动，为邵阳县罗城乡保和村进行保和鸡带货直播，带动当地产业发展，助推乡村振兴。[②]

（二）

据统计，湖南日报社近年有多件作品获中国新闻奖。在第二十八届中国新闻奖评选中有 4 件作品获奖，其中一等奖 1 件、二等奖 3 件。在第二十九届中国新闻奖评选中有 8 件作品获奖，其中二等奖 5 件、三等奖 3 件。在第三十届中国新闻奖评选中有 4 件作品获奖，其中一等奖 3 件，分别为通讯《欧美黑杨砍掉之后》、新闻名专栏《湘问·投诉直通车》、短视频专题报道《十八洞村龙金彪的 Vlog ｜脱贫之后》，"成为本年度省级党报系统获中国新闻奖一等奖最多的单位，也创了湖南日报社的历史新高"。[③]在第三十一届中国新闻奖评选中有 5 件作品获奖，其中一等奖 1 件、二等奖 3 件、三等奖 1 件。在第三十二届中国新闻奖评选中有 5 件作品获奖，其中融合报道《H5 ｜手机里的小康生活》获二等奖，评论《见证三湘儿女矢志不渝的奋斗——"矮寨不

---

① 《湖南日报社：构建智慧全媒新生态 | 媒体品牌巡礼》，中国记协微信公众号 2022 年 8 月 24 日。

② 周明：《省级党报新闻客户端融合创新与发展——以新湖南客户端为例》，《中国报业》2022 年第 5 期。

③ 《创历史新高！湖南日报社 3 件作品斩获第三十届中国新闻奖一等奖》，《湖南日报》2020 年 11 月 4 日。

矮、时代标高"系列评论之一》、系列报道《"湘"土新生代》、新闻摄影《守护生命》、新闻漫画《十八洞村：走上幸福大道》分别获三等奖。

在第三十二届中国新闻奖评选中，湖南共有 19 件新闻作品获奖，其中一等奖 4 件、二等奖 5 件、三等奖 10 件，获奖总数居全国前列。对此，湖南方面进行了总结。一是匠心，抒写中国奇迹、记录时代精彩。伟大的时代，需要用心、用情、用力去抒写与记录。二是初心，和人民同呼吸、凝聚奋进力量。与人民同呼吸、与时代共进步！这样的新闻作品才有力量，才能引发广泛共鸣。三是恒心，坚持守正创新、推动融合发展。主力军挺进主战场！众多精品报道的背后，是越来越多的新闻工作者立足全媒体阵地守正创新、乘势而上，做大做强主流舆论的缩影。①

（三）

"新媒体"的概念，由美国哥伦比亚广播电视网技术研究所所长戈尔德马克（P. Goldmark）于 1967 年提出。经过时代的变迁和技术的进步，"新媒体"的内涵和外延一直在随着技术的发展而演变，并有了通常意义上的广义与狭义之分——广义上是指在各种数字技术与互联网技术的支持下，通过电脑、手机、数字电视等一切互联网终端向用户提供信息或服务的新的媒体形态；狭义上是指与报纸、广播、电视等传统媒体不同的一种新的媒体形态，包括互联网、移动互联网媒体、数字电视、博客、微博、微信等形态。无论何种定义，一个"新"字即是关键。中国新闻奖作为全国优秀新闻作品年度最高奖，增设融媒系列奖项，即是新媒体带来报道方式多元化的一个强有力的佐证。② 从新闻作品到传播产品，亦是变化的体现。

湖南日报社获中国新闻奖的作品《H5 ┃ 手机里的小康生活》主题选择上与小康有关，人物对象选择上与"半条被子"有关。近年的中国新闻奖获奖

①《追光路上，于平凡中见证伟大时代 ┃ 解读第 32 届中国新闻奖湖南获奖作品》，红网 2022 年 11 月 12 日。

② 张文洲、王慧：《如何利用新媒体做好脱贫攻坚报道——以 2016—2019 年中国新闻奖获奖作品为例》，《中国报业》2021 年第 9 期。

作品中，主题为小康的作品比较多，与"半条被子"有关的作品也有多件，在这种情况下，《H5丨手机里的小康生活》为何还能够获评中国新闻奖？这也是这件获奖作品带来的思考。

——创新如何找到新角度。新闻常做常新，过去是这样，全媒体时代同样如此。习近平总书记在庆祝中国共产党成立 100 周年大会上庄严宣告，"经过全党全国各族人民持续奋斗，我们实现了第一个百年奋斗目标，在中华大地上全面建成了小康社会，历史性地解决了绝对贫困问题，正在意气风发向着全面建成社会主义现代化强国的第二个百年奋斗目标迈进"[1]。这些年，媒体围绕全面建成小康社会做了大量的宣传报道，其中不乏传播产品，中国新闻奖获奖作品中也有多件这方面的作品。

1934 年 11 月，红军长征经过湖南沙洲瑶族村，3 名红军女战士借宿村民徐解秀家中，临走时把仅有的一条被子剪下一半留给她，这也留下了一段军民鱼水情深的感人故事。2016 年 10 月，在纪念红军长征胜利 80 周年大会上，习近平总书记讲了"半条被子"的故事。2020 年 9 月 16 日下午，习近平总书记来到湖南省郴州市汝城县文明瑶族乡沙洲瑶族村。在这里，总书记先后考察了"半条被子的温暖"专题陈列馆，村服务中心、卫生室等地。[2] 近年获中国新闻奖的作品中，多件作品与"半条被子"有关。

如果只是单纯小康的选题出新很难，或只是"半条被子"的选题出新也很难，但把小康与"半条被子"相结合，则赋予了选题新的角度，这是获奖作品《H5丨手机里的小康生活》的独特之处。

——创新如何选择切入点。小康与"半条被子"相结合，是这个选题创新角度的体现，作品把手机作为切入点也有一定的创新性。有观点认为，手机已成为人体的一部分。数据显示，2021 年我国手机社会保有量达到 18.56 亿部，2022 年上半年，国内手机整体出货量达到 1.36 亿部。[3] 智能手机可不仅仅是一部手机，它比你最好的朋友还要了解你的秘密。历史上没有任何一

① 习近平：《在庆祝中国共产党成立 100 周年大会上的讲话》，中国政府网 2021 年 7 月 15 日。
②《总书记和人民心贴心丨让"半条被子"的温暖继续传承下去》，新华社 2022 年 9 月 16 日。
③《万物新生锚定 ESG 实现高质量发展》，新华社客户端 2022 年 12 月 9 日。

种硬件设备储存的信息数量和质量比手机强，即便你的大脑也无法与之匹敌：它"知道"你通话的对象、通话的时间、通话的内容、去过的地方、购买的东西、拍过的照片、计量生物学数据以及你写给自己的便签。[①]

手机从最初价格昂贵，让人望而却步，到如今普及，本身也是全国人民实现小康的一个缩影。正如有人所言，要不是亲身经历，真的难以相信，从1G、2G、3G、4G到现在的5G，技术变革越来越快，我们的生活也越来越便捷。手机改变了我们的沟通方式，也改变着我们的生活方式。手机成为我们的日常用品，见证了我们一步步走向小康生活。手机屏幕越来越大，应用场景越来越丰富，我们的生活也更加有滋有味。[②]可以说，手机里的小康生活，这个切入点的选择比较独特。

——创新如何尝试新表达。创新也需要积极尝试新表达。《H5丨手机里的小康生活》与一般新闻作品不同的是，采用了采访对象第一人称讲述的方式，呈现了一家人现在的幸福生活，这是这件获奖作品的亮点。

作品中的讲述人身份十分特别，这让这种创新表达的尝试更具意义——故事主人公朱小红是习近平总书记亲口讲述的"半条被子"故事主人公徐解秀老人的孙子，而他曾经是建档立卡的贫困户，如今实现了小康生活，这使他成为一位具有鲜明时代烙印的新闻人物。湖南日报社选择他来讲述千万老百姓的"小康"生活，具有足够的代表性和典型性。

作品让朱小红以用户和采访对象的双重身份，深度参与内容生产，H5中的素材绝大部分来源于他手机里的原始素材。在这些用户自己生产的素材基础之上，创作团队进行了深度"处理"和"加工"，目的是还原其最原始的生活面目，这些最真实、有温度、有触感的素材，最终得以从多个维度来描画一个平凡又不普通的老百姓的小康生活。[③]

媒体融合不仅是一场行业变革，更是一次思维变革。传统媒体与新媒体，本质上属于不同"物种"，有着完全不同的"文化基因"。传统媒体的自我中

① 《手机已经成了我们身体的一部分？》，界面新闻 2018 年 3 月 5 日。
② 付振双：《手机里的小康生活》，《人民日报》2020 年 8 月 11 日。
③ 《〈H5丨手机里的小康生活〉新媒体专项初评作品推荐表》，中国记协网 2022 年 11 月 1 日。

心，反映到内容上，就是官腔浓、套话多，脱离老百姓现实生活和情感需求。比如，有的传统媒体习惯写"大块头"文章，认为这是"高大上"。事实上，没有人爱看绕来绕去的内容、空泛议论的文章，这样的表达方式注定只能是自说自话、自娱自乐，谁写谁看、写谁谁看。媒体必须学会放下架子，多说人话，说老百姓听得懂、愿意听的话。①让农民用自己的话来讲述自己的小康生活，体现了话语表达方式的创新。

——创新如何选准新载体。如果是传统意义上的新闻报道，比如通讯可能还不太适合用新闻当事人自述的方式进行呈现，但全媒体时代的传播产品如H5，则可以进行这方面的尝试。H5作品建立在HTML5技术基础上，包含文字、图片、音视频、动画等多种媒体元素，支持用户屏幕操作与页面互动，已成为融媒体时代新闻传播的有力载体。有人统计，从第二十八届中国新闻奖增设媒体融合奖到第三十一届，评出的获奖作品中H5作品就有47件，占比近四分之一。②H5获奖作品中艺术元素更加普遍，手绘、人物肖像、老照片、一镜到底等手法成为获奖作品的新颖之处。③

有观点认为，创新传播形式能极大提升新闻影响力，H5创意互动作为新兴传播形式，满足了受众信息获取渠道的求新需求，增加了受众接受过程的互动感和乐趣。④值得注意的是，H5本质上是可独立存在的网页，但要想进行广泛传播，往往要依托某一社交平台或某一传播载体，如微信公众号、朋友圈等。借助社交媒体裂变式的传播特征，虽然能使作品在发出的第一时间形成广泛的传播效应，短时间内形成爆款刷屏的现象，但这样的传播方式持续时间短。⑤

---

① 《传统媒体干好新媒体需治"8种病"》，浙江宣传微信公众号2022年10月11日。

② 东方滢：《修辞学视角下的融媒体新闻研究——以中国新闻奖H5新闻获奖作品为例》，《传媒》2022年第15期。

③ 韩隽、赵清宇：《新媒体融合创新的"融合"策略和"创新"之道——基于四届中国新闻奖融合创新类获奖作品观察》，《新闻知识》2022年第6期。

④ 樊筠怡、田力：《我国环境新闻报道样态及传播困境分析——基于2018—2020年中国新闻奖获奖作品的研究》，《青年记者》2022年第8期。

⑤ 吴郁文：《媒体融合语境下主流媒体如何提升新闻舆论"四力"——基于第28—31届中国新闻奖创意互动及融合创新类获奖作品的思考》，《中国广播电视学刊》2022年第9期。

湖南日报社选择用 H5 作为载体，呈现以"半条被子"故事主人公徐解秀老人孙子朱小红为代表的手机里的小康生活，为作品制作提供了比较大的创作空间，这正如参评中国新闻奖时所填报的：创作团队用"手机"作为与用户互动的虚拟载体，产品模拟手机形态来呈现朱小红的小康生活，设计了"微信""地图""相册""相机""支付宝"等 8 个最常见的 APP 图标，通过朱小红的生活视角，嵌入相关联的 6 个短视频，并融入了大量的互联网元素，如直播页面、微信视频聊天、朋友圈留言等，以此让用户产生高度的代入感、共情感与亲切感。

中国记协新媒体专业委员会推荐该作品参评中国新闻奖时，给出的推荐理由是：作品以"半条被子"故事主人公徐解秀之孙朱小红为第一视角出发，巧妙地将故事融入"手机应用"中，让受众真切感受到"吃穿不愁、人居环境优美、乡村振兴如火如荼、民族团结繁荣发展"的小康图景。

——**创新如何把握新节点**。无论是传统的新闻作品，还是如今的传播产品，都需要把握好时度效的问题。关于时度效的问题，第十四届长江韬奋奖获得者、时任深圳报业集团党组书记、社长陈寅专门进行过阐述，论文《时度效的内涵、应用及着力点》获评第二十五届中国新闻奖一等奖。

时、度、效的内涵，需要站在辩证和历史的角度上，予以准确全面的认识。时解决的是传播选题、主题的针对性、贴近性的问题，度解决的是传播方法的科学性、艺术性的问题，效解决的是传播结果的有用性、传播力、影响力、引导力的问题。三者统一于一个完整的传播过程之中。同时达到恰时、适度、有效，才是良好完整的传播。时是第一位的，统率度和效。度、效都是在特定时间之下实现的，受到时间的规制。时、度把握得怎么样，要从效的方面来衡量。如时效，就是看报道发出的时点效果好不好，也指新闻产生应有社会效果的时间限度，要依据最好的效果来选择最佳报道时点，把握时间限度；能够产生好效果的好时点，就是好时机；时宜性更强调对度的考量，要不早不晚，早了受众不理解、不关注，晚了受众觉得不新鲜、不够劲，受众正兴奋激动、热情高涨、劲头十足的时候，或者说关注度在 100 度左右的时候，发出报道才是适逢其时的。时、效在实现的过程中，也要考虑度，如效度，即有用的程度、效果的大小。①

《H5丨手机里的小康生活》在新湖南客户端上发布的时间是 2021 年 9 月 18 日。选择这个时间节点推出这样一个作品，与习近平总书记考察"半条被子的温暖"专题陈列馆的时间——2020 年 9 月 16 日相关。为什么选择 18 日推出而不是 16 日呢？2021 年 9 月 18 日这天，湖南省委常委会召开会议，会议议程之一是重温习近平总书记考察湖南重要讲话精神。②2020 年 9 月 16 日至 18 日，习近平先后来到湖南郴州、长沙等地，深入农村、企业、产业园、学校等，就统筹推进常态化疫情防控和经济社会发展工作、谋划"十四五"时期经济社会发展进行调研，强调在推动高质量发展上闯出新路子，谱写新时代中国特色社会主义湖南新篇章。③作品最终的推出时间，应该是综合考虑了这些因素，体现了对时度效的把握。

（四）

这件获奖作品文尾的署名信息分为总策划、策划、执行、编导、摄像、后期制作 6 个方面共计 14 人，其中编导和后期制作均为 4 人。纸媒之前是没有编导等岗位的，这些年随着媒体融合的发展，编导也成了全媒体化党报的一个常见岗位。编导到底要干什么？如同各家媒体招聘编辑记者一样，要求虽会有差别，但通常是大同小异。以一家党报招聘启事中的视频编导为例，要求之一为"负责短视频内容的策划，文案脚本写作，沟通与协调拍摄事宜，跟进后期制作，督促及配合后期工作，保证视频质量"。④

从制作的角度而言，主创团队比较注重色调的搭配与协调。点开作品，在一片中国红的背景中，身穿红色上衣、脚穿布鞋的朱小红兴高采烈地从手机中走来。朱小红的红色上衣不仅印有龙的图案、福的字样，连扣子也是传

---

① 陈寅：《时度效的内涵、应用及着力点》，《新闻战线》2014 年第 7 期。

② 冒蕣：《省委常委会召开会议 重温习近平总书记考察湖南重要讲话精神 传达学习习近平总书记致北斗规模应用国际峰会贺信精神和考察陕西榆林重要讲话精神》，《湖南日报》2021 年 9 月 19 日。

③《习近平在湖南考察时强调 在推动高质量发展上闯出新路子 谱写新时代中国特色社会主义湖南新篇章》，新华社长沙 2020 年 9 月 18 日。

④《左江日报社招聘启事》，《左江日报》2022 年 11 月 17 日。

统的盘扣。这些细节组合在一起都赋予了这件作品红色背景下独特的气质。

从赏析的角度而言，《H5｜手机里的小康生活》获中国新闻奖也带来了一些值得探讨的问题。新闻作品与传播产品之间如何界定和把握，全媒体时代越来越多的传播产品获评中国新闻奖，类似《H5｜手机里的小康生活》这样的传播产品已经很难用传统的新闻作品来定义。这件获奖作品给人最大的感觉是，策划性很强，其中甚至不乏导演的成分，尤其是朱小红所述内容，让人觉得似有"创作"痕迹，这也是近年中国新闻奖融合类获奖作品存在的共性问题之一。该作品参评中国新闻奖填报的材料中称，努力记录真实，不是二度"创作"，但深度"处理""加工"与记录真实之间的度，又该如何平衡和把握呢？

《人民日报》曾刊发过《手机里的小康生活》的文章，也有媒体推出过类似的报道或作品，但鲜有像湖南日报社这样推出 H5 的作品而且又是选择的比较有代表性的人物。新时代做好新闻舆论工作需要讲好故事。新闻报道故事化会因其可读性、情节性强等特点，使受众更容易接受新闻内容，并产生较为深刻的记忆，但其带来的负面影响也是无法忽视的。在新闻报道中加入故事化的表达方式，会使新闻的严肃感被削弱，导致受众对新闻报道的权威性和客观性产生怀疑。[1]

类似《H5｜手机里的小康生活》中的一些操作方式，难免也会引发上述担忧。中国新闻奖审核委员会主任、中国社会科学院新闻与传播研究所研究员唐绪军在谈及第三十二届中国新闻奖审核情况时指出，电视作品中"情景再现"屡见不鲜。更有甚者，冠以"新闻纪录片"之名的作品，大部分画面都是"情景再现"，类似于电视剧。[2]融合类作品、视频类作品中是不是也存在类似的情况呢？

此外，《H5｜手机里的小康生活》从发布的角度而言把握了时间节点，但作品本身的时间元素比较模糊。从用户体验的角度而言，开头进入主题比

---

① 张友埔：《新闻报道故事化表达的缺陷与优势》，《新闻文化建设》2022 年第 9 期。

② 唐绪军：《迎接新挑战　当好把关人——第三十二届中国新闻奖审核委员会工作报告》，新闻战线微信公众号 2022 年 11 月 16 日。

较慢，受众没法选择直接跳过。作品中的每个视频都比较长，如果点击其中一个想要提前结束观看不是很方便。页面上虽然设计呈现了"微信"等8个最常见的 APP 图标，但嵌入相关联的短视频没有做到一一对应，个别重复之后，带来的体验感不是很好。

从单纯体验的感受而言，作为以 H5 为载体的作品，《H5丨手机里的小康生活》的互动性并不像参评材料中所称的"互动性强"。互动性强不强，会直接影响传播效果。根据中国记协公布的参评材料，该作品"连续3天在新湖南客户端首屏重要位置突出呈现，在朋友圈中被广泛转载，阅读量达1200多万"。

阅读+

（《H5丨手机里的小康生活》主创：颜斌、彭彭、欧阳伶亚、徐果婧、陈青青、易昂、傅聪、宋太桓、陈琮元、胡志丹、李真明；编辑：刘建光、曾益、陈永刚；湖南日报社新湖南客户端 2021 年 9 月 18 日；获第三十二届中国新闻奖融合报道二等奖）

巧用歌曲安抚人心

在第三十二届中国新闻奖评选中，浙江广播电视集团钱江频道作品《浙世界那么多人》获新闻专题三等奖。参评中国新闻奖时，这件作品被界定为"一首歌"，但又不完全是一首歌，而是"一个以歌曲的形式在特定时间发挥重大影响力的新闻报道"。

（一）

成立于 2001 年的浙江广播电视集团，现有 10 个电视频道、8 个广播频率，以及 IPTV、新蓝网、中国蓝新闻、中国蓝 TV、喜欢听等新媒体渠道和平台，下辖 30 余家全资和控股、参股企业。

媒体发展是一场没有终点的赛跑，而媒体融合是一个全新的赛道，是一场重大而深刻的变革，平台位移、渠道变迁、用户转场，传播方式由受众场景转为用户场景，互联网成为最大变量。[①] 浙江广播电视集团积极构建全媒体传播格局，整合做强中国蓝新闻、中国蓝 TV、北高峰、美丽浙江等重点客户端，悉心布局钱江视频、浙样红 TV、牛视频、黄金眼融媒等特色新媒体品牌，孵化培育"新闻姐"等广电名嘴重点 IP，全力打造"全媒体新闻传播""浙里直播"等数字应用，组建覆盖全省的融合传播"蓝媒联盟"，建成"中国蓝云"省级技术平台，创建中国（浙江）广播电视媒体融合发展创新中心。[②] 浙江广电集团牵头建设的重大文化传播平台与潮新闻为核心载体的

---

① 朱重烈：《推进系统性重塑，深度融合再出发》，《新闻战线》2022 年第 2 期。

② 出自浙江广播电视集团简介。

重大新闻传播平台同轴共转、相得益彰，成为浙江主流传播的"双子星座"。

浙江广电孵化的"新闻姐"IP 在业内颇受关注。"新闻姐"邹雯，是浙江广电城市之声记者，耕耘抖音平台两年坐拥 2000 多万粉丝。2022 年 11 月 30 日，上海报业集团和兄弟媒体 500 多人一起在云上观看聆听了她《从广播编辑到抖音顶流现象级大 V 爆款逻辑》的授课。通过她的这次授课，外界知道了她也曾十分迷茫，大哭过一场，准备放弃，但是难舍最初 1 万粉丝的喜爱。靠着领导和同事鼓励，她坚持了下来，终于第一条爆款为她开启了粉丝积累之路，后渐入佳境。外界还知道了她敢于抓住热点，善于梳理信息，长于表达观点，所以她的作品解读专业，富有感染力，常常能够后发制人。外界还知道了她常常工作日只睡 4 小时，有一次甚至 2 小时。即便这样，她表示保持学习力最重要，要找不足强优势，突破自己的能力边界，锲而不舍潜心钻研。

邹雯到底是怎么做到的呢？她总结的经验是"四强"——强判断、强梳理解读、强表达，专业素养越做越强。强判断，来自厚积薄发，来自定力依托，来自价值、导向的初心所向；强梳理解读，大量收集消化信息细节，使得热点报道饱和度更高，吸收力更强；强表达，金句、细节非常重要，会表达就是要共振共情共鸣；强专业素养，找不足强优势，突破自己的能力边界，锲而不舍潜心钻研。她最后跟大家分享的是：不是因为有希望而坚持去做这件事情，而是因为坚持去做了这件事情才会有希望；一直坚持做，做到最后总会有爆发的一天。①

（二）

在第三十二届中国新闻奖评选中，浙江共有 15 件作品获奖，其中一等奖 1 件、二等奖 5 件、三等奖 9 件。对此，"浙江宣传"评价称："拿下这样的成绩，实属不易。"为何不易，且看"浙江宣传"的分析："要知道，光是浙江省，

---

① 《500 多上报人又上"云课"｜"新闻姐"讲述"一敢四强"的爆款逻辑》，上海报业集团微信公众号 2022 年 12 月 2 日。

就有近 200 家新闻单位。每年，各单位都会选出多件优秀作品，参加各级新闻奖评选，最后代表浙江参加中国新闻奖评选的，已是优中选优。到了全国舞台，还有从几十家央媒和 5000 多家地方媒体中选出来的优秀作品，等着一较高下。"不仅如此，"浙江宣传"还进一步分析说："更何况，今年还是中国新闻奖的改革元年，除了将报纸、广播、电视、新媒体四种传播方式放在同一个奖项里评选，还新增了有利于央媒的重大主题报道、典型报道等奖项。对地方媒体来说，获奖难度又加上去了。""浙江宣传"认为，回归新闻本质，回归人间真实，是获得中国新闻奖的关键所在。①

"浙江宣传"微信公众号是浙江宣传部官方公众号平台，于 2022 年 5 月 30 日上线。"浙江宣传"的首篇推文《我们来了》回答了三个问题。一是为什么要办这个公众号？尝试借助公众号，进一步用互联网思维推动宣传思想文化工作创新，充分发挥新媒体在宣传思想文化工作中的优势和作用。二是怎么办这个公众号？做到主动发声，直击热点、解剖难点，第一时间表达思想主张，做到善于发声，在表现形式和风格上遵循互联网传播规律，不绕弯子、不卖关子。三是有怎样的愿景？更深入地读懂浙江，带动全省宣传战线识变、应变、求变，更好扛起宣传战线在浙江推动共同富裕和现代化先行中的使命担当。

说人话、切热点、有态度的"浙江宣传"，自上线以来多篇推文点击都不错，最受关注的莫过于 2022 年 11 月 29 日推送的《"人民至上"不是"防疫至上"》——截至 30 日早上，阅读量已达 1528 万，点赞量达 15.5 万，有 32463 条读者留言。不到一天的时间，取得这个阅读效果，成绩十分惊人，而相关微博话题阅读量到 30 日晚间更是高达 9 亿，形成绝对的现象级传播。对此，《浙江日报》刊发评论表示：一个主流公众号的文章，成为顶流爆款，这正是主力军挺进主战场所要达到的效果。"浙江宣传"这次实实在在地"火出圈"，彰显了舆论引导的担当，这种效果也正是主流媒体人一直以来的期盼。敢于说人话、切热点、有态度，实则是因为有担当。当前，媒体融合改

---

① 《中国新闻奖需要怎样的作品》，浙江宣传微信公众号 2022 年 11 月 9 日。

革不断向纵深挺进，但主流媒体人的担当意识和能力还有待进一步提升。期待在改革热潮中有更多的"浙江宣传"涌现。①

"浙江宣传"善于发声、敢于发声的新时代宣传工作风貌，为新闻媒体转变文风、为深化媒体转型提供了借鉴。2022 年 11 月，《笔墨当随时代》由浙江人民出版社出版。该书分上下两册，收录了"浙江宣传"上线一百天内发出的 202 篇原创文章，涵盖理论洞见、传统文化、媒体锐评等多个领域。《笔墨当随时代》一书的最大特点是全文收录、不删不减、原汁原味，如实呈现文章全貌。

"笔墨当随时代"是清初画家石涛的名言，就是说用笔用墨要突出一个"新"字，即立意新、笔墨新、形式新。石涛一定不会想到，"笔墨当随时代"竟然会成为路人皆知的一个宣扬艺术创新的口号。《笔墨当随时代》一书封底上的这句话耐人寻味："变革时代，可怕的不是选错赛道和办法，而是没有走出'舒适区'的勇气和想法。"②走出"舒适区"，这也是浙江广电"新闻姐"邹雯与同行分享时想说的——走出舒适区，突破自己的能力边界。她说，在做"新闻姐"之前，所在新闻部同事全部会做视频剪辑，就是现在机构号视频流的剪辑，这对培养数据敏感性、网感等都很有用，然后再发展到个人号打拼，就是这么一步步走出舒适区，突破能力边界的。③

作为一个创办没多长时间的政务新媒体账号，"浙江宣传"在学界和业界引发了广泛关注。2022 年 10 月 15 日，2022 中国应用新闻传播论坛暨应用新闻传播十大创新案例发布大会在同济大学举行，"浙江宣传"在十大创新案例中排名第一。

对"浙江宣传"入选十大创新案例，中国新闻史学会应用新闻传播学专业委员会给出的推荐语是："浙江宣传"用普通人视角平视现实，《嘲讽"小镇做题家"是一个危险信号》《历史不会浓缩于一个晚上》等文章在移动端热

① 刘晓庆：《从"浙江宣传"惊人阅读量看民众心声》，《浙江日报》2022 年 12 月 1 日。
②《"浙江宣传"何以能善于发声、敢于发声？》，长江微信公众号 2022 年 12 月 10 日。
③《2000 多万粉丝的"新闻姐"，迷茫时曾大哭，要不要放弃？》，长江微信公众号 2022 年 12 月 5 日。

传，引发众多读者共鸣，让我们深深感受到常理常情总能激荡人心。"浙江宣传"始终坚持9个字：说人话、切热点、有态度。说人话，就是开门见山，直截了当，讲完即止，不搞长篇大论、不做官样文章、尽量不说"正确的废话"；切热点，就是直面热点、解剖难点不回避问题、不避重就轻，在互联网海量信息中聚拢眼球；有态度，就是立场鲜明、亮出观点，第一时间发出理性声音、产生共情共鸣。可以说"浙江宣传"打造了本年度政务传播领域"宣传战线第一公众号"的发展速度。①

有人分析，"浙江宣传"的成功离不开对宣传人才队伍的机制创新。"浙江宣传"公众号团队由浙江省委宣传部直接主抓，编辑部5名专职成员为从浙江日报报业集团和浙江广电集团等抽调而来的90后新闻人。公众号稿件来源主要有四类：省委宣传部各处室供稿、各地宣传部和省级宣传系统单位供稿、社会投稿、编辑部策划稿件。公众号成立之初，浙江省委宣传部就组建了若干支"特战队"，各战队实行"传帮带"模式，由处级干部指导的各处室年轻干部成为供稿主力军；选题会制度也保证了重要稿件的部署。此外，"浙江宣传"组建的全省宣传系统特约团队以"杭轩""甬轩""温轩"等笔名供稿，体现"浙江宣传"的辐射带动作用及汇集全省宣传战线合力的主动性。②

机遇和挑战如何平衡，难倒了很多账号。否则出圈的政务号也不至于一双手数得过来。有人认为，说人话、切热点、有态度，是该有的基本工作水平，并不是多么高的要求。"浙江宣传""深圳卫健委"等账号的存在，就是在告诉我们，可以听大众的声音，并在与大众互动之中改善内容，加强宣传，而不是相反。"浙江宣传"与"深圳卫健委"两者有很多共同点，也有不同点。"深圳卫健委"公众号的一大特色是幽默，它把中国人不敢说、不敢讲、不敢问的知识巧妙地科普出来，同时又不失风趣。在科普知识的同时，"深圳卫健委"还会紧跟时事，这在于其定位是活泼的90后，也就是说，它既要提供老百姓、医护群体需要的知识信息，又用老百姓听得懂的语言说出来，还要结

---

① 《2022中国应用新闻传播十大创新案例发布》，《公关世界》2022年第21期。

② 赵月枝、王欣钰：《"手握笔杆当战士"："浙江宣传"的舆论引领创新实践》，《青年记者》2022年第23期。

合短视频、条漫等新颖方式。[1]

对于"浙江宣传"引发的关注，浙江大学传媒与国际文化学院院长韦路教授认为，主流舆论宣传工作至少有四个方面的创新路径。一是进一步优化内容策略，包括平衡新闻框架策略、善用共情传播策略、巧用模因传播策略；二是进一步深化融合叙事，要丰富媒体形态、拓展平台功能；三是进一步活化网络互动，一方面要经营好评论区，另一方面要把握好引导点；四是进一步强化主体协同，壮大主流媒体的评论员队伍，加强主流媒体之间的协同联动，加强媒体和网民之间的协同联动。[2]

（三）

在第三十二届中国新闻奖评选中，浙江广电集团共有 8 件作品获奖，其中一等奖 1 件、二等奖 2 件、三等奖 5 件。一年 8 件作品获中国新闻奖，不仅获奖类别丰富，传统媒体、新媒体、广播电视主频道、地面频道都有作品获奖，这也再次刷新浙江广电集团获奖历史纪录。

此次获新闻专题一等奖的《〈数字化改革之道〉省市场监管局："闪电速度"的背后》，其主创之一的杨川源连续三年获得中国新闻奖一等奖。据浙江省记协介绍，同一作者连续三年获一等奖，浙江省以前没有过，在全国也是罕见的。在这届评选中，浙江卫视《今日评说》栏目堪称最强创优团队，栏目组创制的《"中国共产党为什么能"第十四季〈人民就是江山〉第一集〈生死与共〉》《爱心厨房　善待也要善治》《对话"陋室画家"位光明：人生的画布　我最喜欢画暖色》三个节目同时获奖，而且在《亚克西！新疆棉花朵朵开》中也有栏目人员参与。[3]

获一等奖的《〈数字化改革之道〉省市场监管局："闪电速度"的背后》，紧扣浙江省"全面推进数字化改革"主题主线，杨川源团队蹲点浙江省市场监管局，深入采访该局 8 个月推出 11 个数字化应用，通过见人见事的改革

---

[1] 小林：《政务新媒体"浙江宣传"和"深圳卫健委"，到底好在哪？》，《公关世界》2022 年第 21 期。
[2] 韦路：《壮大主流思想舆论　打通舆论引导"最后一公里"》，中国社会科学网 2022 年 11 月 3 日。
[3]《浙江广电 8 件作品获中国新闻奖　数量创新高》，中国蓝新闻 2022 年 11 月 8 日。

故事，全面展现数字化改革撬动系统重塑的进程，揭示改革整体推进的密码。报道还通过"记者手记""一把手访谈""网友互动""专家点评"等方式，进一步阐明典型案例对全面推进数字化改革的借鉴意义，引发各界广泛反响。①

获第三十一届中国新闻奖电视消息一等奖的《陈立群的最后一次家访：即使拄着拐杖也要来关心台江的教育》，是在得知浙江支教校长陈立群即将卸任支教校长返回杭州，记者连夜赶赴贵州台江县，用镜头记录下展下村金榜题名榜单前的谢师合影、三年中被陈立群两次拉回课堂的邰子涵现身说法、雨中孩子们大声呼喊"陈爸爸，不要走"、村民唱着山歌含泪送别等感人场景。报道有记录、有思考、有温度，催人泪下的同时充满力量。②

获第三十届中国新闻奖电视新闻专题（系列）一等奖的《"并村"之后》，瞄准"并村"之后基层矛盾集中爆发的"窗口期"为切入点，锁定浙江省合并村数量最多、任务最艰巨的温州市，蹲点跟拍温州永嘉8个不同类型的合并村，从"并人、并事、并心"三个角度，围绕岭根村缺水、江枫村发展规划、新龙前村修路等事件场景，生动记录中国乡村行政改革的浙江基层探索和实践。作品以小切口展现大改革，以场景化体现生动性，用方法论总结好经验，为全国其他地区基层治理提供有效范本。③

杨川源和团队连续三年获中国新闻奖一等奖，以主题论，乡村治理、教育扶贫、数字化改革，三年来的作品都是敲击时代的重大选题；以体裁论，系列报道、短消息、新闻专题，展现了团队多样态的新闻表达功力。杨川源和团队又是怎么做到的呢？有人评价，无论内行或观众，但凡看过杨川源的这些获奖作品，一定能感受到一股共通的气息，沾泥带露，有潮湿的情感，有坚韧的追索；它是具体的、可感的，如同大江大海积于水滴雨露，恢宏的

① 《〈数字化改革之道〉省市场监管局："闪电速度"的背后》中国新闻奖参评作品推荐表》，中国记协网 2022 年 11 月 1 日。

② 《〈陈立群的最后一次家访：即使拄着拐杖也要来关心台江的教育〉中国新闻奖参评作品推荐表》，中国记协网 2021 年 10 月 25 日。

③ 《中国新闻奖浙江广电再创佳绩，杨川源团队连续 3 年斩获一等奖》，浙江广播电视集团网 2022 年 11 月 9 日。

事来自日复一日、人复一人的日常。如果以菜品比喻作品，杨川源做出来的就像是一盘鱼香肉丝，家常馆子里刚端上桌，热腾腾冒着气，肉丝垒得铺出盘子边儿，食材都惯见，但酸甜鲜辣凝起神来叫板你的味蕾。杨川源的报道最大的亮点是现场。"没有最好的现场，只有最真实的现场。"这是杨川源心目中的现场。她认为，走进人心，没有捷径，需要投入时间，投入自己。好故事在基层，好记者扎根在基层。她说："作品不会说谎，它会把你的一点一滴都如实地反映在大众面前。"①

（四）

《浙世界那么多人》参评第三十二届中国新闻奖时，填报的发布平台为钱江都市频道钱江视频、美丽浙江视频号。全媒体时代，视频在传播中的作用不言而喻，各家媒体都在积极发力视频，有必要了解一下钱江都市频道钱江视频和美丽浙江视频号。

钱江都市频道原呼号为钱江电视台，成立于 1993 年元月，为浙江电视台第二套节目，简称钱江台，是浙江历史最久的地面电视频道。② 早在 2018 年，钱江都市频道在探索媒体融合的过程中，就明确了守住电视端大屏、拓展移动端小屏的思路，推出了"钱江视频"融媒体矩阵；提出了"我们不只在地面"的口号，把省级地面电视频道变成一个全媒体平台；成立了专门的视频运营部，提出"专心做内容、专业做传播、专门做链接"的理念，以"内容＋技术＋运营"驱动模式打造短视频这一新型传播形态。

美丽浙江视频号、抖音号的认证信息均为浙江省人民政府新闻办公室。由浙江省政府新闻办主办、浙江广电集团钱江都市频道运营的美丽浙江抖音号自上线以来，紧紧围绕省委省政府中心工作，以更具网感的正能量短视频形态讲好浙江故事、呈现浙江作为，创造了媒体融合成功实践的"美丽浙江"现象。截至 2022 年 6 月 24 日，美丽浙江抖音号粉丝突破 1000 万，

---

① 胡睿：《杨川源：烟火气里寻找大滋味》，莫干山路微信公众号 2022 年 11 月 8 日。
② 出自浙江广播电视集团网站。

围绕"美丽浙江"打造的社交媒体矩阵平台粉丝超过1580万，矩阵总点击量近320亿人次，点赞超8.1亿人次，牢牢锁定全国省级政务发布号（矩阵）第一位置。

2019年10月开始运营"美丽浙江"时，钱江都市频道在互联网、移动端"抢滩头、筑阵地"已有一段时间，积累了丰富的实战经验。"钱江视频"在央视新闻客户端、浙江新闻客户端、中国蓝TV、今日头条、抖音、快手、爱奇艺、腾讯、网易、新浪微博等20余个平台同步分发，点击播放量过千万的爆款频出。这些实践探索，为"美丽浙江"的内容生产与运营打下了良好的基础。

在传承主流媒体优质内容基因的基础上，"美丽浙江"组建起了一支具备较高专业素养的团队，并在报道实践中不断锤炼团队的专业能力。此外，"美丽浙江"还建立了完善的通联体系。"美丽浙江"与省内各市县融媒中心以及公安消防等行业部门开展深度合作，形成广覆盖、深融合的"美丽矩阵"，并构建起上接央媒、下接市县媒体的传播通路。目前已携手880多家联动媒体、政府部门、企业机构、自媒体达人和众多网友，共同创建"美丽浙江"生态圈。①

"义乌收费站微笑收费员""衢州志愿军老兵唱着军歌匍匐前进""宁波苏FU865G小姐姐，下车捡起前车扔下的垃圾"等爆款先后从"美丽浙江"矩阵走红，成为全国性话题。一个个爆款级传播案例的背后，是浙江广电集团"美丽浙江"运营团队久久为功取得的成果。有分析认为，"美丽浙江"走出了一条不同于全国其他媒体实践的独特路径：以新媒体产品的优质成果，引导生产体系和机制的颠覆性重塑。以"美丽浙江"为龙头和抓手，引领频道内容生产、媒体融合、品牌打造、营销拓展、团队建设等各项事业。这一过程不仅使大小屏之间的融合效力不足问题得到了解决，同时也使小屏的活力得到了进一步的激发。

---

① 孔明顺：《"美丽浙江"如何讲好浙江故事——千万粉丝、320亿流量背后的"密码"》，《传媒评论》2022年第8期。

（五）

以下为改编的《浙江世界那么多人》MV 歌词：

浙世界有那么多人

我与你隔着一扇门

在封闭空间中有一盏灯

像阳光抚慰伤痕

浙世界有那么多人

多幸运我还有你们

蓝色的口罩被汗水浸润

安全来自你坚毅眼神

心连心战胜了慌张

艰难的日子总会过去的呀

手机里那张画

不再有变化

用笑脸去拥抱春夏

心里不慌张

是因为你的样

暂停的脚步

为更远的地方

白色的衣裳

我为你鼓掌

身旁总有些人

为这个世界护航

生命的重量

是肩头的担当

起风的寒冬

共同乘风破浪

逆行的身影

让困境不迷茫

浙里守望相助

共谱抗疫新篇章

……

2021年12月14日晚，美丽浙江视频号等平台推送了《浙世界那么多人》的抗疫MV。当时的背景是浙江杭州、绍兴、宁波等地发生散状新冠肺炎疫情，全国关注。在与疫情斗争最需要爬坡过坎的时刻，浙江广电的采编团队策划制作了这一作品。作品发布时的署名信息为：钱江台＆钱江视频、中视频工作室×音乐工作室出品；素材供稿：浙江卫视、中国蓝新闻客户端、钱江晚报、杭州日报、杭州电视台、宁聚、越牛新闻、上虞融媒体（百观新闻）、上虞区金胜文化（AlvinF）、拱墅发布、慈溪融媒体、诸暨融媒体、义乌TV等。

《浙世界那么多人》能成为爆款并获中国新闻奖，有一些值得思索的地方。

——**巧妙改编歌曲**。《浙世界那么多人》的词曲改编自《这世界那么多人》。该歌是电影《我要我们在一起》的主题曲，自然与电影的故事情节有千丝万缕的联系。这首主题曲大大突破了原来电影情节的局限，获得比电影更加长久的艺术生命力和更加广泛的社会关注度。

《浙世界那么多人》在文案表达上，创新借鉴歌词形式，让熟悉的曲调和触达心灵的文字产生碰撞，达到一种对新闻现场洞察后的专题化语言表达效果。作品改编获得《这世界那么多人》词曲作者的支持，歌曲原唱莫文蔚在微博转发了该作品："最可爱、最坚强的浙世界那么多人，加油！"①《这世界那么多人》到《浙世界那么多人》，"这"与"浙"的谐音很巧妙，很容易让作品在浙江受众中引发共鸣。

①《〈浙世界那么多人〉中国新闻奖参评作品推荐表》，中国记协网2022年11月1日。

值得关注的是，全媒体时代，说唱形式的 RAP 及 MV 等产品已成为媒体进行内容生产的一种方式。此类传播产品不仅受到了用户的欢迎，还相继出现在了中国新闻奖获奖名单中。例如，四川广播电视台用说唱方式表达宏大主题的作品《总书记说四川话　你听过吗？》，获第二十八届中国新闻奖融合创新二等奖。再如，四川日报社川观新闻推出的以《我怎么这么好看（三星堆文物版）》MV 为主体内容的融合报道《三星堆国宝大型蹦迪现场！3000 年电音乐队太上头！》，"是主流媒体尝试用年轻化方式传播中华优秀传统文化的现象级融合报道作品"，全网曝光量超 7 亿，微博话题＃三星堆文物版我怎么这么好看＃冲上热搜①，作品获第三十二届中国新闻奖融合报道二等奖。

音乐曾在新闻领域中作为背景配乐，MV 也主要用于音乐专业领域。媒体融合后，越来越多的 MV 运用到新闻传播实践之中，并持续打造出一批出圈的爆款作品，值得关注。MV 在助推融媒体作品"出圈"中具有积极作用，如寓教于乐让主题宣传更轻松活泼，情感共振让主流媒体传播"破圈"，通俗易懂让专业传播渗透到普通大众。如何让 MV 助力融媒体作品成功"出圈"，需要从五个方面进行把握。一是歌曲选择，熟悉记忆激发情感共鸣；二是歌词创作，深度挖掘唤起价值认同；三是演唱者选择，个人风格强化主题表现；四是画面表现，凸显感染力与核心主题；五是发布平台，全媒体、多平台联动传播。②

——平实引发共鸣。《浙世界那么多人》以疫情防控不同场景下的典型细节作为切入点，贯穿新闻现场的共通情绪，通过创作者和观众的平行视线，实现了传播上的情绪共鸣。MV《浙世界那么多人》中有大量真实的素材、真情的画面，看过这个作品的人，很多人可能都会被开头的这一幕打动：只见台上的人刚开口说"我这里需要 35 个人，台下的很多人主动举起了手"③。

此外，寒夜里坚守卡哨的警察，做着俯卧撑、打着军体拳取暖；那个隔

①《〈三星堆国宝大型蹦迪现场！3000 年电音乐队太上头！〉新媒体专项初评作品推荐表》，中国记协网 2022 年 11 月 1 日。
② 夏似飞、胡盼盼：《MV 助力融媒体作品"出圈"策略探析》，《中国记者》2022 年第 10 期。
③《〈浙世界那么多人〉刷屏朋友圈！这份感动属于所有浙江人》，浙江广电微信公众号 2021 年 12 月 15 日。

离中依然萌萌哒的老奶奶，笑眯眯地接过社区工作人员递来的盒饭，说着"我们当然有信心"；萌萌哒小朋友乖乖手牵手坐上大巴，驶往隔离酒店……根据主创人员的分享可了解到，这条 MV 用到的大量素材来自钱江都市频道负责运营的"美丽浙江"视频矩阵。《浙世界那么多人》正是依托着全省各地的那么多人，他们不但在短时间内提供了大量的视频素材，也提供了包括摄像机、照相机、手机、监控探头、行车记录仪、执法记录仪等各种设备捕捉的日常瞬间，从而让这条视频拥有了真正天然可接近的视角。

《浙世界那么多人》获 2021 年度浙江新闻奖新媒体类短视频专题报道一等奖，并被浙江省记协推荐参评中国新闻奖。浙江省记协给出的推荐理由之一是作品包含大量浙江普通民众面对疫情的行动和情感表达，将以往画面中静默背景的人物塑造成有血有肉的鲜活个体。在赞扬一线医务、公安志愿者之外，肯定每一位普通民众都是这场持久战斗中的贡献者。画面中儿童青年中年老者，涵盖社会中各种群体，此时不再是疫情被动的服务对象，而是同样为抗疫作出贡献的主角。因为和观看者站在同一立场，作品让网友产生强烈共鸣。

成为爆款乃至现象级传播，能不能引发情感共鸣是重要因素。情感是复杂且不可或缺的沟通要素，是促进社会进步的重要一环，是人类文明厚重的底色。浙江大学教授吴飞认为，所谓共情就是你能够感受到别人的感受、观点、立场或者情绪的反应，简单说就是感同身受，这就是所谓的传播的共情。不能把别人当作他人，所有的别人都是我们其中的一部分。大多数时候，理性和共情并不矛盾，换位角度的情感传播或者情绪传播中，不是说要放弃理性思考。设身处地地站在别人的角度去思考问题的时候，也是一种理性的反思。很多时候理性是设身处地共情的前提，这之间不冲突，当讲共情的时候不是反理性的，这里的理性不是冷漠的、工具性的、纯粹科学的理性。有情感性不等于共情，我们要强调的共情，是要站在一个对等的情感互动的基础之上去完成的。[1] 学者的论述值得媒体人参考。

① 吴飞：《共情传播，从理解这个时代的悲欢开始》，抗击柏拉图的阴影微信公众号 2022 年 11 月 25 日。

作品参评中国新闻奖时填报的材料显示:《浙世界那么多人》在自有平台发出后,同步推送到新媒体矩阵主要端口,美丽浙江视频号点击量超过 1.3 亿,300 多万网友转发,点赞超过 535 万,作品全网点击超过 5 亿,被业内专家及社交传播平台评价为现象级爆款作品。作品获奖之后,主创团队在分享经验时说,只有触及公众共通的情绪,才会有爆款作品;用新闻报道的"平视"视角,才能将社会热点、情绪热点,以最为平和自然的方式叙述出来。浙江传媒学院播音主持艺术学院口语传播与数字媒体教学部主任、硕士生导师朱永祥评价该作品,巧用歌曲,用面对面拉家常的叙事方式,拉满了作品的共情感,起到了安抚人心的共情效果。①

——**团队紧密协作**。全媒体时代的融合传播产品,很多都需要团队一起协力完成,这也是近年获中国新闻奖作品的特征之一。创作这首 MV 的是钱江都市频道的几个年轻人,整个团队成员之间的紧密协作,才有了这件获奖作品。不妨看看团队几个成员之间的分工:陈黄臻、赵石是频道音乐工作室的成员,负责歌词改编和演唱录音;金鹏和许瑾是编导,进行素材整理和剪辑制作;"美丽浙江"的主编徐俊,负责从全省各地搜集素材以及融媒传播。赵石是个 80 后小伙,是晚上在家临时接到创作任务的,陈黄臻当时正在医院。作为媒体人,他们都习惯了 24 小时待命的工作状态,接到任务,两人通过视频会议,开始商量选什么歌,怎么改编歌词。

主创之一的许瑾事后撰文分享说,他们并没有太多新闻制作经验,时间紧、任务重,根本来不及细想这是一条怎样的主旋律报道,又需要运用怎样的镜头语言以及剪辑逻辑,只是遵循着"什么打动我,我呈现什么"的本能,来完成这次共同的创作。他之前从未设想过一天一夜赶出来的视频能成为现象级的传播案例,也同样没想到从未涉足新闻制作,能凭借这条视频获得新闻奖。回头来看,正是这支仓促组成的突击队,在种种机缘巧合之下,恰好以新闻报道的"平视"视角,将社会热点、情绪热点,以最为平和自然的方式叙述了出来,从而达成媒体与群众视角、语境的统一,形成了同频共振。

---

① 《再来听一听这首"新闻歌"》,莫干山路微信公众号 2022 年 11 月 10 日。

用百姓语态，说百姓之事，解百姓之忧，才能使观看者产生共鸣。缓缓道来的情绪，在融媒传播的助推下，加强了人们交流分享的欲望，让共鸣达到了最大化。[①]

——**注意内容细节**。有人评价，《浙世界那么多人》歌词与 MV 内容相辅相成，内容写实且温情，每次内容转换的画面连接都很自然。MV 中的人说话时，唱歌的声音便小了，突出了人物说话的内容。而在场景的转变时，唱歌的声音便回归正常，让观众观赏时更能代入情绪。[②] 这些细节是制作传播产品时应该注意的。

根据中国记协 2022 年 6 月 13 日发布的《中国新闻奖评选办法》，新闻专题是指"深入报道新闻人物、事件的音视频和多媒体作品"。按照这个标准看，《浙世界那么多人》似也符合新闻专题的界定，虽然其词曲改编自《这世界那么多人》，但视频画面具有很强的贴近性，也可视为对疫情防控宣传报道的一次创新。

第三十二届中国新闻奖评选从奖项设置到评选方式都有诸多重要变化，是自中国新闻奖增设审核环节以来最引人注目的一次改革。第三十二届中国新闻奖评委、中国社会科学院新闻与传播研究所应用新闻学研究室主任殷乐研究员认为，当下多种媒体形态的报道放在同一类目下评判，适当增加二级指标或细化说明会更具客观性和可操作性。基础奖项和专门奖项在形态和内容上有一定的交叉，申报时如何确定申报类别也有待进一步细化说明。此外，值得注意的是，当前媒体面对的是继互联网、移动终端、社交媒体之后，由人工智能和大数据带来的第四波数字转型浪潮，这会为新闻传播、新闻作品、新闻评奖工作带来新的机遇和挑战。未来，亟待进一步发挥评奖工作的长效引导作用，通过评奖来把握和引导技术与叙事的关系。譬如，当前数字叙事在各类作品中都不突出，数据变得越普遍，就越

---

① 许瑾、金鹏：《融媒环境下新闻的"平视"视角——抗疫 MV〈浙世界那么多人〉案例分析》，《传媒评论》2022 年第 8 期。

② 夏钰婷：《共同祈祷汇聚成了歌——浅析短视频〈浙世界那么多人〉》，《品位·文艺空间》2022 年第 1 期。

需要尝试如何使其独特化、情境化，让数据成为深化与受众连接的有效方式。①

　　从赏析的角度而言，《浙世界那么多人》中个别地方可更加完美。作品在美丽浙江视频号上发布时，配发的歌词中"我与你　隔着一扇门"中间用了顿号，而视频字幕中并未用顿号。作品在钱江视频微信公众号推送时配发的同主题海报中，每张海报都注明了相应的时间、地点，如果视频中出现的这些镜头或画面也都能标明时间、地点，则有利于强化内容的真实性和新闻性。此外，视频字幕中"我这里需要三十五个人"与"风雨中通宵备货 15100 份物资驰援上虞"，数字可统一为阿拉伯数字。根据《出版物上数字用法》，在同一场合出现的数字，应遵循"同类别同形式"原则来选择数字的书写形式。

阅读+

　　(《浙世界那么多人》主创：许瑾、金鹏、赵石、陈黄臻、徐俊、高艳烨、林佳缘；编辑：姜建舒、何怀志、陈蕾；浙江广播电视集团钱江频道 2021 年 12 月 14 日；获第三十二届中国新闻奖新闻专题三等奖)

---

① 殷乐：《重视专业　顺应趋势——第三十二届中国新闻奖的守正与创新》，新闻战线微信公众号 2022 年 12 月 21 日。

好作品要能打动人

在第三十二届中国新闻奖评选中，大连新闻传媒集团大观新闻作品《昨天，风雪中的背影，震撼了大连》，通过自荐他荐的方式获新闻专题三等奖。这件获奖作品其实是一条包含文字、视频、照片的微信公众号推文。

（一）

2018 年 8 月 31 日，大连新闻传媒集团挂牌成立，由大连报业集团、大连广播电视台、大连京剧院、大连舞美设计中心、团市委宣传教育中心等 11 家事业单位及所属企业整合组建，由此开启了一场触角广、程度深、难度高的媒体融合改革实践。[①] 大连新闻传媒集团于新一轮改革中在全国副省级以上媒体中率先实现了传统报业与广电媒体的深度整合。有观点认为，"大连模式"的融合本质上是一场全媒体、全业态、多领域要素资源的重新配置和效率革新。

近年来，不少媒体都在探索工作室模式。2021 年初，大连新闻传媒集团推出了首批"百年初心"专题片项目等 5 个工作室。2021 年 8 月，大连新闻传媒集团为第二批工作室授牌，新闻、传媒经纪、品牌策划、体育、技术制作、动漫配音、游戏剧本创作等细分门类的工作室成立，这代表着大连新闻传媒集团在推行企业化运营改革、在内容创作升级和产业经营大发展等方面迈出

---

① 周燕群、程征：《要素赋能　产业驱动　全媒创新　深入融合——媒体融合的"大连模式"观察》，《中国记者》2021 年第 10 期。

坚实一步。[①]2022 年 5 月 20 日，大连新闻传媒集团第三批 6 家工作室挂牌成立，涵盖声音及知识产品销售、视频制作、直播运营、教育宣传、彩票服务、助农公益等细分门类，并首次涉足直播带货领域。[②]

2022 年 1 月 1 日，经国家广播电视总局批复，陪伴大连电视观众 21 年之久的大连广播电视台公共频道与开办 10 年的财经频道和广大观众说再见。[③]"大连云"是大连新闻传媒集团的官方客户端，升级后的"大连云"实现本地报刊、广播电视和主流新媒体平台的一键阅读和收听观看。资料显示，截至 2022 年 6 月，大连新闻传媒集团拥有网站、客户端、微博、微信公众号等多种新媒体形态共计 211 个端口，融媒体矩阵覆盖用户总数 1800 万。[④]

（二）

地市级媒体虽然在我国数量庞大，但要获中国新闻奖从来都不是一件容易的事。以第三十二届中国新闻奖公示的 380 件拟获奖作品为例，中央媒体、全国行业媒体及期刊加起来 149 件，占比 39%；省级媒体（含省媒子报、网站等）196 件，占比 52%；地市媒体 32 件、县级媒体 3 件加起来 35 件，占比 9%。[⑤]不过，与评选公示时 380 件的数量相比，正式揭晓时获奖作品数量少了 4 件。

至于何以落选？中国记协没有对外发布信息。根据中国记协公布的相关规则：参评作品存在导向问题、抄袭、造假或内容失实，撤销参评或获奖资格；存在重新制作、虚报刊播信息、虚报作者（主创人员）和编辑，以及

---

① 王禹：《地市媒体推行工作室是否可行？大连新闻传媒集团有心得！》，广电视界微信公众号 2021 年 8 月 31 日。

②《大连新闻传媒集团工作室再"上新"》，新闻大连微信公众号 2022 年 5 月 20 日。

③《大连新闻传媒集团转型升级公共、财经两大电视频道将于 2022 年 1 月 1 日关停》，大连市文化和旅游局微信公众号 2021 年 12 月 30 日。

④ 穆军：《抢抓机遇　抢滩市场　打造新媒体未来发展新格局——以大连新闻传媒集团融合发展实践为例》，《记者摇篮》2022 年第 7 期。

⑤《73 件一等奖公示：央媒 39 件，省媒 31 件，地媒 2 件，行媒 1 件》，长江微信公众号 2022 年 9 月 28 日。

参评作品与刊播作品不一致的，撤销参评或获奖资格；参评人员违反职业道德或因违反评奖规则等行为受到处罚并在影响期内的，撤销参评或获奖资格。①

在第三十二届中国新闻奖评选中，大连新闻传媒集团有两件作品获奖，一件为获系列报道（电视）二等奖的《稻乡澎湃》，一件为获新闻专题三等奖的《昨天，风雪中的背影，震撼了大连》。大连新闻传媒集团旗下的账号发布的获奖喜讯说："两篇新闻作品同时喜获中国新闻奖，充分体现了大连新闻传媒集团深化媒体融合改革、努力提高新闻工作者'四力'所取得的丰硕成果。"②

获奖的《稻乡澎湃》是一个系列纪录片，以中国共产党成立 100 周年为创作背景，以"乡村振兴"国家战略为创作主题，通过现场纪实，讲述了辽南水稻主产区的农人们面对挑战、追求幸福，在探索富有区域特色的乡村振兴之路中，涌现出的一系列催人奋进的时代故事，真实地反映了东北乡村现实生态和中国农村发展的不平凡轨迹。全片整体拍摄历时近 8 个月，成片总计近 2000 个镜头，外拍场景涉及大连 13 个乡镇街道及盘锦、丹东等地，采访里程超过 13000 公里。③

《稻乡澎湃》是一个四集的系列纪录片，由大连新闻传媒集团《最美大连行》栏目制作完成。《最美大连行》是一档原创季播类纪实栏目，开播 5 年累计制作播出 33 部纪录片，七成以上是乡村题材，其中《烟火乡国》获第三十届中国新闻奖国际传播二等奖。《烟火乡国》是《最美大连行》第六季的节目，也是大连新闻传媒集团成立后首获中国新闻奖的作品。扎根辽阔的土地、汲取丰富的养分，大连新闻传媒集团源源不断的纪录片作品，讲述着关于时代、关于中国的一个新的故事。④

---

① 《第 32 届中国新闻奖参评作品报送通知》，中国记协网 2022 年 6 月 13 日。
② 《祝贺！这是最好的节日礼物！》，新闻大连微信公众号 2022 年 11 月 8 日。
③ 《〈稻乡澎湃〉中国新闻奖参评作品推荐表》，中国记协网 2022 年 11 月 1 日。
④ 孙晖：《用纪录片讲好中国乡村振兴故事——以大连新闻传媒集团系列纪录片〈稻乡澎湃〉为例》，《新闻战线》2022 年第 5 期。

　　根据中国记协公布的第三十二届中国新闻奖获奖信息，《昨天，风雪中的背影，震撼了大连》是一件通过自荐他荐方式参评并获奖的作品。自荐他荐也是参评中国新闻奖的途径之一。在这届中国新闻奖评选中，共有 6 件作品通过自荐他荐的方式参评并获奖，不过都是三等奖。其他几件为：浙江广电集团的评论《爱心厨房　善待也要善治》、山东广播电视台的评论《为担当者担当　打破"洗碗效应"怪圈》、农民日报社的通讯《稻水矛盾，破解何方？》、湖北广播电视台的新闻纪录片《重回长江的麋鹿》、中国江苏网新江苏客户端的融合报道《你的眼睛》。中国新闻奖参评与获奖作品之间的比例约为 3∶1，这届中国新闻奖参评作品有 1244 件，最终获奖作品为 376 件，获奖比例 30%。通过自荐他荐进入中国新闻奖参评公示目录的作品近年一直在 60件，如此计算获奖比例在 10%。

　　2013 年，中国记协采取实地走访、组织座谈、下发调查问卷、在网上公布评选办法等多种形式，面向全国各省（区、市、兵团）记协、上百家新闻媒体和社会各界广泛征集意见，并反复论证，最终研究确定了改进第二十四届中国新闻奖评选工作的办法，做出增设审核委员会、明确不得获奖的标准、扩大自荐他荐渠道等若干项重大改革。作为改革亮点，为了防止出现漏报优秀作品的情况，评选办法修改为评奖办公室可以直接受理自荐他荐参评作品。从评选结果看，这届有 5 篇自荐作品获奖。这对于鼓励广大新闻工作者挖掘和发现更多的优秀新闻作品，做出了十分有益的探索。[1]

　　不过，近年自荐他荐参评中国新闻奖的门槛提高了。具体要求为：作品应获得省部级或中央主要新闻单位年度二等奖及以上奖励；由两名新闻专业副高以上职称人士实名推荐；刊播媒体所在的省级记协、新闻单位等负责对作品政治方向、舆论导向、业务水平及报送材料审核把关并盖章确认。[2] 这样可能也是为了做到"优中选优"，另一方面也减少初评的工作量。

---

　　① 曹燕：《评选出能经得起挑剔和检验的新闻精品——第二十四届中国新闻奖评选有哪些新变化》，《新闻与写作》2014 年第 12 期。

　　②《第三十二届中国新闻奖自荐（他荐）参评作品开始征集啦》，《中国新闻出版广电报》2022 年 6月 1 日。

（三）

近年来，有两个词媒体人都比较熟悉，一个是互联网思维，一个是传播产品。"互联网思维"甚至还写进了中办、国办印发的《关于加快推进媒体深度融合发展的意见》中，要求推动主力军全面挺进主战场，以互联网思维优化资源配置，把更多优质内容、先进技术、专业人才、项目资金向互联网主阵地汇集、向移动端倾斜，让分散在网下的力量尽快进军网上、深入网上，做大做强网络平台，占领新兴传播阵地。

有人和朋友闲聊，突然被问："你在互联网公司工作这么长时间了，你说说啥是互联网思维？"他听后思考良久，竟不知该如何回答。媒体人是否真正理解了什么是互联网思维呢？中国人民大学教授陈力丹认为，"互联网思维"即用互联网的传播特征来思考媒介融合，如即时传播、海量传播、平等和互动交流、充分运用大数据和云计算、用户体验等。总之，要即时甚至提前筹划，满足公众多样化和个性化的信息需求。[①]

另有观点认为，互联网思维的逻辑恰恰是现在组织形式最基本的操作系统，它改造了整个传播的构造、传播的规则和传播的逻辑。传统媒介的转型，如果不是站在互联网的思维上接入互联网、嵌入互联网，而仅仅是站在自身发展的逻辑角度上，把互联网看作延伸影响力、延伸产品、延伸价值的工具，只是在原有的发展逻辑上进行改良式的量变，做一个网络版，办一个客户端、APP，开通一个官方微博、微信，或是增加几个盈利渠道，实际上并没有完全真正理解互联网是什么，没有看到互联网究竟给传播带来了怎样的革命性质变，"改良式"的量变也就不可能取得根本性的成功。[②]这些都是比较学术化的认知。

媒体融合时代，强调的是"产品"的概念，而不再是文章、图片、视频等内容方面的概念。传统媒体时代，记者生产的内容多是一篇篇的稿件，全媒体时代记者面临的是如何把内容转化为传播产品。这个传播产品已经不再

---

① 陈力丹：《用互联网思维推进媒介融合》，《当代传播》2014 年第 6 期。
② 喻国明、姚飞：《强化互联网思维推进媒介融合发展》，《前线》2014 年第 10 期。

是简单的一篇稿件了，可能是文字、照片、视频、音频的组合，也可能就是一个单独的视频，或者是 H5 等形式的传播产品，也可能是一个 MV，但又不局限于这些。

从传统的写一个稿件，变成了做一个传播产品，这也是全媒体时代媒体人经历的转型。传播产品可以很复杂，也可以很简单；传播产品可以靠大策划大投入大团队来实现，也可以是"轻骑兵""特战队"式的操作。其实，大连新闻传媒集团获中国新闻奖的《昨天，风雪中的背影，震撼了大连》，就是大家日常司空见惯的、普通得不能再普通的传播产品——一条集纳了文字、图片、短视频的微信公众号推文。微信是一个产品，具有全媒体传播属性的、以传播为主要目的的媒体微信公众号推文，当然也可视为一个传播产品。

微信公众平台 2012 年 8 月 17 日正式上线运营，截至 2021 年 1 月，微信公众号数量已经达到了 3.6 亿个。在 2018 年的第五届世界互联网大会上，腾讯公司董事会主席兼首席执行官马化腾透露，媒体运营的微信公众号粉丝总量已超过 23 亿。借助微信公众平台，一大批主流媒体成功实现媒体融合转型。他认为，"媒体的进化与变革才刚刚开始，主流舆论传播内容优势将转化为传播优势、发展优势，最终以优质内容赢得用户、赢得权威影响力"[①]。"浙江宣传"作为迅速爆红的政务新媒体，无论是传媒学界还是新闻业界都给予了很多关注，并从理念和运营上进行了很多分析总结，但没有人分析为什么"浙江宣传"横空出世的时候，选择了微信公众号这样一个载体而不是别的？《中国新闻周刊》的选择或许能加深对这个问题的理解。

"年营收达 1.1 亿元，我们已进化成为拥有新媒体和论坛活动等多引擎的融媒体。"2018 年底，传媒茶话会微信公众号的一篇推文颇受关注。在媒体纷纷上马自己客户端的浪潮中，《中国新闻周刊》壮士断腕，放弃主攻 APP，并解散技术团队。2010 年，四大门户网站只有腾讯新闻和搜狐新闻上线了自己的 APP，在很多传统媒体还不知道 APP 是什么的时候，《中国新闻周刊》就上线了自己的 APP，是国内最早一批做新闻客户端的媒体。从 2013 年开始，

---

① 马化腾：《媒体运营的微信公众账号粉丝总量超 23 亿》，央广网 2018 年 11 月 8 日。

《中国新闻周刊》的新媒体定位就确定为"中国领先的社交媒体内容供应商"。后来《中国新闻周刊》将原 APP 的运营人员全部转移到微信，利用既有平台，把内容生产好分发好，踏踏实实做好内容供应商的角色。《中国新闻周刊》这样选择，是因为认识到媒体的分发平台已经过剩，内容同质化也非常严重，单一媒体、单一杂志的 APP 信息量太有限了。①

像《中国新闻周刊》这样选择的还有第二家吗？不管怎么说，都应该允许媒体做符合自身实际的转型探索。有观点认为，建设全媒体传播体系，需要做强新型主流媒体，打造新型传播平台，移动互联网时代这个"新型传播平台"主要就是指新闻客户端。中国新闻出版研究院课题组调研的 72 家地市级媒体中，有 51 家已布局移动客户端建设，占比 70.83%。《我国地市级媒体深度融合发展研究报告》显示，自建客户端主要的问题是有端口无运营。一方面是较高的装机量，另一方面却是较低的活跃人数，造成整体传播力低，影响力小。一些媒体在建设初期缺少顶层设计和整体规划，分散建设了多个客户端，导致了重复建设和资源浪费。客户端功能单一，大部分只有本单位生产新闻信息的发布功能，缺少服务功能和互动功能，导致无法有效地吸引用户和留存用户。

针对媒体客户端现状，"浙江宣传"一针见血地指出：有一些客户端有"端"无"客"，沦为"花瓶""摆设"，日活数甚至比传媒集团人数都少。这些光有"端"没有"客"的客户端，主要问题在于：觉得自己是媒体，做好新闻就行，没有必要办好政务服务、开展互动活动。还有一些客户端，尽管意识到了，行动却没跟上。有的"年久失修"，常年停留在 1.0 版本，一阵热潮后就失去了主动"维修保养"意识，出现页面无法打开等问题；有的界面粗糙，操作复杂，用户需要经历注册、登录、关注专栏等"九九八十一关"才能领取积分，还有的虽然设置了积分商城，但里面空无一物，积分功能形同虚设……解决客户端有"端"无"客"关键要破除自我本位，在做精做优

---

① 刘娟：《广告断崖式下滑到年营收过亿，这家主流媒体叫〈中国新闻周刊〉》，传媒茶话会微信公众号 2018 年 12 月 4 日。

新闻内容的前提下，突出用户意识，做强政务服务，多多开展互动活动。①
问题容易剖析，真正解决痛点不是那么容易的事。试问，谁不想把自己的客
户端下载搞多、影响搞大呢？

（四）

一条微信公众号推文，怎么就获评中国新闻奖了呢？《昨天，风雪中的
背影，震撼了大连》这条发布在大连新闻传媒集团旗下大观新闻微信公众号
上的推文独特在哪儿？对全媒体时代强化产品思维、做好内容传播又有哪些
启示？

——发现感人瞬间。成功的报道背后，必然与记者扎根基层的脚力、发
现新闻"蓝海"的眼力、对时代命题主动思考的脑力，以及善用镜头说话的
笔力分不开。"四力"不仅是对新时代新闻工作者提出的要求，也是记者职业
精神的具体体现。②

2021年1月6日，强寒潮来袭下的大连下起大雪，路面湿滑，车辆无法
正常通行。十几位大学生志愿者推着一辆载有防疫物资的三轮车赶往学生宿
舍楼，一个个奋力前进的身影与漫天飞雪融为一色，这一幕也被誉为"移动
的雕塑"。大连新闻传媒集团采编人员在互联网的海量信息中发现了这张照
片，这是眼力的体现，也是发现力的体现。

地市报业和广电合并之前，一个地方新闻资源某种程度上还存在竞争，
合并之后这种竞争基本就不存在了，传媒集团或融媒体中心成了本地唯一的
传媒机构。没有竞争，一家独大，到底好不好？报业的黄金时代，同城有两
家都市报彼此较着劲进行各种比拼，是压力也是动力。报业与广电的合并，
未来究竟是怎样的？未知大于已知，只有时间是最好的验证码。

——联系核实采访。没有发现就没有新闻，但发现只是第一步，关键在
于还要能转化为传播。媒体作为专业的传播机构，对于网上的信息、热点，

---

① 《新闻客户端不能有"端"无"客"》，浙江宣传微信公众号2022年10月26日。
② 廖峥艳：《践行"四力"做新时代好记者》，《中国新闻出版广电报》2020年6月23日。

转化为传播需要联系核实采访。现在的一个现状是，对网上信息的直接搬运，已经成为一个普遍现象，背后可能是为了抢时间，所以真正实打实进行核实采访的变少了，自媒体这样操作无可厚非，如果媒体也都这样操作，存在隐患与风险。

《昨天，风雪中的背影，震撼了大连》能获奖，背后的职业作风也是重要因素。一张众人在雪中奋力推动装满物资的三轮车的照片，突然出现在网络上。发生在什么地方？照片中的人物是谁？他们在做什么？大连新闻传媒集团融创中心大观新闻通过各种渠道挖掘并核准，这是大连海洋大学青年抗疫突击队在大雪中运送防疫物资的场景。① 采编人员在获得新闻素材后，"果断出击，深夜开展采访，迅速成稿"②。这最终让"移动的雕塑"成为闪耀的"抗疫符号"。

如果只是把别人的东西搬过来，还能获奖吗？通常不能，因为中国新闻奖评选的基本原则之一是媒体在上年度"原创"并刊播的新闻作品。在第三十二届中国新闻奖评选中，北京日报微信公众号推文《北京一处级干部当外卖小哥，12小时仅赚41元："我觉得很委屈"》获融合报道二等奖。这是对北京广播电视台新闻纪录片《我为群众办实事之局处长走流程》内容的二次传播，能获奖有点令人意外。同样令人有点意外的还有获第三十一届中国新闻奖新闻摄影二等奖的《一起看夕阳》。作为疫情期间具有历史意义的标志性影像，《一起看夕阳》是大学生志愿者甘俊超2020年3月5日傍晚的一张随手拍，而照片在《湖北日报》上刊发的时间为2020年9月8日。这两件作品能获奖，都与作品产生的巨大社会影响有直接关系。

——**迅速编排发布。**《昨天，风雪中的背影，震撼了大连》在大观新闻微信公众号发布的时间是2021年1月7日1时29分，具体由5张照片、1条13秒的小视频、1条5秒的小视频和7段文字组成。照片和视频出自大连海洋大学教师王海鹏和航海与船舶工程学院学生纪杨。以下为公众号推文文字：

---

① 《喜报！大观新闻作品获中国新闻奖》，大观新闻微信公众号2022年11月9日。
② 《祝贺！这是最好的节日礼物！》，新闻大连微信公众号2022年11月8日。

1月6日下午
一组图片和视频在网上迅速被转发
这么多人推着一辆满载的三轮车
在漫天飞雪中，逆风前行

这组影像拍摄于大连海洋大学学生公寓
自学校封闭以来
学生在各自宿舍隔离
一日三餐、生活和防疫物资
均由教职工和学生组成的志愿者队伍统一配送

1月6日，大连普降大雪，道路湿滑
运送防疫物资的车辆无法正常行驶
志愿者们就用三轮车装满物资
一步一步推行，送到每一个学生宿舍
教师王海鹏和航海与船舶工程学院学生纪杨
拍摄下了这一组图片和视频

此刻
狂风，大雪，一车货，一群人
跌倒，爬起，一路搀扶，一路向前

此刻
雪虐风饕却满心炽热
前仆后继却勇往直前
也许
他们在雪中的背影
并不挺拔

肩上托起的却是

责任与担当

此刻

为了学生的正常生活

为了同心战疫的全面胜利

他们虽身无铠甲

但总在为别人的岁月静好负重前行

此刻

无论封闭隔离，无论坚守岗位，无论志愿服务

同心、同向、同行，同力

都是这座文明城市全力以赴的最强底气

　　《昨天，风雪中的背影，震撼了大连》的文字除讲新闻事实本身外，还有很多抒情和评论的成分，尤其是后 4 段连用的 4 个"此刻"，已经不是新闻语言了，属于评述。这件作品参评的是新闻专题，如果是消息作品有这么大篇幅的评述，就不像消息了。

　　编排上，这条微信公众号推文的"断句式"编排近年越来越普遍。"断句式"编排就是把一段正常的话拆开而且不怎么用标点，比较适合在手机屏幕上阅读。习惯成自然，大家现在是越来越能接受这种方式了。

　　全媒体时代，信息的发布已经没有了固定的时间，只要需要，每时每刻都可以进行发布，但深夜通常并非信息发布的最佳时间，深夜发布的文章打开率比较低。腾讯指数和中国社科院舆情调查实验室联合发布的《2016 年网络舆情生态研究报告》显示，微信公众平台的活跃时段遵循"朝九晚五"的规律，这也一定程度反映了上班一族的阅读高峰期。[①] 但疫情期间是例外，

---

　　①《2016 年网络舆情生态研究报告》，中国社会科学网微信公众号 2016 年 12 月 1 日。

虽然公众号上 4.8 万的阅读量谈不上很高，但已经超越了大观新闻微信公众号的单条平均阅读数，更重要的是实现了"首发"。根据中国记协公布的中国新闻奖评选细则，"对同一事件的同体裁作品，同等条件下首发在前的优先"①。

这条推文最后的署名情况是——文字：大连新闻传媒集团记者李元臣；图片 & 视频：王海鹏、纪杨；编辑：小雨；美编：张强；校对：张军；责编：李元臣。从这个署名看，李元臣既是文字的撰写者也是责编。在中国记协公布的获奖作品名单中，这件作品的作者（主创人员）、编辑均为集体。参评材料所附的作者（主创人员）有 8 人：张田收、耿聆、穆军、张轶、高忠华、李元臣、谢小芳、邹志杨；编辑有 10 人：胡小雨、徐琳、张强、孟楠、孙秋菊、李金秋、苏昕、宋毅、聂乔、张丽霞。②

照片和视频的拍摄者王海鹏、纪杨，虽然不在获奖人员名单之中，但他们无疑也是这一作品的重要生产者。重庆日报报业集团华龙网获第三十二届中国新闻奖新闻专题一等奖的《人间正道是沧桑——百年百篇 留声复兴之路》，7 名主创人员中排在第一的是中国抗日战争史学会副会长、重庆市地方史研究会会长周勇。周勇既是这个作品的策划者也是主讲人之一。

——**传播效果突出**。习近平总书记指出，要尊重新闻传播规律，创新方法手段，切实提高党的新闻舆论传播力、引导力、影响力、公信力。这是对党领导的新闻舆论工作总体传播效果的要求，为全媒体时代传统媒体实现有效传播指明了方向和路径。传播力是把新闻舆论信息传递扩散出去的能力，属于传播的能力建设范畴。在媒体"四力"中，传播力是前提，解决的是受众的信息获取。媒体利用各种传播媒介来大范围扩散自己要传播的信息，使之被尽可能多的受众接收到。传播力强意味着不仅能将信息传得出，而且传得广。传播力既体现在传播范围的广度上，也体现在传播内容的精度和深度上。传播力是媒体履行传播职责的基础，是一种硬实力，也是当前媒体融合

---

① 《中国新闻奖、长江韬奋奖评选细则》，中国记协网 2022 年 9 月 23 日。
② 《〈昨天，风雪中的背影，震撼了大连〉中国新闻奖参评作品推荐表》，中国记协网 2022 年 11 月 1 日。

所要解决的主要问题；传播力不仅仅是一种能力，更是媒体融合转型的效果体现。传播力的构成要素，从传播者角度看，包括传播者的人才队伍、技术水平、渠道实力、装备水平、管理能力等；从信息角度看，包括信息的数量、传播速度、抵达率等；从用户角度看，包括用户规模、结构、覆盖率等。①

好的传播产品一定要有好的传播效果，而流量是传播效果最直接的体现。全媒体时代，内容为王，流量至上，各有道理。《昨天，风雪中的背影，震撼了大连》在大观新闻微信公众号的阅读量虽不高，但中国记协公布的这件作品的参评材料中称，实现了全网裂变式传播，被新华社、人民日报、中央广播电视总台以及央视新闻、新华网、人民网、澎湃新闻等百余家媒体主动、竞相转载、引述、制作海报等，"全网总阅读量超 10 亿人次"。在中国新闻奖评选越来越重视融合和传播效果的当下，传播效果突出的作品更容易获奖。

——产生广泛影响。流量只是传播产品社会影响的一部分，影响不完全等同于流量。2022 年 12 月 15 日，《人民日报》刊登的"任仲平"文章《三年抗疫，我们这样同心走过》提到——2021 年初，一张名为"移动的雕塑"的照片刷了屏：十几位大连海洋大学师生志愿者，躬身向前推着一辆满载防疫物资的三轮车，在陡坡上迎着风雪艰难前行。"任仲平"是"人民日报重要评论"的谐音缩写。1993 年 12 月 22 日，《人民日报》在一版发表了 4600 字的《从十一届三中全会到十四届三中全会》。这是《人民日报》第一次以"任仲平"为名刊发评论。观点鲜明、论述透彻、文字清新一直是"任仲平"文章的特色。"任仲平"写作机制可以概括为"七八条枪，七上八下，七嘴八舌"。"七八条枪"指的是一种组织架构，写作团队成员来自全报社，有社领导，有部主任，有资深记者、编辑，也有入社不久的年轻人。"七上八下"指的是一种工作态度，一稿、二稿、三稿……最终定稿，其间必经若干反复，以至推倒重来，直到所有人都觉得"还行"。"七嘴八舌"指的是一种民主风气，大家无论职务高低、资历深浅，即便对社长、总编辑发表的意见，都可以有不

---

① 陈国权：《全媒体时代有效传播"四力"的路径》，中国记协网 2019 年 5 月 27 日。

同看法。①

"移动的雕塑"不仅成了"任仲平"文章的素材，此前已多次出现在央媒平台或重要文章、传播产品中。例如，人民日报客户端以这张照片为基础，制作了"每个人都了不起"的海报；新华社微信公众号以这张照片为基础，制作了"这就是中国的力量"的海报；央视新闻则颇有创意地将同时发生在2021年1月6日的两张反差巨大的照片，并排推出对比性海报《背影：中国VS美国》；人民日报客户端2021年3月30日发布《中国共产党百年述职报告》视频传播产品，"移动的雕塑"入镜；新华社2021年12月31日播发《逐梦新征程，奋斗创未来——2022年新年献词》，配发的"中国人把团结刻在了骨子里"海报，用的图就是这张"移动的雕塑"。

——**具有思想内涵。**好的作品不仅仅是感动人、打动人，引发情感共鸣，能形成传播，成为爆款甚至现象级传播，还要有思想内涵。为什么三大央媒以不同形式多次呈现"移动的雕塑"，除了画面本身充满张力，具有极强的冲击力和感染力外，体现了中国精神与中国力量，这是照片的精神内核。获中国新闻奖后，这件作品的主创之一李元臣撰文说，这张照片已经成为抗疫精神最好的记录、中国精神最好的诠释。中国新闻奖重视流量、传播效果，但作品本身的思想内涵也不容忽视。

从赏析的角度而言，《昨天，风雪中的背影，震撼了大连》有一些可探讨之处。一是采访不足，虽然迅速研判，果断出击，深夜采访，但推文呈现出的内容让人觉得信息量有限，也可能是为了求快。大观新闻微信公众号次日晚推送的《全网刷屏的"移动的雕塑"，真身是……》，内容则要丰富和具体得多，弥补了首发内容的不足。二是作为新闻专题，微信公众号推文信息含量比较单薄，难以撑起专题应有的样子。三是首发时没有及时提炼出形象又生动的"移动的雕塑"的传播关键词，这个说法出自网友。四是个别标点的使用令人疑惑，具体为文尾的"同心""同向""同行""同力"之间，前面用的是顿号，而后面用的是逗号。

① 张研农：《任仲平在路上》，《新闻战线》2009年第3期。

阅读+

（《昨天，风雪中的背影，震撼了大连》主创：张田收、耿聆、穆军、张轶、高忠华、李元臣、谢小芳、邹志杨；编辑：胡小雨、徐琳、张强、孟楠、孙秋菊、李金秋、苏昕、宋毅、聂乔、张丽霞；大连新闻传媒集团大观新闻微信公众号 2021 年 1 月 7 日；获第三十二届中国新闻奖新闻专题三等奖）

将情绪注入细节中

在第三十二届中国新闻奖评选中，成都日报社锦观新闻微信公众号作品《山里来信了！》获典型报道三等奖。用 H5 的方式报道人物不新鲜，但用 H5 的方式报道一位去世的典型人物并不多见。

（一）

成都传媒集团成立于 2006 年，截至 2020 年，资产总额逾 120 亿元。旗下有成都日报社、成都商报社、每经传媒公司等 7 家直属直管媒体单位，建设了新型化党报党刊传播矩阵、现象级时政媒体传播矩阵、专业性财经媒体传播矩阵、权威性政务媒体传播矩阵、立体式国际传播媒体矩阵、体系化天府文化传播矩阵六大新型媒体传播矩阵。在优化提升成都日报等传统媒体的同时，集中力量建设了以"红星新闻""每日经济新闻""锦观新闻"等为核心的新型主流媒体。现有博瑞传播等 8 家直属直管产业单位。围绕媒体主业，形成了以传媒影视等为核心业态的新型文创产业生态体系。其中，博瑞传播作为国有文化传媒类 A 股上市公司，被誉为"中国报业第一股"。[①]

2002 年 9 月 26 日，经中宣部同意和国家新闻出版总署批准，以成都日报社、先锋杂志社、成都商报社、成都晚报社、成都时代出版社等单位组成的成都日报报业集团正式挂牌成立。2006 年 11 月 28 日，成都传媒集团在原成都日报报业集团和成都市广播电视台合并基础上正式组建成立。

成都传媒集团成立后一度引发了很多关注。为何把成都日报报业集团和

---

① 出自成都传媒集团简介。

成都广播电视台合并成立成都传媒集团？公开的说法是"这是顺应时代要求和发展需要，着眼于推动成都市文化体制改革、文化产业发展采取的一个重要举措"①。《中国报业》杂志刊文称，成都传媒集团的成立，在很大程度上是发挥报业集团龙头作用，带动整个文化产业特别是传媒产业发展的典型个案。尽管成都传媒集团并非国内率先挂牌的传媒集团，但由于成都日报报业集团是当前西部地区经济实力最强、改革力度最劲的报业集团，成都又处于我国西部地区报业发展的最前沿，因此它的成立可以说是 2006 年中国报业发展和创新进程中的一件大事。②

更有观点把"中国副省级城市第一家"的成都传媒集团成立，称为成都再次成为中国报业发展的暴风中心——成都报业具有举足轻重的地位，至少具有标本意义上的地位。在这里，诞生了我国第一张真正意义上的都市报；在这里，衍生了"中国报业第一股"博瑞传播；在这里，出现了"第一份打败晚报的市民报""第一份被都市报同化的晚报"；在这里，一年内曾叫停过两家报纸；在这里，展开了都市报的趋同化竞争；在这里，时时爆发着报业的内容战、发行战、价格战、广告战等。③

（二）

《成都日报》创刊于 1956 年 5 月 1 日，其后，曾更名为《成都晚报》《新成都报》，1961 年更名为《成都晚报》。2001 年 7 月 1 日，经国家新闻出版总署批准，《成都日报》正式恢复出刊。④ 创刊时，《成都日报》报头选自鲁迅先生手稿中的手迹，2001 年恢复出版《成都日报》至今报头用的是王羲之字体。⑤

随着各家传统媒体采取移动优先策略，纷纷上线自己的手机客户端，新

---

① 《成都传媒集团成立》，《成都日报》2006 年 11 月 29 日。

② 庹继光：《传媒集团模式对报业发展的促进作用探析——以成都传媒集团为例》，《中国报业》2007 年第 4 期。

③ 段弘：《成都传媒的"连横"与"合纵"》，《青年记者》2007 年第 18 期。

④ 出自成都传媒集团网站。

⑤ 《城市记录者：成都日报创刊 60 周年》，成都时代出版社 2016 年版。

媒体和传统媒体的竞争一定程度上演变成了客户端之争。"读成都　观天下"，2015 年 1 月 15 日，成都日报锦观新闻客户端上线。看名字，"锦观"容易让人想到杜甫脍炙人口的《春夜喜雨》"晓看红湿处，花重锦官城"。从两汉至三国蜀汉，成都精美的蜀锦一直受到官方和民间高度赞赏和欢迎。这一时期，成都因出现一座专门织造蜀锦的官营作坊"锦官城"而获得"锦官城"和"锦城"两个别称。成都的另一个别称是"蓉"，源于五代后蜀时遍种芙蓉，故别称"芙蓉城""蓉城"，简称"蓉"。自秦代兴建成都大城 2000 多年以来，成都城市或毁而重建，或扩而新建，城址从未迁徙，"成都"这一名称也从未改变，在中国众多历史文化名城之中是绝无仅有的。[①]

　　截至 2022 年 10 月，成都日报全平台用户数突破 5000 万。2022 年 11 月 7 日，锦观新闻全新改版，锦观 7.0 正式上线。升级后的锦观，贴合成都日报大中心化工作机制——成都日报现设发展策划中心、要闻采访中心、思想理论中心、文化传播中心、深度报道中心、区域报道中心、财经报道中心、视觉视频中心、新媒体编辑运营中心、报纸编辑出版中心、技术支持中心、综合服务中心等 12 个中心。[②]

　　与传统媒体成都日报相比，锦观新闻在运营上体现了互联互通思维。2019 年 2 月 28 日，成都市推进媒体融合向纵深发展座谈会召开，锦观新闻进行改版，在内容生产、技术支持、队伍流程等方面都进行了颠覆、重构、创新，探索迈向全媒体时代的新路径。在考评方面，锦观新闻形成了完善的机制。每个记者一个月或一个季度发布的稿件数量与奖励挂钩。有关惩罚机制规则为：同一篇稿件，特别是重要的稿件，落后其他网媒 3 分钟内不惩罚但会提出批评；落后 3 分钟到 30 分钟罚分，落后 30 分钟以上惩罚分数增加，相对应地，如果提前抢了首发，有相应奖励。因此，一系列奖惩机制在保证人的工作积极性上发挥了积极作用。[③]

---

① 出自成都市人民政府网站。
②《智能新生　全心为您　成都日报锦观新闻客户端全新改版》，锦观新闻 2022 年 11 月 7 日。
③ 张诗雨：《互联网思维视阈下传统媒体融合转型的策略研究——以成都日报社锦观新闻客户端为例》，《新媒体研究》2019 年第 8 期。

有观点认为，在内容建设上不断深耕和创新，在传播渠道上不断开发和拓宽，在盈收模式上不断调整和升级，方为地方新闻客户端的长久生存之道。①成都日报营收上将公信力、政务资源、内容生产、专业技能输出变现，走出了一条独具特色的融合经营之路。资料显示，2020年，成都日报的新媒体和活动、项目等多元收入已突破广告营收的40%，融合经营成为最大亮点。②

（三）

中国邮政"马班邮路"的忠诚信使王顺友，因病于2021年5月30日在四川省凉山彝族自治州木里藏族自治县逝世，享年56岁。王顺友先后荣获全国五一劳动奖章、全国劳动模范、全国优秀共产党员、全国敬业奉献模范等荣誉。自1985年10月参加工作以来，王顺友负责木里县白碉、三桷垭、倮波三个乡的邮件投递工作，一个人、一匹马、一条路，王顺友从没有延误过一个班期，没有丢失过一份邮件，投递准确率100%，书写了一段世界邮政史上的传奇。2005年，王顺友受邀登上万国邮联的行政理事会讲坛，成为自1874年万国邮联成立以来第一个被邀请的最基层、最普通的邮递员。获中国新闻奖典型报道三等奖的《山里来信了！》，讲的就是王顺友的故事。这件作品获奖有一定的启示意义。

——**创新形式**。王顺友可是全国重大典型。作为央视2005年度感动中国人物，给他的颁奖词是："朴实得像一块石头，一个人一匹马，一段世界邮政史上的传奇，他过滩涉水，越岭翻山，用一个人的长征传邮万里，用20年的跋涉飞雪传心，路的尽头还有路，山的那边还是山，近邻尚得百里远，世上最亲邮递员。"新华社获第十六届中国新闻奖通讯一等奖的《索玛花儿为什么这样红——记优秀共产党员、木里县马班邮路乡邮员王顺友》，是报道王顺友的新闻名篇，也是一篇经典的通讯作品。

---

① 冯心美：《成都日报锦观新闻客户端创新研究》，《新媒体研究》2021年第19期。
② 高筱娟：《地方党报融媒体经营破局之路——成都日报社依托优势资源融合经营的实践探索》，《城市党报研究》2021年第7期。

　　王顺友病逝后，从中央到地方的多家媒体以不同形式进行了报道，但像《山里来信了！》这样以版画风的创意制作 H5 传播产品的并不多。这是一件传播产品，不再是传统的文字报道。创新的前提是既要有这方面的新闻业务追求，又要有这方面的策划与生产机制。

　　四川大学文学与新闻学院推荐该作品参评中国新闻奖时给出的理由是：在 2009 年被评为"一百位新中国成立以来感动中国人物"的马班邮路信使王顺友不幸去世的新闻由头下，该作品通过融媒体报道及时而生动地呈现，于正确有力的价值导向中充满温度和真情，表达着我们对这样的典型人物的致敬。作品以版画的 H5 创意，融人物生平、典型业绩于一体，展现了人物素朴而高尚的精神风貌，尤其在脱贫攻坚取得成效的新邮路背景下，深化了王顺友作为乡民与政府之间独特"心桥"的价值内涵，其贴近当代受众的体验方式凸显了新媒体社交传播对时代楷模及其真善美精神的弘扬，<u>是对典型报道的有益尝试与有效创新，体现了党报新媒体的业务探索与社会责任感。</u>①

　　典型报道是第三十二届中国新闻奖评选改革后 6 个专门类奖项之一。这届中国新闻奖最终评出典型报道类获奖作品 15 件，其中一等奖 3 件、二等奖 4 件、三等奖 8 件。典型报道类获奖作品数量约占总数的 4%。在这 15 件获奖作品中，有消息、通讯、系列报道、新闻专题，但 H5 作品唯独《山里来信了！》这一件。这说明，典型报道也要勇于积极创新形式。

　　在这届评选中，湖南广播电视台的两件获奖作品都是报道袁隆平——2021 年 5 月 22 日，中国工程院院士、"杂交水稻之父"袁隆平在长沙逝世。巨星陨落，山河同悲。获典型报道一等奖的《杂交水稻之父——袁隆平》，是湖南广播电视台结合三代记者持续半个多世纪的跟踪采访，在 4 天之内推出的一个四集纪录片性质的系列报道。湖南广播电视台获消息二等奖的《（今天，我们一起送别袁隆平院士）倾尽一城花　送别一个人》赋予了报道能量和温度，表达出人们对这位无双国士的不舍与哀思。

　　《山里来信了！》的主创人员认为，H5 作为日渐成熟的融媒体表达方式，

---

① 《〈山里来信了！〉中国新闻奖参评作品推荐表》，中国记协网 2022 年 11 月 1 日。

为众媒体广泛采纳。因 H5 表现形式多样，体验交互感强，广受肯定。就表现形式而言，H5 是图文、音频、视频、页面游戏等的集合体；具有体验与交互性，H5 适用于 PC 和智能手机，H5 的界面设置，导入了互动功能，从最初类似 PPT 静态的翻页动作已经演进至复杂的游戏互动体验；演进依赖硬件支撑。可以预见，随着 5G 商用，流量瓶颈得以解决，H5 中有望加入 4K 视频、AR/VR 等更多内容。

——**时间求快**。王顺友病逝是 2021 年 5 月 30 日，《山里来信了！》在锦观新闻微信公众号上的推送时间为 6 月 2 日。仅用两三天的时间推一个原创性、具有一定品质的 H5 作品，并不是一件容易的事。

《山里来信了！》讲究细节表达，将情绪注入每一个细节中。设计上，作品选择版画风，与沧桑、悲壮的人物故事完美匹配。技术上，巧妙地将 SVG[①] 与 Canvas[②] 等多项技术结合运用，营造出"画面＋声音＋动效＋时间轴播放"的沉浸式互动体验，塑造了一个有血有肉的新闻人物形象，做到这些都需要时间投入。主创团队能在比较短的时间里推出一件 H5 的传播产品，与他们本身的积淀有直接关系。

锦观新闻 2019 年推出的 H5《成都新画卷！落实总书记嘱托 天府今更美》以 2018 年成都发展为底图，将城市在公园城市建设、对外开放、乡村振兴等方面的发展成就用 H5 方式展现出来。产品全网传播量超 1000 万。H5 里中电熊猫、战旗村、夜游锦江等不同的场景以手绘形式呈现，用户体验感强。在 H5《出警！川 A7536 警向暴雨中心驶去……》中，雨声始终伴随整个 H5，雨水滂沱不停息整个叙事引出了伏笔。在两组 H5 产品中，声音、视频、手绘耦合存在，要素表达不能割舍，共同推进叙事，声音、图像让受众在体验中增加了代入感、现场感，感染力和传播力得以彰显。[③] 这些积淀是此次能快速推出 H5 的原因之一。

---

① SVG 是一款图形文件格式，英文全称为 Scalable Vector Graphics，意思为可缩放的矢量图形。
② Canvas 是一款视频制作工具。
③ 庄伟伟、王欢：《论声音在 H5 传播中的主体性意义——以成都日报锦观 2019 年两组 H5 融媒体产品为例》，《新闻传播》2020 年 21 日。

——**打破地域**。把媒体分为中央媒体、省级媒体、地市媒体、县级媒体，这只是从行政隶属或管理层面上划分的。王顺友病逝，中央媒体可以报道，地方媒体也可以报道，地方媒体既包括四川的省级媒体，也包括凉山州的媒体，还包括木里县的媒体。锦观新闻隶属成都日报，成都日报是成都市属媒体，作为成都市属媒体如何报道和呈现四川省内的人和事？从《山里来信了！》的操作看，成都日报不仅操作了，还操作成了获奖报道，这不仅实现了成都日报中国新闻奖零的突破，也是本届中国新闻奖中唯一获奖的成都市级媒体作品。[①] 大城大报应有大格局大视野。全媒体时代，传播的地域界限早已被打破，一件作品能产生高流量的背后，受众也早已突破了本地。

——**逻辑清晰**。有学者认为，直观地看，媒体融合至少有四重逻辑：全媒体的逻辑、互联网的逻辑、运营的逻辑和现代传播体系的逻辑。深度融合，恰似奥运格言，要更高更快更强更团结。当然，媒体融合的核心，还是要回到技术和人的因素上来。技术刻画了边界，人则要不断地去突破它。[②] 这些都比较宏观，从微观上而言，写文章要讲究逻辑，制作传播产品同样需要讲究逻辑。《山里来信了！》的 H5，用一条路、一匹马、一个人把整个作品串联了起来，逻辑线比较清楚，阅读起来比较好理解。

——**用心用情**。用心用情不仅体现在 H5 的《山里来信了！》，也体现在锦观新闻微信公众号推送时的文字上，具体如下：

有人说

他一个人用一匹马

书写了一段世界邮政史上的传奇

有人说

---

① 《成都日报锦观融媒体作品〈山里来信了！〉获中国新闻奖三等奖》，锦观新闻 2022 年 11 月 8 日。

② 支庭荣：《从 1 到 N：媒体融合的四重逻辑》，《传媒观察》2022 年第 9 期。

如果说马班邮路是中国邮政史上的"绝唱"
他就是为这首"绝唱"而生的使者

还有人说
他是永不凋零的索玛花
盛开在最艰苦的环境中
却感动了全中国

马班邮路长又长
山又高来路陡峭
情注邮路不畏险
爱洒人民永不悔
……

这是王顺友的歌声
穿越山岭
拂过邮路
曾经
每一道岭、每一颗①树、每一块石头
都从歌声中听到希望
如今
这歌声再也不会响起！

5月的凉山
在海拔3800米以上的高原
依然会盛开火红的索玛花

---

① 此处"颗"，应为"棵"。

漫山遍野

倔强生长

它矮小

但生命力极强

即使到了冬天

花儿没了

它紫红的枝干在太阳的照耀下

依然会像炭火一样通红

王顺友走了

但新一代投递员会继承他的精神

越来越多的人也会从他的身上汲取奋斗的力量

别了！王顺友！

一路走好，我们的信使！

　　从赏析的角度而言，这件获奖作品在同题报道中有一定创新性，"以兼具传播性和体验感的新媒体语言进行新闻呈现，在全国媒体范围内有所突破"。遗憾的是，形式上虽有创新突破，但所呈现的内容基本是先前事迹的再现，最新的内容、独家的内容似乎不多，可能正是如此才能在比较短的时间内推出 H5 作品。作品中录取通知书设计与实际不太相符，现实中的录取通知书很少设计得像个档案袋。作品标题《山里来信了！》有味道有境界，但不是那么直观，多少人看到这个标题能与"马班邮路"忠诚信使的王顺友病逝联系在一起呢？锦观新闻微信公众号同题推文《山里来信了！》正文部分，"一颗树"应为"一棵树"。"颗"多用于颗粒状的东西，"棵"多用于植物。

阅 读 ⊕

　　(《山里来信了！》主创：张婷婷、李影、庄伟伟、吴喆、王幸、王欢；编辑：凌晨；成都日报社锦观新闻微信公众号 2021 年 6 月 2 日；获第三十二届中国新闻奖典型报道三等奖)

传播产品应有创意

在第三十二届中国新闻奖评选中，长城新媒体集团冀云客户端作品《创意视频丨世界看崇礼：一起向未来！》获国际传播三等奖。这也是一件融合报道作品，实地拍摄，虚拟视频和真人交互等技术手段的使用在形式上有创新。

（一）

2017 年 4 月 12 日，河北省委省政府正式批复组建长城新媒体集团，后于 10 月 12 日正式揭牌成立。这是河北省重点打造的第一家以互联网为主体的新型媒体集团，是与河北日报、河北广播电视台并列的媒体，也是比照正厅级建设、具有独立法人资格的省属文化类一级企业。组建长城新媒体集团是河北加快媒体融合发展步伐、优化媒体发展布局的战略性安排。①

中国记协发布的信息显示，长城新媒体集团以"平台型媒体"建设为主导理念，总用户数突破 1 亿。建设运营的全省县级融媒体中心的省级技术平台——冀云·融媒体平台，完成 180 家单位入驻对接和 152 家市县级融媒体中心冀云分端上线运行，上线 104 类 315 项服务功能，冀云系列客户端总下载量突破 3600 万，成为河北省内用户最多、覆盖范围最广的媒体平台，构建起"新闻＋政务服务商务"的融媒体内容生产和传播应用体系。冀云·融媒体平台被国家广电总局评为 2020 年"全国广播电视媒体融合成长项目"，入选 2020 年全国新闻出版深度融合发展创新案例，荣获 2021 年"王选新闻科

---

① 《长城新媒体集团基本情况简介》，长城网 2017 年 8 月 23 日。

学技术奖"项目奖一等奖。① 除了平台建设，长城新媒体集团在其他方面也有诸多探索。

——**建立五级谋划机制推动出精品**。集团层面成立"中央厨房"指挥中心，充分发挥融合发展采编工作的"总枢纽"作用，由集团分管采编工作的领导轮流担任值班长，每天调度集团宣传报道工作。强化五级谋划机制，即集团编委会带领各部门谋划重大主题报道，项目牵头副总编带领相关部门谋划阶段重点报道，分管领导带领分管部门谋划本领域重要报道，各部门负责人带领本部门谋划日常重头报道，部门业务骨干带领普通采编人员谋划具体报道，充分发挥策划的灵魂和龙头作用，推动出精品，提升舆论引导水平。②

——**在重大主题报道上突出特色**。在信息海量化、新闻同质化的新媒体环境下，各大媒体纷纷挖掘自身优势，激发内生动力，持续深耕优质内容创作，跑出发展"加速度"。长城新媒体集团充分利用新媒体优势，发挥年轻团队的创造力，精准定位年轻群体，着力创新报道形式，抢占年轻用户赛道，不断巩固强化传播效率和效果优势。"手绘长卷"是重大主题报道的重器，因创作思路和表现手法新颖，形式鲜活、内涵丰富、表现生动，新媒体特色明显，颇受广大网民欢迎。重大时政主题的手绘长卷作品，每篇均耗时两个月左右，做到了篇篇都是精品，深受网友欢迎，有的单篇浏览量过亿。长城新媒体集团近年打造了多款同类产品，用足用好"手绘长卷"等"长城品牌"，如《手绘长卷 | 擘画未来之城　筑梦"千年大计"》全景式描绘了河北举全省之力高起点规划、高标准建设雄安新区的生动画卷，画面大气磅礴，极具视觉冲击力，深受年轻受众喜爱，一经推出就广受好评。③

——**创新思路和形式探索融合传播**。2021 年 2 月 11 日是农历除夕，由

① 《长城新媒体集团：下"新"功夫，做"融"品牌 | 媒体品牌巡礼》，中国记协网 2022 年 8 月 11 日。

② 马来顺：《打造新型传播平台　建设新型主流媒体——长城新媒体集团以"平台型媒体"建设深化媒体融合的探索》，《中国记者》2020 年第 9 期。

③ 丁伟：《增强时代感　创新年轻态　打造技术派——长城新媒体集团创新做好党的二十大报道路径探析》，《新闻战线》2022 年第 18 期。

长城新媒体集团联合河北省文化和旅游厅、河北省文联共同举办的网络春节云联欢活动在冀云·融媒体平台温暖开锣，总观看量超 3000 万人次。在加快推进媒体深度融合发展的大背景下，长城新媒体集团创新思路和形式，将年年都有的春节文艺联欢活动搬上云端，实现云上联欢，2021 河北网络春节云联欢活动云端大放异彩，接地气、聚人气、鼓心气，是思想性、艺术性、创新性较好融合的一次创新传播，既丰富了就地过年网友的春节文化生活，又为"十四五"开局起步凝聚起了磅礴力量。①

——**让年轻用户爱听爱看爱刷爱赞。在全媒体时代，硬核内容需要积极转化话语范式，年轻态、百姓化表达更容易被大众接受。**长城新媒体集团在 2022 年全国两会融媒报道中，依托 90 后"网红记者矩阵"，策划推出《长城微访丨两会"云中对"》系列融媒体报道，利用"VR+AR"技术，让 90 后年轻记者围绕全国两会热词，"云上"约访全国人大代表、政协委员，受到年轻用户广泛关注和好评。《创意 H5丨山河绘就大国报告》将政府工作报告可视化，把 2021 年成就和 2022 年重点工作与过去一年中国经济社会发展取得重大成就的场景相对应，让网友在领略新时代中国气象中学习报告内容、领会报告精神。《两会青春绘》系列 SVG 漫画海报，邀请大学生运用活泼清新的手绘漫画，结合当下流行的 SVG 海报，以轻松的语言、有趣的形式、简约的数据，视觉化呈现政府工作报告，实现两会报道"破圈"传播。②

当今，网络空间特别是移动新媒体已经成为人们生产生活的新空间，也是我们党凝聚共识的新空间，传播党的声音的主阵地。青年是互联网的"原住民"，是互联网运用最为活跃最为纯熟的群体，是网络文明最重要的参与者、建设者。在党的二十大报道中，长城新媒体集团努力用年轻的视角、年轻的理念、年轻的心态、年轻的手段，在增强重大主题报道的网感动感、增强与年轻受众群体的共情共鸣、丰富传播的技术含量和表达方式等方面下功

---

① 李建、田少华、李遥：《长城新媒体集团融合创新春晚形态——"河北网络春节云联欢"云端放异彩》，《传媒》2021 年第 8 期。

② 贾海丽、韩伟、张亚宁：《长城新媒体集团 2022 年全国两会融媒报道创新路径探析》，《传媒》2022 年第 11 期。

夫。《党的二十大精神学习"一点通"》引入 AI 技术智能导读报告和相关重要学习辅导，实现了关键词搜索、语音查询等功能，成为一本可翻可看可查的浓缩电子书和掌中宝；《XR 视频 | "奋斗的中国"图景志》利用虚拟空间和裸眼 3D 技术，通过 XR 智能眼镜，呈现人在画中游、画与人实时交互的 XR 扩展新体验。《动漫 | 什么是中国式现代化》，综合运用百姓喜闻乐见的动漫视频形式，可视化解读中国式现代化，在学习强国总平台推出仅一天阅读量就达到 600 余万次。①

——**营造"要我干"为"我要干"的氛围**。媒体的核心竞争力是人，实现融合发展关键在队伍。有观点认为，合格的全媒体人才要具有互联网时代的特有思维，在新媒体内容的生产、传播、运营、管理等方面具备较为出色的工作能力，能够胜任全媒体业务流程与平台型媒体的快速发展要求，是复合型人才。当下，媒体这样的复合型人才不能说没有，但肯定不多。长城新媒体集团是怎样激发人的内驱力的呢？试举几例。一是探索工作室制度，减少管理层级，提高工作效率，充分激发专业人才和年轻员工的创新活力。二是发挥绩效考核激励作用，近年来有多名干部因业绩突出、考核优秀得到提拔。三是深化分配制度改革，单个项目或团队最高奖金达 30 万元，各部门根据考核结果对员工进行严格的二次绩效分配，部门同岗位不同员工之间当月绩效工资差距可达 5000 元。通过严格的绩效考核和对考核结果不折不扣地落实，实现了薪酬差异化分配和多劳多得、优绩优酬的局面，在绩效考核制度的激励下，营造了一种从"要我干"到"我要干"的工作氛围。②

（二）

重大主题报道是围绕党和政府的重要决策部署、中心工作和时代主题所进行的报道，要求政治站位高，既能把握全局，又能细致入微地反映社会经济发展面貌。融媒体时代，面对"打赢脱贫攻坚战"这样的重大议题和"同

---

① 赵兵：《在中国式现代化的新媒体场景中奋力展现新作为》，《中国记者》2022 年第 12 期。
② 苟萍、韩炜：《怎样激发全媒体人才的内驱力——长城新媒体集团的实践与探索》，《中国报业》2021 年第 9 期。

题作文"，地方主流媒体报道什么、怎么报道，既是新闻创新的重要抓手，也是检验舆论引导力的重要标志。2020 年下半年，长城新媒体集团策划推出《我们的"全村福"——河北 206 个深度贫困村脱贫影像志》专题报道，透过一幅幅照片、一段段视频、一张张笑脸，反映贫困农村发生的巨大变化，展示河北省干部群众同心奋斗奔小康的昂扬风貌，走出了一条"同题作文"的融合创新之路。专题推出后，全网总阅读量超过 3000 万、点赞量近 100 万。①长城新媒体集团获中国新闻奖的作品也不乏重大主题报道。

在第三十二届中国新闻奖评选中，河北有 8 件作品获奖，其中长城新媒体集团有 3 件作品获奖。重庆日报报业集团总裁向泽映、原新疆电视台台长杨洪新、甘肃日报报业集团总经理昝琦、河北长城新媒体集团总编辑赵兵四人署名的论文《地方主流媒体构建融通中外话语体系的思考》荣获新闻业务研究二等奖，这是在业内较早聚焦地方主流媒体如何加强国际传播能力建设的话题，实现了跨省市、跨媒体融合创新研究新探索。《"身边的奇迹·中国共产党为什么能"思享会④：美丽高岭"绿"动奇迹》获重大主题报道三等奖，作品融合网络访谈、现场评论、深度采访等于一体，从可亲可感的"身边的中国奇迹"入手，解读习近平新时代中国特色社会主义思想的真理力量、深刻逻辑和生动实践。②

在第三十一届中国新闻奖评选中，河北有 7 件作品获奖，其中长城新媒体集团有 3 件作品获奖。获新闻漫画二等奖的《河北脱贫攻坚图景志》，以受众喜闻乐见的漫画形式，全景式描绘了党的十八大以来河北全面落实习近平总书记关于打赢脱贫攻坚战的重要指示精神，举全省之力奋力脱贫攻坚的壮丽画卷；获文字消息（网络）三等奖的《河北：全国首部反对餐饮浪费地方性法规今起实施》，突出"现场式解读法规"特点，第一时间对全国第一部聚焦治理餐饮浪费的省级地方性法规进行解读；获短视频专题报道三等奖的《微视频｜雄安·塔吊下的日与夜》，以小切口、小人物、小故事生动展现雄安画

① 金林、孙文娟、李遥：《重大主题新闻报道的融合创新实践——以长城新媒体集团〈我们的"全村福"〉为例》，《传媒》2022 年第 15 期。
② 《长城新媒体三件作品获中国新闻奖》，长城网 2022 年 11 月 9 日。

卷徐徐铺展，这也是中国新闻奖增设媒体融合奖项后，河北新闻界首次获得短视频专题报道奖项。[①]

获中国新闻奖二等奖的《河北脱贫攻坚图景志》，全长 2020 厘米，描绘了 38 个场景、300 多个人物形象，产生了引人入胜、震撼人心的视觉效果。获中国新闻奖三等奖的《微视频丨雄安·塔吊下的日与夜》后期制作过程中，为了让 2 秒钟的片尾充分展现雄安 10 万建设者奋战工地的震撼场面，创作团队反复尝试，运用多种数字技术，进行画面拼接、多声效叠加、多人物闪现，历经 30 余次修改完善，最后，"我是雄安建设者"的呼喊声在夜空循环回响，以这样的呈现，进一步深化了主题、感染了更多受众。

长城新媒体集团在打造融媒精品方面已形成了自己的探索——"会找、会问、会拍、会选、会做"。会找——独具慧眼发掘，笔墨紧随时代。着眼重大选题，找准微小切口，从典型的人或事切入，是打造爆款产品、做好主旋律报道的有效手段。会问——调动采访情绪，真诚促进沟通。要在不断"探险"中有所斩获，既需要前期准备上"下苦功"——查找资料，做好规划；又需要在采访过程中"用巧劲"——巧妙设问，问出"惊喜"。会拍——跟拍预判观察，挖掘新意深意。摄影不只是现实记录与光影构图，而是要让每一幅画面、每一个镜头都蕴含信息和情感，具有特殊的内涵与表达。因此，记者和摄像师必须及时沟通、达成共识。会选——围绕主题优选素材，去伪存真提炼精。大浪淘沙始见金。对收集、采访的海量素材进行挑选与整合，其实是进行选优淘劣、研判素材价值的过程，也是创作者厘清思路、发掘素材亮点的过程。会做——后期反复打磨，制作精益求精。后期制作是对精品创作的终极考验。随着新媒体技术为内容赋能的便捷性、可行性不断提高，融媒体产品形态也不断迭代更新。[②] 这些感悟都是实战性总结，对打造融媒精品有参考性、指导性。

---

① 《长城新媒体三件作品荣获中国新闻奖　实现河北媒体融合奖项突破》，长城网 2021 年 11 月 7 日。

② 曹朝阳等：《打造融媒精品要做到"五会"——以长城新媒体集团系列融媒作品为例》，《新闻战线》2022 年第 9 期。

（三）

《创意视频丨世界看崇礼：一起向未来！》作品的背景是，2022 年北京冬奥会举办前夕，张家口赛区冬奥各场馆即将竣工之际，长城新媒体集团人员深入实地取景拍摄，介绍张家口冬奥场馆建设的最新情况，展现崇礼赛场中各场馆设计理念，先进功能以及绿色办奥、科技办奥等先进元素，及时回应国际关注。这是一件融合报道，也是一件国际传播作品，有以下几个特点。

——**实地拍摄是基础**。拍摄团队对国家跳台滑雪中心、国家冬季两项中心、明长城遗址等六个冬奥比赛场馆及相关场地全面拍摄，让全球观众能够清晰明确地了解到崇礼赛区的基础设施及相关准备情况，这是整个作品制作的基础。

——**邀留学生讲故事**。来自六个国家的在华留学生用英语、西班牙语、尼泊尔语等多语种在虚拟演播室实现人景互动，以外国人的视角进行"体验式"全英文讲解，结合赛场实地取景，多角度航拍，多语种展示，采用 3D 视频效果复合呈现，向世界讲述中国的冬奥故事。

——**虚实结合作产品**。运用 3D 技术搭建全息融媒场景，让介绍者置身于虚拟现场、场馆模型中，体验张家口赛区冬奥场馆中的科技与绿色理念，做到全方位展现中华文明、中国智慧和兼容并蓄的人类共同价值。[①]

——**在境外落地传播**。作品在海外被中国日报 Facebook、环球时报 TikTok、华人头条 You Tube 等海外账号转载及发布，并在北美最具影响力的华语电视台汉天卫视以及 IPTV-Kylin、麒麟电视、Charming-China 魅力中国及 local BTV APP 等海外电视台播出，信号覆盖 3500 万受众群，形成国际化矩阵式传播。

中国记协新媒体专业委员会推荐《创意视频丨世界看崇礼：一起向未来！》参评中国新闻奖定评时给出的理由是：作品邀请来自六个国家的年轻人亲身体验冬奥场馆，展示张家口冬奥场馆建设最新进展、设计理念和先进

---

① 李建、田少华、曹巍：《用冬奥故事催生共情　以融合传播引发共鸣——以长城新媒体集团北京冬奥会报道为例看地方媒体如何做好重大主题报道国际传播》，《采写编》2022 年第 4 期。

功能,体现了绿色办奥、科技办奥的中国实践。报道采用 3D 建模、手绘创作、虚拟视频和真人交互等技术手段,创新性时效性强,满足了世界对北京冬奥会筹备工作的关注,为北京冬奥会的国际舆论传播发挥了作用。①

第三十二届中国新闻奖共评出国际传播获奖作品 39 件,占比超过 10%,其中一等奖 5 件、二等奖 11 件、三等奖 23 件。中国新闻奖评选改革后,国际传播类获奖作品数量仅次于重大主题报道,这背后与鼓励媒体对外讲好中国故事有关。

从赏析的角度看,《创意视频|世界看崇礼:一起向未来!》有一些可供探讨之处。作品有创意,呈现也比较新潮、酷炫,但虚实之间让人有点分不清楚。视频时长 8 分钟,想要呈现的内容很多,但看完之后,真正吸引人、打动人的地方似乎又没有多少,无法让人留下深刻印象。作为国际传播作品,宣传色彩偏浓,与真正向世界讲好中国故事尚有距离。创意视频突出了创意,但这评的是中国新闻奖,无论是视频内容还是配文,都没有时间元素。选择在 2021 年 12 月 24 日发布,时间节点是什么,不得而知。

阅 读 +

(《创意视频|世界看崇礼:一起向未来!》主创:张梦琳、刘志成、乔可、李全;编辑:曹朝阳、胥文燕;长城新媒体集团冀云客户端,2021 年 12 月 24 日;获第三十二届中国新闻奖国际传播三等奖)

---

① 《〈创意视频|世界看崇礼:一起向未来!〉中国新闻奖参评作品推荐表》,中国记协网 2022 年 11 月 1 日。

后　记

好新闻不仅是有"样子"的，也是有"味道"的，还是有"气质"的。这是"好新闻"系列的第三本书。第一本《好新闻的样子》赏析的是长江日报报业集团历年获中国新闻奖作品，第二本《好新闻的味道》赏析的是中国新闻奖消息作品，第三本《好新闻的气质》赏析的是中国新闻奖融合作品。

自2014年媒体融合上升为国家战略以来，媒体融合从"推动传统媒体和新兴媒体融合发展"到"构建全媒体传播格局"，又到"推进媒体深度融合发展"，再到"加强全媒体传播体系建设，塑造主流舆论新格局"写进党的二十大报告。专家认为，这不但充分体现出我国持续推进媒体深度融合的强大决心，也有效地驱动了媒体融合进入提质增效、纵深发展的阶段。

中国新闻奖自第二十八届评选首次设立融合奖项，到第三十二届评选彻底打破原有评选项目对作品形态和传播介质的限制，融合已经贯穿到所有参评项目。让不同介质的媒体一同竞争全国优秀新闻作品年度最高奖，竞争变得前所未有的激烈，获奖也变得更加具有不确定性。

媒体融合是一道考题，我们都是答卷人。《好新闻的气质》从近年获中国新闻奖的融合作品中筛选出了37件作品，从守望公平正义、采访深入一线、抓住感人瞬间、讲好人物故事、直播突出新闻、主宣比拼创意、创新永无止境、强化产品思维8个维度进行了赏析。这8个维度不是简单按作品类型分类，更多是从媒体内容生产和传播的角度进行划分，希望能为全面认识全媒体时代的优秀新闻作品提供方法论。

必须认识到，中国新闻奖融合作品已不单指早年的融合创新、创意互动、短视频新闻等类型作品，也不单指如今的融合报道、应用创新等作品。自第三十二届中国新闻奖评选改革后，无论是 14 个基础类奖项，还是 6 个专门类奖项，都体现出了很强的融合特征。这也是本书所选案例会涉及新闻专题、典型报道、国际传播等作品的原因。

虽然中国新闻奖评出的融合类获奖作品总数不算少，但要从中筛选出几十件作品进行赏析却不是一件容易的事。一方面，很多时候新闻作品是易碎品，一件作品过了一年之后乃至几年之后，不见得还有赏析的价值。有的作品参评中国新闻奖时填报的网址、附的二维码甚至已经打不开了。另一方面，筛选出来的赏析作品放在今天来看，要具有一定的参考性、启发性、指导性，否则赏析也就没有价值了。两个方面结合，筛选出了 37 件作品进行赏析。

一件作品能获评中国新闻奖，有必然性也有偶然性。赏析中国新闻奖融合作品，更多地是希望能全面认识和了解获奖作品，涉及的内容包括但不限于这几个方面：一是媒体自身近年的融合发展情况，作品获奖本身也是一家媒体融合实践的体现；二是主创人员的分享，这有利于全面了解获奖作品诞生的过程；三是参评中国新闻奖时填报的参评材料，既可以了解作品的传播效果，也可以了解作品到底好在哪里；四是包括中国新闻奖评委在内的学界、业界等人士具体是如何分析评价的；五是探讨获奖作品有哪些不足或可以改进的地方。这种探讨是一家之言，未必都对，让自己去做也未必比别人做得好。对于探讨不妨宽容、辩证地看。

从某种程度上说，这本书不是一本个人著作，而是一本集体著作。成书的过程中查阅了大量参考资料，对引述内容尽可能地逐一进行标注，但难免存在疏漏。这本书虽是中国新闻奖融合作品赏析，就呈现的内容而言，有一定广度，也可以说这是一本中国媒体深度融合发展的读本，从中既可以看到众多媒体在深度融合发展上的探索，也可以看到众多媒体人在深度融合发展上进行的耕耘。

"你这个气质一看就是搞新闻的。"这话有一定调侃性，但也从侧面说明气质是外在的，是能够看得出来的，是能够直观感受到的，是对一个人主观评价的直接体现。好新闻同样是有气质的，传统的新闻作品是这样的，全媒体时代的融合作品也是如此。中国新闻奖融合作品的独特气质又体现在哪些方面呢？这也是本书试图努力回答的问题。

选题体现气质。任何新闻奖评选都理应反对唯选题论，但现实情况是包括中国新闻奖在内的评选无疑都十分看重作品本身的选题，不少获奖作品本身在选题上具有重大性、显著性，是对年度大事的报道和呈现。有人评价山东广播电视台获第三十届中国新闻奖短视频现场新闻一等奖的作品《病死猪田间乱丢知道吗……〈问政山东〉现场局长被 8 连问后语无伦次》选题典型、敢于碰硬，充分发挥激浊扬清、推动实际工作的作用。把好的选题呈现好，是媒体融合的应有之义。每日经济新闻客户端获第二十九届中国新闻奖融合创新一等奖作品《ofo 迷途》的主创人员谈道，融合创新作品在选题立意上要从新闻出发，编辑制作上要为新闻而融。

作风体现气质。全媒体时代，不要小看媒体人作风在新闻创优中的作用。诚如有人所言，一个值得关注的现象是，转作风、改文风，快短新实成为融媒精品鲜明特征。中国邮政报获第二十八届中国新闻奖短视频新闻三等奖的《28 年的相守，终于迎来了这一天》，主创团队在高海拔地区边吸氧边拍摄，体现了职业精神。津云获第二十九届中国新闻奖短视频新闻一等奖的作品《臊子书记》说明，媒体以内容建设为根本，深入一线采访仍是基本功——津云新媒体视频团队坐 3 个小时的飞机之后，再从甘肃天水颠簸 6 个小时抵达小山村，与村民们同吃同住半个月，深入挖掘鲜活的故事，最终拍摄到了基层真实、饱满、感人的画面。新华社移动直播《江苏盐城一化工园区内发生爆炸　救援已展开》获第三十届中国新闻奖二等奖，记者第一时间冒险靠近爆炸现场的职业精神令人敬佩。

创新体现气质。中国新闻奖融合作品在很大程度上都是创新的产物。在第二十八届中国新闻奖评选中，中央广播电视总台中国之声作品《"央广主播的朋友圈"系列 H5 报道》获融合创新一等奖。这件获奖作品是中国之声生产的原创性作品，通过视频抠像技术和朋友圈展现形式相结合，把央广主播"假"的朋友圈做成了创意独特、角度新颖、具有鲜明新媒体特点的传播创意产品。现在的很多融合作品呈现出大策划、大投入、大制作的趋势，好像不这样做就难以出好的作品，而这件获奖作品全部制作成本不到 1000 块钱。媒体融合需要投入，制作产品也需要投入，但能不能产生好的传播效果，资金上的投入并不是决定性的因素。这件获奖作品主创人员最想给媒体同行分享的经验是：新媒体产品最缺的不是技术，而是创意；创意是源泉，有创意的产品自己会说话。

协作体现气质。全媒体时代的内容生产，很多都是靠团队协作完成的，这在中国新闻奖融合作品中也有鲜明体现。在第二十八届中国新闻奖评选中，人民日报社作品《"军装照" H5》获创意互动一等奖。建军 90 周年之际，人民日报社新媒体中心内部的几个小组从不同角度想到，军装对很多人来说都是向往和神圣的，庆祝建军 90 周年报道可以考虑"军装照"这个方向。"军装照" H5 幕后有四个团队，既包括人民日报社新媒体中心，也包括人民日报社的采编力量，还有腾讯旗下的天天 P 图团队以及第三方供应商团队。

新闻体现气质。很多获中国新闻奖的融合作品，其实已经不是传统意义上的新闻作品，更像是传播产品。从作品到产品，不能放弃对新闻的追求。

流量体现气质。没有一定流量的作品，很难说是优秀的融合作品。中国新闻奖融合作品评选看重流量，但也不完全唯流量论。在第三十届中国新闻奖评选中，郑州报业集团作品《我捐了心肝肺肾眼角膜，他们帮我圆篮球梦》获短视频专题报道二等奖。这件作品在全国引起强烈反响，登上微博热搜，视频总播放量超 3000 万次，更重要的是作品呈现了人间大爱这一主题，释放了强大社会正能量，并有效推动中国器官捐献事业发展——"叶沙的选择激发了国人捐献器官的意愿，传递着真情，将原来每月全国几千人的器官捐献志愿登记，报道三天内拉动到 2 万余人，帮助了更多人延续生命"。

转型体现气质。今天的媒体人面临着前所未有的压力和考验，通过赏析中国新闻奖融合作品，也可以看到时代浪潮之下，一代又一代的媒体人在不断提升自己的业务技能。在第二十八届中国新闻奖评选中，广西日报作品《柳州融水突围记丨广西日报记者"失联"数十小时，在穿越 40 处塌方后发回灾区最新画面！》获短视频新闻一等奖，主创之一是有"泥腿记者"之称的谌贻照，他一年有一半时间都在山里进行采访。谌贻照也是第十七届长江韬奋奖获得者。当有些记者满足于写稿拍照交差了事时，他在研究怎样才能在一线做好媒体融合的移动报道。年过半百的他，"写得了大稿，编得了微博，剪得了视频，出得了镜头……"他认为，融媒体时代，传统新闻人更要增强自己的脚力、眼力、脑力、笔力，这样才能厚积薄发，才能在关键时刻打硬仗、打胜仗。

……

好新闻的气质究竟体现在哪些方面，需要在实践中不断去品味，希望《好新闻的气质》的出版，能为大家认识全媒体时代的好新闻提供一个窗口。

"有人说，如果缺乏一种抵抗碎片化的自觉，新闻人很容易在岁月的流逝中消磨了韶华。"特别喜欢时任人民日报社副总编辑卢新宁为《好稿是怎样"修炼"成的》一书所写序言中的话：时间是一种充满魔力的尺度，标注时代的变迁，也丈量个人的足迹。

一年又一年，时光消逝，总希望若干年后回望来时路能留下点什么。2021年11月完成《好新闻的味道》的书稿之后，即开始着手赏析中国新闻奖融合作品。人到中年，可以自由支配的时间越来越少，体力与精力也不如之前。这些年，个人时常处于时不我待、夜以继日的状态，这才算完成了"好新闻"系列之三——《好新闻的气质》的书稿。

最后，感谢各位同行及读者对《好新闻的样子》《好新闻的味道》给予的鼓励肯定，感谢长江日报报业集团的领导和同事多年来给予的关心帮助，感谢家人长期以来的默默付出，感谢胡正荣教授热情作序推荐本书，感谢人民日报出版社为本书的出版所做的努力。对书中的不当和疏漏之处，欢迎大家批评指正。

朱建华

2023 年 5 月 31 日